# SCHATTEN ÜBER DEM SCHILCHERLAND

Isabella Trummer wurde 1958 in Maria Lankowitz (West-steiermark) geboren. In Graz absolvierte sie eine Ausbildung zur Diplompädagogin in Englisch und Bildnerischer Erzie-hung sowie zur Bildungs- und Schülerberaterin. Neben ihrer Unterrichtstätigkeit schreibt sie Kriminalromane, die in der Weststeiermark angesiedelt sind, wo sie lebt und arbeitet.

ISABELLA TRUMMER

# SCHATTEN ÜBER DEM SCHILCHERLAND

*Kriminalroman*

emons:

**Bibliografische Information der Deutschen Nationalbibliothek**
Die Deutsche Nationalbibliothek verzeichnet diese Publikation
in der Deutschen Nationalbibliografie; detaillierte bibliografische
Daten sind im Internet über http://dnb.d-nb.de abrufbar.

© Emons Verlag GmbH
Alle Rechte vorbehalten
Umschlagmotiv: shutterstock.com/Przemek Iciak
Umschlaggestaltung: Nina Schäfer, nach einem Konzept
von Leonardo Magrelli und Nina Schäfer
Umsetzung: Tobias Doetsch
Gestaltung Innenteil: DÜDE Satz und Grafik, Odenthal
Lektorat: Julia Lorenzer
Druck und Bindung: CPI – Clausen & Bosse, Leck
Printed in Germany 2023
ISBN 978-3-7408-1866-1
Originalausgabe

Unser Newsletter informiert Sie
regelmäßig über Neues von emons:
Kostenlos bestellen unter
www.emons-verlag.de

*Der niederträchtigste aller Schurken*
*ist der Heuchler,*
*der dafür sorgt,*
*dass er in dem Augenblick,*
*wo er sich am fiesesten benimmt,*
*am tugendhaftesten auftritt.*

Marcus Tullius Cicero


*Rücksichtslosigkeit*
*ist die Brutalität*
*der Arroganz.*

Gerhard Uhlenbruck

# Prolog

Die Tür fiel mit einem Knall ins Schloss.

Sie zuckte zusammen, wagte es aber nicht, hochzusehen. Mit eingezogenem Kopf, die Arme schützend über ihren geschwollenen Leib gelegt, kauerte sie auf dem Bett. Das Klackern des Schlüssels beim Versperren der Tür beruhigte sie nicht. Schon einmal hatte sie gedacht, die Gefahr sei vorbei, ihr erleichtertes Aufatmen war sie teuer zu stehen gekommen. Der Schlüssel war von innen gedreht worden.

Sie bewegte sich nicht. Mit gesenktem Kopf wartete sie auf ein verräterisches Rascheln oder Atemzüge. Minutenlang horchte sie, wie ein Tier, das nicht wagte, aus seinem Bau an die Oberfläche zu kommen. Langsam hob sie den Kopf. Sie zwang sich, die Augen zu öffnen, ihr Blick flog in jeden Winkel.

Sie war allein.

Ihr Atem, den sie vor Anspannung angehalten hatte, entwich befreit. Gleichzeitig spürte sie die leichten Tritte und strich sanft über ihren Bauch. Ihr Wimmern ging in ein Summen über, ein Lied aus ihrer Kindheit. Sie wiegte sich im Rhythmus der Melodie vor und zurück. Wieder einmal dachte sie darüber nach, wie es so weit hatte kommen können.

Am Anfang war er so liebevoll mit ihr umgegangen. Doch nach der Heirat wurde er zunehmend ungehalten und rastete bei jeder Kleinigkeit aus. Sie durfte die Freunde nicht mehr sehen, die Landsleute sowieso nicht. Seine Eifersucht, seine ungerechtfertigten Vorhaltungen und sein Kontrollwahn endeten immer öfter in Tätlichkeiten. Als sie noch unter Leute ging, schlug er ihr nie ins Gesicht. Die Hämatome am übrigen Körper und die Würgemale verbarg sie unter ihrer Kleidung. Sie wagte nie, jemandem davon zu erzählen. Schon gar nicht, ihn zu verlassen. Sie war überzeugt, er hätte sie halb tot geprügelt.

Später verbot er ihr, aus dem Haus zu gehen. Anfangs durfte sie noch in den Garten, nach ein paar Monaten war auch das vorbei. Wenn er Besuch empfing, musste sie in ihrem Zimmer bleiben. Dabei wusste sie, wem sie das alles zu verdanken hatte. Wer ihrem Mann die Lügen über sie einimpfte, seine Seele vergiftete. Das hatte sie ihm auch gesagt. Doch er hatte ihr nicht geglaubt. Im Gegenteil. Wütend hatte er ihr verboten, integre Menschen zu verunglimpfen.

Dann wurde sie schwanger.

Zuerst entspannte sich die Situation, er schien sich zu freuen. Das war jedoch nur von kurzer Dauer. Die Bestie Eifersucht wurde wieder geweckt.

Einmal hörte sie ein Telefongespräch mit. Sie wollte mit ihm darüber reden, bekam aber keine Gelegenheit dazu. Sie musste einen Koffer packen und sich mitten in der Nacht ins Auto setzen. Sie wurde in ein Verlies gebracht, einen fensterlosen Raum mit nichts als dem Lebensnotwendigen. Ein Kellerloch, das feucht und muffig roch. Eine Frau versorgte sie mit Essen und untersuchte sie ab und zu. Sie hatte harte Gesichtszüge und sprach kaum ein Wort mit ihr.

Diese Frau war ihre einzige Hoffnung.

Stöhnend erhob sie sich vom Bett und wankte in das seitliche Gelass, wo sie sich notdürftig waschen konnte. Sie stützte sich am Waschbecken ab und begutachtete sich im halb blinden Spiegel. War sie das? Das bleiche Gesicht war ihr fremd geworden. Eine Lippe war aufgeplatzt. Sie hatte jeden Zeitbegriff verloren, aber ihr praller Bauch sagte ihr, dass die Entbindung in Kürze bevorstand.

Ein bohrender Schmerz fuhr durch ihren Körper. Sie unterdrückte einen Schrei und krümmte sich zusammen. Noch nicht. Oh bitte, noch nicht. Sie war noch nicht so weit.

Langsam verebbte der Schmerz. Sie musste die Panik niederkämpfen. Heftig atmend richtete sie sich wieder auf. Es blieb ihr nur mehr wenig Zeit. Deshalb musste sie die einzige Chance, die sie hatte, nutzen. Sobald die Geburt vorbei war, gab es keinen Grund mehr, sie am Leben zu lassen. Dann würde sie sterben. Das spürte sie.

*September*

# 1

Leopold Kranzelmeier sitzt mit verschränkten Armen auf einer Bank und schaut auf die Weinrieden vor sich. Dabei nimmt er seine Umgebung kaum wahr. Er sieht nicht die abfallenden Weinberge, die Streuobstwiesen und Felder im Tal. Sieht nicht die Üppigkeit der Natur an ihrem jährlichen Höhepunkt. Für das alles hat er keinen Blick. Er denkt wie so oft über sich und sein Leben nach. Und wie so oft ist er zutiefst unzufrieden.

Nichts ist so, wie er es sich vorstellt. Er hat so viele Wünsche, möchte etwas aus sich machen, Erfolg haben, *jemand sein.* Doch die Voraussetzungen dafür sind denkbar schlecht.

Das beginnt schon mit seinem Namen. Leopold – wer heißt heute noch Leopold? Er ist ja kein Habsburger aus der K.-u.-k.-Monarchie. Er weiß nicht, was seine Eltern sich dabei gedacht haben. Er hätte es noch verstanden, wenn er nach einem Großvater benannt worden wäre. Oder einem Onkel. Aber niemand in der Verwandtschaft heißt so. Er selbst stellt sich seit Jahren mit »Leo« vor. Leo geht gerade noch.

Und dann der Familienname. Kranzelmeier. Der Name atmet Bedeutungslosigkeit. Unterste Mittelschicht. Klein-klein eben.

Die Unzufriedenheit begann schon in der Kindheit. Er hat so vieles nicht gehabt, was für andere selbstverständlich war. Seine Eltern konnten sich keinen Luxus leisten. Er versuchte stets, es nicht zu zeigen, aber er beneidete viele seiner Klassenkameraden und Freunde glühend. Wurde er zum Spielen oder zu Geburtstagsfeiern eingeladen, stellte er sich oft vor, er würde in so einer großen Wohnung oder einem schönen Haus mit vielen teuren Spielsachen aufwachsen. Seine Mutter ermunterte ihn immer, doch auch zu seinem Geburtstag Freunde einzuladen, aber er lehnte jedes Mal ab. Er schämte sich für das kleine, alte Haus, dessen Zentralheizung noch mit Kohlen befeuert wurde und wo man die Klospülung mit einem Seil auslöste.

Er bemerkte schon früh die soziale Spaltung, die sich unmerklich entwickelte, je älter sie wurden. Es war keine Absicht dahinter, aber die Jugendlichen fanden in verschiedenen Sphären und Interessensgebieten zusammen. Die einen spielten Tennis oder versuchten sich im Golfsport, die anderen trafen sich am Fußballplatz. Die betuchten Eltern flogen mit ihrem Nachwuchs in Urlaub, bereisten ferne Länder, die anderen schickten ihre Kinder in ein Ferienlager der katholischen Kirche. Gesprächsthemen und Freundschaften zwischen den Gruppen wurden allmählich weniger. Sobald sein Bartwuchs das Flaumstadium hinter sich hatte, ließ er sich einen Vollbart wachsen, um sich und seine gefühlte Bedeutungslosigkeit dahinter zu verbergen. Er verfügte schon als Jugendlicher über eine besondere Anpassungsfähigkeit. Innerhalb kürzester Zeit erfasste er Stimmungen, Interessen und Intellekt und assimilierte sich in der jeweiligen Gruppe. Und er schwor sich damals schon: Eines Tages würde er bei den Gewinnern sein, würde dazugehören.

Er greift in die Brusttasche seiner Jacke, die er neben sich auf die Bank gelegt hat. In der zerknitterten Packung findet er noch zwei Zigaretten. Mit zitternden Fingern steckt er sich eine an. Er hätte gestern wohl doch nicht so viel trinken sollen. Nach dem ersten tiefen Zug werden seine Hände ruhiger.

Zum tausendsten Mal sagt er sich, dass er nicht in dieser Tristesse verharren wird. Er wird nicht irgendein unbedeutendes Dasein fristen. Nicht jeden Cent umdrehen müssen, bevor er ihn ausgibt. Aber er hat keine Eltern, die ihm den Weg ebnen, ihre Verbindungen spielen lassen oder ihn als Kronprinz im Familienbetrieb inthronisieren. Ihm bläst keiner Zucker in den Arsch.

Ihm fällt sein Vater Adrian ein. Der hat nie an ihn geglaubt. Das ging schon im Gymnasium los. Mit vierzehn stand seine Versetzung in die nächste Klasse auf der Kippe, und was machte sein Vater? Hatte der ihm etwa einen Nachhilfelehrer besorgt? No, Sir. Alles, was von ihm kam, war der Vorschlag, das Gymnasium zu verlassen, eine Lehre zu machen, am besten als Fleischer, wie Adrian selbst. Er demonstrierte ihm, wie man ein Schwein oder eine Kuh zerlegte, und erklärte, wie die einzelnen Fleischteile hießen. Aber er gab auf, als Leo nicht das mindeste Interesse daran zeigte.

Gut, er hatte sich in der Schule nicht überschlagen vor Eifer, aber er wusste: Er brauchte ein Studium, einen Titel, um die Armut und Bedeutungslosigkeit seines bisherigen Lebens hinter sich zu lassen. Er erkannte den Ernst der Lage, holte sich Rückendeckung bei der Mutter und arbeitete den Lernrückstand auf. Zusammen überzeugten sie Adrian, ihn nicht von der Schule zu nehmen. In weiterer Folge lavierte er sich Jahr für Jahr durch. Er hatte andere Interessen als das Übersetzen von »De bello Gallico« oder Integralrechnungen. Die Matura schaffte er mit Hängen und Würgen. Aber er hatte ja auch keine Unterstützung von daheim wie viele andere.

Überhaupt, seine Eltern. Wenn er sich ihr Leben vor Augen führt, kann er nur mit dem Kopf schütteln. Sie haben nichts erreicht, sind mit ihrer ärmlichen Situation anscheinend zufrieden. Sein Vater hat in der Oststeiermark eine Fleischerlehre gemacht und in einem Großbetrieb gearbeitet, bis sein Asthma immer schlimmer wurde und er mit fünfzig in den Vorruhestand gehen musste. Die Mutter hat zweimal die Woche in der Gemeinde geputzt. Gewohnt haben sie in einer Zwei-Zimmer-Mietwohnung. Was für ein schillerndes Dasein. Dann haben sie von einem Onkel ein kleines Haus in der Weststeiermark geerbt, erbaut in den fünfziger Jahren. In diesem Zustand befindet es sich heute noch. Und dann erst die Lage. Von Gaisfeld kommend – einem kleinen Kaff mit einem Kreisverkehr als einziger Attraktion – geht es ein Stück den Teigitschgraben hinein, an der ersten Abzweigung in eine Sackgasse, und an deren Ende steht dann das alte Haus. Keine Nachbarn, null Aussicht, eine Keusche in einem Graben eben.

Außerdem sind seine Eltern alt. Sie waren schon alt, als er zur Welt kam. Er kann es nicht mehr hören, wenn seine Mutter mit Tränen in der Stimme erzählt, dass sie den Wunsch nach einem Kind schon aufgegeben hatten und wie froh sie waren, als sie mit dreiundvierzig doch noch schwanger wurde. Was erwartet sie von ihm? Dankbarkeit? Dass er sie vor Rührung in die Arme nimmt?

Er hasst solche Gefühlsausbrüche. Überhaupt vermeidet er Liebesbezeugungen und körperliche Berührungen mit seinen Eltern, wo er kann. Besonders in den letzten Jahren. Das Wort Eltern-Kind-Bindung hat er nie verstanden. Er spürt keine besondere Bindung zu irgendjemandem, auch nicht zu seinen Eltern. Wenn er sie ansieht, kommen sie ihm manchmal wie Fremde vor. Er erkennt nichts von sich in ihnen wieder.

Nach der Matura hat sein Vater eine Lehre als Bankkaufmann vorgeschlagen. Das hat er sofort abgelehnt. No, Sir. Auf so niedrigem Niveau wollte er nicht verbleiben. Aber welche Richtung sollte er einschlagen? Medizin? Jus? Betriebswirtschaft?

Wie seine Eltern sein Studium finanziell stemmen würden, darüber hat er sich nie Gedanken gemacht. Es war schließlich sein gutes Recht, die beste Ausbildung zu bekommen.

Um ehrlich zu sein, zog es ihn in keine Richtung. Ihn interessierte nichts im Speziellen. Das einzig Wichtige für ihn war, einen akademischen Titel zu erwerben und viel Geld zu verdienen.

Er entschied sich für Medizin. Als Spezialisierung konnte er sich Zahnheilkunde vorstellen. Man brauchte sich ja nur die Häuser der Zahnärzte und deren Lebensstil anzusehen. Die ersoffen doch fast in Geld. Aber nach einem Jahr musste er feststellen, dass die Anforderungen sehr hoch waren. Und dann – Frösche sezieren! Pfui Teufel. Er durfte sich gar nicht vorstellen, dass er den Arm oder das Bein eines Menschen … Nein. Das war etwas anderes, als eine Sau zu zerlegen.

Er sattelte auf Jus um. Ihm schwebte vor, als Wirtschaftsjurist oder Rechtsanwalt das große Geld zu machen. Voller Energie stürzte er sich auf die neuen Aufgaben. Aber auch hier musste er erfahren, dass ein zügiges Studium nicht ohne erheblichen Einsatz seinerseits zu bewältigen war. Mit jedem Monat ging es schleppender voran. Er absolvierte ein paar Teilprüfungen, verlor immer mehr das Interesse und ließ es schleifen. Römisches Recht, Kirchenrecht – wer brauchte diesen ganzen Scheiß?

Pharmazie war noch eine Möglichkeit. Er dachte an den Apotheker, bei dem seine Mutter Medikamente kaufte: Wenn *der* das Studium geschafft hat, schafft das jeder. Außerdem hat er noch keinen armen Apotheker gesehen.

Aber auch diese Studienrichtung erfordert ein hohes Maß an Arbeitswillen. Wieder hat er große Defizite angehäuft. Doch statt Versäumtes nachzuholen, laviert er sich lieber so durch, verschiebt Pflichtklausuren nach hinten, verdrängt Einsichten und Wahrheiten. Über den Studienwechsel hat er seine Eltern nie aufgeklärt.

Er nimmt die letzte Zigarette aus der Packung und seufzt. Was für eine ausweglose Situation. Er kommt nicht vom Fleck. Aber das ist nicht seine Schuld. Wäre er in ein reiches Elternhaus hineingeboren, müsste er sich nicht so abstrampeln. Dann würde er nicht nebenbei Gelegenheitsjobs annehmen, um ein paar Kröten zu haben, wenn er mit seinen Kommilitonen die Grazer Innenstadt unsicher macht. Er würde mit dem eigenen Auto zur Uni fahren und nicht mit Bahn und Bus. Und zu allem Übel fragt sein Vater immer häufiger, wann er denn endlich fertig studiert habe, der zukünftige Herr Doktor. Er werde schließlich sechsundzwanzig. Danach sei Schluss mit der Studienbeihilfe.

Ihm ist, als zöge sich eine unsichtbare Schlinge um seinen Hals zusammen. Wenn es kein Studiengeld mehr gibt, muss er sich arbeitslos melden. Oder ein Schulungsprogramm in Anspruch nehmen. Dann ist er gescheitert. Weil niemand ihm unter die Arme greift.

Ihm ist auch schon in den Sinn gekommen, einen Titel zu kaufen, in Tschechien oder so. Davon hört man ja immer wieder. Dann würde er auf Nimmerwiedersehen ins Ausland gehen, weit weg, und sich dort eine Existenz aufbauen. Aber das kostet Geld. Viel Geld.

Das er nicht hat.

## 2

»Hallo, Leo! Ich hab mir schon gedacht, dass ich dich da find.«

Er zuckt zusammen.

»Oh, ich wollt dich nicht erschrecken.«

Die Weber Hannelore. Was will die jetzt? Er ist hierherge-fahren, um seine Ruhe zu haben.

Die junge Frau lehnt ihr Fahrrad an Leos Moped und geht zur Vorderseite der Bank. Aufatmend setzt sie sich neben ihn.

»Mein Gott, ist das schön. Nie hat der Himmel ein so strah-lendes Blau wie an einem sonnigen Herbsttag.«

»Gibt es etwas Wichtiges?«, fragt er nicht besonders freund-lich.

Sie streift ihn mit einem verunsicherten Blick. »Nein, eigent-lich net ... Glaub ich zumindest.«

»Also?«

»Jemand hat nach dir gfragt. In der Wirtschaft. Zwei Män-ner.«

Ihn beschleicht ein ungutes Gefühl. »Kennst du ihre Na-men?«

»Nein. Ich hab die noch nie gsehen. Also beim Schusterwirt waren die noch nie. Die wären mir aufgfallen.«

»Ach ja?«

»Bestimmt. Das waren so merkwürdige Typen. Lederjacke, Goldkettchen ... Einer hat eine Hasenscharte ghabt. Und der andere eine Glatze.«

Scheiße. Sie suchen schon nach ihm. Er bemüht sich, seine Nervosität nicht zu zeigen. »Was hast du ihnen gesagt?«

»Dass ich net weiß, wo du steckst.«

Braves Mädchen.

Er hat gedacht, er habe noch etwas Zeit. Sein chronischer Geldmangel hat ihn einen schlimmen Fehler machen lassen. Vor einigen Wochen ist er mit seinem Freund Manfred in einer Spelunke in Graz gelandet und hat sich im Hinterzimmer auf eine Pokerrunde eingelassen. Sein Freund hat ein paar Hun-derter verloren und ist danach aufgebrochen. Er selbst aber hat eine Glückssträhne gehabt und ist geblieben. Einige Tausender sind schon vor ihm gelegen, und er hat gedacht, *das* sei die Nacht der Nächte, endlich kümmere sich Fortuna mal um ihn. Aber die Glückssträhne war nicht von Dauer. Am Ende schuldete er den Mitspielern zweiundzwanzigtausend Euro. Das schien auch kein Problem zu sein. Sie haben ihm auf die Schulter geklopft und eine Zahlungsfrist von einem Monat eingeräumt. Seither haben sie ihn schon zweimal angerufen und ihn eindringlich an seine Zahlungsverpflichtung erinnert. Woher haben die eigentlich seine Handynummer? Die Frist scheint jetzt jedenfalls abgelaufen zu sein.

»Was sind das für Leut?« Hannelore schaut ihn von der Seite an. »Was wollen die von dir?«

»Keine Ahnung. Die sind bestimmt schon wieder weg. Sag, hast du Zigaretten dabei?« Er zeigt ihr die leere Packung. »Hab vergessen, welche zu kaufen.«

»Freilich.«

Nachdem sie die Zigaretten halb aufgeraucht haben, sagt Hannelore beiläufig: »Vielleicht tauchen die zwei ja auch noch bei deinen Eltern auf.«

»Was?« Er ist alarmiert. »Woher wissen die …?«

»Ja. Das ist blöd glaufen. Der Ferdl ist mit ein paar Freunden am Nebentisch gsessen und hat ghört, dass die beiden dich suchen. Er hat ihnen gsagt, wo du wohnst.«

Der Ferdl, natürlich. Seit der mitgekriegt hat, dass zwischen seiner Schwester und ihm was läuft, hat sich ihr Verhältnis zusehends verschlechtert. Er spielt sich als Hannelores Beschützer auf. Einmal hat er zu Leo gesagt: »Du bist dir zu fein für anständige Arbeit. Dein sogenanntes Studium beeindruckt mich nicht. Du bist ein Windei. Und wenn du Hannelore unglücklich machst, kannst du was erleben.« Der hat bestimmt verstanden, dass der Besuch der beiden ihn in Schwierigkeiten bringt. Und war ihnen gern behilflich.

Hannelore legt ihre Hand auf seinen Oberschenkel und lehnt sich an ihn. Er muss sich sehr beherrschen, um sie nicht wegzustoßen. Er ist wütend. Eigentlich ist sie an dem Dilemma schuld. Ohne ihren Bruder wäre er jetzt nicht in dieser misslichen Lage. Vielleicht war es von Anfang an ein Fehler, was mit ihr anzufangen. Aber es ist so leicht gewesen. Er hat nicht um sie werben oder sie erobern müssen. Jeder hat gemerkt, dass sie in ihn verliebt war, da brauchte man kein Sigmund Freud zu sein. In Wahrheit hat es ihm auch geschmeichelt, so angehimmelt zu werden. Noch dazu von diesem hübschen Mädchen. Herzförmiges Gesicht, volle Lippen, lange dunkelbraune Haare, Rundungen dort, wo sie hingehören. So etwas würde kein Mann von der Bettkante stoßen. Aber je länger ihre Beziehung dauert, desto eingeengter fühlt er sich. Der Charme des Neuen ist verflogen, ihre Anhänglichkeit wird langsam lästig.

»Eine wunderbare Aussicht«, sagt sie träumerisch. »Bald ist Weinlese. Hilfst dieses Jahr wieder mit?«

»Hm, wahrscheinlich.«

»Der Hattenbauer sucht noch Helfer. Bei dem kannst sicher was dazuverdienen.«

»Mal sehen.«

Das interessiert ihn jetzt wenig. Er hat andere Sorgen. Er darf auf keinen Fall Hasenscharte und seinem Freund in die Arme laufen. Die sind bestimmt noch in der Gegend. Also ist das Wirtshaus keine Option. Zu seinen Eltern nach Hause kann er auch nicht. Die zwei Eintreiber warten dort vielleicht schon auf ihn. Außerdem hat er keine Lust, sich den misstrauischen Fragen seines Vaters zu stellen. Wenn er ein Auto hätte, würde er nach Graz fahren und versuchen, bei einem Kommilitonen unterzuschlüpfen. Sein Blick fällt auf das klapprige Moped, das der Vater ihm überlassen hat. Nicht einmal ein gebrauchtes Auto hat er ihm gekauft, dieser Geizkragen. Die desolate Möhre würde ihm auf halbem Weg verrecken.

Bleibt noch der alte »Bunker«. Für eine Nacht wird es schon gehen.

Bei einer seiner Radtouren ist er als Dreizehnjähriger von Krems aus die Untere Arnsteinstraße hinaufgefahren, dann die Höhenstraße entlang, bis er in den schmalen Jagerweg eingebogen ist. Dieser abschüssige Weg führt nur an zwei Gehöften vorbei und endet nach einer Kurve an einem verfallenen Bauernhaus. Die Bewohner müssen wohl vor vielen Jahrzehnten weggezogen sein. Leo hat diese halbe Ruine damals erkundet und festgestellt, dass ein Kellerraum noch intakt war. Und nicht nur das. An der hinteren Wand war eine Eisentür eingelassen. Dahinter war ein paar Meter weit ein Stollen in den Hang gegraben worden. Perfekte Voraussetzungen für einen halbwüchsigen Jungen, sich hier ein Versteck einzurichten. Mit Matratze, Decken, Kerzen und Vorratslager. Weil das Gelände steil zum Teigitschgraben hin abfällt, nannte er seinen Bunker damals »Adlerhorst«. Immer wenn er etwas ausgefressen hatte oder die anderen hinter ihm her waren, hat er sich hier verkrochen. Bis heute. Er ist ein erwachsener Mann und taucht noch immer in seinem Kinderversteck unter. Man müsste lachen, wenn es nicht so traurig wäre.

Hannelore schaut auf die Uhr und erschrickt. »Jesses, schon so spät. Ich muss in die Wirtschaft zurück. Der Schusterwirt wird sich bereits fragen, wo ich bleib.« Sie küsst ihn schnell auf die Wange und nimmt das Fahrrad. »Magst heut bei mir übernachten?«, fragt sie ihn neckisch und wird rot. »Es kann aber spät werden.«

Passt, denkt er und nickt. Allemal besser als der Bunker. Und langweilig wird ihm auch nicht werden ohne sie.

Er muss nachdenken.


3


Er steht spät auf und geht unter die Dusche. Hannelore ist schon weg, sie muss über die Mittagszeit beim Schusterwirt bedienen. Er duscht abwechselnd warm und kalt, das soll ja gesund sein. Dann prüft er sein Gesicht im Spiegel. Er muss dringend seine Haare kürzen lassen, sie sind schon viel zu lang. Gott sei Dank muss er sich nicht rasieren. Sein gekräuselter

Vollbart erspart ihm viel Arbeit. Die Haare muss Hannelore ihm schneiden, die macht das gar nicht so schlecht. Für den Friseur hat er kein Geld.

Als er fertig angezogen ist, geht er in die kleine Küche. Eigentlich ist es eine Küchennische, in der nur Platz zum Kochen ist. Hannelore hat ihm wie immer Kaffee warm gestellt. Er schenkt sich eine Tasse ein und begibt sich zum Esstisch in ihrer Wohnküche. Der Kaffee ist nur mehr lauwarm, aber was will man machen? Das Leben ist kein Wunschkonzert, also runter mit der Pampe. Wenn er Hannelore das nächste Mal sieht, wird er ihr sagen, dass sie sich eine Espressomaschine anschaffen soll.

Er braucht eine Zigarette. Sein Blick irrt herum, er schaut unter die Zeitungen, öffnet die Schublade unter dem Tisch. Fehlanzeige. Hannelore hat ihm keine dagelassen. Verstimmt trinkt er noch einen Schluck, den Rest Kaffee kippt er in die Abwasch.

Er nimmt seine Jacke und sieht auf die Uhr. Halb zwölf. Perfektes Timing. Er wird zu seinen Eltern fahren. Da kommt er gerade richtig zum Mittagessen. Er macht die Tür hinter sich zu und geht leise die Stiege hinab ins Erdgeschoss. Glücklicherweise hat Hannelores kleine Wohnung einen eigenen Aufgang. Er hat keine Lust, ihren Eltern zu begegnen. Und Ferdl schon gar nicht.

Er startet das Moped. Mit Husten und Getöse springt es an, und er fährt mit lautem Geknatter vom Hof. Verflucht, er hat nicht daran gedacht, seinen fahrbaren Untersatz ein paar Meter zu schieben. Bei diesem Höllenlärm hängen jetzt bestimmt alle am Fenster und starren ihm nach.

Er hält beim nächsten Automaten und zieht eine Packung Zigaretten. Er muss jetzt eine rauchen. Nach ein paar tiefen Zügen ist er in der Lage nachzudenken.

Er hat sich gestern schon das Gehirn zermartert, als er auf Hannelore gewartet hat. Eine Lösung seines Problems ist ihm nicht eingefallen. Er sitzt in der Scheiße, so viel ist klar. Die Eintreiber wissen jetzt, wo er wohnt. Die lassen ihn nicht mehr vom Haken. Aber zweiundzwanzigtausend Euro – wo soll er die hernehmen? Das bisschen Lohn, das er mit Aushilfskellnern in Graz oder Erntearbeiten am Land verdient, braucht er selbst. Seit einem Jahr muss er auch bei seinen Eltern finanziell einen Beitrag leisten, nicht viel zwar, aber immerhin. »Du musst lernen, dass Verpflegung, Wäscheservice und ein Dach über dem Kopf nicht vom Himmel fallen«, hat sein Vater gesagt. Der geizige Korinthenkacker. Wenigstens steckt ihm die Mutter manchmal etwas zu, wenn der Alte es nicht sieht.

Zweiundzwanzigtausend Euro.

Vielleicht kann er etwas aushandeln. Ratenzahlungen zum Beispiel. Aber selbst dafür müsste er erst eine Teilsumme auf den Tisch legen. Einige Tausender mindestens. Die müsste er sich irgendwie organisieren. Damit er etwas Luft bekommt.

Adrian Kranzelmeier beobachtet, wie sein Sohn Gulaschsuppe löffelt, als hätte er seit Tagen nichts mehr zu essen gekriegt.

»Wie geht's eigentlich mit dem Studium voran?«

»Mhm. Passt schon.«

Adrian runzelt die Stirn. »Geht's etwas genauer?«

»Jetzt lass den Buben doch erst einmal essen«, meint die Mutter.

Adrian zuckt mit den Schultern, sagt aber nichts mehr. Schweigend beenden sie ihr Mahl.

»Wo warst denn gestern?«, setzt er wieder an.

»Zuerst in der Uni, dann bei der Hannelore.«

»Das ist wohl was Ernstes?«, fragt Therese lächelnd, als sie die Teller abräumt.

»Na ja, ist noch zu früh, um das zu sagen.«

Der Vater verschränkt die Hände vor dem Bauch und sieht Leo durchdringend an. »Hast Besuch ghabt gestern.«

Leo weicht seinem Blick aus. »So? Von wem denn?«

»Die Herren haben sich nicht vorgestellt. Aber sie wollten unbedingt mit dir reden. Über etwas Geschäftliches, haben sie gmeint.«

»Keine Ahnung, wer das war.«

»Ich beschreib sie dir. Vielleicht fällt dir ja dann was zu den Herrschaften ein.«

Scheiße. Die haben mit dem Vater geredet. So hat er sich das nicht vorgestellt. Das Gespräch entwickelt sich in die völlig falsche Richtung. Er hat vorgehabt, Adrian anzuzapfen. In dessen Metallkassette im Nachtschränkchen liegen sicher einige Tausender. Es soll ja nur ein Darlehen sein, für ein Auslandssemester, das er unbedingt machen muss. Damit er im Internationalen Rechtswesen nicht den Anschluss verliert. Das hätte Adrian vielleicht geschluckt.

Jetzt kann er das vergessen. Sein Vater ist nicht blöd.

»Angreist sind die Herren mit einem hellblauen Sportwagen. Ich sag dazu Zuhälterschüssel. Und so wie die ausgeschaut haben, kennen die das Gefängnis auch von innen. Jetzt frag ich mich: Was wollen die von dir?«

Wieder weicht Leo dem Blick seines Vaters aus. »Ich hab echt keinen Schimmer. Eine Verwechslung vielleicht …«

Adrian schlägt mit der Faust auf den Tisch. »Ja, hältst du mich für deppert? Du weißt genau, wer die sind. Und sie wissen, wer du bist. Was hast du mit denen zu tun, ha? Von was für Geschäften reden die?«

Leo blickt hilfesuchend zur Mutter, die erschrocken in der Tür steht. Aber diesmal springt sie ihm nicht bei.

»In welchen Schwierigkeiten steckst du?«, fragt ihn der Vater jetzt etwas ruhiger.

Was soll er sagen? Die Wahrheit? Es bleibt ihm wohl nichts anderes übrig. Aber nicht in vollem Umfang. Das Wort »Spielschulden« darf nicht fallen. Dafür hat Adrian nicht das mindeste Verständnis, das weiß er.

»Ich hab Schulden.«

»Wie viel?«

»Fünftausend.«

»Und die zwei von gestern haben's dir geliehen?«

»Ja.«

Eine Zeit lang sagt niemand ein Wort.

»Was hast mit dem Geld gmacht?«, fragt der Vater schließlich.

»Ich hab Bücher gebraucht, so dicke Gesetzesschmöker, du weißt schon. Die sind nicht billig. Und Lernmaterialien. Einen Laptop auch.«

»Das kostet keine fünftausend Euro.«

»Ja. Nein. Ich wollte damit auch ein Auslandssemester finanzieren …«

»Du bist aber nicht ins Ausland gfahren.«

»Äh, nein. Ich hab gedacht, ich krieg mein Studium auch so hin.«

»Dann gib den Kerlen das restliche Geld zurück.«

»Ich hab's nicht mehr.« Verdammt. Das ist die reinste Inquisition. »Ich … hab mir in Graz für dreitausend Euro einen gebrauchten Kleinwagen gekauft.«

»Dann verkauf ihn wieder.«

»Das geht nicht. Ich hatte einen Unfall. Totalschaden.«

Adrian zieht tief die Luft ein. Thereses Erstarrung löst sich, sie sinkt auf einen Stuhl neben Leo.

»Warum bist wegen der Bücher nicht zu mir kommen?«, fragt der Vater.

»Ach, es ist doch nie genug Geld da.«

»Wie hast dir eigentlich die Rückzahlung vorgestellt? Hast eine Anstellung, von der ich nix weiß?«

Leo hasst diesen Sarkasmus auf seine Kosten. Der Vater scheint es zu genießen, dass er zu Kreuze kriechen muss.

»Nein, und das weißt du genau. Ich racker mich eh mit Aushilfsjobs ab. Neben dem Studium. Andere müssen das nicht. Die haben eine Wohnung in Graz, ein tolles Auto …«

»Kann schon sein. Da hast dir halt die falschen Eltern ausgsucht.«

»So viel steht fest.«

Er könnte sich auf die Zunge beißen, aber es ist zu spät. Was muss ihn der Alte auch immer so provozieren?

»Du undankbarer Nichtsnutz!« Adrian atmet schwer. »Da zieht man so ein Balg auf, ermöglicht ihm ein besseres Leben, und das ist der Dank!« Keuchend beugt er sich über den Tisch. »Fliegen dem armen Jungen keine gebratenen Tauben in den

Mund? So was aber auch! Er soll auch noch Leistung bringen? Was für eine …« Er beginnt zu japsen, sein Gesicht nimmt eine Blaufärbung an. »… Ungerechtig…keit auf der … Welt …«

Therese reißt die Tischlade auf und holt die Asthmapumpe heraus. Sie stürzt zu Adrian.

»Beruhig dich! Da, dein Inhalator! Nicht aufregen …«

Leo sieht regungslos zu. Sein Blick ist verächtlich.

»Du gehst jetzt besser«, sagt seine Mutter.

Er steht auf und verlässt die Küche. Das hat er gründlich vermasselt.

## 4

Er hat sich vorgenommen, heute wieder zur Uni zu fahren.

Nach dem gestrigen Streit mit seinem Vater hat er einen Studienkollegen angerufen und erfahren, dass er zu einer wichtigen Vorlesung kommen muss. Davon ist die Zulassung zum nächsten Studienabschnitt abhängig. Er hat frische Klamotten aus dem Schrank geholt, seine Tasche gepackt und den Abend und die Nacht bei Hannelore verbracht. Sie hat ihm die Haare geschnitten, nicht so kurz wie das letzte Mal. »Deine dichten Haare müssen zur Geltung kommen«, meinte sie. Na ja, einem geschenkten Gaul schaut man nicht ins Maul.

Beim Frühstück hat sie davon angefangen, dass heute beim Hattenbauern die Weinlese anfängt und sie ihn als Helfer gemeldet hat. Beim Nachbarn könne er sich etwas mit Kastanienklauben dazuverdienen. Und dass es langsam Zeit sei, ihn ihren Eltern vorzustellen. Die hätten natürlich mitgekriegt, dass zwischen ihnen etwas läuft, sie seien ja nicht blöd.

»Ein andermal«, hat er gemurmelt. Er müsse jetzt dringend in die Uni, die heutige Vorlesung dürfe er auf keinen Fall verpassen. Er sei ohnehin schon spät dran. Und weg war er.

Also sitzt er jetzt in einem Eisenbahnabteil und ist unterwegs Richtung Graz. Ein paar Monate noch, denkt er. Dann ist er zu alt für den Freifahrtausweis. Und dann? Selbst wenn es ihm gelingen sollte, mit Nebenjobs so viel zusammenzukratzen, dass er weiterstudieren kann, löst das noch nicht sein eigentliches Problem. Wie hat er nur so blöd sein können, sich auf eine Hinterzimmer-Zockerei einzulassen? Warum ist er nicht gegangen, nachdem er schon ein paar Tausender gewonnen hatte? So ein Fehler wird ihm nie mehr passieren. No, Sir.

Vielleicht sollte er sich das Angebot von seinem Freund Manfred noch mal überlegen. Der vertickt Pillen vor Schulen und Clubs oder im Park, nichts Aufregendes oder Kriminelles. Was ist schon dabei? Auf etwas wirklich Schlimmes würde er sich nie einlassen. Er ist schließlich kein Verbrecher. Aber auf diese Weise könnte er aus dem Schlamassel herauskommen. Und welche Alternative hat er schon?

Am Grazer Hauptbahnhof steigt er aus und nimmt die Straßenbahn. Er muss jetzt aufhören, sich Sorgen zu machen. Muss diese Probleme die nächsten paar Stunden hinter sich lassen. Muss sich auf das konzentrieren, was heute vor ihm liegt. Es geht schließlich um sein berufliches Fortkommen. Um seine Zukunft. Er wird seinem Tutor ein paar griffige Erklärungen für sein schleppendes Studium beibiegen müssen.

Fast hätte er seine Haltestelle verpasst. Er springt auf, hängt sich seine Tasche über die Schulter und steigt als Letzter aus. Mit forschen Schritten geht er bis zum Ende der Straße in Richtung des alten Universitätsgebäudes. Dann bleibt er abrupt stehen, wendet sich den geparkten Autos neben der Fahrbahn zu, und der Schweiß bricht ihm aus. Was hat sein Vater über das Auto der beiden gesagt, die ihn gesucht haben? Ein hellblauer Sportwagen, eine Zuhälterschüssel. Genau so ein Auto parkt am Straßenrand in der zweiten Reihe.

Er sieht sich hektisch um, kann aber nichts Verdächtiges entdecken. Langsam dreht er sich um und geht zurück. Bloß keine Aufmerksamkeit erregen. Er biegt in eine Seitengasse ein und drückt sich hinter zwei Müllcontainer.

Die meinen es wirklich ernst. Wahrscheinlich warten sie in der Nähe der Eingänge, einer vorn, der andere hinten. So würde er es jedenfalls machen. Und dann schnappen sie sich ihn. So eine Scheiße!

Was jetzt?

In die Uni kann er nun nicht mehr. Verdammt! Das heißt, er verliert schon wieder ein Semester. In hilfloser Wut schlägt er mit der Faust auf den Deckel des Müllcontainers. Ein blecherner Knall ist die Folge. Erschrocken sieht er sich um, doch keiner der Passanten auf der Straße schaut in seine Richtung. Ruhig jetzt, er darf nicht die Nerven verlieren. Er muss überlegen, was als Nächstes zu tun ist.

Das kommende Semester kann er vergessen. Er könnte kotzen, aber damit muss er jetzt leben. Vielleicht gibt es noch einen Ersatztermin für die Zulassung. Er muss sich in erster Linie darum kümmern, seine Schuldenprobleme zu lösen. Vorher braucht er an sein Studium gar nicht mehr zu denken. Er kann nicht zwei Brände auf einmal löschen. Zuerst muss er weg von hier. Die zwei Eintreiber sind bestimmt ganz in der Nähe.

Er zieht sein Handy aus der Brusttasche und überlegt, wen er anrufen könnte. Er starrt auf seine Kontakte, und ihm wird bewusst, dass er im Studentenmilieu eigentlich niemanden hat, dem er vertrauen kann, der ihm helfen würde. Zumindest nicht in einer so heiklen Angelegenheit. Am Anfang war das anders, da war er in einer Clique, mit der er oft um die Häuser gezogen ist. Aber mit den Jahren haben ihn seine Kollegen, was den Studienerfolg betrifft, längst überholt. Manche stehen schon im Beruf.

Manfred.

Ja genau. Der kommt zwar aus der Unterschicht, aber auf den ist Verlass. Bei ihm kann er sicher eine Zeit lang unterschlüpfen. Bestimmt.

Es läutet endlos. Er befürchtet schon, dass sich die Mailbox einschaltet, aber er hat Glück.

»Holzer.«

»Hallo, Manfred. Leo hier.«

»Leo? Sag einmal, in welche Scheiße bist du getreten? Du wirst gesucht …«

»Ja, ich weiß. Deshalb ruf ich dich ja an. Ich –«

»Die zwei waren bei mir. Wollten unbedingt wissen, wo du dich rumtreibst.«

»Hast du ihnen den Tipp mit der Uni gegeben?«

»Worauf du einen lassen kannst. Die haben mir den Arm so auf den Rücken gedreht, ich hätte ihnen deinen Blutzuckerwert verraten, wenn ich ihn gewusst hätte. Sie haben gesagt, du schuldest ihnen einen Haufen Geld.«

»Ja, verflucht. Die Pokerrunde vor ein paar Wochen, du weißt schon …«

»Wie viel?«

»Zweiundzwanzig.«

»Tausend?«

»Ja.«

»Heilige Scheiße. Weißt du eigentlich, mit wem du es zu tun hast? Die zwei Eintreiber sind nur die Vorhut. Hast du das Geld?«

»Nein.«

»Kannst du es auftreiben?«

»Wie denn? Deshalb muss ich mich verstecken. Kann ich bei dir …?«

»Vergiss es. Die kommen sicher wieder, so wie die drauf sind. Was willst du jetzt machen?«

»Weiß nicht. Ich lass mir was einfallen.«

»Hör zu. Ich kann versuchen, mit ihnen zu reden. Vielleicht kann ich was aushandeln. Ruf mich in ein paar Tagen wieder an. Okay?«

»Ja, mach ich.«

»Pass auf dich auf.«

Wie betäubt steckt er sein Handy wieder ein. Er muss zurück nach Gaisfeld. Auf dem schnellsten Weg. Bevor die Typen auf die Idee kommen, den Hauptbahnhof nach ihm abzusuchen.

Die werden ihn nicht kriegen. Zumindest nicht heute.

***

Er schaut hinauf in den Nachthimmel.

Es gibt keine Sterne hier. Fast keine. Höchstens drei, vier. Sie glimmen blass und lustlos und weit voneinander entfernt vor sich hin. Nicht wie zu Hause, wo der Himmel übersät ist mit Tausenden Lichtern, als hätte eine Riesenfaust sie nachlässig hingestreut und ihnen Glut und Leben eingehaucht. Ein immer wiederkehrendes Geschenk für die Menschen. Fast jede Nacht ist er auf dem schmalen Vorplatz vor seiner Kammer gelegen, mit hinter dem Kopf verschränkten Armen, und hat sich in den Himmel hinaufgeträumt. Er ist eingetaucht in dieses Wunder aus Licht und Ewigkeit, bis ihm die Augen zugefallen sind.

Manchmal hat sich seine Mutter zu ihm gesetzt. Sie hat gesagt, dass eines der Lichter da oben sein Stern sei. Dass jeder Mensch am Himmel sein Licht habe, das nur für ihn leuchte.

»Welcher ist mein Stern?«, hat Adil gefragt.

»Wenn es an der Zeit ist, wirst du es wissen«, hat sie geantwortet.

Danach hat er versucht zu erraten, welcher Stern für ihn leuchtete. War es dieser kleine, der ruhig neben dem blinkenden sein Licht aussandte? Der rötliche vielleicht? Oder gar der große, der alle überstrahlte?

Dann ist der Krieg näher gekommen. Der nachtschwarze Himmel ist an den Rändern gelb und orange aufgeflammt. Die Sterne haben begonnen zu verblassen, im gleichen Ausmaß, wie das Donnern der Raketeneinschläge lauter geworden ist. Seine Leute sind zu langsam, der Feind zu schnell gewesen. Einen Tag bevor seine Familie fliehen wollte, wurde ihr Dorf angegriffen. Seine Eltern und die kleine Schwester hatten keine Chance, sie wurden unter den Trümmern des Hauses begraben. Das gleiche Schicksal hätte wohl auch ihn getroffen, wenn sein älterer Bruder und er nicht hinter dem Hügel die Ziegen zusammengetrieben hätten. Es ist ihnen geglückt, unentdeckt zu fliehen.

Sein Bruder Djamal hat sie über Wasser gehalten. Adil begriff wohl, dass Djamal ihr Überleben mit unlauteren Mitteln bewerkstelligt hat. Aber eines Tages hat der Bruder das Geld gehabt, um die Schlepper zu bezahlen. Die Wochen der Flucht waren eine Abfolge von Hunger, Durst und quälender Anstrengung, die Namen der Länder, die sie durchquerten, sind aufgeblitzt und nach kurzer Zeit verglüht wie Sternschnuppen. Weiter, immer weiter.

Kurz vor dem Ziel hatte Djamal einen heftigen Streit mit einem der Männer. Danach ist er verschwunden und nie wieder aufgetaucht. Einer aus der Gruppe hat Adil das letzte Wegstück mitgezerrt, bis sie schließlich in einem Wald allein gelassen wurden, mit nichts als einer vagen Handbewegung für die grobe Richtung, die sie einschlagen sollten. Sie sind weitermarschiert, bis sie dieses alte, leere Haus gefunden haben. Dann ist ein Wagen mit Hilfsgütern gekommen. Sie bekamen zu essen und zu trinken und ein Bett für die Nacht.

Das Haus dürfen sie nicht verlassen. Adil aber muss zurück, muss seinen Bruder suchen. Er hat sich mit einem alten Mann angefreundet, der versprochen hat, ihm zu helfen. Vielleicht ist er ja gar nicht so alt. Als die anderen eingeschlafen waren, hat er sich durch den Hinterausgang hinausgeschlichen und auf die Stufen gesetzt. Hier soll er auf den Mann warten.

Ist da nicht ein Geräusch? Adil lauscht angestrengt, aber es ist nur eine Katze, die vorbeihuscht und ihn argwöhnisch mustert. Er beginnt zu frieren. Wie spät es wohl sein mag? Sein Blick richtet sich wieder zum Himmel, doch er sieht keinen Mond und kaum Sterne.

Warum gibt es hier so wenige Sterne?


5


Das Haus seiner Eltern liegt ruhig in der Nachmittagssonne. Er sieht die Mutter hinter dem Küchenfenster hin und her gehen, sie bereitet wohl gerade das Abendessen zu. Er schaut durch das Fenster, vom Vater keine Spur. Das ist gut. Er betritt die Küche und setzt sich aufatmend an die Eckbank.

»Magst eine Gemüsesuppe? Ist noch was vom Mittagessen da. Du siehst ziemlich fertig aus.« Therese zieht ihr Gesicht in Sorgenfalten.

»Wo ist der Vater?«

»Der ist mit dem Taxi zum Arzt gfahren. Die monatliche Kontrolle, weißt eh.«

Leo nickt. Der Herr lässt sich also ein Taxi kommen und zum Arzt chauffieren. Dafür ist Geld da.

Er löffelt seine Suppe und hört mit halbem Ohr den Erzählungen seiner Mutter zu. Nichts, was er nicht schon dutzendmal gehört hätte. Als er den leeren Teller von sich wegschiebt, macht er einen Vorstoß.

»Ich hab mich heute für das neue Semester angemeldet. Jetzt dauert es nicht mehr lang. Die haben mir für die Gebühren mein letztes Geld abgenommen. Ich hab jetzt nix mehr. Kannst du mir helfen? Du hast doch sicher was gespart.«

»Wart.« Therese geht zur Anrichte und öffnet eine Lade. Unter den Kochrezepten zieht sie eine bemalte Blechschachtel hervor. Leo hofft auf ein, zwei Tausender. Das wäre ein Anfang.

»Das ist mein Notgroschen. Der Vater weiß nix davon«, sagt sie mit Verschwörermiene. Sie verschließt die Blechdose wieder und legt sie auf den alten Platz zurück. Dann drückt sie ihm zwei Fünfzig-Euro-Scheine in die Hand.

Er muss an sich halten, um nicht loszulachen. Will sie ihn verscheißern?

Gott sei Dank läutet sein Handy.

In dem Moment, als er drangeht, weiß er, dass er einen Fehler gemacht hat.

»Na, da ist er ja, unser Freund«, schnarrt es in sein Ohr. »Wir haben schon gedacht, du versteckst dich vor uns.«

»Was …? Nein …«

»Dann ist es ja gut. Wir vermuten, du hast vergessen, dass wir einen Termin haben. Du bist überfällig.«

»Ja … Tut mir leid.«

»Davon haben wir nichts. Was uns aber weiterhilft, ist das

Geld, das du uns schuldest. Wir sind in einer Stunde vorm Schusterwirt. Dahin kommst du. Mit dem Geld. Hast du das verstanden?«

»In einer –«

»Genau. Die Zeit läuft.«

Benommen steckt er das Handy ein. Wie soll er … in einer Stunde …? Ihm wird schlecht. Er zieht seine Geldbörse aus der Tasche und macht eine Bestandsaufnahme. Hundertzweiunddreißig Euro und fünfzig Cent. Er ist im Arsch. Definitiv.

Wieder läutet sein Handy. Diesmal schaut er auf die Nummer, bevor er das Gespräch annimmt. Hannelore. Was will die schon wieder?

»Hallo, Leo. Ich hab heut Abend frei, und meine Leute machen einen Verwandtenbesuch. Die kommen erst spät in der Nacht zurück. Sturmfreie Bude sozusagen.« Sie kichert. »Und da hab ich mir gedacht, ich koch uns was Schönes und wir machen es uns gemütlich. Was sagst?«

Er überlegt fieberhaft. Die zwei Grazer werden ihm bei den Eltern und beim Schusterwirt auflauern. Der Einzige, der weiß, dass er bei Hannelore sein könnte, ist der Ferdl. Und der ist heute nicht in der Wirtschaft, sondern bei Verwandten. Das könnte sich ausgehen.

»Ja, das klingt gut«, meint er. »Ich bin schon unterwegs.«

Er ruft einen Gruß in die Küche und holt das Moped aus dem Schuppen. Eile tut not. Tanken muss er auch noch. Dann wird er von der Bildfläche verschwinden. Zumindest für die nächsten Stunden.

Er ist überrascht, als er den schön gedeckten Tisch sieht.

»Ich hab doch nicht Geburtstag«, entfährt es ihm.

Scheiße, hoffentlich ist heute nicht Hannelores Geburtstag, er hat nichts für sie gekauft. Um die Wahrheit zu sagen, er hat sich nicht einmal ihren Geburts*monat* gemerkt.

»Nein, hast du nicht.« Sie lächelt. »Aber ich wollt dich trotzdem überraschen.«

Sie hat sich mit dem Essen Mühe gegeben, auch der Wein

ist vorzüglich. Hannelore trinkt nur wenig, aber er lässt sich nicht bitten. Wäre er nicht so angespannt, könnte er den Abend richtig genießen. So aber hallen immer wieder die Worte des Eintreibers in seinem Kopf nach. Er quittiert Hannelores Geplapper nur mit »Aha« und »Mhm«, während ihm immer wieder das Wort »Henkersmahlzeit« durch den Kopf geht. Er hilft ihr beim Abräumen und stellt die Teller in die Spülmaschine. Hannelore holt eine zweite Flasche aus dem Kühlschrank. Sie sieht ihn auffordernd an.

Mit einem Plopp zieht er den Korken aus der Flasche und schenkt die Gläser voll.

»Es hat sehr gut geschmeckt«, sagt er, weil er denkt, sie wartet auf ein Kompliment. »Die Überraschung ist dir gelungen.«

»Danke«, erwidert sie, und er merkt, dass ihre Backen vor Aufregung glühen. »Ich hab aber noch eine Überraschung für dich.«

»Da bin ich jetzt aber gespannt.« Er lehnt sich bequem zurück und fischt eine Zigarette aus der Packung. Er bietet ihr auch eine an, aber sie schüttelt den Kopf.

»Ich muss damit aufhören.«

»Warum denn das?«, fragt er verwundert.

Sie holt tief Luft. »Tja, das steckt in der Überraschung mit drin. Ich würd die Zigarette net allein rauchen.«

Er braucht ein paar Sekunden, bis er versteht. »Soll das heißen … du bist … du …?«

Sie nickt und sieht ihn mit strahlenden Augen an. »Ja, wir bekommen ein Kind.«

Ihm ist, als hätte ihm jemand mit dem Hammer auf den Kopf gehauen. Das darf doch nicht wahr sein! Das hat ihm gerade noch gefehlt. Das gibt's doch nicht!

Er hat nie aufgepasst. Das brauche er nicht, hat sie gesagt. Sie kümmere sich um alles. Danach ist nie mehr davon gesprochen worden.

»Aber … Du nimmst doch die Pille? Du hast gesagt –«

»Ich hab vor ein paar Wochen Magen-Darm-Grippe ghabt, erinnerst du dich? Da muss es passiert sein.«

Am liebsten würde er ihr ins Gesicht schlagen. Jetzt wird ihm alles klar. Die Bemerkung, dass sie ihn ihren Eltern vorstellen möchte. Das aufwendige Essen mit Wein und Kerzen. Alles Inszenierung. Sie hat ihn reingelegt.

»Aber … das geht nicht. Ich will kein Kind. Du musst was unternehmen.«

Er sieht das Strahlen aus ihren Augen verschwinden. »Du willst, dass ich …?«

»Du kannst das Kind nicht kriegen! Das verstehst du doch. Das … Das ist unmöglich.«

Ihre Augen füllen sich mit Tränen. Verdammte Scheiße. Jetzt geht das Geheule los. Er unterdrückt den Impuls, aus der Wohnung zu rennen und die Tür hinter sich zuzuknallen. Die Wahrheit ist, er kann nirgendwo hinrennen. Er muss jetzt taktisch vorgehen. Sich etwas Zeit verschaffen.

»Hannelore, überleg doch mal. Für ein Kind ist es zu früh. Ich bin mit dem Studium noch nicht fertig. Ich hab kein Einkommen. Wovon sollen wir denn leben?«

Sie wischt sich die Tränen von der Wange und nimmt seine Hand. »Das kriegen wir bestimmt hin. Ich hab ja die Anstellung beim Schusterwirt, damit kommen wir schon über die Runden. Und wohnen können wir ja hier. Und wenn du fertiger Herr Doktor bist, dann suchen wir uns was Eigenes.«

Das hat sie sich ja fein ausgedacht. Ihn mit einem Kind an sich binden, bevor eine andere ihr den Herrn Akademiker wegschnappt.

»Du kannst ganz normal weiterstudieren.« Hannelore klingt jetzt wieder gefasst. »Um das Kind kümmer ich mich. Du wirst keinen Unterschied merken.«

»Wissen es deine Eltern? Dein Bruder?«

Sie verneint. »Ich hab noch nichts gsagt. Weil … Ich wollte zuerst mit dir –«

»Das ist gut. Behalt es noch für dich. Ich … Ich muss das erst mal sacken lassen. Das geht im Moment nur uns was an.«

Sie schmiegt sich an ihn, ihr Blick ist unsicher. »Du stehst doch zu mir, gell? Wir ghören doch zusammen?«

»Ja ... Ja freilich.«

Es kostet ihn viel Beherrschung, nicht die Hände um ihren Hals zu legen.

In dieser Nacht kriegt er kein Auge zu. Er hat weder vor, die nächsten Jahre in diesem Kabuff zu leben, noch, sich von Hannelore ihren Lebensplan aufdrücken zu lassen. Wenn er heiratet, dann sicher keine Kellnerin. Und dieses Kind will er schon gar nicht. No, Sir. Aber er muss Hannelore eine Weile hinhalten, damit er seine Ruhe hat. Er kann nicht an mehreren Fronten gleichzeitig kämpfen.

Zuerst muss er das Problem mit den Spielschulden beseitigen. Die zwei Eintreiber wird er sonst nicht mehr los. Er braucht Geld, und zwar rasch. Auf dem Weg zum Weberhof, beim Tanken, ist eine Idee in ihm aufgeblitzt. Ein vager Gedanke, der sich nun wie ein Virus in ihm ausbreitet. Er dreht sich auf den Rücken und verschränkt die Arme hinter dem Kopf.

Ist es machbar? Kann er damit davonkommen?

Als die fahle Morgendämmerung durchs Zimmer kriecht, starrt er noch immer an die Decke und denkt nach.

# 6

Nach dem Frühstück ist er zum Haus seiner Eltern gefahren und hat sich dort ein paar Sachen zusammengesucht, die er heute noch brauchen wird. Dann hat er sich beim Hattenbauern zur Weinlese gemeldet. Das ist ihm vernünftig vorgekommen. Da kriegt er Geld und ein Mittagessen und ist außer Sichtweite. Die Eintreiber denken sicher nicht daran, den Dietenberg nach ihm abzusuchen.

Stunden später schickt er einen prüfenden Blick zum eisengrauen Himmel. Hoffentlich beginnt es nicht zu regnen. Das würde ihm sein Vorhaben erschweren.

Als die Dämmerung hereinbricht, tut ihm jeder Knochen weh. Die Weinhänge mögen ja schön aussehen, aber den ganzen Tag auf dem abschüssigen Gelände Trauben zu ernten ist nicht das Wahre für seine Wirbelsäule.

Er wartet, bis der letzte Helfer den Hof verlassen hat. Mit einem schnellen Blick sieht er, dass der Hattenbauer keine Armbanduhr trägt. Als er von ihm das Geld entgegennimmt, fasst er sich mit schmerzverzerrtem Gesicht an den Rücken.

»So«, sagt er. »Schon sieben. Jetzt eine heiße Dusche und ab ins Bett. Ich bin hundemüde.«

»Ja, ja«, grinst der Bauer. »Da merken auch die Herren Studenten, dass der Wein nicht von selber in die Flasche kommt.«

Dummschwätzer.

Als er mit dem Moped vom Hof fährt, hat er einen Knoten im Magen. Es ist kurz nach halb sieben. Er muss sein Vorhaben sofort durchführen, wenn die falsche Zeitangabe einen Sinn haben soll. Mit zusammengebissenen Zähnen braust er den Weg hinunter zur Krottendorfer Straße. Er weiß, er stellt jetzt eine Weiche in seinem Leben. Er schert ins Dunkel aus.

Nur dieses eine Mal, schwört er sich. Nur dieses eine Mal.

Die Tankstelle liegt ein wenig außerhalb von Ligist, kurz vor dem Ortsschild. Schräg gegenüber befindet sich der Fußballplatz, der um diese Uhrzeit verwaist ist. An dessen oberem Ende thront das Vereinshaus. Ein paar hundert Meter vor dem Ortsschild stellt er den Motor ab und lässt das Moped die leicht abschüssige Straße weiterrollen. Er biegt nach rechts in einen Weg ein, von dem er weiß, dass er an der Hinterseite der Tankstelle vorbeiführt. Vorn fällt das Licht vom Kassenraum auf die Zapfsäulen, dahinter ist es dunkel. Geräuschlos bleibt er stehen und lehnt das Moped an die Rückwand.

Er öffnet die Tasche auf dem Gepäckträger und nimmt einen Blaumann und ein Kissen heraus, das er sich mit einem Gürtel am Bauch befestigt. Dann schlüpft er in den blauen Arbeitsoverall. Mit fliegenden Fingern stülpt er sich eine schwarze Motorradhaube über, die nur die Augen frei lässt. Er zieht die Kapuze seines Pullis hinten hoch und bedeckt damit drei

Viertel des Kopfes. Dunkle Lederhandschuhe vervollständigen seine Verkleidung. Als Letztes holt er eine Plastikpistole aus der Tasche, die einer echten täuschend ähnlich sieht, und steckt noch eine Spraydose und Kabelbinder ein.

Vorsichtig drückt er sich an der Seitenwand der Tankstelle entlang und lugt um die Ecke. Niemand da. An der Hauskante, einen halben Meter über seinem Kopf, ist eine Kamera montiert. Sie ist auf die Zapfsäulen ausgerichtet. Im Inneren des Kassenraumes gibt es eine zweite Videoüberwachung oberhalb der Eingangstür, das hat er gestern überprüft, als er seine Tankfüllung bezahlt hat.

Er zieht die Verschlusskappe ab und hält die Spraydose vor die Außenkamera. Dann drückt er auf den Sprühknopf, bis von der Linse rote Farbe tropft.

Er wartet zehn Sekunden, dann geht er los. Der alte Mann, der hier seine schmale Rente aufbessert, wendet ihm den Rücken zu. Leo öffnet leise die Tür, setzt auch die zweite Kamera außer Gefecht und steckt die Spraydose ein. Als der Mann sich umdreht, ist er nur mehr einen Meter von ihm entfernt.

»Kasse auf!«, zischt er und zieht die Waffe.

Der Alte reißt die Augen auf und starrt entsetzt in die Pistolenmündung.

»Los! Kasse auf!«

Zittrig befolgt der Mann den Befehl. Leo sieht, dass da nur ein paar kleine Scheine liegen.

»Wo ist der Rest?« Wegen des ständigen Zischens muss er einen heftigen Hustenreiz unterdrücken. Aber der Mann soll nicht seine Stimme identifizieren können, falls er jemals verdächtigt wird.

»Mehr is … net da … Die Leut zahlen meistens mit … mit Karte …«

Scheiße. Daran hätte er denken müssen.

Leo hält ihm seine Plastiktüte hin. »Alles hier rein!«

Der Alte tut, wie ihm geheißen, seine schmächtige Gestalt bebt heftig. Dann hält er ihm mit einer Hand die Tüte hin, während die andere nach einem metallenen Schraubenschlüssel greift. Leo krallt sich den Plastiksack und stößt den Mann heftig nach hinten. Der Alte schlägt mit dem Kopf auf ein Regalbrett und sinkt blutend nach unten.

Nichts wie raus hier.

Er stürmt aus dem Kassenraum und bemerkt, wie plötzlich ein Lichtschein vom Vereinshaus auf den Fußballplatz fällt und jemand aus der Tür tritt. Panisch rennt er um die Ecke ins rettende Dunkel. Mit zitternden Fingern wirft er den Nylonsack mit dem Geld und die Waffenattrappe in die Tasche. Dann reißt er sich Motorradhaube, Overall und Kissen vom Körper und zieht rasch den Reißverschluss zu. Er startet das Moped und fährt ohne Licht davon.

Fuck! Fuck! Fuck!

Ob die Gestalt aus dem Vereinshaus ihn gesehen hat? Und wenn schon, in diesem Aufzug kann sie ihn unmöglich erkannt haben. Wieso war überhaupt jemand dort? Ihm fällt ein, dass jeden zweiten Donnerstag eine Clubsitzung abgehalten wird. Daran hat er nicht gedacht, er ist schon seit Monaten nicht mehr hingegangen. Diese Nudeltruppe hat ihn nicht mehr interessiert.

Er biegt in den Wartensteinweg ein, jetzt kann er das Licht wieder einschalten. Er treibt das alte Moped das steile Sträßchen hoch. Knapp unter dem Wartenstein verläuft die schmale Straße fast eben an den Hügeln entlang. Kurze Zeit später taucht er in ein Wäldchen ein.

Schweiß brennt in seinen Augen, er wischt sich mit dem Jackenärmel über die Stirn. Es ist nicht so gelaufen, wie er sich das vorgestellt hat. Die Ausbeute ist erbärmlich. Ein paar hundert Euro, wenn er Glück hat. Und dafür wollte der Opa ihm eine überbraten? Was war mit dem Alten los, verdammt? Hat der auf einem Tarzanheft geschlafen? Er hat ihm nicht wehtun, sondern ihn bloß fesseln und ins Klo einsperren wollen. Aber der musste ja den Helden spielen. Selbst schuld.

Er hat das Wäldchen hinter sich gelassen und zweigt beim Marienbildstock auf den Weg zum Weberhof ab. Zeitlich hat seine Planung gestimmt. Die ganze Aktion hat keine Viertelstunde gedauert. Er fährt jetzt auf direktem Weg zu Hannelore, dann ist alles in trockenen Tüchern. Nach einer engen Linkskurve muss er scharf bremsen. Der hellblaue Sportwagen steht quer über dem Weg.

Hasenscharte und sein kahler Begleiter kommen von zwei Seiten auf ihn zu.

»Du hast uns ganz schön auf Trab gehalten, mein Freund, das muss man dir lassen.«

Als sie mit ihm fertig sind, liegt er auf dem Boden und spuckt Blut.

Hasenscharte schüttelt den Kopf. »Leo, Leo, Leo. Was sollen wir bloß mit dir machen? Du nimmst uns anscheinend nicht ernst. Gut, du bist vom Land. Vielleicht hast du noch nichts von uns gehört. Ich stell uns jetzt mal vor.« Er zeigt auf den Glatzkopf. »Das ist mein Bruder Joe. Ich bin Jack. Wir suchen das Gespräch mit säumigen Schuldnern. Wir sind sozusagen Warner. Du kannst uns auch die Warner-Brothers nennen.« Er stößt ein meckerndes Lachen aus.

Leo sieht Joe zu seiner Tasche gehen und sie durchwühlen. Er kommt mit dem geöffneten Plastiksack wieder.

»Schau, schau«, schnarrt Jack. »Viel ist es ja nicht, aber wir wollen heute mal nicht kleinlich sein. Wir betrachten das hier als Ersatz für unsere Auslagen, die wir deinetwegen hatten. Die zweiundzwanzigtausend stehen noch offen.«

Leo steht schwankend auf.

»Morgen Punkt achtzehn Uhr beim Bildstock da vorne. Bei der Jungfrau Maria lässt du ein paar Tausender rüberwachsen.«

Plötzlich ist der Glatzkopf hinter Leo und hält ihn fest. Jack hat ein Messer in der Hand und schiebt Leos Jackenärmel hoch. Er zieht eine blutige Linie in den Unterarm.

»Damit du nicht wieder unsere Verabredung vergisst«, sagt er. »Du scheinst ja einer von der vergesslichen Sorte zu sein.«

# 7

Hannelore ist entsetzt, als sie ihn sieht.

»Um Gottes willen! Komm rein. Was ist denn passiert? Hast einen Unfall ghabt?«

Wortlos drückt er sich an ihr vorbei. Was für eine Erklärung soll er ihr auftischen? Er kann auf keinen Fall erzählen, dass er eine Tankstelle überfallen hat. Damit käme sie nicht klar. Ihre erzkatholische Erziehung lässt für so etwas keinen Spielraum. Sie hilft ihm, die Jacke auszuziehen, und wird blass, als sie das Blut am Unterarm sieht.

»Du musst zum Arzt. Die Wunde muss versorgt werden –«

»Nein. Das ist nur ein Kratzer.«

Er geht ins Bad und schaut in den Spiegel. Meine Fresse. Die haben ihn ordentlich durchgewalkt. Ein Auge halb zugeschwollen, eine Lippe aufgeplatzt. Unter seinem Bart schimmern rote Flecken. Jetzt kann er verstehen, warum Hannelore erschrocken ist. Er will gar nicht wissen, wie sein übriger Körper aussieht. Vorsichtig schiebt er den Ärmel seines Langarmshirts hoch. Der Schnitt ist nicht tief. Er nimmt eine Flasche Franzbranntwein vom Spiegelschrank und beißt die Zähne zusammen. Es brennt höllisch, als der Alkohol über die Wunde rinnt. Hannelore hat inzwischen Verbandszeug geholt. »Mein armer Schatz«, murmelt sie, während sie seinen Arm versorgt. Sie macht das nicht einmal schlecht.

»Was ist passiert?«, fragt sie noch einmal, als sie am Tisch sitzen.

»Ich ... Ich bin überfallen worden.«

»Was? Wer war das? Du musst zur Polizei –«

»Nein! Keine Polizei.«

»Keine ... Warum denn net?«

Jetzt muss er die Hosen runterlassen. Zumindest teilweise. Er nickt und stößt einen tiefen Seufzer aus. »Ich ... Ich hab dir nicht alles gesagt, Hannelore. Ich hab Scheiße gebaut. Vor ein paar Wochen bin ich in Graz mit einem Freund in eine Pokerrunde geraten. Am Anfang hab ich auch gewonnen, aber dann … Ich hab gedacht, das gibt's doch nicht, das Blatt muss sich ja wieder wenden. Und ich hab weitergemacht. Und jetzt … Ich hab Spielschulden.«

»Spielschulden?« In ihrem Blick sieht er Fassungslosigkeit. »Viel?«

»Zweiundzwanzigtausend.«

»Heilige Muttergottes!«

»Ja, und heute sind sie gekommen. Die haben mich fast umgebracht.«

»Sind das die zwei Typen, die beim Schusterwirt nach dir gfragt haben?«

»Genau die.« Er bedeckt das Gesicht mit den Händen und schüttelt den Kopf. »Verstehst du jetzt, warum ich mich über das Kind nicht gefreut hab? Warum ich dir wehgetan hab? Was meinst du, wie schwer das für mich war? Aber wie soll ich eine Familie gründen, wenn diese Eintreiber hinter mir her sind?« Er streichelt ihr übers Gesicht und lächelt traurig. »Es hätte so schön werden können … Du und ich und das Kind … In einem Jahr wäre ich mit dem Studium fertig gewesen …«

»Aber …« Tränen rinnen über Hannelores Gesicht. »Du musst zur Polizei. Die werden dir helfen.«

»Du glaubst doch nicht, dass die Grazer lockerlassen? Die werden dann noch wütender. Außerdem müsste ich zugeben, dass ich beim illegalen Glücksspiel mitgemacht habe. Damit hätte ich eine Vorstrafe. Dann kann ich die Uni vergessen.«

»Wie soll es jetzt weitergehen?«

»Das kann ich dir sagen. Morgen um sechs Uhr abends kommen die wieder. Dann muss ich ihnen eine Anzahlung geben. Ich hab aber nichts mehr. Sie haben mir mein ganzes Geld abgenommen, sogar das bisschen, das ich beim Hattenbauern verdient hab.«

»Frag doch deine Eltern. Die helfen dir bestimmt.«

Er lacht bitter auf. »Ja sicher. Die haben selbst nicht viel. Und mit dem Vater hab ich mich überworfen. Von dem krieg ich keinen Kreuzer.«

»Ja, aber –«

»Wenn ich denen morgen nichts geben kann, schlagen sie mich tot. Kannst du nicht …?« Er sieht ihr beschwörend in die Augen. »Hast du ein bisschen Geld? Etwas Erspartes, mit dem du mir aushelfen kannst? Wenn die meinen guten Willen sehen, kann ich mit denen vielleicht etwas aushandeln.«

»Ich hab was gspart, ja … Aber es ist net viel. Damit wollt ich eigentlich einen Kinderwagen und die Babyausstattung kaufen.«

»Wie viel hast du?«

»So dreitausend Euro, aber –«

»Super. Das wird ihnen erst mal reichen. Du bist ein Schatz.«

»Aber … das Geld … Es ist alles, was ich hab.«

»Du kriegst es wieder. Ohne deine Hilfe geht es jetzt nicht. Oder willst du das Kind lieber allein aufziehen, ohne Vater?« Er nimmt sie in die Arme und wiegt sie sanft hin und her. »Ich krieg das schon hin, du wirst sehen. Ich werde mich mit denen irgendwie einigen. Und dann haben wir auch wieder eine Zukunft vor uns.«

»Versprochen?«

»Klar. Aber du musst das alles für dich behalten. Niemand braucht von unseren Schwierigkeiten zu wissen. Besonders nicht deine Eltern oder dein Bruder. Der kann mich sowieso nicht leiden.«

»Ich werd nichts sagen.«

Na also. Das wäre erledigt. Hätte schwieriger werden können.

»Leo?«, murmelt sie an seiner Brust. »Ich hab mir überlegt …«

»Was denn?«

»Da wir ja schon unsere Zukunft planen, können wir auch heiraten, bevor das Kind kommt.«

Chapeau. Guter Zeitpunkt, eine kleine Erpressung nachzuschieben. Jetzt bloß nichts verderben. »Ja, darüber werden wir nachdenken. Aber nicht mehr heute. Ich bin vollkommen kaputt.«

»Leo?«

»Hm?«
»Dann sind wir jetzt verlobt?«
»Ja, mein Schatz. Wir sind verlobt.«


## 8

Inspektor Harald Kammerlander räumt seinen Schreibtisch auf. Das ist wie ein Ritual. Wenn ein Fall abgeschlossen ist, muss sich das für ihn in Ordnung widerspiegeln. Zumindest in seinem engsten Arbeitsumfeld. Tabula rasa sozusagen. Platz schaffen für Neues.

Er sieht zu seinem Kollegen Franz Ratzinger hin, der konzentriert auf die Tastatur einhämmert. Ihm ist das Bedürfnis nach Ordnung auf seinem Schreibtisch völlig fremd. Akten, Stifte, Notizen, volle und leere Kaffeetassen, Schokoriegel – alles zwanglos verteilt, ein Chaos-Stillleben.

Jeder nach seiner Fasson, denkt Kammerlander.

Er lehnt sich entspannt in seinem Sessel zurück. Gut, dass er sich noch nicht entscheiden muss, ob er die Dienststelle übernehmen will oder nicht. Kommandant Starkl hat vor einem Jahr davon gesprochen, in Frühpension zu gehen. Seine Frau und er wollten sich ein Wohnmobil kaufen und noch etwas von der Welt sehen. Drei Monate später ist sie an einer Hirnblutung verstorben, einfach so. Damit war das Thema Frühpension vom Tisch. Was hätte Starkl jetzt auch allein mit seiner Zeit anfangen sollen? Seine Arbeit gibt ihm Halt und Struktur, die einsamen Abende und Nächte sind bestimmt schlimm genug. Und Kammerlander kann die Entscheidung über seine berufliche Zukunft noch etwas hinausschieben. Er ist sehr zufrieden. Die Serie der Schuleinbrüche ist geklärt, der Täter hat sich als Lehramtskandidat im vorletzten Semester herausgestellt.

Ratzinger druckt den Bericht aus und grinst. »Ich kann den Kerl verstehen. Das ist kein Verbrechen im eigentlichen

Sinn. Eher so eine Art … Notwehr, wenn du verstehst, was ich meine. Wer will schon sein ganzes Leben in der Schule verbringen?«

Jetzt schmunzelt auch Kammerlander. »Du meinst, es war ein Hilfeschrei der Seele.«

»Genau. Meine Seele hätte auch laut um Hilfe geschrien, wenn ich an seiner Stelle gewesen wäre.«

»Das glaub ich sofort.«

»Wann kommt eigentlich die Neue?«

»Weiß nicht. Im Lauf des Tages, hat es geheißen.«

Kammerlander seufzt. Sein früherer langjähriger Kollege hat eine Profiler-Ausbildung in den USA gemacht, und es ist eingetreten, was er befürchtet hat: Ebner ist nicht mehr zurückgekommen, sondern hat eine freie Stelle in Wien angenommen. Schnellere Karriere, besseres Gehalt, mehr Reputation. Er kann ihn ja verstehen. Trotzdem muss Ebners Stelle nachbesetzt werden. Beim letzten Mal ist das gründlich schiefgegangen. Die junge, computeraffine Kollegin hat sich als höchst kriminell entpuppt, es wird immer noch nach ihr gefahndet. Dass sie alle auf sie reingefallen sind, hat Ratzinger bis heute nicht verwunden.

»Eigentlich brauchen wir jetzt nicht unbedingt Verstärkung«, meint Ratzinger. »Im Moment ist eh wenig los. Und im Zweifelsfall unterstützt uns der Hansbauer Matthias. Der macht seine Sache recht gut.«

»Dass gerade eben nicht viel Arbeit anfällt, heißt nicht, dass das auch so bleibt. Ich bin jedenfalls dankbar für jeden Ermittler, den wir kriegen.«

»Du bist nicht am Puls der Zeit. Du musst gendern, mein Freund.«

»Ich bin auch dankbar für jede Ermittlerin.«

»So ist's brav. Denn die nächste Bösewichtin kommt bestimmt.«

»Du sagst es. Und deshalb ist es schon von Vorteil, wenn der dritte Schreibtisch hier dauerhaft besetzt ist.«

Ratzinger zuckt zweifelnd mit den Schultern. »Ich bin ja

mal gespannt, was für ein Fräulein sie uns diesmal schicken«, brummt er wenig begeistert.

Eine Stunde später ist es so weit. Die Bürotür geht auf, und Kommandant Starkl kommt herein. »Unsere neue Kollegin ist eingetroffen«, verkündet er und tritt zur Seite. Die Frau füllt fast die ganze Türöffnung aus.

Kammerlander verschlägt es die Sprache. Von einem »Fräulein« kann nun wirklich nicht die Rede sein. »Walküre« trifft es wohl eher. Eins achtzig mindestens, schätzt er, und an die neunzig Kilo. Vielleicht auch mehr. Circa fünfundvierzig, strenges Gesicht. Die Haare sind straff nach hinten gekämmt und im Nacken zu einem Knoten gebunden. Sie trägt ein schmuckloses braunes Kostüm, das bis unter die Knie reicht. Mit äußerst strammen Waden steht sie da, die großen Füße stecken in funktionalen Halbschuhen.

Gebt ihr ein Schwert, denkt Kammerlander, als Germania würde sie eine tolle Figur machen. Aus den Augenwinkeln sieht er Ratzfatz wie eingefroren starren. Dem Spitznamen, den Ratzinger seinem heftigen Temperament verdankt, wird er in diesem Augenblick nicht gerecht.

Er steht auf und geht um seinen Schreibtisch.

»Darf ich vorstellen«, sagt Starkl, »Ihre zukünftigen Kollegen Harald Kammerlander und Franz Ratzinger.«

Kammerlander gibt ihr die Hand und meint, in einen Schraubstock gegriffen zu haben.

»Sehr erfreut«, brummt sie mit tiefer Stimme, die ebenso gut einem Mann gehören könnte. »Mein Name ist Apollonia Schlagenhaufen.«

Ich brech zusammen, denkt er. Der Name ist Programm.

Ratzinger hat es inzwischen fertiggebracht aufzustehen. Er streckt ihr die Hand hin. »Ratzer…ger… äh … Willkommen«, stottert er und wird rot.

Sie stampft zu seinem Schreibtisch, und Kammerlander hört im Geiste schon Ratzingers Fingerknöchel knacken.

Sie hat den dritten Schreibtisch in Beschlag genommen und richtet sich ein. Als Letztes stellt sie ein Bonsai-Bäumchen neben den Bildschirm. Die Diskrepanz zwischen der kräftigen Frau und dem zierlichen Bäumchen hätte nicht größer sein können.

»Sie sind von Klagenfurt zu uns gekommen?«, unterbricht Kammerlander das Schweigen.

»Ja.«

»Und was hat Sie zu uns in die Weststeiermark verschlagen?«

»Hier war gerade eine Stelle frei.«

Ein Plappermaul ist sie nicht.

»Wissen Sie schon, wo Sie wohnen werden? Sie können sich gern die Zeit nehmen, sich eine Bleibe zu suchen.«

»Ich kann Witt fragen«, bietet Ratzinger an. »Bei seiner Cousine ist etwas frei geworden, habe ich gehört.«

»Ich mache das im Anschluss. Wenn es Ihnen recht ist, möchte ich gleich in die Ermittlungen einsteigen. Woran arbeiten Sie gerade?«

»Nun«, sagt Kammerlander. »Wir haben eben einen Fall von Serieneinbrüchen abgeschlossen. Jetzt haben wir die Wahl zwischen Autodiebstahl und Wilderei.«

Es klopft, und Inspektor Witt betritt das Büro. Kammerlander und Ratzinger tauschen einen Blick. Witt ist bestimmt fast geplatzt vor Neugier und hat die nächstbeste Gelegenheit ergriffen, sich die Neue anzuschauen.

»Einen guten Morgen zusammen! Ah, und da ist ja die neue Kollegin! Witt mein Name. Sehr angenehm.«

»Schlagenhaufen.«

Kammerlander bemerkt, wie Witts Augen glasig werden, als er ihr die Hand schüttelt.

»Ja, äh, was ich sagen wollte … Gestern Nacht ist eine Tankstelle überfallen worden, und der Kommandant lässt fragen, ob ihr den Fall übernehmen wollt.«

»Was meinen Sie, Frau Kollegin?«, fragt Ratzinger jovial.

»Die Dame entscheidet.«

Schlagenhaufen zuckt mit den Schultern. »Tankstelle klingt gut. Mein Tank ist ohnehin fast leer.«

## 9

Nachdem Kammerlander Apollonia Schlagenhaufen den übrigen Kollegen vorgestellt hat, gibt Hansbauer ihnen eine Zusammenfassung der nächtlichen Ereignisse.

»Ich hab gestern Abend Dienst gehabt. Als Erstes hab ich mit den Kollegen vor Ort die Überwachungsbänder gesichert. Es war zehn vor sieben, als die Außenkamera blind gesprüht wurde. Nach ein paar Sekunden ist das Gleiche mit der Innenkamera passiert. Ich hab die Aufzeichnungen hier.«

Hansbauer startet mit einem Klick und spult bis achtzehn Uhr fünfzig vor. Man sieht die Zapfsäulen, aber es gibt zu dem Zeitpunkt keine Tankkunden. Plötzlich erscheint von rechts unten ein dunkler Fleck. Die Beamten beugen ihre Köpfe näher an den Bildschirm.

»Das ist eine Sprühdose«, murmelt Ratzinger. »Und die Hand steckt in einem Handschuh.«

Sekunden später ist der Bildschirm schwarz.

»Und das ist die Aufzeichnung von drinnen.«

Auch hier erscheint eine Hand mit Sprühdose von unten. Aber bevor der Bildschirm dunkel wird, schiebt sich ein Stück Kopf und Schulter ins Bild.

»Der Täter hat uns leider nicht den Gefallen getan hochzusehen«, sagt Hansbauer. »Wir haben keinen Hinweis auf die Person.«

»Ortskenntnis.« Schlagenhaufens tiefe Stimme lässt alle aufblicken. »Der Täter hat gewusst, wo die Kameras sitzen.«

Kammerlander nickt. »Dann können wir wohl auch davon ausgehen, dass er – oder sie – wusste, dass um diese Uhrzeit nur der alte Mann im Laden war.«

»Höchstwahrscheinlich. Was genau sich während des Überfalls abgespielt hat, kann man nur vermuten«, fährt Hansbauer fort. »Um fünf nach sieben hat ein Helmut Gaisreither den Notruf gewählt, nachdem er den alten Mann blutend auf dem Boden gefunden hat.«

»Wie geht es ihm?«, fragt Kammerlander.

»Der Krankenwagen hat ihn ins Spital gebracht. Er war nicht vernehmungsfähig.« Hansbauer nimmt einen dünnen Ordner vom Schreibtisch. »Hier ist mein Bericht. Laut Tankstellenpächter ist die Beute nicht groß gewesen. Ein paar hundert Euro vielleicht.«

»Wir haben uns gestern um fünf Uhr Nachmittag hier im Vereinshaus troffen.«

Helmut Gaisreither kommt aus der Kantine und stellt drei Flaschen Bier auf den Tisch. Er setzt sich den beiden Beamten gegenüber.

»Wer war alles dabei?«, fragt Ratzinger.

»Ich natürlich, der Haller Sepp und der Weber Ferdl.«

»Ferdl für Ferdinand?«

»Genau.«

»Was war der Anlass für die Zusammenkunft?«

»Wir haben überlegt, wie wir die Jugendarbeit verbessern und Geld für die Fußball-Jugendförderung auftreiben können.«

Gaisreither bläst eine der schütteren Haarsträhnen aus seinem Gesicht und hebt die Flasche zum Prost. Die Trainingsjacke spannt ein wenig um den Bauch, seine aktiven Fußballzeiten liegen wohl schon einige Jahre zurück.

»Als Sie angekommen sind, ist Ihnen da etwas aufgefallen?«, fragt Kammerlander.

»Sie meinen, an der Tankstell? Nein.«

»Wann haben Sie das Vereinshaus wieder verlassen?«

»Muss so kurz nach sieben gewesen sein. Der Sepp und der Ferdl sind vor mir gangen. Die wollten noch zum Schusterwirt. Ich hab die Gläser weggräumt und zugsperrt. Dann bin ich über die Straße zur Tankstell hinüber. Ich wollt mir noch Zigaretten holen. Da hab ich den Mann dann gfunden.«

»Haben Sie auf dem Weg dorthin etwas gesehen oder gehört?«

Gaisreither schüttelt den Kopf. »Die Tür war einen Spaltbreit offen. Sonst war nix.«

Apollonia Schlagenhaufen muss dem Arzt versprechen, den Patienten nicht aufzuregen.

»Die Platzwunde wurde genäht. Er hat ein Schädel-Hirn-Trauma erlitten, außerdem einen leichten Schlaganfall. Fünf Minuten, nicht länger. Viel wird er Ihnen sowieso nicht sagen können.«

Schlagenhaufen nickt. Der alte Mann ist über Kabel und Schläuche mit medizinischen Geräten verbunden, die rhythmischen Pieptöne durchbrechen die Stille. Doch seine Augen folgen ihr.

»Ich mach es ganz kurz«, sagt sie leise. »Erinnern Sie sich an den Überfall in der Tankstelle?«

Der Mann versucht zu sprechen, aber es kommen nur undeutliche Laute aus seinem Mund.

»Wir machen das anders«, fährt sie fort und nimmt seine Hand. »Ich stelle Fragen, und Sie drücken meine Hand. Einmal für ›ja‹ und zweimal für ›nein‹. In Ordnung?«

Er drückt einmal.

»War es ein Mann?«

Ja.

»Ist er Ihnen bekannt vorgekommen? Eine Ähnlichkeit vielleicht, die Sie an jemanden erinnert hat?«

Nein.

»Haben Sie seine Stimme gehört?«

Nein.

»Hat er Sie mit einer Waffe bedroht?«

Ja.

»War es ein Messer?«

In der Folge erfährt sie, dass der Mann eine Pistole hatte, nicht alt war und etwa eins achtzig groß.

»Schlank?«

Er löst die Hand aus ihrer und legt sie auf den Bauch.

»Er war also dick?«

Aus seinem Mund kommt ein ärgerlicher Laut. Ein Speichelfaden rinnt am Kinn hinunter. Die Beamtin nimmt wieder seine Hand.

»Er war *nicht* dick, aber er hatte einen … dicken Bauch?«

Ja.

Die Tür geht auf, und eine ältere Krankenschwester geht mit strenger Miene zum Krankenbett.

»Das reicht jetzt.« Ihr Blick zeigt Schlagenhaufen, dass es keinen Verhandlungsspielraum gibt.

## 10

»Dick war er nicht, aber er hatte wohl einen merklichen Bauchansatz«, schließt Schlagenhaufen am späten Nachmittag ihren Bericht ab, als sie im Büro zusammensitzen.

»Also: Es war ein junger Mann, groß, mit Bauchansatz, der nicht gesprochen hat«, fasst Ratzinger zusammen. »Wie hat er sich verständlich gemacht?«

Sie zuckt mit den Schultern. »Vielleicht durch Flüstern, Krächzen, Gesten, was weiß ich. So schwer ist es nicht dahinterzukommen, was eine vermummte Person in einem Laden will, die eine Waffe auf einen richtet.«

Kammerlander nickt. »Das bisschen Kleidung, das in der Aufzeichnung zu sehen ist, gibt nicht viel her. Die Schwarz-Weiß-Aufnahmen zeigen nur, dass er etwas Dunkles getragen hat. Eine winzige Hoffnung ist, dass vielleicht ein wenig rote Sprühfarbe von den Kameras auf ihn getropft ist. Und er es nicht gemerkt hat.«

»Das ist der Hauch einer winzigen Hoffnung, um jemanden zu überführen«, meint Ratzinger.

Schlagenhaufen blickt auf die Uhr und steht auf. »Wenn es recht ist, fahre ich jetzt zu meiner neuen Unterkunft und richte mich ein. Vielen Dank, Kollege Ratzinger, dass Sie das für mich organisiert haben.«

Er winkt ab. »Ich hoffe, es ist das Richtige für Sie.«

Als sie allein im Büro sind, wendet sich Kammerlander seinem Freund zu. »Und? Wie findest du die neue Kollegin?«

»Passt schon«, murmelt Ratzfatz und beugt den Kopf tiefer über Hansbauers Bericht.

Hoffentlich geht das gut, denkt Kammerlander. »Passt schon« kann bei seinem Freund alles oder nichts bedeuten.

Zur selben Zeit macht sich Leo Kranzelmeier auf zum Treffpunkt beim Marienbildstock. Sein Gesicht ist immer noch ramponiert, aber die Tabletten, die Hannelore ihm gegeben hat, wirken. Er hat keine Schmerzen mehr. Er hofft, dass heute keine neuen dazukommen.

Als er am Ziel ist, sieht er auf die Uhr. Er ist zehn Minuten zu früh dran. Vorsichtig lehnt er sich an den Bildstock, um möglichst wenig Druck auf die Hämatome am Rücken auszuüben. Sollten die beiden ihn sich noch einmal vornehmen, wird er nicht mehr in der Lage sein, auf sein Moped zu steigen. Zweimal hintereinander hält er das nicht aus.

Er steckt sich eine Zigarette an und inhaliert tief. Seine gestrige Aktion war ein Griff ins Klo. Und das ist noch geschmeichelt. Wenigstens hat ihn keiner an der Tankstelle gesehen. Hofft er zumindest. Mit Ausnahme des alten Mannes natürlich. Aber was kann der schon beschreiben? Motorradhaube, Kapuze, Blaumann. Damit ist keine Identifizierung möglich.

Er konnte es kaum erwarten, dass Hannelore nach dem Mittagsgeschäft endlich nach Hause kam. Er war sich sicher, dass sie etwas über das gestrige Ereignis gehört hatte. Jede Neuigkeit landet blitzschnell im Wirtshaus, das ist ein dörfliches Grundgesetz.

Es hat auch nicht lange gedauert, bis sie vom Überfall auf die Tankstelle erzählt hat.

»Stell dir vor: In unserer Tankstelle war das! Die Leut sagen, der das gmacht hat, das muss ein rechter Depp gwesen sein.

Weil heut doch die meisten Leut mit Karte zahlen. Da is doch kaum Bargeld in der Kasse.«

Sie hat den Kopf geschüttelt und gelacht. Er hätte sie am liebsten geohrfeigt.

»Mir tut nur der alte Mann leid«, hat sie weitergeplappert. »Sie haben ihn ins Krankenhaus bracht.«

»Weiß man, wie es ihm geht?«, hat er scheinbar desinteressiert gefragt.

»Es ist von einer Kopfverletzung und einem Schlaganfall gredet worden. Anscheinend kann er kaum sprechen.«

Scheiße. Das hat er nicht gewollt. Andererseits: Das hat der Alte sich selbst zuzuschreiben. Was hat er gedacht, wer er ist? Chuck Norris?

Er hört Motorengeräusche und tritt die Kippe aus. Der blaue Sportwagen hält am Wegrand, die beiden Typen kommen ohne Eile auf ihn zu.

»Siehst du, Joe, ich hab's dir doch gesagt«, schnarrt Hasenscharte. »Unser Goldjunge ist lernfähig.«

Sie stellen sich dicht vor ihn hin. Leo fällt auf, dass er den Glatzkopf noch nie sprechen gehört hat. Vielleicht ist er stumm? Was sind das eigentlich für unnötige Überlegungen? Er hat ganz andere Sorgen.

»Und? Wo ist die Kohle?«

Leo greift in die Jackentasche und holt ein Bündel Banknoten heraus.

»Na, mal sehen«, murmelt Jack und beginnt zu zählen.

»Es sind dreitausend Euro«, sagt Leo rasch. »Mehr hab ich nicht.«

Jack hört auf zu zählen.

»Ehrlich. Ich hab keinen Cent mehr. Ihr könnt mich noch mal zusammenschlagen oder mir den Kopf abreißen – ich hab nichts mehr.«

Jack bohrt schweigend seinen Blick in Leos Augen. Eine eisige Kälte breitet sich in dessen Körper aus. Was werden sie jetzt mit ihm machen? Werden sie ihn einfach abstechen?

Plötzlich beginnt Hasenscharte zu lachen.

»Jetzt schau doch nicht wie ein Mondkalb!« Er klopft ihm jovial auf die Schulter. »Viel ist es zwar nicht, aber wir sehen deinen guten Willen. Nicht wahr, Joe?«

Dieser grinst auch und nickt.

»Pass auf, mein Freund«, sagt Jack und legt Leo den Arm um die Schultern. »Wir haben mit deinem Kumpel Manfred Holzer gesprochen. Der hat uns von deinen finanziellen Schwierigkeiten erzählt. Aber Schulden müssen bezahlt werden, das siehst du doch ein? Holzer hat auch gesagt, dass du bereit bist, sie abzuarbeiten. Deshalb machen wir dir ein Angebot.«

## 11

Hannelore hat für ihn wieder einen Job in den Weinbergen aufgetrieben. Diesmal soll er zur Lese beim Doppler. Und in einem Monat kann er auch zum Kastanienklauben kommen.

»Der hat Arbeit für Samstag und Sonntag. Ich hab gedacht, das passt zeitlich. Weil am Montag musst wahrscheinlich wieder nach Graz zum Studieren.«

Super. Es geht schon los. Sie bestimmt einfach über seine Zeit. Genauso hat er sich das vorgestellt. Er hat überhaupt keine Lust, sich wieder bei der Weinlese abzurackern. Andererseits muss er seine Bereitschaft zeigen, Geld zu verdienen, nachdem sie ihm aus der Patsche geholfen hat.

Übel gelaunt fährt er mit dem Moped zu seinen Eltern. Er braucht ein paar frische Klamotten. Wieder hat er Glück, der Vater werkelt im Schuppen herum, er muss ihm nicht über den Weg laufen.

Seine Mutter erschrickt, als sie ihn sieht. »Jesses Maria! Was ist denn mit dir passiert?«

An sein Gesicht hat er gar nicht mehr gedacht. Er erzählt ihr, dass ihn vermummte Gestalten zusammengeschlagen und ihm sein ganzes Geld abgenommen hätten.

»Warst bei der Polizei? Hast das anzeigt?«

»Ja sicher, aber das kannst vergessen. Ich hab niemand erkannt. Die Polizei sagt, in dem Fall gehen die Aussichten gegen null, dass sie die Kerle kriegen«, lügt er drauflos. »Mein Geld ist jedenfalls weg.«

Mit Sorgenfalten auf der Stirn holt sie die Blechschachtel aus der Küchenlade und drückt ihm erneut zwei Fünfziger in die Hand.

»Damitst dir in Graz was zum Essen kaufen kannst«, sagt sie und streichelt seine Hand.

Wer sagt's denn? Hat sich die Fahrt hierher wenigstens minimal gelohnt.

Leo ist beunruhigt.

Die Weinleser setzen sich aus Einheimischen, die er kennt, und Erntehelfern aus Ungarn zusammen. Seine Freunde – falls man sie als solche bezeichnen kann – deuten grinsend auf sein Gesicht und machen Bemerkungen wie: »Na, hast eine handfeste Diskussion gehabt?« Die Ungarn sagen nichts. Wer ihm Kopfzerbrechen bereitet, ist der Weber Ferdl. Der hat ihn nicht einmal gegrüßt, sondern nur finster in seine Richtung geschaut.

Was ist los mit ihm? Hat er mitbekommen, dass Hannelore schwanger ist? Oder hat sie ihm gar von den dreitausend Euro erzählt, die sie ihm gegeben hat? Das kann er sich eigentlich nicht vorstellen.

Als die Bäuerin mit der Mittagsjause kommt, setzt sich Leo zu Ferdl ins Gras. Er schaut nach oben in einen Septemberhimmel, in dem das ganze Blau des Sommers gesammelt ist.

»Über das Wetter können wir heute nicht meckern«, sagt er. »Aber für morgen ist Regen vorhergesagt.«

Ferdl beißt schweigend in sein Schnitzelbrot.

»Ah, mir tut jetzt schon der ganze Rücken weh …«, versucht Leo es noch einmal.

»Kannst aufhören mit dem Scheißgelaber.« Ferdl steht auf. »Mich täuschst du net. Du glaubst, du kannst alle verarschen und kommst mit allem durch.« Er ist laut geworden. Leo sieht den Haller Sepp neugierig herüberschauen. »Aber da hast dich gschnitten. Du bist nix anderes als ein windiger Gauner. Auch wennst hochdeutsch redst.« Ferdl dreht sich um und geht weg.

Leo sitzt benommen da und blickt ihm nach. Was war *das* jetzt? Womit hat er Ferdls Wut auf sich gezogen? Ja gut, er ist nicht glücklich, dass Hannelore mit ihm zusammen ist. Aber ihn als »windigen Gauner« zu beschimpfen ist gelinde gesagt unverschämt. Dieser Bauernheini.

Hat Hannelore vielleicht doch etwas ausgeplaudert? Oder sind die zwei Eintreiber, die der Ferdl beim Schusterwirt getroffen hat, der Grund für seinen Ausbruch? Ja, das kann sein. Selbst sein Vater, der alte Kranzelmeier, hat sofort begriffen, aus welchem Milieu die beiden stammen. Vielleicht macht sich der Ferdl deswegen Sorgen. Dann noch das zerschundene Gesicht – er zählt bestimmt eins und eins zusammen.

Leo wickelt sein Brot in Alufolie und steckt es in seine Tasche. Hunger hat er keinen mehr.


Den ganzen Nachmittag ist er nervös. Ihm geht die Bezeichnung »windiger Gauner« nicht aus dem Kopf. Während er Traube um Traube erntet, grübelt er nach. Was er jetzt nicht brauchen kann, ist Stress mit Hannelores Bruder. Wenn der ihr Druck macht, kann es gut sein, dass sie redet. Wenn sie ihm von den Spielschulden erzählt, behält der Ferdl das bestimmt nicht für sich. Das geht dann im Dorf rum wie nix. Und manch einer könnte an den Überfall auf die Tankstelle denken. So weit hergeholt ist das nicht.

Er muss noch einmal mit dem Ferdl reden. Gute Stimmung machen. Am besten gleich nach der Arbeit.

Als sie fertig sind, ist die Dämmerung schon weit fortgeschritten. Er wartet, bis alle Arbeiter ihren Lohn bekommen haben und weggefahren sind. Ferdl räumt noch den Hof auf und stellt die Rückenkörbe vor das Weinhaus. Leo lässt sich auch bezahlen und verabschiedet sich vom Doppler. Er umrundet ein Gebüsch, hinter dem Ferdls kleiner Toyota geparkt ist. Leos Moped steht neben dem Wagen. Hier wird er auf Hannelores Bruder warten.

Als er den Bauern mit Ferdl reden hört, duckt er sich hinter die Sträucher.

»Du musst mir bitt schön helfen. Dir kann ich ja vertrauen. Ich muss mit meiner Frau zum Arzt, wir sind schon spät dran. Kannst du noch die zwei Maischetanks im Weinhaus sauber machen für morgen? Da hast den Schlüssel. Sperr zu und leg ihn ins Postkastl, wennst fertig bist.«

Leo hört ein paar Türen schlagen, dann heult ein Motor auf. Er drückt sich tief ins Gebüsch, als die Bauersleute vorbeifahren. Das passt, denkt er.

Als er zum Hofplatz zurückgeht, findet er ihn leer vor, aber er hört Geräusche aus dem Weinhaus. Die Tür ist offen, intensiver Traubengeruch steigt ihm in die Nase.

Ferdl steht mit dem Rücken zu ihm und beugt sich über einen Edelstahltank. Er spritzt mit einem Wasserschlauch den großen Gärbehälter aus, der Deckel ist im rechten Winkel hochgeklappt.

Leo klopft an den Türrahmen, um sich bemerkbar zu machen. Erschrocken fährt Hannelores Bruder herum.

»Du? Was willst denn noch?«

»Ich möchte mit dir reden.«

»Ich wüsst net, was wir zu bereden hätten.«

»Ferdl, was ist los? Ich möchte wissen, warum du so feindselig bist.«

»Das willst wissen? Na, dann werd ich's dir sagen.« Er stellt das Wasser ab und geht auf Leo zu. »Du bist eine Luftpumpe, die nix zustande bringt. Ein ewiger Student. Trotzdem schaust auf uns bodenständige Leut herab, denkst, du bist was Besseres. Aber ich kenn dich. Und ich weiß genug von dir –«

»Was? Was weißt du?«

»Du bist ein Verbrecher! Und glaub bloß net, dass du die Hannelore unglücklich machen kannst. Die lässt dich ganz schnell fallen, wenn sie erst einmal weiß, was du so treibst!«

»Wovon redest du, Herrgott noch mal?«

»Tu bloß net so scheinheilig. Glaubst, ich weiß net, wer die Tankstell überfallen hat?« Er tippt mit dem Zeigefinger mehrmals auf Leos Brust. »Du warst es. Und jetzt liegt der alte Mann mit einem Schlaganfall im Krankenhaus.«

Leo wird leichenblass. »Was …? Wieso …?«

»Ich war vorgestern im Vereinshaus. Und als ich gangen bin, hab ich dein Moped ghört. Den Sound von deiner alten Möhre kenn ich aus Hunderten heraus. Du warst dort. Du bist es gwesen.«

»Nein, Ferdl, du täuschst dich. Bitte …«

Hannelores Bruder lacht verächtlich auf und stellt das Wasser wieder an. »Ich brauch keinen Schwager, der kriminell ist, verstehst?«

Er dreht Leo den Rücken zu und geht zum Gärbehälter zurück. Dann beugt er sich über den Rand des Tanks und hantiert am Schlauchventil. Leo folgt ihm verzweifelt.

»Ich fahr heut noch zur Polizei und sag denen, was ich weiß«, tönt es hohl aus dem Behälter. »Vielleicht buchten die dich eh gleich ein –«

»Halt's Maul!«

Leo wirft sich von hinten auf Ferdl. Durch die Wucht des Aufpralls wird Ferdl an den Gärbehälter gepresst, sein Kopf hängt über der Edelstahlwand. Gleichzeitig fällt der Deckel herunter und trifft ihn im Genick. Während der Knall verhallt, erschlafft sein Körper.

Leo weicht einen Schritt zurück. Entsetzt presst er die Hand auf den Mund. »Nein, nein, nein …«

Er muss den Deckel hochheben, muss Ferdl herausziehen, muss ihm helfen, muss …

Er kann sich nicht bewegen.

Die Minuten verrinnen, während er wie betäubt auf den leblosen Körper starrt, der über den Rand des Gärbehälters hängt. Das Plätschern von Wasser dringt in sein Bewusstsein. Der Schlauch. Der steckt im Edelstahltank. Ferdl hat vorhin das Ventil aufgedreht.

Mit einem tiefen Atemzug löst sich seine Erstarrung.

Verdammt, das hat er nicht gewollt. Wieso musste Ferdl ihn auch so provozieren? Auf der anderen Seite … Vielleicht ist das ein Wink des Schicksals, ein Gottesurteil. Ohne Ferdl … Jetzt braucht er ihn nicht mehr zu fürchten.

Er muss weg von hier. Auf der Stelle.

Hastig läuft er zu seinem Moped.

## 12

»So ein Unglück, mein Gott, so ein Unglück …«

Der Doppler sitzt zusammengesunken auf einem Hackstock vor dem Bauernhaus. Ein Rettungswagen mit rotierendem Blaulicht und ein Leichenwagen stehen mitten am Hofplatz.

Kammerlander und Ratzinger beobachten, wie der Zinksarg aus dem Weinhaus getragen und in den Leichenwagen geschoben wird. Sie sind schon bei sich zu Hause vor dem Fernseher gesessen, als der Anruf von Witt kam.

Doppler bedeckt sein Gesicht mit den Händen und stöhnt: »Der Bub vom Weber … ausgerechnet … Er hätt den Hof mit der Apfelplantage übernehmen sollen … Mein Gott, wer sagt's den Eltern?«

»Herr Doppler«, beginnt Kammerlander leise, »sind Sie in der Lage, ein paar Fragen zu beantworten?«

Der Bauer sieht ihn mit leerem Blick an.

»Ich weiß, Sie stehen noch unter Schock. Also, wenn es Ihnen lieber ist, kommen wir morgen wieder.«

»Nein … Es hilft ja alles nix. Bringen wir's hinter uns.« Er richtet sich auf und atmet tief durch. »Was wolln S' wissen?«

»Fangen wir einfach von vorne an. Ferdinand Weber war einer Ihrer Erntehelfer?«

Doppler nickt. »Einer der besten und verlässlichsten.«

»Wann haben Sie ihn das letzte Mal gesehen?«

»Das war so um sieben rum … Die anderen waren schon weg, und ich hab den Ferdl gfragt, ob er noch den Tank sauber macht für morgen. Ich hab mit meiner Frau zum Arzt müssen, deshalb …«

»Herr Weber war also allein am Hof?«

Wieder nickt der Bauer.

»Wann sind Sie wieder heimgekommen?«

»Vielleicht eineinhalb Stunden später. Ich hab gleich gsehen, dass was nicht stimmt. Der Hofplatz war nass, das Wasser ist aus dem Weinhaus kommen ... Das Licht hat drinnen noch gebrannt. Ich bin hineingrannt, und da hab ich ihn gsehen ... Sein Körper ist vom Tank ghängt, der Kopf unter dem Deckel, und aus dem Tank ist Wasser überglaufen ...«

»Was haben Sie dann gemacht?«

»Ich bin sofort zu ihm hin und hab ihn rauszogen. Aber ... Dann hab ich die Rettung grufen.« Er schüttelt den Kopf. »Blöd eigentlich. Ich hab ja gsehen, dass nix mehr zu machen ist.«

»Das war schon richtig so, Herr Doppler.«

Der Notarzt geht auf die Beamten zu. »Also, die Todesursache war meines Erachtens nicht Ertrinken, sondern Genickbruch, ausgelöst durch das Herabfallen des Deckels. Muss so vor zwei Stunden passiert sein. Ich denke, es war ein Unfall. Aber wenn Sie eine gerichtsmedizinische Untersuchung durchführen lassen möchten ...«

»Vielen Dank, Herr Doktor. Wir wissen noch nicht, wie wir den Vorfall bewerten werden.«

Während Kammerlander dem Krankenwagen nachsieht, zieht Ratzinger Gummihandschuhe aus der Jackentasche und geht in das Weinhaus.

»Wo ist Ihre Frau?«, fragt Kammerlander den Bauern.

»Sie hat sich hinlegen müssen. Sie hat's am Herzen ... Mein Gott, hätt ich den Ferdl bloß net gfragt ... Er könnt noch leben ...«

»Sie sind nicht schuld«, sagt Kammerlander ruhig.

Als der Leichenwagen langsam vom Hof rollt, kehrt Ratzinger aus dem Weinhaus zurück. Kammerlander kommt ihm entgegen.

»Und?«, fragt er leise.

»Hm. Der Deckel lässt sich problemlos bis zu neunzig Grad öffnen. Ohne Erschütterung bleibt er in dieser Position. Wenn man mit ein bisschen Druck den Widerstand überwindet, lässt er sich ganz umlegen.«

»Das heißt, Ferdinand Weber hat den Deckel wahrscheinlich im rechten Winkel stehen gehabt.«

»Sieht so aus.«

Es ist schon nach dreiundzwanzig Uhr, als die Beamten die Todesnachricht überbringen. Ferdinands Mutter erleidet einen Schwächeanfall, und Ratzinger alarmiert den Notarzt. Der Vater sitzt regungslos da und starrt ins Leere. Man hört nur das Ticken der Küchenuhr.

»Herr Weber, sollen wir jemand verständigen?«, fragt Kammerlander. »Jemand, den Sie jetzt um sich haben möchten, der Ihnen beisteht?«

Der Bauer zeigt keine Reaktion.

»Herr Weber?«

Langsam wendet sich der Mann Kammerlander zu. »Meine Tochter. Später.«

Ratzinger geht zur Spüle und bringt dem Bauern ein Glas Wasser. Dessen Hände zittern so stark, dass ein Teil des Wassers überläuft. Da geht die Tür auf, und eine junge Frau stürzt ins Zimmer.

»Vater, was ist los? Geht's dir net gut? Wo ist Mama?« Sie schaut panisch zu den Beamten. »Wer sind Sie? Was ist los?«

Kammerlander erklärt zum zweiten Mal, warum sie hier sind. Mit aufgerissenen Augen setzt sich Hannelore neben ihren Vater. »Der Ferdl ... tot ... Ja, aber ... Das kann net sein ... Wie ...?«

Weber dreht sich zu ihr. »Der Leo war auch dort. Der muss doch ...?«

»Beim Doppler, ja ... Er hat nix gsagt.«

»Leo?«, fragt Ratzinger und nimmt dem Bauern das Glas wieder aus der Hand. »Welcher Leo?«

Weber deutet mit dem Kinn auf seine Tochter. »Der ... Freund von Hannelore. Er ist auch beim Doppler ernten gwesen. Der muss doch wissen ...«

»Soweit wir erfahren haben, war Ihr Sohn Ferdinand allein auf dem Dopplerhof, als es passiert ist.«

Pulsierendes Blaulicht fällt von draußen durchs Küchenfenster. Der Notarztwagen ist angekommen.

»Herr Weber, wir lassen Sie jetzt allein«, sagt Kammerlander. »Wir kommen morgen Vormittag noch einmal vorbei. Wir möchten dann auch mit dem Freund Ihrer Tochter sprechen.«

Als sie wegfahren, meint Ratzinger: »Das wünscht man niemandem.«

Kammerlander massiert seine Schläfen. »Dieser Teil unserer Arbeit … Ich halte das immer schlechter aus.«


## 13

Am nächsten Tag um zehn sind alle in der guten Stube versammelt. Draußen fällt leichter Regen monoton vom Himmel, leise, als respektiere er die Trauer im Inneren des Hauses.

Die schweren, gepolsterten Holzmöbel vermitteln keine Gemütlichkeit. Hannelore lehnt mit rot geweinten Augen an der Schulter ihres Freundes, der fürsorglich den Arm um sie gelegt hat. Frau Weber geht mit leerem Blick von einem zum anderen und schenkt Kaffee in die Tassen. Dann setzt sie sich mit gesenktem Kopf neben ihren Mann.

»Wo is der Ferdl jetzt?«, fragt der Bauer.

»In der Rechtsmedizin«, antwortet Kammerlander. »Da niemand zum Todeszeitpunkt anwesend war, müssen wir Unfallhergang und Todesursache untersuchen. Das sollte nicht allzu lange dauern, denke ich.«

Er rutscht im Sessel etwas nach vorn und richtet den Oberkörper auf. Diese weichen Sitze sind nichts für seinen Rücken. Er wendet sich an den jungen Mann an Hannelores Seite und bemerkt die Blessuren in dessen Gesicht, durch den Bart schimmern Hämatome.

»Herr Kranzelmeier, Sie waren gestern mit Ferdinand Weber

am Dopplerhof und haben bei der Weinlese geholfen. Sind Sie beide zusammen hingefahren?«

»Äh, nein.«

»Wann beginnt in der Regel die Arbeit?«

»Meistens um sieben, und zwischen achtzehn und neunzehn Uhr machen wir Schluss.«

»Das deckt sich mit den Aussagen von Herrn Doppler. Er sagte auch, dass Sie bei den Letzten waren, die er ausbezahlt hat. Haben Sie mitbekommen, dass Ferdinand noch auf dem Hof geblieben ist?«

Leo schüttelt den Kopf. »Der Doppler hat mir das Geld gegeben, und ich bin sofort gegangen. Ich war hundemüde.«

»Sie sind also gleich nach Hause gefahren?«

»Nicht nach Hause. Zu Hannelore. Also hierher, zum Weberhof.«

»Dann hätten Sie doch denselben Weg gehabt«, stellt Ratzinger fest.

»Ja, schon.«

Er merkt, dass Leo diese Feststellung unangenehm ist.

»Aber ich war mit dem Moped unterwegs und Ferdl mit seinem Auto.« Er reibt sich bekümmert über die Stirn. »Wenn ich doch nur mitbekommen hätte, dass der Ferdl noch dageblieben ist …«

Der Bauer starrt Leo auf eine Art an, die die Beamten nicht deuten können.

»Was machen Sie eigentlich beruflich, Herr Kranzelmeier?«, fragt Ratzinger.

»Ich … studiere. Rechtswissenschaften. Mit den Erntearbeiten verdiene ich mir etwas dazu.«

»Was ist mit Ihrem Gesicht passiert, wenn ich fragen darf?«

Hannelore wirft ihm einen schnellen Blick zu.

»Ach, das ist nichts … Eine kleine Feier ist etwas aus dem Ruder gelaufen. Zu viel getrunken, Sie wissen schon.«

»Gut«, sagt Kammerlander. »Ich denke, wir sind hier fertig. Wir melden uns, wenn die Untersuchungen abgeschlossen sind, damit Sie Ihren Sohn beerdigen können.«

Der Bauer bringt die Beamten zur Tür. »Was soll jetzt bloß werden?«, sagt er leise. »Der Ferdl hätt den Hof übernehmen sollen. Er hat so viele Ideen ghabt. Er wollt Ab-Hof-Vermarktung einführen, mit anderen Produzenten einen Bauernmarkt ins Leben rufen. Er hat mit dem Hof a richtige Freud ghabt. Er ... wär ein guter Bauer gworden ...«

Kammerlander legt seine Hand auf Webers Schulter. »Es ist furchtbar. Unser aufrichtiges Beileid.«

»Ich habe heute mit Josef Haller gesprochen. Das ist der dritte Mann, der im Vereinshaus gewesen ist, als der Tankstellenüberfall stattgefunden hat. Er hat die Angaben von Gaisreither bestätigt.« Apollonia Schlagenhaufen klappt ihr Notizheft auf. »Auch er hat keine relevanten Beobachtungen gemacht, als er mit Ferdinand Weber zu den Autos gegangen ist. Aber er hat sich an eine Bemerkung seines Freundes erinnert, die ihm merkwürdig vorgekommen ist. Weber soll kurz stehen geblieben sein und ›Der Arsch brettert schon wieder rum‹ gemurmelt haben. Auf seine Nachfrage hat Ferdinand nur abgewinkt, dann sind beide weggefahren.«

»Leider können wir Ferdinand nicht mehr fragen, wen er damit gemeint hat«, sagt Ratzinger bedauernd.

»Das ist noch nicht alles«, fährt Schlagenhaufen mit ihrer tiefen Stimme fort. »Haller hat natürlich schon gehört, was mit seinem Freund passiert ist. Deshalb war er auch zu Hause, der Weinbauer Doppler hat für heute allen abgesagt. Ich dachte, ich frage mal routinemäßig, ob Haller gestern bei der Weinlese etwas Ungewöhnliches aufgefallen ist. Er hat sich erinnert, dass es in der Mittagspause eine Auseinandersetzung zwischen Leo Kranzelmeier und unserem Toten gegeben hat.«

»Hat er gehört, worum es ging?«, fragt Kammerlander überrascht.

»Nein. Aber Haller hat gesagt, Ferdinand Weber sei nicht glücklich darüber gewesen, dass seine Schwester mit Kranzelmeier zusammen ist. Er hat nicht viel von ihm gehalten.«

»Das ist interessant«, meint Ratzinger. »Insbesondere, wenn

man an den Zustand von Kranzelmeiers Gesicht denkt. Vielleicht hat Ferdinand unserem Leo vor Kurzem eine Abreibung verpasst, um so seiner Meinung Ausdruck zu verleihen.«

»Hm.« Kammerlander massiert grüblerisch sein Kinn. »Wenn es tatsächlich so gewesen ist, wohin führt uns das?«

»Das würde zumindest schon einmal erklären, warum die beiden jungen Männer nicht zusammen zur Weinlese gefahren sind. Sie haben denselben Hin- und Rückweg gehabt. Da hätte es sich doch angeboten, Ferdinands Wagen zu nehmen. Und in weiterer Folge … hält sich Leo Kranzelmeiers Erschütterung über den Tod von Hannelores Bruder in Grenzen. Mir kommt der Typ irgendwie nicht echt vor.«

»Da ist was dran. Wir müssen das Verhältnis der beiden jungen Männer genauer untersuchen.«

»Was uns zu der Frage bringt – wenn man einen großen Schritt weiter denkt –, ob Ferdinand Weber tatsächlich einem Unfall zum Opfer gefallen ist«, ergänzt Schlagenhaufen.

»Das ist jetzt eine gewagte Theorie.« Kammerlander lehnt sich in seinem Sessel zurück. »Zurzeit gehen wir von einem Unfall aus. Alles andere ist Spekulation. Wir müssen auch noch Webers Obduktion abwarten. Wenn wir Glück haben, kriegen wir morgen Bescheid. Eher übermorgen.«

»Aber man kann doch trotzdem in alle Richtungen denken«, sagt Ratzinger.

»Das tun wir auch, Franz. Morgen werden wir die zwei Vorfälle noch einmal überprüfen und Informationen sammeln. Machen wir Schluss für heute und begehen wir einen geruhsamen Restsonntag.«

»Guter Plan«, brummt Schlagenhaufen.


## 14

»Du kommst jetzt mit und schaust zu, wie man das macht«, sagt Manfred Holzer am nächsten Montagvormittag zu Leo. Holzer hat im Grazer Hauptbahnhof auf ihn gewartet, jetzt steigen sie in die Straßenbahn Richtung Mariengymnasium. Sie suchen sich zwei Plätze weit entfernt von den anderen Fahrgästen.

»Du nimmst dir immer eine große Schule vor. Je mehr Schüler, desto schwieriger ist Kontrolle. In Graz kannst nicht arbeiten, da sind die Reviere vergeben.« Er reibt mit dem Daumen über eine rote Narbe an der linken Wange. »Aber bei dir im Bezirk gibt es auch Schulen, wo du deine Ware loswerden kannst. Letzte Woche ist in Voitsberg ein Verteiler abgenippelt, der hat selbst zu viel von seinem Zeug erwischt. In diese Vakanz kannst du reingrätschen.«

»Aber du hast doch gesagt, es seien nur leichte Drogen, Stimmungsaufheller oder Downer, die ihr den Kids verkauft.«

»So ist es ja auch. Mach dir keine Sorgen.«

Leos Blick wirkt nicht sehr überzeugt.

»Jedenfalls kannst du seine Position übernehmen. Aber sei vorsichtig wegen der Konkurrenz. Du bist nicht der Einzige, der bei euch Zeug verkümmelt.«

Die Station »Mariengymnasium« ist erreicht. Sie steigen aus, und Leo biegt zügig in die Seitenstraße ein, die zur Schule führt.

»Halt, halt, nicht so schnell«, bremst ihn Holzer. »Wir haben noch eine Viertelstunde Zeit.«

In gemächlichem Tempo gehen sie weiter.

»Wenn du vor einer Schule arbeitest, musst du wissen, wann die Kids ihre große Pause haben. Dann sind sie im Hof oder im Schulpark, je nachdem. Du bleibst irgendwo am Rand, am besten hinter einem Gebüsch, damit dich vom Gebäude aus niemand so leicht entdecken kann. Du musst nur auf die Lehrer achten, die Aufsicht haben. Aber die meisten stehen in Gruppen zusammen und sind froh, wenn sie in Ruhe eine rauchen können. Sei aber trotzdem immer wachsam. Wenn du einen auf dich zusteuern siehst, dreh dich um und verpiss dich. Aber ohne Eile, das macht dich verdächtig. Aufmerksamkeit ist das Letzte, was du brauchst.«

»Wie komme ich mit den … Abnehmern in Kontakt?«

»Du sprichst niemand an. Keine Sorge, Kids, die etwas kaufen wollen, erkennen sofort, dass da ein Anbieter steht. Sie kommen zu dir. Lass dir immer zuerst das Geld geben, bevor du ihnen die Ware zuschiebst. Die Hände bleiben in Höhe der Jackentasche, Geld und Ware wandern abgedeckt von euren Körpern von einer Hand in die andere.«

Er dreht sich zu Leo und schiebt ohne erkennbare Bewegung ein Tütchen mit Pillen in dessen Hand.

»Kapiert? Und trag unauffällige Klamotten. Vorzugsweise dunkel. Und eine Kapuzenjacke. Schau niemand direkt an, halt den Kopf unten. Am Abend zeig ich dir das Nachtgeschäft, da erweiterst du das Sortiment.«

»Aber du hast gesagt, dass ich keine harten Drogen –«

»Was ist los mit dir? Willst du deine Schulden abarbeiten oder nicht? Eine zweite Chance kriegst du nicht.«

Sie sind an der Schule angekommen.

»So. Stell dich da rüber, hinter das Gebüsch. Sieh zu und lerne. Starr aber nicht in meine Richtung.«

Leo nickt und versucht, mit der Hecke zu verschmelzen.


»Ich habe gehofft, Ihren Sohn anzutreffen«, sagt Kammerlander am frühen Nachmittag zu Therese Kranzelmeier, nachdem er sich vorgestellt hat. »Es gibt noch ein paar abschließende Fragen.«

Er ist allein zur Meldeadresse von Leo gefahren. Ratzinger und Schlagenhaufen kümmern sich heute um den Wilderei-Fall. Sie sind übereingekommen, die Familie Weber an diesem Tag nicht zu behelligen.

»Ach ja, Sie kommen bestimmt wegen dem armen Weber Ferdl. Was für ein Unglück! So ein fleißiger Bub, und auch noch der Hoferbe. Da mag man sich gar net vorstellen, wie es den Eltern gehen muss. – Aber der Leo ist net da, der ist nach Graz gfahren zum Studieren.« Der Stolz in ihrer Stimme ist unüberhörbar.

»Wissen Sie, wann er wieder erreichbar ist?«

»Net vor morgen. Er hat gsagt, er übernachtet heut bei einem Freund.«

»Gib ihm seine Telefonnummer«, ruft eine Stimme aus dem Inneren des Hauses.

»Das ist mein Mann«, erklärt Therese. »Er ist der Praktische von uns zweien.«

Sie greift in ihre Kittelschürze und holt ein klobiges Mobiltelefon heraus. Als Kammerlander die Nummer gespeichert hat, bedankt er sich und geht zu seinem Wagen.

Während er dem Freizeichen lauscht, sieht er sich um. An dem kleinen Häuschen ist seit Langem nichts mehr gemacht worden. Das Dach vermoost, an den Fensterläden blättert die Farbe ab, von unten ziehen die Wände Feuchtigkeit. Alles Geld wird wohl in die Ausbildung des Sohnes gesteckt, denkt er. Man kann nur hoffen, dass der junge Mann es seinen Eltern eines Tages dankt.

Die Mailbox schaltet sich ein. Kammerlander nennt seinen Namen und ersucht um Rückruf unter dieser Nummer.

Leo lümmelt auf Manfreds Couch in der Klosterwiesgasse in Graz.

»Ich muss dich in der Wohnung zwischenparken, hab noch einen Termin. Versuch zu schlafen. Um acht geht die Nachtschicht los«, hat Manfred gemeint. Vorher hat er ihm noch eine Praxisstunde in »Angewandter Chemie«, wie Manfred es zwinkernd nannte, zukommen lassen. Damit er weiß, was er seiner zukünftigen Kundschaft verkauft. Und welchen Preis er für jedes seiner Produkte auf dem »freien Markt« erzielen muss.

Leo hat sich ein Bier aus dem Kühlschrank genommen und schaltet sein Handy wieder ein. Nach dem ersten Klingeln am Vormittag hat er es auf Manfreds Anordnung hin abgeschaltet. »Keine Ablenkung, keine Störung, keine Aufmerksamkeit erregen«, waren dessen Worte.

Ihm tun die Beine weh. Sie haben den halben Nachmittag vor Schulen verbracht, und sein Freund hat routiniert die Pillen vertickt. »Wenn die Kids sieben Stunden abgearbeitet haben, ist die Nachfrage noch höher als am Vormittag«, hat Manfred doziert. »Nachdem sie sich stundenlang den Arsch platt gesessen haben, brauchen sie was zum Anturnen.«

Leo scrollt die Anrufliste herunter. Zwei Anrufe von Hannelore, einer von seiner Mutter, vier von einer ihm unbekannten Nummer. No, Sir. Kein Bedarf. Er muss die Geschehnisse erst mal in Ruhe verarbeiten.

Der … Zwischenfall mit dem Weber Ferdl ist schrecklich, ja ganz furchtbar. Er hat ihm so ein Ende wirklich nicht gewünscht. Auf der anderen Seite hätte Hannelores Bruder zu einem großen Problem werden können. Das sich jetzt erledigt hat. Von daher gesehen …

Wenn er die Augen schließt, hört er immer noch den Knall des herunterfallenden Bottichdeckels und das Knacken brechender Halswirbel. Ein Schauder überläuft ihn.

Schluss.

Das ist alles nicht seine Schuld. Er hat dem Ferdl schließlich nicht den Deckel ins Genick geschlagen. Das war Schicksal. Schuld war der Ferdl selbst. Hätte er bloß das Maul gehalten. Leo reibt sich mit zitternden Händen die Augen.

Was ihm mächtig auf die Nerven geht, ist die Grabesstimmung auf dem Weberhof. Das macht ihm irgendwie … ein schlechtes Gewissen. Warum eigentlich? Ihn geht das im Prinzip überhaupt nichts an. Außerdem ist er im Trösten nicht besonders gut. Er weiß nicht, was er Hannelores Eltern sagen soll, und Hannelore heult die ganze Zeit. Er würde sich am liebsten wegbeamen. Hoffentlich erwartet die Familie nicht sonst was von ihm. Dass er als Hannelores Freund Ferdls Aufgaben übernimmt zum Beispiel. Das können sie sich abschminken. Er hat genug damit zu tun, seine eigenen Probleme zu lösen.

Er sieht auf die Uhr. Manfred wird bald da sein. Dann wird er beim Nachtgeschäft zuschauen. Und sich morgen in der Früh mit einem Paket auf den Heimweg machen. Er wird anfangen, sein Leben in Ordnung zu bringen.

Alles wird gut.

## 15

»Natürlich war es Gudenus«, sagt Ratzinger bei der Morgenbesprechung. »Auch der Förster würde seinen rechten Arm verwetten, dass der Alte regelmäßig wildert. Kann ihm aber nichts beweisen. Die Kollegin Schlagenhaufen hat ihn ordentlich in die Mangel genommen, aber das alte Schlitzohr flutscht einem durch die Finger wie ein Aal.«

Schlagenhaufen nickt. »Wir haben im Haus und im Schuppen keinen Wildkörper gefunden, kein Krickel, im Kofferraum keinen Schweiß. Aus seinem Gewehr ist geschossen worden, aber Gudenus sagt, er sei am Schießstand in Zangtal gewesen, um zu üben. Damit er einen sicheren Schuss abgeben kann, wenn er einmal zur Jagd eingeladen wird.«

Kammerlander grinst. Er hat schon ein paarmal mit dem drahtigen Siebzigjährigen zu tun gehabt. Er erinnert sich an das Glitzern in dessen Augen, wenn sie mit ihren Fragen ins Leere gelaufen sind. Ein Unikum.

»Ich nehme an, dass ihr das überprüft habt und er tatsächlich am Schießstand war.«

»So ist es. Drei Stunden bevor der Förster den Schuss gehört und den Aufbruch gefunden hat.«

»Na dann. Man kann wohl annehmen, dass jetzt bei irgendeinem Wirt ein Reh in der Kühltruhe auf seine Bestimmung wartet. Und der alte Gudenus hat seine Rente aufbessern können.«

»Davon ist auszugehen.«

Schlagenhaufens Handy läutet, sie geht ins Nebenzimmer. Ratzinger beugt sich zu Kammerlander und flüstert: »Die neue Kollegin hat Gudenus am Anfang ziemlich eingeschüchtert. Er war richtig erschrocken, als sie sich vor ihm aufgebaut hat. Der ist ja ein Zwirn im Vergleich zu ihr und nicht gerade groß gewachsen. Es war wie ein Bild aus ›Gullivers Reisen‹.«

Jetzt muss Kammerlander breit grinsen. Genauso gut hätte Ratzfatz sich selbst beschreiben können. Das Größenverhältnis zwischen Schlagenhaufen und Ratzinger ist in etwa das gleiche wie bei ihr und Gudenus. Es ist schon lustig, wie unterschiedlich die Eigenwahrnehmung im Vergleich zur Realität oft ausfällt.

Schlagenhaufen kommt zurück, und die Beamten versuchen, wieder eine ernste Miene aufzusetzen.

»Das war gerade Josef Haller. Er sagt, ihm ist nach dem Tankstellenüberfall doch etwas aufgefallen. Nachdem Ferdl Weber die Bemerkung mit dem ›rumbretternden Arsch‹ gemacht hat. Er ist sich ziemlich sicher, das Knattern eines Mopeds gehört zu haben, das sich entfernt hat. Es sei ein penetrantes Geräusch gewesen.«

»Gut, dann wissen wir das. – Ich habe übrigens im Krankenhaus angerufen. Der Zustand des alten Mannes ist unverändert ernst.« Kammerlander reibt sich den Nacken. »Aber ich denke, er hat uns alles gesagt, was er weiß.«

»Was ist mit dem Freund von Hannelore Weber?«, fragt Ratzinger. »Hast du ihn inzwischen erreicht?«

Kammerlander schüttelt den Kopf. »Ich hab es gestern ein paarmal versucht und eine Nachricht hinterlassen, aber er hat bis jetzt nicht reagiert. Seine Mutter hat gemeint, er kommt am Vormittag nach Hause.«

»Na dann. Ich bin schon gespannt, was er zu erzählen hat.«

»Die Kollegin Schlagenhaufen wird mich begleiten. Sie soll sich auch ein Bild von dem jungen Mann machen.«

Ratzingers Miene verdüstert sich. »Das heißt dann wohl, dass die Berichtschreiberei an mir hängen bleibt«, grummelt er.

Schlagenhaufen steht auf, ohne eine Miene zu verziehen. Sie hängt ihre Handtasche über die Schulter und stellt sich wortlos an die Tür.

»Bis später, mein Großer«, sagt Kammerlander und zwinkert seinem Freund zu.

»Leo, kannst herunterkommen?«, ruft Therese Kranzelmeier von unten. »Du hast Besuch.«

Was? Wer soll ihn hier besuchen?

Er steigt aus der alten Badewanne, schlingt ein Handtuch um die Hüften und schaut aus dem Fenster. Tatsächlich, da steht ein dunkelgrauer Škoda mit Voitsberger Kennzeichen.

Rasch trocknet er sich ab und schlüpft in frische Klamotten. Die verschwitzte und verrauchte Kleidung vom Vortag wirft er auf einen Haufen, soll sich die Mutter nachher drum kümmern. Er geht rasch in sein Zimmer – Kämmerchen wäre die bessere Wortwahl – und versperrt den Schrank neben dem schmalen Kleiderkasten. Dadrin verwahrt er sein Ticket in die Freiheit. Wenn er es clever anstellt. Den Schlüssel steckt er in die Tasche seiner Jeans.

Durch die geöffnete Küchentür sieht er Hannelore, den Polizisten von vorgestern und eine große, plumpe Frau älteren Datums auf der Eckbank sitzen. Sie unterhalten sich leise mit dem Vater. Die Mutter macht sich am Herd zu schaffen. Was will die Polizei bei ihm zu Hause? Und warum ist Hannelore hier? Als er die Küche betritt, verstummt das Gespräch.

»Da ist ja der verlorene Sohn«, sagt Adrian. »Setz dich her zu uns.«

Scheiße. Der Tonfall seines Alten gefällt ihm nicht. Als er auf dem einzig leeren Stuhl Platz genommen hat, wendet sich der Polizist an ihn.

»Wir kennen uns ja schon. Das hier ist meine Kollegin Schlagenhaufen. Wir haben noch einige Fragen.«

»Aha.«

»Ja, ich weiß, das wirkt jetzt wie ein Überfall. Wir haben gestern mehrfach versucht, Sie zu erreichen, aber Sie sind nicht an Ihr Handy gegangen.«

»Ja … ich … Der Akku war leer, ich habe es erst heute Morgen bemerkt.« Er sieht fragend zu Hannelore. »Warum bist du hier? Ist etwas passiert?«

»Wir waren heute schon bei Familie Weber«, erklärt Kammerlander. »Der Obduktionsbericht hat bestätigt, dass Genickbruch die Todesursache war. Der Leichnam ist freigegeben. Darüber wollten wir die Familie in Kenntnis setzen. Und da Ihre Verlobte Sie gestern auch nicht erreicht hat, haben wir sie gleich mitgebracht. Sie werden der Familie Weber sicherlich bei den Begräbnisvorbereitungen behilflich sein wollen.«

»Ja ... ja, natürlich.«

»Du hast dich verlobt?«, fragt Therese überrascht. »Wieso hast nichts gsagt?«

Sieh an, denkt Kammerlander.

Leo macht eine unbestimmte Handbewegung. Das Thema ist ihm sichtlich unangenehm. »Ist noch nicht so lang her«, murmelt er. »War noch keine Zeit, darüber zu reden.«

Kammerlander bemerkt den missbilligenden Zug um Adrian Kranzelmeiers Mund. Die Beziehung zwischen Vater und Sohn scheint nicht frei von Konflikten zu sein. Er ist froh, dass Schlagenhaufen Hannelore Weber angeboten hat, sie hierher mitzunehmen. Mal sehen, wie sich das Gespräch entwickelt.

**16**

»Wir haben wie gesagt noch einige Fragen. Danach können wir den Fall hoffentlich abschließen. – Wir würden gern wissen, wie das Verhältnis zwischen Ihnen und Ferdinand Weber war.«

»Unser Verh...? Gut, denke ich.«

»Da haben wir andere Informationen.«

Leo zuckt mit den Schultern. »Ich hab nichts gegen ihn gehabt.«

»Er aber wohl etwas gegen Sie, wie man so hört. Seine Freunde meinten, er habe nicht viel von Ihnen gehalten.«

Hannelores Gesicht überzieht sich mit Röte. »Die zwei hätten sich schon noch zusammengerauft«, beeilt sie sich zu sagen.

»Es wurde beobachtet, dass Sie am Todestag von Ferdinand Weber eine Auseinandersetzung mit ihm hatten.« Schlagenhaufens tiefe Stimme füllt jeden Quadratzentimeter der kleinen Küche. »Das war in der Mittagspause bei der Weinlese. Worum ging es?«

»Ich weiß nicht mehr genau ...« Leo fährt sich nervös über

das Gesicht. »Es hat ihm nicht gepasst, dass ich studiere und …
Ich würde auf Leute wie ihn herabschauen. So was in der Art
hat er gesagt.«

»Und? Tun Sie das?«

»Was? Nein … Natürlich nicht.«

»Hat es auch eine handgreifliche Auseinandersetzung zwischen Ihnen gegeben?«, fragt Kammerlander.

»Wie kommen Sie denn darauf?«

»Nun, wenn man sich Ihr Gesicht ansieht …«

»Was soll das alles? Wieso interessiert Sie das? Was hat das
alles mit Ferdls Unfall zu tun?«

»Es ist so …« Kammerlander räuspert sich. »Die Todesursache ist klar. Wir müssen abschließend einschätzen, ob es ein
Unfall war oder nicht.«

Ein paar Sekunden ist es still im Raum. Therese presst eine
Hand über den Mund, als wollte sie einen Schrei zurückdrängen. Ihr Blick saugt sich an Kammerlanders Gesicht fest.

»Wie jetzt? Wollen Sie damit sagen, dass i… ich …?«, krächzt
Leo. Seine Stimme will ihm nicht gehorchen. »Weil er was gegen
mich hatte, oder was?«

»Wir sagen gar nichts.« Schlagenhaufen sieht ihn ausdruckslos an.

»Das ist doch … Ich war doch gar nicht mehr da, als das mit
Ferdl passiert ist! Fragen Sie den Doppler.«

»Das haben wir schon. Sie sollen uns nur erklären, woher
Sie die Blessuren haben.«

»Das … ist nichts. Eine bsoffene Gschicht …«

Hannelore beugt sich vor und sieht ihn beschwörend an.
»Jetzt sag's ihnen schon. Sonst tu ich's.«

Leo atmet tief durch. »Ich bin überfallen worden. Am Donnerstag, als ich vom Hattenbauer heimgefahren bin. Die waren
zu zweit und haben mir mein Geld abgenommen.«

»Wann?« Schlagenhaufen zieht einen Stift und ein Notizheft
aus der Jackentasche.

»So um sieben. Nachdem mich der Weinbauer ausgezahlt
hat.«

»Also an dem Tag und zu der Uhrzeit, als die Tankstelle überfallen wurde?«

»Weiß ich nicht … Ja, kann sein.«

»Wissen Sie, wer das war?«

»Ich hab keine Ahnung. Die hatten so schwarze Motorradhauben über das Gesicht gezogen. Außerdem war es schon dunkel.«

»Haben Sie Anzeige erstattet?«, fragt Kammerlander.

»Nein, hab ich nicht.« Leo bemerkt den Blick, den ihm die Mutter zuwirft. Hoffentlich hält sie den Mund.

»Das war ein Überfall. Wieso sind Sie nicht zur Polizei gegangen?«

»Was hätte das gebracht?«, entgegnet Leo ungehalten. »Ich hab niemand erkannt, die haben kein Wort geredet, das Geld war eh weg … Vielleicht waren es die Ungarn.«

Adrian verzieht die Lippen zu einem spöttischen Grinsen. »Ja sicher, die Ungarn waren's …«

»Wo hat der Überfall denn stattgefunden?«

»Auf dem Wartensteinweg im Wäldchen. Ich hab gerade eine Stange Wasser abgegeben –«

»Waren die Täter zu Fuß unterwegs?«

»Ich … weiß nicht genau. Sie sind weggelaufen, als ich am Boden lag. Aber ich hab dann Türenschlagen und einen Motor anspringen gehört. Also werden sie wohl ein Auto in der Nähe gehabt haben.«

»Das klingt ganz so, als hätte man Sie abgepasst«, resümiert Schlagenhaufen. »Wer konnte denn wissen, dass Sie um diese Zeit auf dem Wartensteinweg unterwegs waren?«

Leo zuckt mit den Schultern.

»Nur dass ich das jetzt richtig verstehe: Sie werden überfallen, verprügelt, Ihnen wird Ihr Geld gestohlen – und Sie zeigen das nicht an?«

»Wenn das bekannt wird, ist man auf ewig das Opfer. Und behaupten Sie bloß nicht, dass etwas dabei herausgekommen wäre.«

Eine Zeit lang sagt niemand etwas.

»Was haben Sie nach dem Überfall gemacht?«, fährt Kammerlander fort.

»Ich war bei Hannelore. Sie hat mich verarztet.«

»Ja, das stimmt«, bestätigt die junge Frau.

»Na gut, dann wissen wir das jetzt.« Kammerlander nickt Schlagenhaufen zu und steht auf. »Vielen Dank für Ihre Zeit. Sie verstehen sicher, dass wir alles abklären müssen, bevor wir eine Untersuchung abschließen.«

»Natürlich, Herr Inspektor«, sagt Therese erleichtert. »Was sein muss, muss sein.«

»Was denken Sie, Frau Kollegin?«, fragt Kammerlander auf dem Weg zurück nach Voitsberg.

»Tja. Unsere Vermutung, dass Ferdinand Weber seinem Schwager in spe eine Tracht Prügel verabreicht hat, ist jedenfalls hinfällig. Zum Zeitpunkt des Überfalls auf Leo Kranzelmeier war Weber im Vereinshaus, wie Gaisreither und Haller ausgesagt haben. Ich sehe weit und breit kein Motiv für einen Mord an Weber. Dass der Tote den Freund seiner Schwester nicht leiden konnte, ist zu dünn. Und etwas anderes haben wir nicht.«

»Da haben Sie recht«, gibt Kammerlander zu. »Und selbst wenn wir ein Motiv hätten, könnten wir Kranzelmeier nichts beweisen. Doppler hat ausgesagt, alle Arbeiter außer Ferdinand seien schon weg gewesen, als er mit seiner Frau zum Arzt gefahren ist. Wir werden Ferdinand Webers Tod also wohl oder übel abschließend als Unfall bewerten müssen.«

»Eines ist schon merkwürdig«, grübelt Schlagenhaufen. »Am Donnerstag wird die Tankstelle überfallen und zeitgleich Leo Kranzelmeier. In so einem kleinen Ort. Am Samstag kommt Ferdinand Weber zu Tode, kurz vorher war Leo Kranzelmeier am Unglücksort. Das ist wahrscheinlich nur ein dummer Zufall, aber …«

Kammerlander nickt. »Ich weiß, was Sie meinen. Wenn etwas passiert, taucht der Name Kranzelmeier auf.«

»Und dass er nicht weiß, wer ihn verdroschen hat – glauben Sie das?«

»Nein. Aber wir können ihn nicht dazu zwingen, die Namen zu nennen.«

Sie halten an einer Tankstelle in Voitsberg, bevor sie zur Dienststelle zurückfahren. Im Büro finden sie Ratzinger vor, der mit sauertöpfischer Miene die Computertastatur bearbeitet. Schlagenhaufen stellt eine Tüte mit Zwetschgenkuchen vom Tankstellenshop auf seinen Schreibtisch.

»Wegen der Schreibarbeit. Trostpflaster.«

»Danke …«, haucht Ratzinger und schaut sie dümmlich lächelnd an.

Kammerlander hat noch nie gesehen, dass ein Kuchen seinem Freund die Röte ins Gesicht getrieben hätte.


## 17

Er sitzt vor dem halb verfallenen Haus am Ende des Jagerwegs auf einem morschen Hackstock und spuckt ins Gras. Wieder einmal nutzt er seinen alten »Bunker« als Rückzugsort.

Das Summen von Tausenden Insekten hüllt ihn ein. Uralte Mostäpfel- und Kletzenbäume teilen sich den steilen Hang mit Wiesen, die noch naturbelassen den Bienen ihre Blüten entgegenstrecken. Das abgefallene Obst lockt Wespen und andere Insekten an, die sich über das reichliche Nahrungsangebot hermachen. Es ist ein typischer sonniger Herbstnachmittag, warm, windstill, mit einem Hauch von Vergänglichkeit und Verwesung in der Luft.

Leo verscheucht eine aufdringliche Wespe. Doch Sekunden später steuert sie ihn von der anderen Seite an und umkreist seinen Kopf. Drecksvieh! Er greift sich ein kurzes Brett vom Boden und schlägt nach ihr. Er hört ein leises Plopp, danach verschwindet das Insekt hinter den baulichen Überresten des Hauses. Zorn steigt in ihm hoch. Er hat es satt, verdammt! Er hat es satt, sich die Gegenwart anderer aufdrängen zu lassen, egal ob Menschen oder blöde Insekten.

Wieso gleitet ihm alles aus den Händen? Wie kann es sein, dass alles, was er in letzter Zeit anpacken will, torpediert wird? Warum meint seine Umgebung, über ihn bestimmen zu können? Er ist nicht einmal mehr Herr seiner Zeit.

Allein wenn er den gestrigen Tag nimmt. Er kommt von Graz nach Hause, will sich frisch machen, um dann Schulen auszukundschaften und Clubs und deren Umgebung. Was passiert? Die Polizei hockt in der Küche. Und Hannelore haben sie auch noch hergeschleift. Wobei – die haben sie bestimmt nicht lang bitten müssen. Wie auch immer. Er hat um sein Leben geredet, so haben die ihn in die Mangel genommen.

Als die Beamten weg waren, hat er Hannelore so schnell er konnte mit dem Moped nach Hause gefahren. Dort hat ihn der alte Weber abgefangen und in die gute Stube expediert. Er durfte sich anhören, was hier für ihn geplant worden ist. Nachdem sie den Hoferben verloren haben, hoffen sie natürlich, dass Hannelore in seine Fußstapfen tritt. Mit ihrem zukünftigen Mann, versteht sich. Natürlich könne Leo fertig studieren, aber sie würden schon eine gewisse Mithilfe erwarten. Vom Kind haben sie auch schon gewusst. Er hat nur wie betäubt zu allem genickt.

Dann haben sie ihn gleich vor den Karren gespannt. Er musste mit Hannelore zum Pfarrer fahren, zum Bestatter, zum Blumenhändler und zum Schusterwirt, wo die Trauertafel stattfinden soll. Wenigstens hat er das Auto vom Ferdl nehmen können. Der Doppler hat es den Eltern zurückgebracht. Trotzdem ist es sechs am Abend gewesen, bis sie wieder auf dem Weberhof waren. Zu allem Überfluss hat Hannelore einen Schwächeanfall erlitten, da musste er die Nacht über bei ihr bleiben. Es ist ihm keine plausible Ausrede eingefallen.

Die halbe Nacht hat er mit seinem Schicksal gehadert und dabei Hannelores Weinbestände vernichtet. Einen ganzen Tag hat er verloren, an dem er schon daran hätte arbeiten können, seine Schulden abzubauen. So geht es nicht weiter.

Doch die Schikane hat eine Fortsetzung gefunden. Heute hat ihn der Bauer aus dem Schlaf gerissen – um halb sechs in der Früh! – und ihn gebeten, ihm im Stall zu helfen. Danach könne er ja nach Graz fahren, zum Studieren. Leo hat sich zwei Schmerztabletten eingeworfen und getan, was von ihm erwartet wurde. Das anschließende Frühstück hat er ausgeschlagen und mit seinem Moped das Weite gesucht.

Im Haus seiner Eltern hat er sich die müffelnde Kleidung vom Körper gerissen und den Stallgeruch abgewaschen. Dann ist er in der Hoffnung auf ein ruhiges Frühstück in die Küche gegangen. Diese Hoffnung hat sich zerschlagen, als sich Therese und Adrian zu ihm gesetzt haben.

»Wir freuen uns für dich«, hat seine Mutter gesagt.

Und Adrian hat noch nachgelegt. »Wer weiß, ob das mit deinem Doktor noch was wird? Der Hof ist was Solides. Vermassel's bloß net.«

Vielen Dank auch.

In seinem Zimmer hat er das Paket aus dem Schrank geholt und in die Umhängetasche gesteckt. Bei den Eltern war es nicht mehr sicher. Er ist damit zu seinem Versteck gefahren und hat es gut verwahrt. Dann hat er sich vor die leeren Fensterhöhlen gesetzt, und seitdem denkt er nach.

Er wird sicher kein Bauer. No, Sir. Jeden Tag harte Arbeit, stinkende Klamotten, ländliche Fadesse. Er muss sich überlegen, wie er aus dieser Nummer wieder herauskommt.

Das mit der Schwangerschaft ist ein Problem, aber zu lösen. Wenn er auch noch nicht weiß, wie. Man hört ja oft, dass Frauen in den ersten Monaten ihr Kind verlieren. Da kann man bestimmt nachhelfen. Fragen kann er niemanden, doch vielleicht findet er im Internet Rat und Hilfe. Aber eins nach dem anderen.

Er wird es schaffen, wird sich wieder freischwimmen und sein Studium fortsetzen. Es kann ja sein, dass viele junge Männer froh wären, frei Haus zu einem Hof zu kommen. Aber er ist aus einem anderen Holz geschnitzt. Auf ihn wartet eine glänzende Zukunft, da ist er sich sicher. Er wird sich im nächsten Semester so richtig reinhängen. Und keine Zeit mehr verlieren.

Er steckt sich eine Zigarette an und inhaliert tief.

Heute wird er anfangen, seine Schulden abzutragen. Und dem Pech der letzten Tage entgegentreten. Er hat Fehler gemacht, o ja. Aber noch ist nichts verloren.

Die Wespe ist zurückgekehrt und startet einen zweiten Versuch. Leo wedelt mit der Hand, verliert sie aus den Augen. Wofür gibt es diese Viecher überhaupt? Die sind für nix gut, genauso wie die Zecken. Vielleicht hat der elende Brummer etwas Interessanteres entdeckt und ist weg, denkt er. Kurz darauf bezeugt ein schmerzhafter Stich in den Oberarm nachdrücklich seine Anwesenheit.


Samira sitzt vor der Unterkunft auf dem Boden und zeichnet mit einem Stöckchen Muster in den Sand. Sie kann gut zeichnen, aber sie hat schon seit Langem kein Papier mehr. Sie hat es verloren, irgendwann als sie und die anderen schnell aufbrechen mussten. Sie hat nicht verstanden, warum sie sich so beeilen sollten, es waren keine Einschläge oder Schüsse zu hören gewesen. Aber nach einem Blick in das angespannte Gesicht ihrer Mutter hat sie gehorcht, ohne Fragen zu stellen.

Sie sind schon lange unterwegs. So lange, dass sie nicht mehr weiß, wie alt sie eigentlich ist. Sie erinnert sich an ihren sechsten Geburtstag. Das war lustig. Ihre ganze Familie saß zusammen, und es gab gutes Essen. Als der Vater und die Brüder nicht mehr wiederkamen, hat sie mit ihrer Mutter das Dorf verlassen. Das war vor langer Zeit. Vielleicht ist sie ja schon sieben geworden, und niemand hat es ihr gesagt.

Sie hört Geräusche aus dem Haus, wie immer, wenn die Männer kommen und ihre Mutter Samira wegschickt. Sie mag die Männer nicht. Wenn sie weg sind, weint ihre Mutter oft. Doch sie antwortet nie auf Samiras Fragen.

Aber vielleicht wird bald alles gut. Sie hat nämlich einen Freund gefunden. Der wird ihnen helfen. Er will Samira auch einen Zeichenblock schenken, dann kann sie wieder schöne Bilder malen. Aber sie darf ihrer Mutter nichts erzählen. Es soll eine große Überraschung werden, hat ihr neuer Freund gesagt. Beim Gedanken an die schöne Zeit, die kommen wird, lächelt Samira glücklich.

Die Geräusche aus dem Haus hört sie nicht mehr.

## 18

Seine Verkaufsversuche vor Schulen waren keine Erfolgsgeschichte. Echt nicht.

Er hat sich vor den Schulzentren in Köflach und Voitsberg herumgetrieben, auf der Suche nach einem geeigneten Standort für sein Vorhaben. Doch er hat meist weite, offene Flächen vorgefunden, die wenig bis gar keine Deckung boten. Er hat es nicht gewagt, sich unter die Jugendlichen zu mischen, hielt sich nur am Rand der Schulhöfe auf. Er hatte das Gefühl, herauszustechen wie das weiße Huhn in einem Stall mit lauter schwarzen.

Heißt es nicht immer, Grünanlagen, Bäume und Sträucher seien gut für Geist und Gemüt? Pausen in Parks zu verbringen ist doch so viel gesünder als auf Betonflächen. Ist das den Verantwortlichen egal? Denkt keiner an die Gesundheit der Jugend?

Wie angewiesen ist er dagestanden, mit dunklem Kapuzenparka und gesenktem Kopf. Ein paar Burschen haben zu ihm hingeblickt, aber keiner hat sich ihm genähert. Vor dem Gymnasium hat er einen älteren Herrn auf sich zukommen gesehen, er hat Manfreds Rat beherzigt und sich, ohne zu hetzen, vom Acker gemacht.

Auf dem Land ist es eben nicht dasselbe wie in der Stadt. Man geht nicht so leicht in der Menge unter. Aber vielleicht muss er ein paarmal hier sein, muss ein gewohnter Anblick werden, bevor seine zukünftigen Kunden es wagen, ihn anzusprechen. Ja genau, so wird es sein. Also gilt heute für das Tagesgeschäft: kein Umsatz, dafür ein leerer Tank.

In der Nacht ist es leichter. Er beginnt seine Tour in Köflach. Vor den diversen Clubs und Jugendtreffs stehen Gruppen von jungen Leuten herum, die rauchen und sich abkühlen, nachdem sie sich einen abgestrampelt haben. Oder miteinander reden und Spaß haben wollen, was bei der ohrenbetäubenden Musik im Inneren schlicht unmöglich ist. Der Umsatz bisher ist nicht berauschend, aber es ist schließlich sein erster Versuch, und es ist ein Werktag. Am Wochenende wird bestimmt ein Vielfaches an Verkäufen möglich sein. Er hat nicht gewusst, wie viel Ware er mitnehmen soll, also hat er den ganzen Packen in seinen Rucksack gesteckt, um bloß genug von allem dabeizuhaben. Es hat kein Problem gegeben, es ist gelaufen, wie er es bei Manfred gesehen hat. Blickkontakt, Kundenwunsch, erst Geld, dann Ware. Zwischendurch checken, ob ihn jemand augenfällig beobachtet oder ein Streifenwagen vorbeipatrouilliert. Anschließend zügig die Biege machen. Alles easy.

Seine nächsten Ziele sind die Zappelbunker in Voitsberg. Er selbst hat die Herumhüpferei nie gebraucht, nicht einmal als Jugendlicher. Na ja, vielleicht das eine oder andere Mal, um Mädels aufzureißen. Aber das hat nicht oft geklappt.

Er fährt auf die B 70 Richtung Rosental und gibt Gas. Das Moped kreischt und knattert entrüstet ob der Zumutung höherer Geschwindigkeit. Leo genießt den Fahrtwind und ist fast euphorisch. Wenn er mit der ersten Runde durch ist, wird er die Tour noch einmal machen. Es ist schließlich erst elf, bestimmt sind in zwei Stunden neue Konsumenten geneigt, ihre Stimmung aufzuhellen.

Er biegt von der Conrad-von-Hötzendorf-Straße in die Greißeneggerstraße ein. Der Parkplatz vom »UpDate« ist ziemlich voll. Er parkt seinen fahrbaren Untersatz an der Rückseite des Nachtlokals. Hierher fällt kaum Licht. Er klopft die Taschen ab, hat mehr als genug Ware in den Tiefen seiner Jacke. Dann hängt er sich den Rucksack um und schlendert zur Vorderseite, wo ihn der Lärm und das Lachen der jungen Leute empfangen. Auch hier stellt Leo sich abseits ins Halbdunkel.

Der Verkauf läuft schleppend, er steckt sich eine Zigarette an. Die Tür zum Lokal öffnet sich und entlässt einen Schwung neuer potenzieller Kunden ins Freie. Nachdem ein Mädchen sich Pillen bei ihm besorgt hat und zu ihren kichernden Freundinnen zurückgegangen ist, fällt sein Blick auf zwei Typen, die ihn aus ein paar Metern Entfernung anstarren. Feiernde Jugendliche sind das nicht. Das ist nicht gut, er spürt sofort, dass Ärger in der Luft liegt. Er muss von hier verschwinden, und zwar pronto. Gerade als er sich umdreht, sprechen ihn drei junge Burschen an. Na gut, den dreien verkauft er noch was, dann wird zum Rückzug geblasen. Als er hochsieht, sind die beiden Typen weg.

Leo geht zur Rückseite des Lokals und will auf sein Moped steigen, als vor ihm plötzlich einer der Männer auftaucht und ihm den Weg versperrt.

»Nicht so eilig, Arschloch!«, ist das Letzte, was er hört, bevor der Schlag ihn ins Dunkel fallen lässt.

Als er wieder zu sich kommt, ist die Erinnerung sofort da.

Jemand hat ihm von hinten auf den Kopf geschlagen. Er weiß nicht, wie lange er hier gelegen ist. Ein, zwei Minuten vielleicht, nicht länger, sonst wäre er schon gefunden worden. Falls jemand vom Parkplatz zu der dunklen Hinterseite des Gebäudes geblickt hätte.

Langsam richtet er seinen Oberkörper auf. Ein stechender Schmerz pocht in seinem Hinterkopf, vor seinen Augen dreht sich alles. Gedämpft hört er Gespräche und Gelächter der Jugendlichen, Türenschlagen, ein Wagen fährt mit quietschenden Reifen davon. Im Sitzen lehnt er sich an die Hauswand, die Beine lang von sich gestreckt, wartet, bis der Schwindel vergeht. Dann versucht er, eine Schadenseinschätzung vorzunehmen.

Er tastet die schmerzende Stelle am Kopf ab, starrt stumpf auf die Flecken an den Fingern. Blut. Sein Blut. Das Halbdunkel lässt es schwarz erscheinen. Die haben ihm ordentlich einen übergezogen. Er hat bestimmt eine Gehirnerschütterung.

Das Moped lehnt zwar noch an der Mauer, aber seine Jacke mit den Einnahmen und dem Stoff, den er heute noch verticken wollte, ist weg. Wenn er nicht solche Kopfschmerzen hätte, würde er vor Enttäuschung und Frust heulen.

Dann fällt ihm der Rucksack ein.

Mit zitternden Fingern sucht er die Riemen auf seinen Schultern, doch da ist nichts. Die Hände tasten den Boden rundum ab, panisch zucken seine Blicke in alle Richtungen. Als ihm klar wird, dass seine Angreifer auch den Rucksack mitgenommen haben, lässt kalte Angst seinen Körper unkontrolliert beben. Gleichzeitig bricht ihm der Schweiß aus.

Das ist das Ende. Der Super-GAU. Er hat mit einem Schlag sein Leben verloren, seine Zukunft. Warum hat er nicht auf Manfred gehört? Der hat ihm gesagt, er solle nur so viel Stoff mitnehmen, wie er für einen Tag braucht. Doch wie viel ist das? Aus Angst, nicht genug dabeizuhaben, hat er den ganzen Packen in den Rucksack gesteckt. Wie blöd kann man sein?

In ihm hallt Manfreds Stimme nach. »Hier hast du Stoff im Wert von fünfzehntausend Euro. Dafür stehst du jetzt grade. Egal was passiert, am Sonntag kommen die Grazer zu dir und kassieren ab. Du gibst ihnen das Geld, sie geben dir neue Ware. Schau bloß, dass die Rechnung stimmt. Da sind die echt humorlos. Wenn du Scheiße baust, kaspern die nicht noch mal mit dir rum. Verstanden?«

Von einem Moment auf den anderen ist die Übelkeit da. Leo hat gerade noch Zeit, sich zur Seite zu beugen, dann erbricht er das bisschen, das er heute Abend gegessen hat. Hustend und spuckend kriecht er zu seinem Moped. Er legt den Kopf auf die Fußraste und starrt blicklos in die Nacht.

Er hört ein verzweifeltes Wimmern und merkt, dass es von ihm selbst kommt.

## 19

»Schließen wir den Todesfall Ferdinand Weber jetzt endgültig ab?«, fragt Ratzinger am nächsten Tag. Er sitzt mit Kammerlander allein im Büro, Schlagenhaufen hat sich heute freigenommen.

»Den ganzen Tag?«, hat Ratzinger gefragt. »Was …?«

»Gerichtstermin.«

»Ach? Darf ich fragen –«

»Ist privat.«

Mehr an Erklärung ist nicht gekommen. Ihr Gesichtsausdruck hat es nicht ratsam erscheinen lassen, nachzufragen. Also ermitteln sie heute zu zweit.

»Ich denke schon.« Kammerlander reibt sich über das Kinn. »Obwohl …«

»Und die Tankstellensache? Da stecken wir fest.«

»Ja, das weiß ich. Aber solange wir keinen Verdacht haben, wer der Mann auf dem Video ist, haben wir null Chance. Ich könnte platzen. Einen Fall mit so wenig Hinweisen hatten wir noch nie.«

Ratzinger verzieht frustriert die Lippen. »Ich muss immer an diesen Leo Kranzelmeier denken. Wie die Kollegin schon gesagt hat: Er taucht in beiden Fällen auf. Aber wir haben nichts in der Hand, was auch nur einen Anfangsverdacht rechtfertigen würde.«

Kammerlander stützt die Hände auf den Schreibtisch und stemmt sich hoch. »Fahren wir noch einmal zur Tankstelle. Vielleicht entdecken wir etwas, an das wir bisher noch nicht gedacht haben.«

»Du meinst, uns könnte der Blitz der Erkenntnis streifen?«

»So was in der Art. Alles ist besser, als hier herumzusitzen.«

Als sie auf den Parkplatz der Tankstelle rollen, ist ihr Auto das einzige weit und breit. Sie sprechen mit dem Pächter, der nun die ganze Zeit selbst im Tankshop stehen muss. Er erzählt, dass der alte Mann zwar auf dem Weg der Besserung sei, aber beim Sprechen gebe es noch keine großen Fortschritte. Die Beamten inspizieren noch einmal die roten Farbkleckse unter der neu installierten Kamera, die durch den Straßenstaub schon blasser geworden sind. Dann hören sie ein knatterndes Geräusch. Sie richten sich auf und wenden sich der Straße zu. Ein altes Moped braust vorbei und verbreitet den Sound einer Kreissäge.

Die Beamten sehen sich an und denken beide das Gleiche.

»Das war er doch?«, fragt Ratzinger.

Kammerlander nickt.

»Und es war doch eindeutig ein penetrantes Geknatter?«

Kammerlander nickt.

»Eines ›rumbretternden Arschs‹?«

Kammerlander nickt ein drittes Mal.

»Zum Weberhof will er nicht. Er fährt in die andere Richtung. Wahrscheinlich will er zu seinen Eltern.«

»Wollen wir da auch hin?«

»Unbedingt. Machen wir ihn ein wenig nervös. Konfrontieren wir ihn mit der Aussage von Haller.«

Als sie losfahren, schüttelt Kammerlander den Kopf. »Weißt du, was mich wirklich ärgert? Dass wir nicht daran gedacht haben zu fragen, was für ein Fahrzeug Leo Kranzelmeier benützt.«

Bei den Kranzelmeiers angekommen, können sie kein Moped entdecken.

Therese steht seitlich am Haus auf dem Wäscheplatz und hängt Hosen und Hemden auf die Leine. Es tue ihr leid, dass sie den Weg umsonst gemacht hätten, aber ihr Sohn sei in Graz und komme erst morgen nach Hause.

»Sind Sie sicher?«, fragt Kammerlander. »Uns war so, als wäre Ihr Sohn gerade an uns vorbeigefahren.«

»Das kann net sein.« Leos Mutter lächelt freundlich. »Der Bub is in Graz auf der Universität.«

Ratzinger geht den Wäscheplatz entlang, in der Hoffnung, doch noch das Moped zu entdecken. Er will schon umkehren, als er den frisch gewaschenen Blaumann im leichten Wind an der Leine baumeln sieht.

»Harry, komm mal.«

Kammerlander geht zu ihm, sein Blick folgt Ratzingers Finger. An der linken Schulter des Arbeitsoveralls, neben der Wäscheklammer, prangen zwei rote Farbflecke.

Sie sind auf dem Rückweg zur Dienststelle.

»Das muss noch nichts bedeuten«, sagt Kammerlander. »Das weißt du.«

Er schämt sich ein bisschen, weil sie die alte Frau getäuscht haben. Sie hat ihnen den Overall mitgegeben, weil sie dachte, dass er helfen könne, den Überfall auf ihren Sohn zu klären, als dieser vom Hattenbauer nach Hause gefahren ist. Sie haben sie in dem Glauben gelassen.

»Natürlich weiß ich das. Wir müssen die Flecke analysieren lassen. Das kann jede Art von Farbe sein.«

»Genau. Und selbst wenn es Sprayfarbe ist, beweist das noch nicht, dass Leo Kranzelmeier die Dose benutzt hat. Geschweige denn, dass er der Sprayer von der Tankstelle ist.«

»Ja und ja. Aber es wäre zumindest ein Indiz. Denn außer dem Blaumann haben wir nichts, wenn ich das kurz anmerken darf.«

Kammerlander nickt. »Du hast ja recht. Wir müssen den Fall noch einmal durchgehen, jede Kleinigkeit. Und wir werden ein weiteres Mal mit jedem Zeugen und mit Kranzelmeiers Freunden und Bekannten reden. Und jedes Fitzelchen von Information überprüfen. Vielleicht gibt es ja einen Widerspruch, der uns weiterbringt.«

»Was hast du für ein Gefühl?«

»Ambivalent.«

»Eloquent ausgedrückt. Mir geht es genauso. Woran ich knabbere, ist die Tatsache, dass Leo zusammengeschlagen und ausgeraubt wurde. Genau zum Zeitpunkt des Überfalls auf die Tankstelle. Damit ist er eigentlich raus aus der Nummer. Darauf hat die Kollegin Schlagenhaufen schon den Finger gelegt.«

»Ich weiß.« Kammerlander seufzt. »Es passt nicht zusammen. Was mir aber auch zu denken gibt, ist die Reaktion – oder besser gesagt Nicht-Reaktion – von Kranzelmeier. Er wird beraubt und zusammengefaltet, aber er erstattet keine Anzeige. Für mich sieht es ganz so aus, als würde Kranzelmeier genau wissen, wem er die Hämatome zu verdanken hat. Und er verschweigt die Namen.«

»Und warum tut man so etwas?«

»Das ist die Frage. Aus Angst vor den Angreifern. Um jemanden zu schützen. Um sich selbst zu schützen, aus welchem Grund auch immer. Da gibt es viele Möglichkeiten.«

Eine Zeit lang hängt jeder seinen Gedanken nach. In Krems biegen sie von der B 70 auf die Straße Grazer Vorstadt Richtung Voitsberg ein.

»Was hältst du von einer kurzen Einkehr beim Bartl?«, fragt Kammerlander schließlich.

»Ich dachte schon, du fragst nie.«

Also ändert Kammerlander die Richtung und nimmt Kurs auf den Buschenschenker seines Vertrauens.


## 20

Leo Kranzelmeier hat keine Illusionen mehr.

Nach einer Nacht mit hämmernden Kopfschmerzen im »Bunker« hat er sich Schmerzmittel und einen Sechserpack Bier besorgt. Damit ausgerüstet, ist er in sein Versteck zurückgekehrt und hat seine Wunden geleckt. Als die Schmerzen abgeklungen sind, hat er sich auf den Hackstock vor sein Refugium gesetzt und die Lage analysiert.

Statt sich freizuschwimmen, hat er sich noch tiefer in den Abgrund gestrudelt. Jetzt hat er nicht mehr zwanzigtausend Euro Schulden, sondern fünfunddreißigtausend. Damit haben sich seine Träume in Luft aufgelöst. Er wird keinen Abschluss mehr machen. Er wird keinen akademischen Titel bekommen. Er wird kein besseres Leben haben, keine Karriere machen. Er wird wahrscheinlich in ein paar Tagen nicht einmal mehr am Leben sein.

Egal was er ihnen sagt, verspricht, beteuert, sie werden ihn nicht so einfach davonkommen lassen. Nicht wie beim ersten Mal. Sie werden ein Exempel statuieren. Er wird sterben. Und selbst wenn sie ihn am Leben lassen – eine winzige Hoffnung besteht –, wird er ihnen mit Haut und Haaren gehören, wird sein Leben lang ihr Lakai, ihre Marionette sein.

Und dazu hätte er noch Hannelore, das Kind und den Weberhof an der Backe. Das ist keine Option. Nicht in diesem Leben. No, Sir.

Zu allem Überfluss hat ihn seine Mutter angerufen und erzählt, dass die Polizei schon wieder bei ihnen gewesen ist. Sie haben nach ihm gefragt und sich für seinen Blaumann interessiert. Den Overall, den er beim Tankstellenüberfall getragen hat. Und das dumme Weib hat ihn den Beamten mitgegeben! Handschuhe und Sprühdose hat er weggeworfen, hätte er doch bloß auch den Blaumann entsorgt. Wie sind die überhaupt auf ihn gekommen? Eins ist klar: Sie sind ihm auf den Fersen.

Er muss abhauen. Verschwinden, auf Nimmerwiedersehen. Daran führt kein Weg vorbei. Aber wohin? Auf alle Fälle ins Ausland. Sich irgendwo unter anderem Namen eine neue Existenz aufbauen. Doch dazu braucht er Papiere. Er wird versuchen, sich welche im Internet zu beschaffen. Was ihn zum drückendsten Problem bringt. Er braucht *Geld*. Wieder einmal. Für die Flucht, die Dokumente und den Neustart, wo auch immer.

Die Landschaft verschwimmt vor seinen Augen, ein Schwindel erfasst ihn. Er beugt sich nach vorn und lässt den Kopf nach unten hängen. Nach einer Minute hat sich sein Kreislauf wieder stabilisiert.

Er hat keine Zeit zu verlieren. Es ist schon Donnerstag. Am Sonntag stehen die Grazer auf der Matte. Da muss er von der Bildfläche verschwunden sein. Seine Angst und Unruhe sind so groß, dass er am liebsten aufgesprungen und losgestürzt wäre. Um *was* zu tun? Operative Hektik bringt ihn nirgendwohin. Panik schon gar nicht. Er zwingt sich zur Ruhe und atmet ein paarmal tief durch.

Er muss planvoll vorgehen. Er braucht Kleidung, Proviant und Geld.

Als Erstes muss er in die Wohnung von Hannelore. Dort liegt sein Laptop. Das wird er gleich heute Abend machen.

Ein ehemaliger Freund hat ihm gezeigt, wie man ins Darknet kommt. Er braucht neue Dokumente, und zwar zügig. Hoffentlich kriegt er das auf die Reihe.

Morgen Vormittag wird er zu seinen Eltern fahren, um Kleidung und was zu essen zu holen. Und Geld. Jetzt geht es nicht mehr anders. Danach wird man weitersehen.

Es ist neun und stockfinster, als er vor dem Weberhof steht. Er hat sein Moped an der Straße beim Bildstock stehen lassen und ist den Weg zum Hof zu Fuß gegangen. Er hat keine Lust, wegen dem Geknatter dem Bauern in die Arme zu laufen, der ihn vielleicht wieder mit Arbeit eindecken will. Er sieht Licht unten in der Küche und schleicht die Treppe zu Hannelores Wohnung hoch.

Die Tür ist nur angelehnt. Im Inneren ist alles dunkel. Hannelore ist wahrscheinlich beim Schusterwirt und bedient. Perfekt.

Er darf kein Licht machen, das könnten die Bauersleute sehen. Er greift in seine Hemdtasche und fischt eine kleine Taschenlampe heraus. Der Strahl huscht im Zimmer herum, bis sein Laptop im Lichtkegel schimmert. Rasch steckt er ihn in den Rucksack. Dann zieht er die Schublade unter dem Tisch auf und leuchtet hinein. Er entdeckt ein Päckchen Zigaretten und einen Zehn-Euro-Schein und schnappt sich beides.

Dann sieht er die Handtasche. Ist Hannelore etwa doch da? Vielleicht sitzt sie drüben bei ihren Eltern. Rasch öffnet er den Druckknopf und den Reißverschluss. Die Geldbörse enthält hundertsiebzig Euro in Scheinen. Mit einer fließenden Bewegung nimmt er das Geld heraus und lässt es im Hosensack verschwinden. Jetzt weg hier. Zurück in den Bunker.

Bevor er die Tür erreicht hat, stößt er mit dem Ellbogen eine Schale um, die mit kleinen bunten Glaskugeln gefüllt ist. Die Kügelchen rollen über die Kommode, landen auf dem Boden und verteilen sich überall. Verdammt! Was die Weiber immer für einen Scheißdreck herumstehen haben, im Glauben, ihr Zuhause würde dadurch schöner.

Er schlüpft aus der Wohnung und lässt die Tür einen Spaltbreit offen. Alles soll so sein wie vorher.

Nichts ist mehr wie vorher.

Während Leo Kranzelmeier bereits den Weg zum Bildstock zurückhastet, öffnet sich die Tür des kleinen Schlafzimmers. Ein helles Viereck fällt auf den dunklen Teppichboden in der Wohnküche. Hannelore kommt heraus und reibt sich die Augen. Sie ist in letzter Zeit immer so müde.

»Leo? Bist du's?«

Sie bemerkt einen leichten Luftzug und sieht, dass die Tür zur Stiege ein wenig offen steht. Im Halbdunkel tapst sie hin, tritt auf die Glaskügelchen und verliert den Halt. Die Tür schwingt auf, und Hannelore stürzt mit einem Aufschrei die Treppe hinunter.

Als Leo sein Moped startet, beginnt sich am Weberhof unter Hannelores reglosem Körper eine Blutlache auszubreiten.


## 21

Am frühen Vormittag des nächsten Tages biegt Leo von der Teigitschstraße in den Weg zum Haus seiner Eltern ein. Er fährt noch ein paar Meter, dann steigt er ab und schiebt das Moped den Rest der leicht ansteigenden Strecke. Er will sich auf keinen Fall akustisch ankündigen. Vielleicht steht ja schon wieder Polizei vor dem Haus. Und eine Begegnung mit den Beamten will er tunlichst vermeiden. Vor der letzten Kurve lugt er vorsichtig um ein Gebüsch. Alles roger. Kein Auto weit und breit.

Er stellt das Moped außer Sichtweite vom Haus ab, hängt sich den Rucksack über die Schulter und geht auf das Häuschen zu. Er hat die halbe Nacht an die kleine Metallschatulle in Adrians Nachtschrank gedacht. Er will verdammt sein, wenn sein Vater dadrin nicht Geld hortet. So knauserig, wie der ist, hat er bestimmt einiges gebunkert. Für den Notfall. Nun, das *ist* ein Notfall. Und was für einer. Er muss an dieses Geld herankommen. Sonst ist er geliefert.

Er hat noch keinen richtigen Plan, wie er vorgehen soll. Die Wahrheit sagen und auf finanzielle Hilfe hoffen, das kann er sich abschminken. Also muss er auf eine günstige Gelegenheit warten, um sich das Geld unter den Nagel zu reißen. Das ist kein Diebstahl im eigentlichen Sinn, sondern die vorzeitige Auszahlung seines Erbteils. Ja, genau so ist es.

Er hat Glück. Die Mutter wendet ihm den gebeugten Rücken zu, sie ist mit was auch immer im Garten beschäftigt. Der Vater sitzt im Schuppen auf einem Hocker und raspelt mit der Feile an einem Holzstück herum. Er sieht nicht hoch, als Leo vorbeigeht.

Vor der Küche angekommen, fragt er sich, ob er auch noch die Blechbüchse der Mutter leeren soll. Das kommt ihm nun doch nicht richtig vor, wo sich Therese jeden Cent vom Wirtschaftsgeld abgespart hat. Der Alte wird genug Geld im Schlafzimmer haben, da ist er auf die paar Kröten nicht angewiesen. Leise steigt er die Stiege hoch.

In seinem Zimmer rafft Leo das einzige Paar gute Schuhe, Unterwäsche, zwei Hemden und eine Hose aus dem Schrank und stopft alles in den Rucksack. Dann steht er vor dem Schlafzimmer seiner Eltern. Leise öffnet er die Tür. Das Zimmer ist sauber aufgeräumt und scheint auf ihn gewartet zu haben.

Er geht zur rechten Bettseite und zieht die Lade des Nachtschränkchens auf. Bingo. Das Metallkästchen ist noch an seinem Platz. Es ist versperrt, aber der Schlüssel liegt daneben. Was soll das sicherheitstechnisch bringen? Leo schüttelt den Kopf.

Er sperrt das Behältnis auf und schlägt den Deckel hoch. Er findet viertausend Euro in Hundertern vor – und ein Sparbuch. Leo hält die Luft an. Es liegen fünfundvierzigtausend Euro drauf! Bei näherem Hinschauen trübt sich seine Stimmung merklich ein. Es ist durch ein Passwort und zusätzlich noch mit einem Code geschützt. Scheiße.

Er spürt eine Bewegung hinter sich. Rasch dreht er sich um. Sein Vater steht in der Tür und starrt auf das geöffnete Kästchen in seinen Händen. Leo sieht die Röte vom Hals des Vaters nach oben wandern.

»Du ehrloser Scheißkerl!« Adrian kommt auf Leo zu. »Das passt zu dir! Die Eltern bestehlen! Drecki...ger ...«

Leo weicht ans Bett zurück, und Adrian stolpert neben ihn auf den Boden. Er atmet schwer. »... Dieb! D... du ... Verbrech...« Seine Lippen werden blau, er beginnt zu röcheln. Am Boden liegend, streckt er Leo eine Hand entgegen. »Pum... unt...en ... Pum...pe ...«

Leo sieht ihn ausdruckslos an.

Adrian beginnt zu keuchen, seine Augen quellen hervor. Flehend hebt er noch einmal den Arm. »Hilf...«

Leo rührt sich nicht. Ohne jede Regung schaut er dem zuckenden alten Mann beim Sterben zu. Nach einer Minute ist es vorbei.

Er steigt über Adrian hinweg und wirft das Sparbuch in die Schatulle. Ohne Passwort und Code ist es für ihn wertlos. Das Geld steckt er ein. Dann schiebt er die Lade wieder zu. Nichts verrät, dass er im Elternschlafzimmer war. Sein Vater hat einen Asthmaanfall erlitten und es nicht mehr die Treppe hinunter geschafft. Traurig, aber das kommt vor. Als Leo das Zimmer verlässt, hat er keinen Blick mehr für Adrian.

Vor der Küche bleibt er stehen. Die Ausbeute ist geringer als erhofft. Also muss die Blechbüchse der Mutter jetzt doch dran glauben.

Er verlässt sein Elternhaus, ohne sich noch einmal umzudrehen. Dieser Teil seines Lebens ist Geschichte. Zumindest soweit es ihn betrifft.

Das Moped rollt geräuschlos im Leerlauf zur Straße hinab.

»Ich war wie besprochen beim Hattenbauern«, sagt Ratzinger am frühen Nachmittag, als sie im Büro zusammensitzen. »Er hat wiederholt, dass es sieben Uhr war, als Leo Kranzelmeier vorigen Donnerstag vom Hof gefahren ist. Beschwören kann er es allerdings nicht. Er hat keine Armbanduhr getragen. Es war Leo, der die Bemerkung gemacht hat, dass es schon sieben sei, als er ihn ausgezahlt hat. Leo war definitiv der Letzte, der den Hof verlassen hat. Ich habe den Hattenbauern dann nach den Namen anderer Erntehelfer gefragt, die an diesem Tag im Weinberg gelesen haben. Drei von ihnen sind sich sicher, dass sie um halb sieben fertig waren und nach Hause gefahren sind. Wir haben also eine Lücke von zwanzig bis dreißig Minuten, in der unser Kandidat die Tankstelle überfallen haben könnte.«

»Frau Kollegin?« Kammerlander macht eine auffordernde Geste in Richtung Schlagenhaufen.

»Ich war noch mal bei Haller. Er hat erneut bestätigt, dass er letzten Donnerstag das Kreischen eines Mopedmotors gehört hat und dass Weber und Kranzelmeier am Samstag eine Auseinandersetzung gehabt haben. Und noch etwas Interessantes ist ihm eingefallen: Vor einiger Zeit sind zwei Männer beim Schusterwirt aufgetaucht, die unseren Freund gesucht haben. Es sollen keine sehr vertrauenerweckenden Typen gewesen sein. Sportwagen, Grazer Kennzeichen. Er hat das Wort ›Zuhältermilieu‹ verwendet.«

Ratzinger schmatzt mit den Lippen. »Das ist wirklich interessant.«

»Unbedingt.« Kammerlander nickt nachdenklich. »Wenn man an den Überfall auf Kranzelmeier denkt ... Vielleicht ...«

»Vielleicht hatten die Typen mit ihm noch eine Rechnung offen«, beendet Ratzinger den Satz.

»In diesem Fall«, meint Schlagenhaufen, »hat unser Leopold es wohl vorgezogen, die Identität der Angreifer zu verschweigen. Er wird seine Gründe haben.«

»Ich habe Hintergrundinformationen über Kranzelmeier eingeholt«, fährt Kammerlander fort. »Im Gymnasium äußerst mittelmäßig. Im Fußballverein weint ihm auch keiner eine Träne nach. Ihm wird von einigen Leuten Selbstüberschätzung attestiert. Sozialkompetenz kaum vorhanden. Ein Freund von mir hat guten Kontakt zu Unileuten. Über den hab ich erfahren, dass der Herr Student einige Semester verplätschert hat.

Von der Studienzeit her gesehen müsste er schon lange seinen Bachelor haben. Hat er nicht gesagt, er studiere Rechtswissenschaften?«

Schlagenhaufen nickt. »Das war einmal. Begonnen hat Kranzelmeier mit Medizin. Das hat er ziemlich rasch beendet. Dann hat er Rechtswissenschaften belegt. Auch abgebrochen. Seit einiger Zeit hat er sich der Pharmazie zugewandt. Dieses Semester hat er eine wichtige Klausur geschwänzt, und für das nächste ist er deshalb nicht mal mehr immatrikuliert.«

»Dann kann er ja froh sein, wenn er in den Weberhof einheiraten kann«, brummt Schlagenhaufen.

Ratzinger nickt begeistert. »Das würde passen. Die Hochzeit als soziale Auffangstation sozusagen. Jetzt, wo der Hoferbe nicht mehr im Weg ist. Da liegt ein Eins-a-Mordmotiv drin, wenn ihr mich fragt.«

Kammerlander winkt ab. »Stopp. So logisch es auch klingt: Das können wir vergessen. Es gibt nicht das kleinste Indiz dafür, dass Kranzelmeier seinen zukünftigen Schwager ermordet hat. Es gibt keine Zeugen, keine Spuren. Doppler sagt, dass er Ferdinand Weber allein auf dem Hof zurückgelassen hat. Wir haben nichts. Befassen wir uns lieber mit dem Überfall auf die Tankstelle. Vielleicht kriegen wir ihn damit. Wenn er es denn war. Denn von der Statur her sehe ich wenig Ähnlichkeit mit der Kameraaufnahme. Kranzelmeier ist schlank. Auch um die Leibesmitte. Von daher gesehen …«

»Pfff …«, kommt es von Schlagenhaufen. »Er kann etwas unter den Blaumann gestopft haben. Blöd ist er ja nicht.«

Es klopft, und Inspektor Witt schnauft zur Tür herein. »Das Laborergebnis ist da. Ich hab's gleich ausgedruckt. Es war Sprayfarbe!«

»Na also«, meint Ratzinger.

»Und noch was … Wird nicht so wichtig sein. Aber trotzdem … Der Doppler hat angerufen. Sie wissen schon, der Weinbauer, bei dem der Weber Ferdinand –«

»Ja, wir wissen, von wem die Rede ist«, unterbricht Ratzinger ungeduldig. »Was wollte er?«

»Ja, äh, er hat gesagt, ihm ist noch etwas eingefallen. An dem Abend, an dem er mit seiner Frau weggefahren ist, zum Arzt, also da hat er neben dem Auto vom Weber ein Moped stehen sehen.«

»Bingo!«, ruft Ratzinger voller Tatendrang.

»Na dann«, sagt Kammerlander. »Fangen wir an.«


## 22

Die Verzweiflung und die Angst sind zurückgekehrt.

Das Geld reicht hinten und vorn nicht. Nicht für Verpflegung, Bahnticket und einen neuen Pass. Von allem anderen ganz zu schweigen. Und die Uhr tickt.

Sein knurrender Magen erinnert ihn daran, dass er seit Stunden nichts gegessen hat. Noch kann er sich frei bewegen, also wird er zum Prugger fahren und sich was Ordentliches einverleiben. Nachdenken kann er auch dort. Außerdem ist die Buschenschank ein Stück von der Straße entfernt, und der Parkplatz liegt hinter dem Sitzgarten. Gute Wahl.

Der Himmel hat sich verdunkelt, als er sein Moped auf der betonierten Parkfläche abstellt. Graue und schwarze Wolken ballen sich zusammen wie die Vorboten kommenden Unheils. Einige Gäste bezahlen und gehen zu ihren Autos. Weicheier, denkt Leo. Herbstgewitter kommen selten vor. Das verzieht sich bestimmt.

Er bestellt eine Brettljause und eine Schilchermischung. Er isst und trinkt mit ein wenig Bedauern, wird das doch die letzte steirische Mahlzeit für lange Zeit sein. Er schüttelt den Kopf. Seine kümmerlichen Finanzen erlauben keine Sentimentalität. Beim zweiten Glas Schilcher kommt er wieder ins Grübeln.

Was auch immer er tut, er muss es heute angehen. Und es wird nicht legal sein.

Ein leichter Anflug von schlechtem Gewissen sucht ihn

heim. Er ist nicht kriminell, nein, so ist er nicht. Aber die Umstände zwingen ihn, sich anzupassen. Dinge passieren. Meist ohne sein Zutun. Er kann nichts dafür. Aber er muss auch an sich denken. Er will schließlich überleben.

Leo steckt sich eine Zigarette an und nimmt den Faden wieder auf. Wo kann man heute noch Geld erbeuten? Es ist kaum mehr Bares im Umlauf, wie er nach dem unergiebigen Überfall nur zu gut weiß. Er spuckt aus und denkt mit Wehmut an die alten Zeiten, als die Kassen von Geschäften am Abend gut gefüllt waren und es noch Geldbriefträger gab. Da war noch was zu holen.

Soll er einen Bankomat knacken? Aber er hat kein Werkzeug und nicht die leiseste Ahnung, wie er das anstellen soll. Außerdem sind die bestimmt mit einer Kamera ausgerüstet. Er könnte in ein Haus einsteigen und versuchen, Beute zu machen. Doch dazu hätte er schon seit Tagen ein geeignetes Objekt auskundschaften und beobachten müssen. Je länger er nachdenkt, desto aussichtsloser beurteilt er seine Lage. Am liebsten würde er laut schreien in seiner Hilflosigkeit oder auf etwas einschlagen.

Er zieht sein Handy aus der Brusttasche und schaltet es aus. So leicht will er es seinen Verfolgern nicht machen. Ein Motorengeräusch reißt ihn aus seiner Verzweiflung. Ein schwarzer Porsche Cayenne rollt auf den Parkplatz. Das wäre der richtige Wagen für ihn. Das wäre angemessen.

Plötzlich steht die Welt still.

Ein Windstoß fährt über den Gastgarten, und Leo kommt es vor, als hätte ihm jemand auf den Kopf geschlagen. Er hat Mühe zu atmen, sitzt da wie festgefroren, obwohl sich in seinem Inneren Gefühlswellen überschlagen. Kann das sein? Was passiert hier?

Ein Gedankenfeuerwerk tobt in ihm, gleichzeitig formt sich in seinem Bewusstsein bereits ein Ausstiegsszenario für seine Misere.

Das Schicksal hält ihm anscheinend die Hand hin.

Er wird sie ergreifen. Egal, wie es ausgeht.

Die ersten Blitze leuchten am Himmel auf, und leiser Donner grollt.

»Er geht nicht an sein Telefon.« Schlagenhaufen zuckt mit den Schultern.

»Dann holen wir ihn zur Befragung«, entscheidet Kammerlander. »Fahren Sie bitte mit dem Kollegen Ratzinger zu Kranzelmeiers Elternhaus. Wenn er dort nicht ist, probieren Sie es auf dem Weberhof. Ich habe das Gefühl, dass er unserer Einladung nicht freiwillig folgen wird.«

»Was machst du?«, fragt Ratzinger.

»Ich versuche, den Staatsanwalt aufzutreiben. Wir brauchen einen Durchsuchungsbeschluss für das Haus seiner Eltern. Wir haben jetzt einen begründeten Anfangsverdacht.«

Als die beiden Beamten vor Leos Elternhaus ankommen, steht die Eingangstür offen. In der Küche sitzt der Pfarrer von Ligist bei Therese, ihr Gesicht ist tränennass. Sie erfahren, dass Adrian Kranzelmeier vor ein paar Stunden an einem Asthmaanfall verstorben ist.

»Haben Sie Ihren Sohn verständigt?«, fragt Ratzinger.

Therese hebt apathisch das Handy hoch. »Ich kann ihn net erreichen.«

Ihr nächstes Ziel ist der Weberhof. Sie läuten an der Haustür, aber niemand macht auf. Im Stall finden sie den Bauern, der auf eine Mistgabel gestützt ins Leere schaut. Auch hier hat das Unglück wieder zugeschlagen: Hannelore ist die Treppe hinuntergestürzt und hat das Kind verloren. Die Bäuerin ist mit ins Krankenhaus gefahren.

»Weiß ihr Verlobter Bescheid?«, will Schlagenhaufen wissen.

Weber schüttelt verächtlich den Kopf. »Den hob i vor zwei Tagen das letzte Mol gsehn.«

Als sie zurück zur Dienststelle fahren, knurrt Schlagenhaufen: »Wo dieser Mensch auftaucht, gibt es eine seltsame Häufung von Verletzten und Toten.«

»Ich hab mir gerade das Gleiche gedacht. Wir müssen uns

diesen Totenvogel greifen. So viele Zufälle auf einmal gibt es nicht.«

Doch ihre Suche bleibt erfolglos.

Zwei Tage später fehlt von Leopold Kranzelmeier noch immer jede Spur. Die Beamten vermuten, dass er untergetaucht ist, und schreiben ihn zur Fahndung aus. Als am Montagmorgen eine Meldung der Voitsberger Feuerwehr über einen Brand im Bezirksteil Arnstein eingeht, stellen sie noch keinen Zusammenhang zu ihren Ermittlungen her.

Nach Abschluss der Löscharbeiten wird im Keller der Brandruine eine Leiche gefunden, bis zur Unkenntlichkeit verkohlt. Die Identität des Toten stellt sich erst heraus, als die Nummer des Mopeds, das vor dem abgebrannten Haus am Jagerweg liegt, ermittelt wurde. Es ist gemeldet auf den Namen Adrian Kranzelmeier.

Um jeden Zweifel auszuschließen, ordnet Kammerlander eine DNA-Untersuchung an. Die Vergleichsprobe wird von einer Haarbürste genommen. Das Erbgut ist identisch. Damit ist sichergestellt, dass der Tote Leopold Kranzelmeier ist.

Als Ursache des Feuers ermittelt der Sachverständige eine brennende Kerze, sie hat den Inhalt einer ausgelaufenen Petroleumlampe in Brand gesetzt. Das Opfer dürfte im Schlaf vom Feuer überrascht worden sein.

*Oktober*

# 1

Als er die Augen öffnet, ist es, als schwebte er in einem weißen Vakuum. Ohne Gefühl, ohne Gedanken, schwerelos. Seine Lider zittern, er muss blinzeln. Allmählich dringt ein Laut zu ihm durch, weit weg, regelmäßig wiederkehrend. Er blinzelt noch einmal, der Ton wird lauter. Er schließt die Augen, versucht, ihn auszublenden, wieder in die Schwerelosigkeit zurückzufinden, doch das Geräusch krallt sich hartnäckig in sein Bewusstsein.

Erneut hebt er die Lider an, starrt ins Weiß einer Zimmerdecke, fokussiert eine Neonlampe. Er probiert, den Kopf zu drehen, doch es will ihm nicht gelingen. Er kann auch Arme und Beine nicht bewegen, es ist, als ob sein Gehirn sich weigerte, Befehle an die Muskeln auszusenden. Nur seine Augäpfel gehorchen ihm noch. Er wendet sie nach rechts und links, und langsam reift in ihm die Erkenntnis, dass er in einem Krankenzimmer liegt, angeschlossen an Maschinen, die seine Körperfunktionen überwachen.

Diese Situation hat keinen Bezug zu ihm. *Er* hat zu sich selbst keinen Bezug. Noch stellt er sich keine Fragen darüber, wie es dazu kam und warum. Er ahnt: Wenn er anfängt zu denken, überrollt ihn die Angst. Doch schon spürt er den schleichenden Wunsch zu wissen, zu verstehen. Die friedliche Apathie löst sich auf wie Nebel in der Morgensonne.

Eine Tür wird geöffnet, und ein freundliches Frauengesicht tritt in sein Blickfeld. Die Schwester lächelt, als sie wahrnimmt, dass er wach ist.

»Na, da ist er ja wieder! Schönen guten Morgen. Dann wollen wir mal schauen …«

Redet sie mit ihm? Er kann mit ihren Worten nichts anfangen. Seine Augen folgen den Bewegungen der Frau, ihren raschen, fachkundigen Handgriffen.

»Wie geht es Ihnen?« Sie beugt sich zu ihm. »Haben Sie Schmerzen?«

Er öffnet den Mund, aber er kann nicht sprechen. Anscheinend hat die Schwester keine Antwort erwartet, denn sie redet munter weiter, während sie Daten von einem Monitor abliest und einen Infusionsbeutel kontrolliert.

»Schön. Das sieht alles schon einmal gut aus. Die Dosis der Schmerzmittel müsste auch ausreichen.«

Was ist mit ihm? Warum liegt er hier? Wieso spürt er nichts? Ist er … gelähmt? Mit eisigen Händen greift die Angst nach ihm.

»Ich werde jetzt langsam die Rückenlehne hochfahren und Ihren Blutdruck messen, in Ordnung?«

Ein leises Surren ertönt, während sein Oberkörper in Schräglage gebracht wird. Jetzt kann er den Großteil des Zimmers überblicken. Er nimmt einen dezenten Parfumgeruch wahr, wahrscheinlich von der Frau. Nein, der Duft entströmt einem riesigen Blumenstrauß auf dem kleinen Tisch an der Wand. Wer hat ihm den gebracht?

Die Schwester legt ihm die Schlaufen des Messgeräts um den linken Oberarm, und er spürt ein zunehmendes Druckgefühl. Gott sei Dank! Wenn er das registriert, kann er nicht gelähmt sein. Zumindest nicht vollständig.

Wieder versucht er zu sprechen. »Wa… wa…s …?«

»Haben Sie Durst?«

Sie hält ihm einen Becher mit Strohhalm an die Lippen.

Er trinkt einen Schluck, dann probiert er es wieder. »Wa… was … ist mit mir?«

»Sie meinen Ihre Verletzungen? Das wird Ihnen Oberarzt Dr. Krammer erzählen. Der hat Sie wieder zusammengeflickt.«

Wie aufs Stichwort geht die Tür auf, und ein Mann mittleren Alters im weißen Arztkittel betritt das Krankenzimmer. Die Schwester spricht leise mit ihm und schließt hinter sich die Tür.

»Guten Tag, Herr von Hebenstein. Wie fühlen Sie sich?«

Was …?

Er dreht den Kopf, es ist kein zweites Bett im Zimmer, kein anderer Patient.

Der Arzt zieht einen Stuhl ans Bett und setzt sich neben ihn.

Er hält ein Klemmbrett in der Hand und studiert das Krankenblatt. Als er wieder aufblickt, sagt er: »Sie hatten innere Verletzungen, wir mussten die Milz entfernen. Hinzu kommt ein Schädel-Hirn-Trauma, zum Glück kein schweres. Und ein gebrochener Unterarm, wie Sie sicher schon festgestellt haben.«

Erst jetzt bemerkt er den Gips am rechten Arm.

»Die Prellungen, Abschürfungen und Hämatome lassen wir mal außen vor. Können Sie sich erinnern, was geschehen ist?«

Er schüttelt den Kopf, versucht, Finger und Zehen zu bewegen.

»Das ist die Nachwirkung der Narkose«, sagt der Arzt, der seine Bewegungsversuche bemerkt hat. »In Tateinheit mit den Schmerzmitteln sozusagen. Keine Sorge, Sie werden bald wieder voll beweglich sein.«

Erleichtert schließt er die Augen. Der Geruch der Blumen stört ihn, er ist aufdringlich und unangenehm. Langsam hebt er die linke Hand und deutet auf den Strauß in der Vase.

»Die Blumen sind von Ihrem Vater und Ihrer Tante. Sie sind sehr in Sorge.«

Mit leerem Blick sieht er den Mediziner an. Er spürt Übelkeit in sich hochsteigen. Dieser elende Blütenduft. Wieder deutet er auf den Strauß.

Dr. Krammer zieht den richtigen Schluss. »Ich sage der Schwester Bescheid, dass sie das Bukett entfernen soll. – Ach ja, ich soll Sie von Ihrem Vater und Ihrer Tante grüßen, wenn Sie aufwachen.«

Die Worte rieseln an ihm vorbei, er versteht nicht. »Wer …?«, krächzt er.

»Was meinen Sie – wer hier war?«

Er nickt.

»Ihr Vater, Herr von Hebenstein. Und Ihre Tante Angelika.« Der Arzt sieht kein Verstehen in seinem Blick. »Sie erinnern sich nicht an sie?«

»Ne… nein …«

»Kennen Sie Ihren eigenen Namen? Ich meine, Ihren Vornamen?«

Er hebt hilflos die unverletzte Hand.

»Das ist dem Schädel-Hirn-Trauma geschuldet. Das Gehirn hat einen ordentlichen Bums gekriegt. Wahrscheinlich gibt sich die Amnesie in ein paar Tagen, und Ihnen fällt nach und nach alles wieder ein.«

Der Mediziner steht auf und tätschelt seinem Patienten beruhigend die Schulter. Auf dem Weg hinaus dreht er sich noch einmal um.

»Versuchen Sie nicht zwanghaft, sich zu erinnern. Jetzt müssen Sie sich ausruhen, damit Ihr Körper sich erholen kann. Setzen Sie Ihr Gehirn keinem Stress aus. Lassen Sie sich Zeit.«

Dankbar lässt er die Augen zufallen und gleitet ins Vergessen. Das Schließen der Tür hört er nicht mehr.


## 2

Er weiß nicht, warum sich alles so fremd anfühlt. Ihm ist, als müsste er seine Haut abstreifen, sich aus sich selbst zurückziehen, um … ja, um was? Um von außen einen Blick auf sich zu werfen und sich dann noch verlorener vorzukommen?

Er heißt Alexander, wie ihm sein Vater gestern mitgeteilt hat, und er ist Nikodemus von Hebensteins einziges Kind. Seine Mutter ist nach seiner Geburt verschwunden. Das ist gut, denkt er. Da muss er kein schlechtes Gewissen haben, wenn er sich nicht an sie erinnert. Eine Mutter vergisst man doch nicht.

Allerdings hat auch der Anblick des Vaters kein Erkennen bei ihm ausgelöst. Groß, schlank, aufrechte Haltung. Das Alter schwer zu schätzen, zwischen sechzig und siebzig vielleicht. Er war gut gekleidet, ein goldener Siegelring blitzte im Licht der Deckenlampe auf, als er sich ans Bett des Sohnes gesetzt hat. Seine Haut war glatt, die Lippen schmal, die Nase leicht gekrümmt. Die Augen waren vom hellsten Blau, das Alexander je gesehen hat. Nikodemus hat ihm mit leiser Stimme ein paar Fragen gestellt, die Alexander allesamt nicht beantworten konnte. Erschöpft hat er mehrmals die Augen geschlossen.

Gott sei Dank ist sein Vater nicht lange geblieben. Er hat erleichtert aufgeatmet, als die Tür hinter ihm ins Schloss fiel. Unter diesen eisblauen Blicken hat er sich nicht wohlgefühlt.

Seit drei Tagen liegt er nun hier. Er mache gute Fortschritte, hat der Arzt gesagt. Zumindest was seine körperliche Genesung betreffe. Wenn es so weitergehe, könne er in ein paar Tagen in häusliche Pflege entlassen werden. Dass seine Erinnerung noch nicht zurückgekehrt sei, sei nicht ungewöhnlich.

»Setzen Sie sich bloß nicht unter Druck. Das könnte kontraproduktiv sein. Wir haben bei der Magnetresonanztomografie nichts Ungewöhnliches feststellen können, machen Sie sich keine Sorgen. Der Unfall hat einen Schock ausgelöst. Wenn Ihr Gehirn bereit ist, wird es wieder Informationen aus der Vergangenheit liefern.«

Sein Wort in Gottes Ohr.

In der Lade des Schränkchens neben dem Bett findet er seine Geldbörse. Eine Schwester hat sie wohl hineingelegt, seine Kleidung kann er nirgends entdecken. Neben vierhundert Euro und etwas Münzgeld entdeckt er seinen Führerschein. Auf dieser Plastikkarte kann er keine Ähnlichkeit mit sich selbst erkennen, aber wie auch? Wie soll sich jemand erkennen, der sich nicht kennt? Bei seinem zerschundenen Gesicht wäre das an sich schon schwer gewesen. Taxiquittung, ÖAMTC-Mitgliedskarte, Versicherungsdaten … Da ist noch etwas. Im letzten Fach der Börse, ganz unten. Er bohrt mit den Fingern der gesunden Hand hinein und fördert ein kleines Foto zutage. Es ist das Bild eines dunkelhaarigen Mannes, dreißig Jahre vielleicht, ziemlich abgegriffen. Er schiebt das Foto wieder zurück.

Eigentlich könnte die Situation viel schlimmer sein, denkt er. Er weiß wenigstens, wie er heißt. Er hat eine Familie, die das bestätigt. Die zudem über ausreichend finanzielle Mittel verfügen muss, da er in einem hübsch eingerichteten Einzelzimmer liegt. Wie beängstigend muss es sein, wenn man ohne Gedächtnis im Krankenhaus aufwacht, und niemand kann einem sagen, wer man ist?

Trotzdem. Die Unruhe lässt ihn nicht los.

Es klopft an der Tür, und ein junger Mann in einer Polizeiuniform betritt den Raum. »Grüß Gott, Herr Hebenstein. Mein Name ist Matthias Hansbauer, Polizei Voitsberg. Ich bin da wegen Ihres Unfalls …«

»Ich habe keine Erinnerung daran.«

»Das hat mir die Krankenschwester schon gesagt. Aber ich versuche, den Fall vom Tisch zu kriegen. Darf ich?« Er zieht einen Stuhl ans Bett und setzt sich, ohne auf eine Zustimmung zu warten. »Fakt ist, Sie waren auf der Hochstraße zwischen der Autobahnauffahrt und Ligist unterwegs, es hat genieselt, die Fahrbahn war nass. Sie sind mit erheblicher Geschwindigkeit mit der Beifahrerseite in einen Baum gekracht. Ihr Wagen hat sich überschlagen und ist eine Böschung hinuntergekollert. Sie waren bewusstlos, die Feuerwehr musste Sie aus dem Auto schneiden.«

Alexander zuckt mit den Schultern. »Wenn Sie es sagen.«

»Ihr Wagen ist ein Totalschaden. Es wird überprüft, ob es einen technischen Defekt gegeben hat, der für diesen Unfall verantwortlich war. Denn alkoholisiert waren Sie nicht, das hat das Krankenhauslabor eindeutig festgestellt.«

»Aha.«

»Ja. Da geht es für Sie um Versicherungsfragen. Für uns wäre wichtig zu wissen, ob noch ein anderes Auto an dem Unfall beteiligt war. Wir haben jedenfalls keine fremden Lackspuren an Ihrem Wagen feststellen können.«

»Ich … weiß nicht. Ich kann mich nicht erinnern.«

»Das habe ich mir schon gedacht. Der Unfallschock blockiert sehr oft die Erinnerung. Dann machen wir es so: Wir schließen den Akt vorläufig. Sollte sich doch noch eine Fremdbeteiligung am Unfallgeschehen herausstellen, nehmen wir die Ermittlungen wieder auf. Dann hätten wir es nämlich mit Fahrerflucht zu tun.«

Als er wieder aufwacht, sitzt eine junge Frau an seinem Bett. Sie scheint schon eine Weile da zu sein. Lustlos blättert sie in einer Zeitschrift. Alexander beobachtet sie schweigend.

Ihr Gesicht wird von dunkelblonden Haaren eingerahmt, die am Kinn enden. Total trendy. Er hat keine Ahnung, warum er das weiß. Vielleicht ist er ja Friseur von Beruf. Er unterdrückt ein Glucksen und fährt fort, die Frau zu beobachten. Hohe Stirn, ausgeprägte Wangenknochen, schön geschwungene Lippen, nicht zu voll und nicht zu schmal. Ein apartes Gesicht. Der weiße Rollkragenpullover und die schwarz-weiß gemusterte Jacke stammen von keinem Billig-Outlet. Die Lektüre scheint sie nicht zu fesseln, ihre blauen Augen gleiten über die Seiten, ohne irgendwo hängen zu bleiben. Sie leckt ihren Zeigefinger an, um umzublättern, und hebt dabei ihren Kopf.

»Na, wer sagt's denn? Willkommen unter den Lebenden. Du hast allen einen ziemlichen Schrecken eingejagt.« Sie beugt sich über ihn und haucht ihm einen Kuss auf die Wange. Ein dezentes Parfum steigt ihm in die Nase. »Die Krankenschwester meint, du erholst dich zusehends. Obwohl … Dein buntes Gesicht sagt etwas anderes. Wie fühlst du dich?«

»Ich kriege Schmerzmittel, also von daher …« Er tastet nach der Fernbedienung, um die Rückenlehne des Bettes anzuheben. »Ich … weiß jetzt nicht … Wer …?«

»Du erinnerst dich nicht mehr, stimmt's? Die Schwester hat schon so was gesagt. Unter anderen Umständen wäre ich schwer gekränkt, aber in unserem Fall … Also: Ich bin Silvia, deine Fast-Verlobte. Der anstehenden Feier hast du dich mit deinem Unfall erfolgreich entzogen. Ich will doch hoffen, dass du das nicht mit Absicht gemacht hast?«

Er hört den spöttischen Unterton in ihrer Stimme.

»Silvia …«, sagt er und hofft, dass der Klang des Namens etwas in ihm wachruft. Seine Augen tasten ihr Gesicht ab, ihre schlanke Gestalt. Nicht ein Hauch von Erinnerung weht ihn an. So ein bildhübsches Mädchen vergisst man doch nicht. Er legt seine Hand auf ihre, die locker auf dem Bett ruht. Er spürt ihr Zucken, doch sie entzieht sie ihm nicht.

»Es tut mir leid …«

»Ja, das glaube ich dir sogar. Aber es ist, wie es ist, nicht wahr?« Sie steht auf und hängt sich ihre Tasche über die Schulter. Ihr Ton ist sachlich. »Werde erst mal gesund. Über alles andere reden wir, wenn du wieder zu Hause bist.«

Sie ist schon an der Tür, als er murmelt: »Du bist sehr schön …«

Langsam dreht sie sich um und sieht ihn lange an.

Ihren Blick kann er nicht deuten.


## 3

»Hello, policeman! Helfen, bitte! I'm searching brother, please …«

Inspektor Witt schaut überrascht auf den Besucher, der vor dem Meldetresen steht. Es ist eindeutig ein junger Mann aus dem Nahen Osten, der ziemlich aufgelöst wirkt. Witt verlässt seinen Schreibtisch und geht zur Anmeldung.

»Grüß Gott!«, sagt er und nimmt den Mann in Augenschein. Er trägt einen Trainingsanzug, darüber einen Parka. Sein längliches Gesicht wird von dichten, schwarz gelockten Haaren eingerahmt, die Züge sind kantig, eine Narbe verläuft von der Nasenwurzel über die Wange bis zum Ohr. Das Markanteste sind die dunklen Augen, deren glühender Blick sich in Witts Gesicht bohrt. Er ist froh, dass sich der Tresen zwischen ihm und dem Mann befindet.

»Was kann ich für Sie tun?«

»Helfen, bitte! Brother … Bruder … He's lost, disappeared … understand? Must find him, small boy, Adil …«

Witt kramt in seinem Schulenglisch, das schon Jahrzehnte zurückliegt.

»What is name?« Er nimmt einen Stift und zieht einen Schreibblock heran.

»Adil Hamoud, I'm Djamal. Djamal Hamoud.«

»Können Sie das buchstabie…«

Er erkennt die Aussichtslosigkeit seiner Bemühungen und schiebt dem Mann seinen Stift und den Block hin.

»Write it.«

Erleichtert sieht er, dass der Besucher in Großbuchstaben schreibt. Er dreht den Block zu sich herum.

»Adil. You?«

»No, no … Adil is brother. I'm Djamal.«

»Country?«

»Syria.«

»Where is … äh, hotel? Address?«

Der junge Mann greift in die Jackentasche und zieht ein zusammengefaltetes Papier heraus. Witt erkennt das Bild eines ehemaligen Gasthauses, das vor einigen Jahren zu einer Flüchtlingsherberge umfunktioniert wurde. Asylsuchende und unbegleitete Minderjährige sind dort untergebracht und hoffen auf einen positiven Asylbescheid.

»Tja … Was machen wir denn jetzt?«, murmelt er, von der Sprachsituation völlig überfordert. Er wischt sich Schweiß von der Stirn. Da sieht er Schlagenhaufen von der Mittagspause zurückkehren.

»Frau Kollegin! Gut, dass Sie da sind! Hier ist ein … Syrer, den versteht man nicht. Der kann nur Englisch. Ist ziemlich durch den Wind.«

Schlagenhaufen kommt an den Tresen. »Was will er?«

»Ja, wenn ich das wüsste. Es scheint um seinen Bruder zu gehen. Was genau los ist – also, mein Englisch reicht dafür nicht …«

Sie reißt den Zettel mit dem Namen vom Block und dreht ihn zu sich. »Adil Hamoud?«

»No, no, I'm Djamal. Adil is brother.«

»Okay. I'm Inspector Schlagenhaufen –«

»Salgenhaff…?«

Witt schlägt die Augen zum Himmel, seine Kollegin winkt ab. »Never mind. Call me Inspector. Let's go to my office. There you can tell me what kind of problem you have.«

Im Weggehen hört sie Witt brummeln: »Die sollen Deutsch lernen, wenn sie zu uns wollen. Oder gleich nach England gehen …«

»Er sagt, dass er mit seinem Bruder Adil aus Syrien geflüchtet ist. Die übrige Familie ist tot«, berichtet Schlagenhaufen ihren Kollegen. »Er hat sich bei Schleppern eingekauft und ist mit Adil über die Balkanroute bis Ungarn gekommen. Irgendwo dort hat er die Gruppe verloren oder verlassen, das ist nicht ganz klar. Sein Bruder scheint bei der Gruppe geblieben zu sein.«

Kammerlander reibt sich das Kinn. »Sind die Leute in Österreich aufgegriffen worden?«

»Ja. Anscheinend sind sie von den Schleppern zu einem leer stehenden Haus an der Grenze gebracht worden. Eine burgenländische Polizeistreife hat sie entdeckt. Flüchtlingshelfer haben sie dann in einen Bus verfrachtet und in ein Erstaufnahmezentrum in Graz gebracht. Danach wurden sie auf verschiedene Unterkünfte in der Steiermark verteilt.«

»Wie heißt der Mann noch mal?«

»Djamal Hamoud.«

»Und dieser Djamal ist später auch illegal über die Grenze gekommen?«

»So hab ich ihn verstanden.«

Ratzinger hat Schlagenhaufens Bericht mit finsterem Gesicht zur Kenntnis genommen. »So viel dazu, dass unsere Grenzen geschützt werden. Kann bei uns eigentlich noch immer jeder ins Land spazieren, wie er lustig ist? Wenn man sich das so anhört –«

»Franz …«

»Ist doch wahr.«

»Der junge Mann sucht also seinen Bruder, wenn ich das richtig verstanden habe«, fährt Kammerlander fort. »Wie alt ist Adil?«

»Acht.«

»Haben wir ein Foto des Buben?«

»Ja. Djamal hat mir ein Bild von seinem Handy geschickt. Es ist vor ein paar Monaten aufgenommen worden.«

Sie hält das Handyfoto in Richtung ihrer Kollegen. Es zeigt einen hübschen Jungen mit schwarzen Locken und großen, dunklen Augen, der fröhlich in die Kamera lacht.

»Handys haben sie alle, und zwar die neuesten«, murrt Ratzinger weiter.

»Warum gibt Djamal eine Vermisstenanzeige auf und nicht ein Betreuer der Flüchtlingsgruppe?«

»Weil Adil nie hier angekommen ist. Er taucht in keiner Liste auf. Deshalb wurde er auch nie vermisst.«

»Aber der große Bruder glaubt, Adil müsse hier sein. Wie kann er das wissen?«

»Wenn die Flüchtlinge sonst nichts haben, ein Handy hat jeder. Da muss ich dem Kollegen recht geben. Die sind untereinander bestens vernetzt. Djamal hat erfahren, dass sein kleiner Bruder mit einem Ehepaar mitgehen sollte, das ein Auge auf ihn haben wollte. Aber als der Bus mit dem Ehepaar losfuhr, war Adil nicht mit drin.«

»Und ist seither auch nirgends aufgetaucht? In anderen Flüchtlingsunterkünften zum Beispiel?«

»Weiß ich nicht. Djamal hat jedenfalls von seiner Community noch keinen Hinweis bekommen, dass der Kleine irgendwo gesehen worden wäre.«

»Hm. Das ist schon seltsam. Aber nachdem eine Anzeige vorliegt, müssen wir dem nachgehen. Wir werden uns morgen darum kümmern.«


4


Christian Jäger führt Kammerlander und Ratzinger in sein Büro. Es bietet gerade einmal Platz für einen Schreibtisch mit

Bürosessel dahinter, einen Aktenschrank und zwei Besucherstühle.

Sie nehmen nickend das Angebot für einen Filterkaffee an, als Jäger fragend auf die Warmhaltekanne zeigt.

»Sie sind hier der Leiter der Flüchtlingseinrichtung?«, beginnt Kammerlander die Befragung.

»Na ja, ›Leiter‹ ist vielleicht ein zu großes Wort«, meint Jäger und streicht sich eine Strähne hinters Ohr. Seine langen braunen Haare, in die sich schon reichlich Grau gemischt hat, hat er mit einem Gummi zu einem Pferdeschwanz zusammengebunden. Das jugendliche Kapuzenshirt täuscht nicht darüber hinweg, dass er schon jenseits der vierzig ist.

»Ich regle hier die Aufnahmemodalitäten, schaue, dass Tagesablauf und Zusammenleben funktionieren, und helfe den Bewohnern bei Behördengängen oder wobei auch immer sie Hilfe benötigen. Und ich bin natürlich für die Buchhaltung zuständig. Einkäufe, Abrechnungen, all das.«

»Sie haben wohl einige Nationalitäten unter einen Hut zu bringen?«

»Na ja, die meisten Asylwerber kommen aus Syrien, dem Irak und Afghanistan.«

»Wer ist der Betreiber dieser Einrichtung?«

»Das Gebäude hat die Gemeinde gepachtet. Der vorherige Pächter hat viele Jahre ein Gasthaus betrieben, wie Sie an der Wirtshaustheke draußen schon bemerkt haben werden. Die übrigen Kosten übernimmt das Amt für Fremden- und Flüchtlingswesen.«

»Also wir alle. Mit unseren Steuergeldern«, brummt Ratzinger.

Jägers Lippen verziehen sich zu einem feinen Lächeln. »So ist es wohl.«

»Sie wissen, warum wir hier sind?«, bringt Kammerlander ihren Besuch auf den Punkt. »Djamal Hamoud sucht seinen kleinen Bruder. Deswegen hat er bei der Polizei Anzeige erstattet.«

»Ja. Ich habe ihm dazu geraten.«

»Wann ist die Flüchtlingsgruppe, bei der Adil hätte sein sollen, hier eingetroffen?«

Jäger blättert in seinen Unterlagen. »Im Juli dieses Jahres. Am 13.«

»Haben Sie selbst etwas unternommen, um das Kind zu finden?«

»Natürlich. Ich habe mit dem Erstaufnahmezentrum in Graz telefoniert. Frau Glück hat die Flüchtlingsgruppe übernommen, eine Ehrenamtliche. Sie hat die Leute registriert und auf die Flüchtlingsunterkünfte verteilt. Ein achtjähriger Junge war nicht dabei.«

»Das heißt, das Kind ist nie in Graz angekommen?«

»So sieht es aus.«

»Was meinen Sie, was passiert sein könnte?«

»Da gibt es einige Möglichkeiten. Vielleicht ist er weggelaufen. Oder er hatte einen Unfall, lebt vielleicht nicht mehr. Oder …«

»Ja?«

»Es kommt leider immer wieder vor, dass Kinder und Jugendliche, die auf sich selbst gestellt sind, auf dem Weg in den Goldenen Westen verschwinden. Von einem Tag auf den anderen.«

»Weil?«, fragt Ratzinger.

»Weil Schlepper mit Kontakten eine Menge Geld mit ihnen verdienen können. Je jünger, desto besser. Verstehen Sie?«

Ratzinger fährt sich über die Stirn. »Oh, Scheiße.«

»Ja. Scheiße. Aber wir sollten nicht vom Schlimmsten ausgehen.«

»Landeskriminalamt, Magister Schober.«

»Bezirksinspektor Schlagenhaufen noch einmal, Polizeikommando Voitsberg.« Sie stellt das Telefon auf laut, damit Kammerlander und Ratzinger mithören können. »Haben Sie schon irgendetwas gefunden, das uns weiterhelfen könnte?«

Schober seufzt. »Leider nein. Ich habe das Foto des Jungen an die Vermisstenstelle weitergegeben. Ebenso an die Abteilung für Online-Kindesmissbrauch und Internetkriminalität. Jetzt heißt es warten. Das Bild wird mit vorhandenem Datenmaterial abgeglichen. Bisher gab es noch keinen Treffer.«

»Wie stehen die Chancen, ein Kind auf diese Weise aufzuspüren?«

»Gar nicht mal so schlecht. Am häufigsten werden wir im Darknet fündig. Was die Sache auch nicht leichter macht.«

»Sind in den vergangenen Wochen oder Monaten noch andere Flüchtlingskinder verschwunden? Also nicht in den Aufnahmezentren angekommen?«

»Dazu kann ich keine relevante Aussage machen. Wir wissen ja nicht, wer wo losmarschiert, an welche Schlepper jemand gerät, was den Menschen auf der langen Strecke nach Europa alles zustößt. Was in den Lagern für Strukturen herrschen. Sie dürfen nicht vergessen: Gerade bei den Allerärmsten und Schwächsten bilden sich sofort Rangordnungen heraus, der Stärkste, Brutalste hat das Sagen. Und versucht, auf Kosten anderer Kapital zu schlagen. Wie früher in den Konzentrationslagern. Die Kapos, also Leute, die ihre Mithäftlinge beaufsichtigten, dienerten oder kämpften sich eine Stufe höher oder in Machtpositionen, ohne Rücksicht auf die Mitgefangenen. In unserem Fall sind die Menschen also nicht nur den Schleppern ausgeliefert, sondern oft auch ihren eigenen Leuten.«

»Das klingt alles nicht sehr ermutigend.«

»Ja, leider. Aber manchmal haben wir auch Erfolg. Das sind dann die Fälle, die einen weitermachen lassen. Es sind ja nicht nur verschwundene Kinder, die uns beschäftigen. Die ganze Asyl-Misere wächst uns über den Kopf. Weil auch Halbwüchsige und Volljährige aus den Unterkünften verschwinden, von einem Tag auf den anderen. Sie tauchen unter, weil sie befürchten, keine Aufenthaltsgenehmigung zu bekommen. Sie werden dann als ›unbekannt abwesend‹ gemeldet. Moment …«

Man hört das Klackern einer Tastatur.

»Ich sehe gerade, dass es einen weiteren Vorfall gegeben hat. Das war am 17. August. An diesem Tag ist auch eine Gruppe Asylsuchender nach Graz gebracht worden. Ein Iraker hat angegeben, dass eine junge Frau und ihre kleine Tochter nicht mehr bei der Gruppe seien. Die ungarische Polizei hat die Frau zwei Tage später im Wald nahe der Grenze gefunden. Sie ist vergewaltigt und erwürgt worden. Das Mädchen ist bis heute verschwunden.«

Zehn Tage später gibt es von Adil Hamoud noch immer keine Spur. Kommandant Starkl erklärt die Suche für beendet, da noch genug andere Fälle auf Bearbeitung warteten. Und wenigstens die Chance auf Aufklärung böten. Womit er grundsätzlich recht hat, wie Schlagenhaufen zugeben muss. Sie steckt die dürftigen Unterlagen in einen Ordner und legt die dünne Akte in den Schrank. Danach nimmt sie Mantel und Tasche vom Garderobenhaken. Sie will Djamal nicht mit einer telefonischen Nachricht abspeisen und besucht ihn in seiner Flüchtlingsunterkunft.

Sie erklärt ihm, dass alles getan worden sei, um Adil zu finden, sie aber keinen Erfolg gehabt hätten. Der junge Syrer atmet heftig und presst die Zähne so fest aufeinander, dass sein Kiefer knackt. Als sie sagt, jetzt könnten sie nur noch abwarten, springt Djamal vom Stuhl auf und rammt fünf Zentimeter neben ihrem Gesicht seine Faust in die Mauer. Er brüllt etwas in seiner Sprache, und Schlagenhaufen meint, im ohnmächtigen Hass und Schmerz dieser schwarzen Augen zu ertrinken.

## 5

Er ist wieder zu Hause. Zumindest hört er das immer wieder. »Jetzt, wo du in deiner gewohnten Umgebung bist, wirst du dich nach und nach erinnern.«

Als er abgeholt wurde, haben seine Hände geschwitzt vor Aufregung. Seine Erwartungen waren hoch. Das eine oder andere wird ihm bekannt vorkommen, daran wird er anknüpfen und sein Leben zurückbekommen, dachte er. Zu Hause.

Und dann die Erkenntnis, dass es nichts gibt, woran er anknüpfen kann. Sosehr er es sich gewünscht hat.

Sie sitzen in der Küche und trinken grünen Tee. Er versucht, nicht zu zeigen, wie grässlich er das Gebräu findet. Ein Teetrinker ist er jedenfalls nicht, so viel steht fest. Er hat große Lust auf eine Zigarette.

»Rauchst du, Tante?«, fragt er hoffnungsvoll.

»Nein.« Sie sieht ihn überrascht an. »Hab ich auch nie gemacht. Wieso?«

»Ach, ich würde jetzt gern eine rauchen.«

»Du rauchst? Seit wann?«

»Keine Ahnung. Vielleicht bin ich Gelegenheitsraucher.«

»Also hier im Haus hast du noch nie geraucht. Das hätte ich gerochen. Welche Marke?«

Er nennt ihr auf Anhieb den Namen.

»Na, das ist doch schon mal was. Ein Erinnerungssplitter ist schon da. Weißt du was? Ich bringe dir morgen eine Packung mit. Vielleicht hilft das deinem Gedächtnis auf die Sprünge.«

»Danke. Ich rauche auch auf dem Balkon und nicht im Haus.«

Alles in allem kann er sich nicht beklagen. Das zweistöckige Haus, in dem er lebt, ist riesig. Das Erdgeschoss mit Wintergarten und der großen Terrasse bewohnt sein Vater Nikodemus. Das Obergeschoss besteht aus zwei kleineren Wohnungen mit jeweils einem Balkon. In einer wohnt die Tante, in der anderen er selbst. Am Ende der Treppe zwischen den Wohnungen gibt es sogar einen kleinen Personenaufzug, um Lasten ohne Mühe nach oben und unten zu befördern. Das Haus wurde in einen Hang hineingebaut, in einer der besten Wohnlagen Voitsbergs. Sie haben sogar Personal. Am unteren Rand des großen Grundstücks steht ein kleines Gebäude, in dem ein älteres Ehepaar wohnt. Sie erledigen Putz-, Koch- und Gartenarbeiten. Die von Hebensteins scheinen wohlhabende Leute zu sein.

*Wir* scheinen wohlhabende Leute zu sein, verbessert er sich.

»Womit verdient Vater eigentlich sein Geld?«, platzt es aus ihm heraus.

»Du meinst, weil wir einen gewissen Lebensstil pflegen?«
Er nickt betreten.

»Deine Neugier ist erfrischend. Dein Vater war Richter am Bezirksgericht und hat gut verdient. Aber den größten Teil macht das Familienvermögen aus, das von Generation zu Generation weitergegeben wurde.«

»Was …? Ich meine … Was habe ich …?«

»Du willst wissen, was du gemacht hast? Du hast ein paar Semester BWL studiert und bist … sagen wir, noch auf der Suche nach deiner Bestimmung.« Er bemerkt eine gewisse Reserviertheit in ihrer Stimme. »Ich werde ein paar Tage hierbleiben und sehen, wie du zurechtkommst«, wechselt sie das Thema. »Ich verbringe sonst den größten Teil der Woche in unserer kleinen Stadtvilla in Graz. Du brauchst dir also keine Sorgen zu machen, dass ich dir permanent auf die Nerven falle.« Sie zwinkert ihm zu.

»Du bist sehr nett.«

»Dafür sind Tanten da.« Sie schenkt sich eine zweite Tasse ein und hebt fragend die Augenbrauen. Er beeilt sich abzuwinken. »Ich habe dich schließlich aufgezogen. Deine Mutter hat Nikodemus mit dir allein gelassen, und dein Vater war hoffnungslos überfordert mit einem kleinen Kind. Also habe ich dich zu mir genommen, nach Graz.«

»Hast du keine eigenen Kinder? Nie geheiratet?«

»Doch, schon.« Ein Schatten legt sich über ihr Gesicht. »Ich hatte eine Tochter, Katharina. Sie ist mit drei Jahren gestorben. Mein Mann hat für Ärzte ohne Grenzen in Uganda gearbeitet und ist dort bei einem Flugzeugabsturz tödlich verunglückt.«

»Das tut mir leid.«

»Es ist lange her. Zwei Jahre später bist du zu mir gekommen.«

»Was hast du gemacht? Ich meine, beruflich?«

»Ich war Sängerin. Sopranistin. Meist an der Grazer Oper. Engagements an anderen Häusern habe ich abgelehnt. So konnte ich dich bei mir behalten.«

»Singst du noch?«

Sie schüttelt den Kopf. »Meine Stimme war nach einer Virusinfektion nicht mehr brauchbar für Solopartien.«

Alexander beobachtet sie von der Seite. Sie ist eine attraktive Frau, noch immer. Dabei geht sie bestimmt schon auf die fünfzig zu.

»Wie alt bist du eigentlich, Tante? Darf ich das fragen?«

»Natürlich, mein Junge. Ich bin achtundfünfzig.«

»Nie im Leben! Wenn ich dich so anschaue, will ich nur hoffen, dass möglichst viele Hebenstein-Gene auf mich übergegangen sind.«

Sie sieht ihn mit einem eigenartigen Lächeln an. »Bestimmt. Du bist schließlich der Stammhalter der Dynastie.«

Er hat den Eindruck, als wäre die Bemerkung nicht scherzhaft gemeint gewesen.

Er beginnt, sich an seine Umgebung zu gewöhnen. Sein Schlafzimmer ist ihm schon vertraut, er weiß, in welchem Schrank, in welcher Lade er was abgelegt hat. Er lernt seinen Stil kennen, bei Hemden, T-Shirts, Jacken, Schuhen. Auch zwei teure Anzüge nennt er sein Eigen. Er versucht, sich selbst auf die Spur zu kommen, als er im Badezimmer den Rasierapparat in Betrieb nimmt, das Duschgel benutzt, an seinem Aftershave riecht. Die Zahnbürste hat ausgedient, findet er, und nimmt eine Ersatzbürste aus der Zellophanhülle. Eine neongrüne, wie hässlich. Er grinst, als er eine angebrochene Packung Kondome hinter dem Deo entdeckt. Er drückt den Sprühknopf, der Zerstäuber verbreitet einen unaufdringlich herben Duft im Bad. Doch weder der Anblick seiner Sachen noch die olfaktorischen Eindrücke lösen eine Erinnerung in ihm aus. Diese Situation verunsichert ihn zutiefst.

Eine Ecke des Wohnzimmers ist als Arbeitsraum gestaltet. Er findet Computer, Bildschirm, Scanner und Drucker vor. Auf dem Schreibtisch liegen Stifte und ein Packen Druckerpapier. Er startet den PC, scheitert aber am Passwort. Vielleicht hat er es ja irgendwo aufgeschrieben. Er hat keine Lust, jetzt danach zu suchen. Ihn beschäftigt etwas anderes.

Silvia hat sich nicht mehr gemeldet. Seine Fast-Verlobte, wie sie sich selbst bezeichnet hat.

Wieso hört er nichts von ihr? Ist er ihr egal? War die Ansage »Der anstehenden Feier hast du dich mit deinem Unfall erfolgreich entzogen« vielleicht nicht spöttisch, sondern ernst gemeint? Sind sie überhaupt noch verlobt? Er hat versucht, die Gedanken an sie beiseitezuschieben, aber vergebens. Ein paarmal ist er nahe dran gewesen, seine Tante nach ihr zu fragen, hat dann aber den Mund nicht aufgekriegt. Lächerlich. Er ist doch kein kleines Kind mehr.

Den Großteil des Tages verbringt er vor dem riesigen Flachbildschirm im Wohnzimmer. Er ist noch ziemlich schwach und ermüdet leicht. Seine Konzentrationsfähigkeit ist nicht von langer Dauer, oft erwacht er auf der Couch und hat den halben Film verschlafen. Bestimmt eine Nebenwirkung der Medikamente, sagt seine Tante.

Angelika kümmert sich sehr um ihn. Mit seinem Gipsarm in der Schlinge benötigt er Hilfe beim Anziehen, sie sorgt dafür, dass er seine Medikamente zur rechten Zeit nimmt, und achtet darauf, dass die Köchin und Haushaltshilfe die erforderliche Schonkost zubereitet. Und sie versucht, den inneren Druck von ihm zu nehmen. Trotzdem ist er unruhig und unzufrieden. Er möchte der unausgesprochenen Erwartung seiner Angehörigen entsprechen und sich erinnern. Doch je mehr er grübelt und sich bemüht, wenigstens Erinnerungsfetzen in seinem Bewusstsein wachzurütteln, desto grauer wird die Wand vor seinem Kopf.

Und tief im Inneren spürt er Angst.


6


Sie sitzen zu dritt im Wintergarten und trinken Kaffee. Die großen Glaswände bieten eine phantastische Aussicht über die Dächer von Voitsberg. Es ist ein warmer, sonniger Spätherbsttag, wahrscheinlich der letzte in diesem Jahr.

Die Haushaltshilfe stellt eine Kuchenplatte und Teller auf den Tisch.

»Vielen Dank. Den Rest machen wir selbst«, sagt Angelika und entlässt die Frau mit einem freundlichen Lächeln. Die verlässt wortlos den Raum.

Alexander fühlt sich nicht wohl. Das tut er nie, wenn sein Vater im Zimmer ist. Im Gegensatz zum einnehmenden Wesen seiner Tante kommt in Gegenwart von Nikodemus kein Wohlbehagen bei ihm auf. Nikodemus spricht wenig, beobachtet die Menschen genau, wobei sich in seinem Gesicht keine Regung zeigt. Wahrscheinlich wirft er im tiefsten Kohlenkeller noch einen Schatten, denkt Alexander. Wenn seine eisblauen Augen wie jetzt auf ihm ruhen, muss er sich zusammennehmen, damit seine gesunde Hand, die die Tasse hält, nicht zittert.

»Hast du schon Fortschritte gemacht, was deine Erinnerungsfähigkeit betrifft?«, fragt ihn Nikodemus.

Was soll er antworten? Seit einer Woche lebt er nun in diesem Haus, und er würde seinem Vater gern etwas Positives sagen. Aber er hat das Gefühl, der würde seine Lüge sofort durchschauen.

»Ich weiß nicht«, sagt er stattdessen. »Mein Leben hier kommt mir immer vertrauter vor, aber das ist vielleicht der Gewöhnung geschuldet.«

Nikodemus nickt. Er stellt sich an die Glasfront, kerzengerade, fast militärisch. »Alles braucht seine Zeit. Der Arzt hat gesagt, in manchen Fällen genügt ein Wort, ein Bild, eine Situation – und plötzlich ist die Erinnerung wieder da. Als ob ein Damm brechen würde. Oder dir fallen einzelne Situationen aus der Vergangenheit ein. Das Gehirn setzt dann Stück für Stück die fehlenden Teile zusammen.«

Er winkt ihn zu sich.

»Komm hierher, mein Sohn. Was siehst du?«

Alexander stellt sich neben ihn. »Den oberen Teil der Stadt. Es ist eine wunderschöne Aussicht …«

»Ja.« Nikodemus macht eine ungeduldige Handbewegung. »Das sieht jeder. Du musst deine Perspektive verändern. Deine

Sichtweise. Richte deinen Blick nicht nach unten auf die Dächer der Häuser. Das ist hübsch, und so weit ist auch alles gut. Du sollst dich jedoch nicht nach unten orientieren. Erhebe deinen Blick. Was siehst du?«

Alexander fragt sich, ob ihm der schweigsame Nikodemus nicht lieber ist als der gesprächige. Worauf will er hinaus? Doch er hebt gehorsam den Kopf und blickt über die Dächer auf die andere Seite. »Ich sehe eine Erhebung, auf der zwischen Bäumen ein schlossartiges Gebäude herausragt.«

»Gut. Gut. Dieses Gebäude ist das Schloss Greißenegg.« Nikodemus lässt ein paar Augenblicke verstreichen, bevor er fortfährt. »Vor Hunderten von Jahren war das Schloss der Sitz unserer Familie. Ein Sigmund Graf von Wagensperg hat es 1624 gekauft, mitten in den Wirren des Dreißigjährigen Krieges. Seine zweite Frau war eine von Hebenstein. Diese Erkenntnis haben wir deiner Tante zu verdanken. Du hast hier zwar nicht unseren Stammsitz vor Augen, aber die Nachkommen der Wagenspergs hatten Hebenstein-Blut in ihren Adern.«

Er merkt, dass sein Vater ihn ansieht. Anscheinend erwartet er eine Reaktion von ihm.

»Was sagst du dazu?«

»Das … ist beeindruckend …«

Angelika hat sich an Alexanders andere Seite gestellt und lächelt. »Schön, dass du das so siehst. Wir haben es vor nicht ganz dreißig Jahren zurückgekauft. Damals war es sehr heruntergekommen. Die Renovierung hat viel Zeit und Geld verschlungen. Und ist noch lang nicht abgeschlossen. Aber im Inneren ist es schon recht nett geworden.«

»Wieso heißt das Gebäude Schloss Greißenegg und nicht Schloss Wagensperg?«

»Ein Andreas von Greißenegg war im 15. Jahrhundert Besitzer der Burg«, übernimmt Nikodemus wieder. »Der wurde auf Befehl von Kaiser Friedrich III. hingerichtet. Der Name ist geblieben.«

»Steht es leer?«

»Wo denkst du hin! Die Renovierungskosten müssen wenigstens teilweise eingespielt werden. Ein Pächter betreibt eine gut gehende Wein- und Buschenschank in den Räumlichkeiten. Du ahnst, was ich damit sagen will? Es wäre schön, wenn deine Hochzeit auch dort stattfinden würde.«

Alexander weiß nicht, ob sie eine Antwort erwarten. Er fühlt Nikodemus' Blick auf sich ruhen.

»Wir werden nichts überstürzen«, sagt seine Tante und legt ihre Hand auf seinen gesunden Arm. »Du nimmst dir die Zeit, die du brauchst, um wieder zu uns zu finden. Auch zu Silvia. Sie hat übrigens angerufen. Morgen wird sie dich besuchen.«

Alexander spürt ein Kribbeln im Bauch.

Nikodemus verschränkt die Arme vor dem Körper. »Hochzeit im familieneigenen Schloss. Das ist standesgemäß. Schloss Greißenegg soll in absehbarer Zeit wieder Sitz derer von Hebenstein werden. Unser Geschlecht wird weiter bestehen.«

Sie befinden sich noch immer vor der Glasfront des Wintergartens und schauen auf das geschichtsträchtige Gemäuer, ihren zukünftigen Wohnort. Die Unruhe, die ihn die ganze Zeit nicht losgelassen hat, fällt von ihm ab. Er hat das sonderbare Gefühl, angekommen zu sein.

Seine Erinnerung wird zurückkehren.


Am Abend läutet es an der Haustür. Er ist gerade damit beschäftigt, seine Dokumente zu sichten. Sein Leben. Reisepass, Geburtsurkunde, Staatsbürgerschaftsnachweis, Zeugnisse, alles, was beweist, dass man wirklich existiert. Dass man eine Vergangenheit hat. Er hat eine Schachtel mit Bildern gefunden. Klassenfotos, Kindergeburtstag, Ausflug am Grazer Schlossberg mit der Tante. All so was. Aber kein Foto von seiner Mutter. Klar, sie ist nach seiner Geburt weggegangen. Aber es muss doch Bilder geben aus ihrer Jugend oder aus der Zeit, in der sie mit Vater zusammen war, oder von der Hochzeit oder den Ehejahren. Er muss Vater danach fragen.

Es läutet erneut. Anscheinend ist er allein im Haus, vielleicht machen Angelika und Nikodemus einen Spaziergang. Er fährt mit dem Aufzug nach unten und öffnet die Eingangstür. Vor ihm steht der Polizist, der ihn schon im Krankenhaus besucht hat.

»Schönen guten Tag. Hansbauer, Polizei Voitsberg. Sie erinnern sich?«

Alexander nickt.

»Ja, also, wir sind mit der Untersuchung Ihres Wagens fertig. Dabei haben wir Ihr Handy gefunden. Es war zwischen Rücksitz und Tür eingeklemmt.«

Alexander nimmt das Handy in Empfang. »Danke, dass Sie extra vorbeigekommen sind«, sagt er.

»Nichts zu danken. Ihr Haus liegt sowieso auf meinem Weg.«

Nachdem sich der Polizist verabschiedet hat, geht er gedankenverloren die Treppe hinauf. Sein Handy! Daran hat er gar nicht mehr gedacht. Das könnte die Lösung sein. Wenn ihn etwas mit der Vergangenheit in Kontakt bringen kann, dann dieses Ding. Zumindest hofft er das.

Mit zittrigen Fingern drückt er den Einschaltknopf. Nichts tut sich. Verdammt. Der Akku ist leer. Und natürlich hat er kein Ladekabel.

Jetzt, wo die Chance, sich zu erinnern, zum Greifen nahe ist, kann er es kaum erwarten, das Handy in Betrieb zu nehmen. Seine Tante hat vielleicht ein geeignetes Kabel. In der nächsten Stunde hört er auf jedes Geräusch im Haus, um nicht zu verpassen, wenn Angelika und Nikodemus nach Hause kommen. Doch er wartet vergebens.

Irgendwann schläft er vor dem Fernseher ein.


# 7

»Wo haben wir uns eigentlich kennengelernt?«, fragt er.

»Bei einer Wohltätigkeitsveranstaltung.«

Silvia greift nach der schlanken Flasche, die auf dem Tisch

steht, und schenkt Alexander Weißwein nach. Dann hält sie ihm auffordernd das Glas hin.

Alexander nimmt es, trinkt einen kleinen Schluck und stellt es gleich wieder hin. Er merkt, dass er den Alkohol zu spüren beginnt. Nach all dem Tee und Wasser, der Schonkost und den Medikamenten ist er nichts mehr gewohnt.

»War man uns gegenüber wohltätig«, fragt er, »oder haben wir Wohltaten vollbracht?«

Sie lächelt amüsiert. »Wohl eher Letzteres. Unsere Väter waren unter den Hauptsponsoren.« Sie schlägt ein Bein über das andere und wippt mit dem Fuß vor und zurück. »Deine Tante Angelika hat einen Gesangsabend organisiert. Sie hat ja die besten Verbindungen zur Oper und zum Schauspielhaus in Graz. Oben auf der Burg war das –«

»Burg?«

»Burgruine Obervoitsberg. Du wohnst doch schräg nebenan, könnte man sagen. Die Eintrittskarten waren recht teuer, aber es gab eine Tombola als Anreiz. Du hast den Korb gehalten, und ich habe die Gewinner daraus gezogen.«

»Und bei der Gelegenheit haben wir uns unsterblich ineinander verliebt?«

Sie zögert mit der Antwort. »So ähnlich.«

Am Klang ihrer Stimme merkt er, dass sie nicht meint, was sie sagt. »Silvia, du bist im Vorteil. Du weißt alles aus der Zeit vor meinem Unfall. Hilf mir, mich zu erinnern. Erzähl mir von unserer Beziehung.«

Sie richtet den Oberkörper auf und atmet tief ein und aus. Ihre Haltung und ihr Blick drücken Distanz aus. »Na schön. Dann reden wir über unsere Beziehung. Wenn man sie als solche bezeichnen will.«

»Das … klingt nicht gut. Wir wollten uns doch verloben?«

»Unsere Väter wollten das. Sie kennen sich schon lange. Meinem Vater würde es sehr gefallen, wenn seine Tochter eine ›von Hebenstein‹ würde.«

»Oh. Verstehe. Und du willst das nicht?«

»Nicht, wenn keine Liebe im Spiel ist.«

»Klar. Das sehe ich genauso.« Er dreht gedankenverloren das Weinglas im Kreis. Er spürt einen seltsamen Schmerz in der Brust. Bevor das Schweigen lastend wird, lässt er das Glas los und betrachtet Silvia mit einem festen Blick. »Du hast natürlich recht. So schwer es mir fällt, das zu sagen. Ich finde dich nämlich bezaubernd. Und ich fürchte, ich bin dabei, mich ein zweites Mal in dich zu verlieben.«

Sie sieht ihn mit großen Augen an. »Machst du dich über mich lustig?«

»Nein, nein. Wie kommst du darauf?«

»Aber … Du musst doch wissen …«

Er hebt hilflos den gesunden Arm. »Was ist vorgefallen? Sag schon.«

»Wir hatten eine schöne Zeit miteinander, zumindest dachte ich das. Ich war sehr in dich verliebt.«

»Wo ist dann das Problem?«

»Wir waren … Wir haben …«

»Haben wir?« Er grinst.

»Na, sagen wir so: Das Unterfangen war nicht von Erfolg gekrönt. Du hast mir gestanden, dass es jemand anderen in deinem Leben gibt.«

Das hat er nicht erwartet. »Wen? Wer sollte das sein?«

»Wenn du es nicht weißt … Ich habe nicht gefragt. Also da kann ich dir nicht helfen.« Sie nippt an ihrem Wein.

»Silvia.« Er nimmt ihre Hand. »Schreib uns noch nicht ab. Bitte. Ich hab im Moment absolut keine Ahnung, wen es da in meinem Leben geben soll. Ich weiß es einfach nicht. Aber dich gibt es in meinem Leben, *das* weiß ich.«

Sie schweigt, zieht ihre Hand aber auch nicht weg. »Du musst deine Situation klären«, sagt sie schließlich.

»Dann hilf mir dabei. Ich habe mein Handy aus dem Unfallwagen bekommen, aber der Akku ist leer. Tante Angelika hat nicht das passende Ladekabel. Kannst du …?«

»Natürlich. Ich gebe dir meins beim nächsten Besuch. Vielleicht bringt dir dieses Ding ja dein Leben zurück.«

Er sitzt noch lange auf der Couch und denkt nach.

Allmählich rundet sich das Bild ab, eines beginnt zum anderen zu passen. Er ist froh, dass er mit Silvia gesprochen hat. Es scheint nicht ausgeschlossen, dass er sie wieder zurückgewinnen kann. Nein, anders: Es ist ausgeschlossen, dass er sie *nicht* zurückgewinnen kann. Sie wird seine Frau werden. Aber vorher muss er seine Angelegenheiten in Ordnung bringen. Da hat Silvia schon recht.

Obwohl er nicht weiß, wie genau seine Angelegenheiten aussehen.

Zum wiederholten Mal untersucht er seine Geldbörse, die auf dem Couchtisch liegt. Mit der linken Hand nimmt er den Führerschein heraus, studiert sein Bild, die Angaben zu seiner Person. Zulassungsschein und Versicherungsunterlagen legt er daneben. Wieder holt er aus dem Sideboard seine persönlichen Papiere. Aber nirgendwo kann er ein Foto, einen Brief, einen Hinweis auf eine andere Frau finden. Wie kann das sein, verdammt?

Er gießt sich den Rest des Weins in sein Glas. Jetzt, wo Silvia nicht mehr da ist, muss er keinen klaren Kopf mehr behalten. Obwohl – »klarer Kopf« ist in seinem Fall keine passende Formulierung. Vielleicht sollte er sich weniger unter Druck setzen. Genau. Möglicherweise löst sich seine Amnesie, wenn er nicht ständig an sie denkt und sich aus ihr zu befreien sucht.

Es dämmert bereits, und ihn überkommt eine bleierne Müdigkeit. Die Augen fallen ihm zu.

Als er erwacht, ist es draußen schon dunkel. Von unten dringt Lärm herauf. Er erkennt die aufgebrachte Stimme seines Vaters und eine zweite männliche Stimme. Mit wem streitet sich Nikodemus?

»Verschwinden Sie auf der Stelle!«, hört er seinen Vater brüllen. »Und lassen Sie sich hier nie wieder blicken!«

Die Tür fällt mit einem lauten Knall ins Schloss, dann herrscht Ruhe. Alexander geht zur Balkontür und sieht einen Mann in der Einfahrt, der einen dunklen Van aufschließt. Bevor er einsteigt, dreht er sich noch einmal um und hebt den

Blick zu seiner Wohnung. Alexander weicht zurück. Gut, dass er kein Licht gemacht hat.

Den Mann hat er noch nie gesehen.

## 8

Endlich ist er seinen Gips los. Er trägt den Arm zwar noch in der Schlinge, aber seine Beweglichkeit ist deutlich weniger eingeschränkt. Silvia hat ihn gefahren und wartet im Besucherbereich des Krankenhauses auf ihn.

Er sitzt in einem Behandlungszimmer und lässt die Kontrolluntersuchung über sich ergehen. Dr. Krammer hat mit seinem Patienten sichtlich Freude. Er nickt, lächelt und wirkt zufrieden mit den Ergebnissen und Alexanders Antworten.

»Das sieht alles schon sehr gut aus, Herr von Hebenstein. Sie können sich jetzt wieder anziehen.«

Er nickt einer Schwester zu, die ihm vorsichtig den Hemdsärmel über den malträtierten Arm streift. Auch beim Anziehen der Hose ist sie ihm behilflich. Was ihm ein wenig unangenehm ist. Lächerlich eigentlich.

Der Arzt füllt ein Rezept aus und reißt es vom Block. »So. In der Früh und am Abend je eine Tablette. Fangen Sie langsam an, wieder normal zu essen, machen Sie kleine Spaziergänge, über Physiotherapie sprechen wir in ein paar Wochen. So wie es aussieht, steht Ihrer Restgenesung nichts im Wege. Und machen Sie sich wegen der noch fehlenden Erinnerung nicht verrückt. Der Körper tut bereits, was er kann, die Psyche wird folgen, Sie werden sehen.«

Alexander bedankt sich und geht zur Tür.

»Hat Ihr Freund Sie schon erreicht?«, fragt Dr. Krammer.

»Freund?«

»Ja. Er ist gekommen, als Sie schon entlassen waren. Er konnte Sie nicht erreichen und hat sich große Sorgen gemacht. Ich habe ihn beruhigt, indem ich ihm sagte, dass Sie vorübergehende Gedächtnislücken haben und sich erholen müssen. Wenn es Ihnen besser gehe, würden Sie ihn sicher kontaktieren. Ich hoffe, das war in Ordnung?«

»Wie? Ja … natürlich. Völlig in Ordnung.«

Nachdenklich folgt er den Pfeilen zum Wartebereich. Ein Freund. Klar. Er hat Familie, eine Freundin und selbstverständlich auch Freunde. Er hat nicht einmal daran gedacht, seine Tante danach zu fragen. Wie blöd kann man sein? Anstatt lethargisch herumzuhängen, hätte die Begegnung mit einem guten Freund vielleicht etwas in ihm angestoßen, und seine Erinnerung wäre wieder zurückgekehrt. So geht es nicht weiter. Er muss aktiver werden.

Silvia fährt zur Apotheke und löst das Rezept ein. Er beobachtet sie auf ihrem Weg zurück zum Auto und fühlt wieder das Ziehen in der Brust. Bei allen Heiligen! Die oder keine wird seine Frau. Egal, was er dafür tun muss.

»Kommst du noch mit rein?«, fragt er, als sie vor der Hebenstein-Villa angekommen sind.

»Nein, das geht nicht. Ich muss mich heute noch mit der Buchhaltung der Firma meines Vaters beschäftigen.« Sie bemerkt seine Enttäuschung. »Ich hab wirklich einiges aufzuarbeiten. Und du auch.« Sie drückt ihm ein Ladekabel in die Hand.

»Da sagst du was.« Er streichelt ihre Wange. »Vielleicht platzt ja damit der Knoten, und ich hab mein Leben wieder. Alles wird gut. Du wirst schon sehen.«

»Warten wir's ab.«

Er hat gerade das Ladekabel mit dem Handy verbunden, als Angelika an die Tür klopft.

»Die Köchin hat dein Essen warm gestellt. Du bist doch sicher hungrig.«

Und ob. Er merkt erst jetzt, wie sehr. Er geht mit seiner Tante in die große Küche hinunter. Seine eigene Küche sieht aus, als wäre darin noch nie etwas zubereitet worden. Nur die Kaffeemaschine bildet eine Ausnahme. Die hat er schon mehrmals in Betrieb genommen. Die Hausangestellte öffnet den Mikrowellenherd und nimmt den dampfenden Teller heraus.

Schon wieder Nudelpampe, denkt er, als das Essen vor ihm steht. Aber er lächelt der Frau zu und bedankt sich artig. Die brummt noch ein »Mahlzeit« und verlässt den Raum. Er seufzt innerlich. Gemüselasagne. Immerhin besser als nichts.

»Was hat der Arzt gesagt?«

»Ich hatte den Eindruck, dass er sehr zufrieden mit mir ist. Er hat übrigens gemeint, ich müsse keine Schonkost mehr essen. Meine Verdauung soll sich wieder an normale Mischkost gewöhnen.« Er hofft, die Botschaft ist angekommen.

»Das ist ja schön, mein Lieber. Wenn du fertig bist, gehen wir zu Nikodemus in die Bibliothek. Dr. Moser ist da. Er möchte mit dir reden.«

»Wer ist das? Auch ein Arzt?«

»Nein. Er ist unser Familienanwalt. Und ein langjähriger Freund des Hauses. Als Kind hast du ihn ›Onkel Kurt‹ genannt.«

Als sie in die Bibliothek kommen, sitzen sein Vater und ein kleiner, drahtiger Herr in bequemen Ledersesseln und sprechen leise miteinander. Sie haben Gläser und eine Karaffe vor sich stehen, ein Kristalllüster lässt deren Inhalt goldgelb leuchten. Dr. Mosers Gesicht ist von schlohweißen Haaren eingerahmt. Trotzdem wirkt er nicht alt, seine Haut ist beinahe faltenfrei. Alexander streckt ihm die gesunde linke Hand entgegen, die der Besucher kräftig schüttelt.

»Tja, dann bringen wir es schnell hinter uns«, sagt der Anwalt, als die beiden Neuankömmlinge ebenfalls Platz genommen haben. Er wendet sich Alexander zu.

»Wie ich sehe, bist du noch ein bisschen schattig um die Augen, aber auf dem Weg der Besserung. Ich werde auch nicht lang stören. Ich habe hier den Bericht über deinen Unfall. Ist reine Formsache. Der Sicherheitsgurt war offen. Du scheinst dich nicht angegurtet zu haben. Egal, der Wagen ist kaskoversichert. Da kein zweites Fahrzeug in den Unfall verwickelt war, muss auch keine Schuldfrage ermittelt werden. Ich brauche nur hier deine Unterschrift.« Er zeigt auf eine punktierte Linie.

Alexander hebt den rechten Arm aus der Schlinge und krakelt unbeholfen seinen Namen unter den Bericht. Er hat das Gefühl, Angelika will etwas sagen, aber sie schüttelt nur leicht den Kopf. Nach ein paar Minuten Small Talk ist Alexander entlassen. Passt. Er sehnt sich nach einer Zigarette. Seine Tante begleitet ihn hinaus.

»Ich werde mich jetzt verabschieden und für ein paar Tage nach Graz fahren. Die Arbeit ruft.«

»Du bist berufstätig?«

»Das Wort ist vielleicht zu hoch gegriffen. Ich bin zwei Tage die Woche ehrenamtlich tätig. So komme ich mir nicht ganz nutzlos vor.« Sie zwinkert ihm zu. »Wieso hast du dadrin mit der Rechten unterschrieben? Deine Schrift ist doch auch mit links ganz passabel?«

Er weiß nicht, was er sagen soll. »Ich hab keine Ahnung … Ich unterschreibe immer mit der Rechten … glaub ich …«

»Aha. Na, egal. Bis ich wiederkomme, hast du bestimmt weitere Fortschritte gemacht. Wir werden zwar noch nicht vierhändig Klavierspielen können, aber Rom wurde auch nicht an einem Tag erbaut.«

## 9

Er steht auf seinem Balkon und zieht den Rauch tief in die Lunge. Das hat er jetzt gebraucht. Hat er vor seiner Familie verheimlicht, dass er raucht? Tante Angelika hat es jedenfalls nicht gewusst, und auch Silvia war ganz überrascht, als er sie auf der Hinfahrt zum Krankenhaus gebeten hat, bei einer Trafik anzuhalten.

Er dämpft die Zigarette in einem Glasschüsselchen aus, das er zum Aschenbecher umfunktioniert hat. Sofort steckt er sich eine neue an. Er lehnt sich ans Balkongeländer und beobachtet den alten Hausangestellten, der mit der Heckenschere an einigen Büschen herumschneidet. Als er meint, der Mann schaue in seine Richtung, hebt er die Hand und ruft ihm einen Gruß zu. Doch der Alte erwidert ihn nicht, stoisch wendet er sich wieder seiner Gartenarbeit zu. Ob er ihn nicht gehört hat?

Achselzuckend geht er zurück in die Wohnung. Ihm ist kalt. Er hätte sich eine Jacke umhängen sollen. Die letzten Tage waren bewölkt und unwirtlich. Kein Wunder, es geht auf November zu.

Jetzt sieht er den Zeitpunkt für gekommen, zum wichtigsten Vorhaben des Tages zu schreiten.

Vorher holt er sich eine Tasse und drückt den Knopf der Kaffeemaschine. Mit einem sirrenden Geräusch läuft die heiße Flüssigkeit in die Tasse. Das wird ihn wieder aufwärmen. Nachdem er auch noch die Musikanlage angeschaltet hat, umhüllen ihn leise Klavierklänge. Dann geht er zur Anrichte, auf der sein Handy liegt. Achtundsechzig Prozent. Das wird genügen. Er zieht das Ladekabel ab und setzt sich auf die Couch. Ohne nachdenken zu müssen, zeichnet sein Zeigefinger den Entsperrcode auf das Display. Er ist so aufgeregt, dass ihm das gar nicht auffällt. Die Daten auf dem Handy werden ihm die Vergangenheit wiederbringen. Und dann wird er in seinem Leben klar Schiff machen. Und alles tun, damit es mit Silvia einen Neubeginn und eine gemeinsame Zukunft gibt.

Eine Minute später gleitet ihm das Handy aus der Hand. Er hat nicht die Kraft, sich danach zu bücken. Eine eisige Welle breitet sich in seinem Körper aus, das Rauschen in den Ohren überlagert jedes andere Geräusch.

Seine Hoffnung, sich zu erinnern, hat sich mehr als erfüllt.


Er ist nicht Sohn und Erbe einer angesehenen oder gar adligen Familie. Er ist eine Null. Ein Niemand aus der Unterschicht. Ein Habenichts. Der in seinem bisherigen Leben nur gescheitert ist. Dem Polizei und Unterwelt im Nacken sitzen. Der bis zum Kinn in Scheiße strampelt. Der verzweifelt einen

Ausweg gesucht und die einzige Chance genutzt hat, die sich ihm bot.

Es war die Eingebung eines Augenblicks. Ein völlig unreflektierter Entschluss, um das Blatt zu wenden. Um wie ein Chamäleon in die Haut eines anderen zu schlüpfen. Er hat gehandelt, ohne nachzudenken. Er hat einfach nach dem Strohhalm gegriffen, ohne Plan.

Seine frappante Ähnlichkeit mit ihm ist dem anderen zum Verhängnis geworden. Er hat ihn angesprochen und gebeten, ihn zur nächsten Werkstatt mitzunehmen, da sein Moped den Geist aufgegeben habe. Unterwegs hat er ihn unter einem Vorwand anhalten lassen und ihm einen Schlag auf den Schädel verpasst. Dann ist er mit dem Wagen zu seinem Versteck gefahren und hat den jungen Mann dort gefangen gehalten. Er hat ihn gefesselt, geschlagen, gequält, bis er ihm alles von sich erzählt hat. Er hat ihn nicht getötet, nein, das hat der andere schon selbst getan, als er bei einem verzweifelten Befreiungsversuch die Petroleumlampe umgestoßen hat – in Richtung der brennenden Kerze. Er selbst hat sich noch dessen Brieftasche und die Armbanduhr gegriffen und ist mit dem Porsche Cayenne abgehauen. Die Panik war so groß, dass seine Zähne aufeinandergeschlagen sind, als würde er von Schüttelfrost gebeutelt. Was jetzt passiert, geht mich nichts mehr an, dachte er. Er hat schließlich das Feuer nicht gelegt.

Er ist ziellos herumgefahren. Es ist nicht meine Schuld, wenn der andere sich abfackelt, ging es ihm durch den Kopf. Er hat das nicht gewollt, er bringt doch niemanden um. Er könnte das gar nicht.

Als er die Hochstraße hinuntersaust und ihn eine Welle der Unentschlossenheit überrollt, durchlebt er wieder die Augenblicke vor dem großen Dunkel. Aufgeben oder weitermachen? All seine Bemühungen enden im Chaos. Er ist so müde.

Der Wagen beschleunigt kontinuierlich, fährt ungebremst in jede Kurve. Er spürt sich nicht mehr. Als die enge Linkskurve kommt, weiß er, dass er die nicht mehr schaffen wird. Er sieht den Baum auf sich zukommen, öffnet den Sicherheitsgurt und schließt die Augen.

Soll das Schicksal entscheiden.

Und jetzt? Wie soll es weitergehen?

Wenn er seine wahre Identität preisgibt, ist er wieder in der Situation, vor der er geflüchtet ist. Er weiß nicht, was genau die Polizei in der Hand hat, aber sie haben ihn gesucht. Der Überfall auf die Tankstelle. Der Tod von Hannelores Bruder Ferdinand. Die Schulden bei der Grazer Unterwelt. Das Auf-der-Stelle-Treten im Studium. Das Enttäuschen aller ihm nahestehenden Personen. Das Sterben seines Vaters. Seine desaströse finanzielle Situation. Sein aussichtsloses Loser-Dasein.

Er kann nicht wieder dahin zurück.

Ausgeschlossen.

Er holt sich ein Bier aus dem Kühlschrank. Wie ein Verdurstender leert er die halbe Flasche und setzt sich wieder auf die Couch. Seine linke Hand fährt suchend am Boden herum. Als er das Handy gefunden hat, legt er es auf das Tischchen und starrt es hasserfüllt an. Dann nimmt er es, geht damit in die Küche und sucht den Fleischhammer. Er wickelt sein Handy in ein Geschirrtuch und drischt so lange darauf ein, bis er nur noch Splitter aus Glas, Plastik und Metall vor sich hat.

Er ist in der Wirklichkeit angekommen.

In sein altes Leben zurückzukehren ist keine Option. Was aber ist die Alternative? Wird er dieses Theater weiterspielen können, ohne sich zu verraten? Die Täuschung aufrechterhalten können? Sich den Vollbart abzurasieren wird nicht genügen. Wenn er sich auf dieses neue Leben einlässt, muss er permanent auf der Hut sein. Muss weiterhin hineingleiten in das Hebenstein-Dasein. Mit dem Unterschied, dass er ab jetzt Bescheid weiß.

Er hat es gut getroffen. Er ist der Erbe einer reichen Familie. Von einem solchen finanziellen Hintergrund konnte er bisher nur träumen. So etwas wirft man nicht weg. Es war dieser eine Moment, als er den jungen Mann in der Buschenschank gesehen und gedacht hat, er blicke in sein eigenes Antlitz. Als die Erkenntnis der Rettung wie ein Blitz durch ihn hindurchgefahren ist. Am Tag seiner größten Verzweiflung.

Das Entführungsopfer hat von der Ähnlichkeit mit ihm nichts bemerkt, hat sein ungepflegter Vollbart doch seine Gesichtszüge fast vollständig verborgen. Erst als er sich glatt rasiert und den gleichen Haarschnitt wie sein Ebenbild hatte machen lassen, erkannte der andere, dass es hier nicht um Lösegeld ging. Er hat ihm die Kleidung, die Brieftasche und die Breitling-Armbanduhr abgenommen und ihn gezwungen, die Kleidung zu tauschen. An die Zeit danach in seinem Versteck erinnert er sich nicht gern. Die Härte und Brutalität, die er an den Tag legen musste, um so viel wie möglich über das Leben des echten Alexander von Hebenstein zu erfahren, hat ihn manchmal fast kotzen lassen. So war er einfach nicht. Aber es war zu spät, er konnte gar nicht mehr zurück. Die Erkenntnis, dass es nur auf *ein* Ende hinauslaufen konnte, dass Alexander das Versteck nicht mehr lebend verlassen durfte, hat er von sich weggeschoben. Und letztendlich hat ihm das Feuer die Entscheidung abgenommen. Er ist nicht zum Mörder geworden, an seinen Händen klebt kein Blut. Der andere hat eben verdammtes Pech gehabt.

Noch einmal hat er das Schicksal entscheiden lassen, als er völlig außer sich die Hochstraße hinuntergefahren ist und seinen Sicherheitsgurt gelöst hat. Und wieder hat sich Fortuna ihm zugewandt. Hat ihn überleben lassen, ihn in gnädige Amnesie gehüllt. Ihn in eine wohlmeinende, betuchte Familie eingebettet. Das bedeutet doch etwas. Das ist doch ein Fingerzeig, oder nicht?

Und dann Silvia. Er will sie nicht verlieren, hat sich total verliebt, will mit ihr eine Familie gründen. Wie er erfahren hat, besitzt ihr Vater ein großes Autohaus am Ortsrand von Stainz, mit Filialen in der Süd- und Oststeiermark. Eine Betätigung in diesem Umfeld wäre ganz nach seinem Geschmack. Eine goldene Zukunft wartet auf ihn. Wenn er es geschickt anstellt.

Es könnte klappen. Er muss nur an seinem Erinnerungsverlust festhalten. Dann würde man ihm manchen Lapsus nachsehen. Seine nunmehr vorgebliche Amnesie ist sein bester Verbündeter.

Er atmet tief durch. Die Entscheidung ist getroffen. Er ist Alexander von Hebenstein, Sohn und Erbe des Nikodemus von Hebenstein. Und er wird sich dieses Namens würdig erweisen.

## 10

»Meinst du wirklich, wir sollten es tun?«

Rudi versucht, mit dem größeren Schulkameraden Schritt zu halten. Beide haben die Strickmützen tief ins Gesicht gezogen, die Kragen ihrer wattierten Jacken sind bis unters Kinn hochgeschlagen. Ihre Rucksäcke baumeln beim Gehen hin und her. Mit jedem Atemzug stoßen sie eine Dampfwolke aus, die Temperatur hat es auch am späten Nachmittag nur in den leichten Plusbereich geschafft. Es ist seit Tagen viel zu kalt für Ende Oktober.

»Hast Schiss, du Opfer? Hier wird nicht gekniffen. Wir ziehen das jetzt durch.«

Rudi sagt nichts mehr, aber überzeugt ist er nicht, dass ihr Vorhaben eine gute Idee ist. Und ob er Schiss hat! Das kann er natürlich nicht zugeben. Sie sind schließlich schon fast vierzehn. Erwin ist der Boss in der Klasse, groß, stark, beliebt, und er hat sich ihn, Rudi, als Freund erwählt. Seither ist er in der Rangordnung weit nach oben gerutscht, aber es ist klar, wer das Sagen hat.

Begonnen hat es vor zwei Wochen, als der Chemielehrer über Schwarzpulver gesprochen hat. Erwin war von dem Thema fasziniert und hat im Internet fleißig über die Zusammensetzung, Abbrandgeschwindigkeit und Wirkung von Schwarzpulver recherchiert. Rudi schwante nichts Gutes, er hat gemerkt, dass sich in seinem Freund etwas zusammenbraute. Und vor ein paar Tagen war es so weit.

Sie sind in der Bewegungsstunde im Schlosspark Greißenegg an Holzskulpturen vorbeigekommen, die auf betonierte Sockel montiert wurden. Das Besondere an diesen Skulpturen sei die Herstellungsweise, hat die Lehrerin erklärt. Sie seien an den Voitsberger Schnitzkunsttagen entstanden. Die Künstler hätten dabei keine Schnitzmesser, sondern Ketten- und Motorsägen verwendet. An furchterregenden Fabelwesen und Figuren aus der griechischen und nordischen Mythologie sind sie vorbeigegangen. Vor einem sich aufbäumenden geflügelten Pferd ist Erwin stehen geblieben.

»Schau dir das an. Das soll Pegasus sein. Die Hinterbeine sind viel zu kurz. Es schaut aus, als ob das Pferd beim Scheißen wär.«

Rudi sah es jetzt auch. Hinter den zu kurzen Beinen hatte der Künstler einen runden Klotz stehen lassen, der Ähnlichkeit mit einer Kloschüssel hatte. Wahrscheinlich wegen der Stabilität.

»Ja, echt beschissen«, hat er gelacht und wollte weitergehen. Doch Erwin hielt ihn zurück.

»Das«, raunte er Rudi zu, »hat nicht verdient zu existieren.«

»Hä?«

»Die Darstellung muss in ihren Proportionen stimmen«, äffte er seinen Zeichenlehrer nach. »Sonst ergibt sich ein ästhetisches Ungleichgewicht, was zu beseitigen ist.«

»Äh, ästhetisches Ungleichge… ja, und was beseitigen?«

»Der Blitz wird Pegasus beim Scheißen treffen. Oder besser gesagt: der Urknall. Ursache und Wirkung, verstehst?«

Und Rudis Befürchtungen haben sich bewahrheitet. In Drogerie und Lagerhaus haben sie sich Kalisalpeter, Holzkohlepulver und Schwefel besorgt. Erwin hat einen Metalltopf aus der Werkstatt seines Vaters mitgehen lassen und den Drehverschluss abgeschraubt. Rudi ist die Aufgabe zugefallen, fünfzehn Meter Lunte zu besorgen und sie in Benzin zu tränken. Der Wäschestrick seiner Oma hat dran glauben müssen, er wurde in den Reservekanister aus dem Auto seiner Mutter getaucht. Anschließend hat sich Rudi jede Stunde die Hände gewaschen, weil der Benzingeruch nicht verschwinden wollte.

»Jetzt muss ich noch die Komponenten genau abwiegen, damit alles klappt«, hat Erwin zum Schluss gesagt. »Morgen Punkt siebzehn Uhr. Treffpunkt Parkplatz Schloss Greißenegg.«

Und hier sind sie nun.

Die Dämmerung geht bereits in Dunkelheit über. Sie vergewissern sich, dass sich niemand mehr auf dem Kinderspielplatz oder den Spazierwegen aufhält, gehen an der Brunnenanlage, die auch von Skulpturen eingesäumt ist, vorbei und steuern auf den Pegasus zu. Erwin holt eine kleine Klappschaufel aus dem Rucksack und beginnt, ein Loch schräg unter den Sockel zu graben. Er kommt ordentlich ins Schwitzen, denn er hat die Härte des gefrorenen Bodens unterschätzt. Rudi schwitzt auch, aber aus anderen Gründen.

Endlich ist Erwin zufrieden und platziert den Eisentopf unter dem Sockel.

»Jetzt die Lunte.«

Rudi öffnet seinen Rucksack und holt den dünnen Wäschestrick aus einer Plastikbox. Beißender Benzingeruch schlägt ihm entgegen. Dann muss er die Lunte Richtung Brunnenanlage ausrollen. Sie reicht nicht ganz bis dorthin. Erwin hat inzwischen das Loch wieder zugeschaufelt und einen großen Stein darübergelegt. Er nimmt die beiden Rucksäcke und folgt der Lunte.

»Verdammt. Bisschen zu kurz, aber egal. Geh hinter der ersten Figur in Deckung.«

Das braucht ihm Erwin nicht zweimal zu sagen.

Er beobachtet, wie sein Freund den Strick mit einem Feuerzeug ansteckt und zu ihm läuft. Die Flamme frisst sich hell lodernd über den gefrorenen Boden. Kurz bevor sie den Pegasus erreicht hat, ducken sich die Buben tief hinter den schützenden Sockel und pressen die Hände auf die Ohren.

Zehn Sekunden lang passiert nichts. Sie lockern die verkrampften Hände und linsen vorsichtig rechts und links am Sockel vorbei. Immer noch nichts.

»Scheiße!«, ärgert sich Erwin und will aufstehen.

Da tut es einen Schlag, dass es die beiden auf den Hosenboden setzt. Benommen rappeln sie sich hoch, ihre Ohren klingeln. Erwin hat ein Holzsplitter erwischt, er blutet aus einem Riss an der Wange. Rudi ist glimpflich davongekommen.

»Pegasus ist gefallen!«, verkündet Erwin, als er sein Werk begutachtet. Viel sieht er nicht, der dunkle Abendhimmel lässt nur erkennen, dass der linke Teil des Sockels weggesprengt ist, der Rest hat sich zur Seite geneigt. Aber es stemmt sich kein geflügeltes Pferd mehr auf die Hinterbeine. Auf die zu kurzen, wohlgemerkt.

»Ursache und Wirkung«, sagt Erwin und zieht eine Stablampe aus der Jackentasche.

Rudi raunt ihm zu: »Lass uns abhauen! Da kommt einer!«

Tatsächlich sind sie nicht mehr allein. Das Licht einer Taschenlampe leuchtet oben am Spazierweg auf, ein Hund bellt hysterisch. Sie nehmen die Beine in die Hand und flüchten in die Ludovikagasse.

Das ästhetische Ungleichgewicht ist jedenfalls beseitigt.


## 11

Eine Stunde später stehen Kammerlander und Ratzinger vor dem geschändeten Werk. Sie haben die Hände tief in die Manteltaschen vergraben, die Minusgrade bleiben ihnen anscheinend auch heute erhalten. Die Feuerwehr hat Lampen aufgestellt, feuchtkalter Nebel wabert in den gelben Lichtkegeln. Ein kompaktes Einsatzfahrzeug mit einem Greifarm rollt langsam heran. Der Fahrer versucht, den Betonbrocken und Holzteilen auszuweichen. Ein Dutzend Leute wartet hinter dem Absperrband und lässt sich das Schauspiel nicht entgehen.

»Das war eine Schwarzpulver-Explosion«, sagt der Einsatzleiter. »So viel kann ich schon einmal sagen.«

»Seltsam.« Kammerlander schüttelt den Kopf. »Mal was anderes.«

»Wahrscheinlich war die Ladung nur auf einer Seite angebracht, aber wir heben den Sockel – oder was von ihm übrig geblieben ist – vorsichtig ab, um sicherzugehen, dass sich nicht noch etwas unter ihm befindet. Man weiß ja nie.«

»Wo ist der Mann, der den Vorfall gemeldet hat?«

Der Einsatzleiter winkt einen älteren Herrn heran, der einen kleinen Hund an der Leine führt.

»Kammerlander, guten Tag. Das hier ist Inspektor Ratzinger. Können Sie uns zu dieser Explosion etwas sagen?«

»Nicht viel, fürchte ich. Mein Herkules und ich«, er zeigt auf das kleine Fellknäuel, das sich zitternd an den Unterschenkel seines Herrchens drückt, »sind gerade über die Hügelkuppe gekommen, als wir einen fürchterlichen Knall gehört haben. Es war kurz eine Stichflamme zu sehen, sonst nichts. Ich hab dann meine Taschenlampe angeknipst und in Richtung der Explosion geleuchtet. Da hab ich zwei Gestalten wegrennen sehen. In die Ludovikagasse.«

»Können Sie die Personen beschreiben?«, fragt Ratzinger.

»Mei, es war halt schon ziemlich dunkel …«

»Denken Sie nach. Groß, klein, Mann, Frau, alt, jung – irgendein Eindruck, der hängen geblieben ist?«

»Ja, wenn Sie mich so fragen, einer war groß, der andere kleiner. Mir ist es vorgekommen, als wären es Jugendliche gewesen. Aber beschwören kann ich das nicht.«

»Das könnte hinkommen«, meint der Einsatzleiter der Feuerwehr. »Die ganze Vorgehensweise … wirkt dilettantisch. Als wär es ein Lausbubenstreich gewesen. Einer von der gefährlicheren Sorte.«

»Da oben ist gleich der Kinderspielplatz«, murmelt der alte Mann. »Gut, dass niemand mehr da war. Man darf sich gar nicht vorstellen …«

Sie sehen einen Mann auf sich zueilen. Ein langer Schal weht hinter ihm her.

»Schauer. Anton Schauer. Ich bin Kulturstadtrat in Voitsberg.« Er reicht jedem der Anwesenden die Hand. »Der Schlosspark hier ist Gemeindeeigentum. Wir sind natürlich auch für die Skulpturen zuständig. Deshalb bin ich sofort gekommen, als ich von dem Anschlag gehört habe. Ist jemand verletzt worden?«

»Glücklicherweise nicht.«

»Gott sei Dank. Ich habe hier Bilder von allen Werken, die die Schnitzkünstler angefertigt haben. Diese Skulptur hier war … Moment …«

Der Stadtrat blättert hektisch in seiner Mappe. »Ja. Das war Pegasus. Gestaltet 2020 von Paul Schnaitler. Hier, sehen Sie selbst.« Er gibt Kammerlander die Bildermappe und schüttelt den Kopf. »Wer macht so was? Wozu soll das gut sein? Können Sie mir das sagen?« Ohne eine Antwort abzuwarten, wendet er sich an den Einsatzleiter. »Darf ich mir einen Eindruck vom Ausmaß der Zerstörung verschaffen?«

»Ja sicher. Kommen Sie mit, bevor wir den Sockel entfernen.«

Die beiden Männer gehen zur Explosionsstelle, an der zwei Feuerwehrleute Holz und Betonreste beiseiteräumen.

Kammerlander hält die Abbildung der Skulptur ins Licht der Lampen.

»Ein Pferd mit Flügeln«, konstatiert Ratzinger.

»Das ist Pegasus, mein Freund.«

»Der Pegasus hat zu kurze Hinterbeine.«

»Na ja …«

»Er macht den Eindruck, als wollte er gerade scheißen.«

»Lass das bloß den Kulturstadtrat nicht hören.«

Aufgeregte Stimmen unterbrechen die Begutachtung des zerstörten Kunstwerks. Der Einsatzleiter winkt die Beamten zu sich.

»Das müssen Sie sich anschauen!«

Er richtet den Strahl einer Lampe in das Loch unter dem Sockel. Die Beamten beugen sich nach unten, um besser sehen zu können. Zwischen dem schmutzigen Braun der Erde schimmern ihnen fahle Flecken entgegen.

»Sieht aus wie die Knochen einer menschlichen Hand. Daumen und Zeigefinger fehlen. Die sind wohl dem Schwarzpulver zum Opfer gefallen.«

Kammerlander geht in die Hocke und nickt. »Sie könnten recht haben. Oder was meinst du?«

Ratzinger hockt sich nun auch hin, um den Fund näher in Augenschein zu nehmen. »Eindeutig. Wir haben hier den Rest einer Hand. Verdammt.«

Kammerlander richtet sich wieder auf und wendet sich an den Einsatzleiter. »Stellen Sie die Arbeiten ein und sperren Sie den Bereich bitte ab. Das soll sich die Spurensicherung ansehen.«

»Das heißt«, meint Ratzinger, »hier könnte eine Leiche liegen?«

»Davon müssen wir wohl ausgehen. Aber schau dir die Größe der Knochen an. Ein Erwachsener ist das nicht. Hier liegt ein Kind begraben.«

Beklemmendes Schweigen breitet sich aus.

## 12

Am nächsten Vormittag herrscht reger Betrieb an der Fundstelle. Hansbauer hat sich mit ein paar Feuerwehrleuten abgewechselt und die Nacht über Wache gehalten. Die Spurensicherer haben am Morgen bei der Entfernung des Sockels mitgeholfen und mit der Freilegung des Skeletts begonnen. Sie arbeiten in einem Zelt, da es vor einigen Stunden zu nieseln begonnen hat. In kurzen Abständen hört man das Klicken der Kameras, die jede Arbeitsphase dokumentieren.

»Morgen, Schreiner«, begrüßt Kammerlander den Leiter der Spurensicherung. Er zieht fröstelnd die Kapuze seines Parkas über den Kopf.

»Kammerlander, schönen guten Morgen. In der Weststeiermark ist echt immer was los.«

»Nicht dass ich mir das gewünscht hätte.«

»Das glaub ich Ihnen sogar. Jedenfalls haben wir ein zu drei Vierteln vollständiges Skelett freigelegt, den Rest hat die

Explosion vernichtet. Wir haben es mit den sterblichen Überresten eines Kindes zu tun. Aber das wussten Sie ja schon.«

»Wie alt etwa?«

Dr. Schreiner wiegt nachdenklich den Kopf. »Etwa sieben Jahre. Plus/minus.«

»Mädchen oder Junge?«

»Junge.«

»Können Sie sagen, wie lange er hier schon …?«

Schreiner stößt einen genervten Ton aus.

»Nur grob, als erste Einschätzung.«

»Drei, vier Jahre … Aber nageln Sie mich nicht darauf fest.«

»Damit haben wir schon mal was, womit wir arbeiten können. Danke, Schreiner.«

Der nickt ihm zu und geht zu seinen Mitarbeitern zurück. Die Audienz ist beendet. Kammerlander kämpft gegen ein Unwohlsein an, das ihn immer überkommt, wenn es sich um Gewalt gegen Kinder handelt. Er ruft Schlagenhaufen an und gibt die Einschätzung der Todeszeit durch.

»Gehen Sie mit Ratzinger alle Fälle vermisster Kinder in dieser Zeit durch. Geben Sie im Zweifelsfall noch ein, zwei Jahre dazu. Beginnen Sie mit Vermissten im Radius von fünfzig Kilometern. Falls das nichts bringt, erweitern Sie die Suche, wenn nötig auf die ganze Steiermark.«

Er haucht auf seine steif gefrorenen Finger und sieht sich um. Dann geht er zum Zentrum des Figurenparks. Der Brunnen speit kein Wasser mehr, es würde in den Leitungen gefrieren. Rund um den Brunnen sind betonierte Sockel angeordnet, auf denen verschiedene Kunstwerke montiert sind, die ihm unterschiedlich gut gefallen. Aber was weiß er schon? Die Einschätzung und Beurteilung von Kunst überlässt er lieber anderen. Für ihn grenzt es schon an Genialität, mit einer Säge überhaupt etwas Erkennbares aus einem Stück Baumstamm herauszuschneiden.

Er dreht dem Brunnen den Rücken zu und schaut zur Schlossanlage hinauf. Greißenegg erhebt sich auf einem felsigen Hügel neben dem Schlosspark. Im Sommer ist das Gemäuer halb verdeckt von Büschen und Bäumen, es wirkt dann fast ein wenig verwunschen. Doch jetzt, im Spätherbst, hat es seine Romantik eingebüßt. Kalt und schweigend reckt es sich in einen bleigrauen Himmel, entlaubte Bäume strecken ihre nassen Äste nach ihm aus wie Hexenkrallen.

Kammerlander weiß, dass im renovierten Vorderteil des Schlosses ein Pächter ein Heurigenlokal betreibt. Es kann nicht schaden, sich da einmal umzuhören. Und sich bei der Gelegenheit ein Heißgetränk einzuverleiben. Vielleicht haben der Betreiber oder seine Gäste ja etwas gehört oder gesehen, was für diesen Fall relevant sein könnte. Er stapft den schmalen Weg zum vorderen Teil des Gebäudes hinauf und ist überrascht, wie ansprechend die Eingangsseite renoviert ist. Elegant und herrschaftlich. Diesem Eindruck kann nicht einmal das graue Nieselwetter etwas anhaben.

Er marschiert durch den gemauerten Doppeltorbogen in einen kleinen Vorhof. Eine hohe Tür aus Eisenstäben verwehrt ihm ein Weiterkommen. Nein, doch nicht. Der linke Flügel ist zwar geschlossen, aber der rechte steht einen Spaltbreit offen. Ein Aushang weist darauf hin, dass Herr und Frau Dirnberger sich freuen, Ihre Gäste ab fünfzehn Uhr bewirten zu dürfen. Seine Armbanduhr zeigt halb elf. Er schlüpft trotzdem durch den Türspalt und geht ein paar steinerne Stufen hoch. Er befindet sich jetzt im Stiegenhaus. Im Inneren ist es kaum wärmer als draußen. Seine Schritte hallen als dumpfes Echo von den dicken Mauern wider. Er hört Geräusche und wendet sich nach rechts. Das Klappern und Klopfen wird lauter. Er steigt wieder ein paar Stufen hinunter, durchschreitet eine geöffnete Tür, die in einen Gastraum führt, dessen Wände nach oben hin in ein Gewölbe übergehen. Auf grob gezimmerte Tische wurden Holzsessel gestellt. Die rötlichen Bodenfliesen glänzen nass, Putzeimer und Lappen warten neben einer kleinen Schank. Ein etwa sechzigjähriger Mann steht dahinter und sortiert Weinflaschen aus Kisten in einen Kühlschrank. Sein Gesicht ist gerötet, er schnauft kurzatmig von der Anstrengung. Er ist von behäbiger Statur, eine Plastikschürze spannt sich über seinen stattlichen Bauch.

»Wir öffnen erst um fünfzehn Uhr«, sagt er unwirsch, als er den ungebetenen Gast entdeckt hat.

Kammerlander weist sich aus und fragt, ob er wohl etwas zu trinken bekommen könnte.

»Schilchermischung?«

»Oh Gott, nein. Nicht vor dem Mittagessen. Wäre ein Kaffee möglich?«

»Negativ. Aber ich hab Wasser heiß gmacht. Einen Tee können S' haben.«

»Tee wäre wunderbar.«

Wenige Augenblicke später wärmt Kammerlander seine Finger am heißen Häferl und schaut sich um. »Sehr urig haben Sie es hier. Ist Ihr Lokal gut besucht?«

»Geht so. Wir haben die Spaziergänger, die Fischer vom Grafenteich und Vereine. In der kalten Jahreszeit kommen weniger Leut. Sie hab ich bei mir jedenfalls noch net gsehn.«

»Das kann sich in Zukunft ja ändern. Haben Sie gestern am späten Nachmittag auch offen gehabt?«

»Freilich.«

»Sie haben sicher mitbekommen, dass am Abend im Schlosspark eine Skulptur gesprengt worden ist.«

»Der Tuscher war ja net zu überhören.«

»Was meinen Sie? Könnten Ihre Gäste etwas beobachtet haben? Jemanden, der im Park herumgeschlichen ist, zum Beispiel?«

»Kann ich mir net vorstellen. Um die Zeit war nur ein Tisch besetzt. Und von hier drin kann man ja net auf den Park sehen. Wir sind natürlich raus und haben nachgschaut, aber da war nix mehr. Bis Polizei und Feuerwehr kommen sind natürlich. Eine Stund später war das Lokal gerammelt voll. Gaffernachbesprechung, wenn S' wissen, was ich mein. Hat den Umsatz angehoben.« Der Wirt beugt sich neugierig über den Tresen. »Stimmt es, dass unter dem Sockel eine Leich glegen ist?«

»Das ist richtig. Unter dem Sockel, auf dem Pegasus angeschraubt war.«

»Aha. Na ja, mit den Figuren … Ich schau da net so … Also, mit Kunst hab ich nix am Hut. Wissts schon, wer der Tote ist?«

»Nein. Wir stehen erst am Anfang der Ermittlungen. Aber wo ich schon mal hier bin: Haben Sie einmal von einem Kind gehört, das verschwunden ist? Ein Junge. Kann auch von außerhalb des Bezirks gewesen sein. So vor drei, vier Jahren?«

»Na. Da kann ich mich an nix erinnern. Liegt da wirklich ein Bub unterm Sockel?«

»Das entspricht leider den Tatsachen. Er war etwa sieben Jahre alt, als er zu Tode gekommen ist.«

»Da war schon amol was …« Dirnberger massiert nachdenklich sein Kinn. »Ist aber länger her, bestimmt an die fünf Jahr. Da is ein Kind verschwunden, eins von den Zigeunern.«

»Zigeuner?«

»Ja … Is vielleicht politisch net korrekt, es so zu nennen. Roma und Sinti oder Arsch und Friedrich, was weiß ich, wie man heut zu denen sagt.«

»Verstehe«, schmunzelt Kammerlander.

»Die haben jedenfalls auf der Wiese unterm Schloss ihr Lager ghabt. Ja, und eines Tages war ein Kind verschwunden. War aber ein Mädel.«

»Ist es wieder aufgetaucht?«

»Keine Ahnung. Irgendwann war das Lager weg, sie sind wohl weiterzogen. Fahrendes Volk halt.«

13

Auf dem Rückweg zur Dienststelle geht Kammerlander mit forschen Schritten durch die Stadt. Seine Frau hat ihm mehr Bewegung verordnet, in den letzten Jahren hat er um die Leibesmitte ordentlich zugelegt. Sport war noch nie sein Ding. Und so versucht er, wann immer es möglich ist, kurze Wege zu Fuß zurückzulegen. Was bei ihm anscheinend nicht die gewünschte Wirkung zeigt: Wenn er sich mehr bewegt, wird auch sein Appetit größer.

Dieses Argument hat er bei seiner Frau vorgebracht. Mit mäßigem Erfolg. Damit braucht er ihr nicht noch einmal zu kommen. Er seufzt. Er wird noch einen Umweg machen und bei seiner Bank vorbeischauen, um ein paar Überweisungen zu tätigen. Dann hat er aber genug Bewegung gehabt für einen Vormittag.

Als er das Büro betritt, steht Ratzinger hinter Schlagenhaufen und beugt sich über ihre Schulter. Beide starren auf den Bildschirm und unterhalten sich leise. Kammerlander hat am Vorabend im Fernsehen eine Doku über das Paarungsverhalten von Kröten gesehen. Aus seinem Blickwinkel sieht es so aus, als hockte ein kleines Krötenmännchen auf dem Rücken des viel größeren Weibchens. Er unterdrückt ein Glucksen und vertreibt das Bild aus seinem Kopf.

»Hat sich bei der Vermisstensuche schon etwas ergeben?«

Schlagenhaufen schüttelt den Kopf. »Kollege Ratzinger und ich sind die letzten zehn Jahre durchgegangen. Es wurde in dieser Zeit kein Junge in diesem Alter als vermisst gemeldet. Das Einzige, was wir gefunden haben, ist eine Abgängigkeitsanzeige von vor fünf Jahren. Aber das verschwundene Kind ist ein Mädchen. Ihr Name ist Georgiana Romanescu.«

»Romanescu ... Klingt nach Osteuropa.«

»Richtig.« Ratzinger nickt. »Die Familie kam aus Rumänien.«

»Volksgruppe Roma und Sinti?«

»Wieso weißt du das?«, fragt Ratzinger überrascht.

»Ich hab eine analoge Datenquelle angezapft.«

»Hm. Jedenfalls ist diese Schaustellergruppe eine Zeit lang in Voitsberg gewesen. Die haben ein Mädchen als vermisst gemeldet. Ist nie gefunden worden. Das dürfte aber kaum etwas mit unserem Fall zu tun haben.«

»Wahrscheinlich nicht. Viel können wir im Moment nicht tun. Es wird dauern, bis die Gerichtsmedizin Ergebnisse liefert. In der Zwischenzeit kümmert ihr euch bitte um den Vorgang rund um die Aufstellung des Schnitzkunstwerks. Auch wenn es schon eine Weile her ist. Es muss darüber noch Aufzeichnungen geben. Wer hat die Grabungsarbeiten gemacht? Wann sind sie durchgeführt worden? Wer hat den Sockel platziert? Ist in dieser Zeit etwas Merkwürdiges vorgefallen? So was alles.«

Ratzingers Blick fällt auf die Wanduhr. »Damit müssen wir uns wohl bis Montag gedulden. Die Mitarbeiter der Kommune haben seit einer Viertelstunde Feierabend.«

Schlagenhaufen fixiert nachdenklich einen Punkt an der Wand. »Ich überlege gerade … Wenn ein Kind von hier oder aus der Umgebung verschwunden wäre, wüssten wir das. Da wäre ermittelt und sauber dokumentiert worden. Was aber, wenn niemand den Jungen vermisst hat? Weil er nicht von hier war?«

»Sie meinen, ein illegaler Flüchtling?«

»Das wäre eine Möglichkeit. Ich denke an Adil Hamoud. Kein Mensch hat ihn vermisst. Wenn sein Bruder nicht gekommen wäre, wüssten wir gar nichts von seiner Existenz. Kein Hahn würde nach ihm krähen.«

Kammerlander nickt. Er weiß, dass Schlagenhaufen daran knabbert, dass sie in diesem Fall auf der Stelle treten. Sie scheint ihr bisheriges Scheitern persönlich zu nehmen. Das Scheitern sämtlicher Hilfseinrichtungen und Behörden.

Vielleicht hat sie mit ihrer Überlegung recht.

*November*

# 1

»Was für eine furchtbare Geschichte.« Anton Schauer sitzt zusammen mit Schlagenhaufen und Ratzinger in seinem Büro. »Ich konnte das ganze Wochenende an nichts anderes denken.«

»Das glauben wir Ihnen gern«, sagt Ratzinger. »Schauen wir also, dass wir den Fall schnellstmöglich aufklären.«

»Ja, ja, selbstverständlich.«

»Für uns ist interessant, wie das Aufstellen einer Skulptur vor sich geht. Von wem werden beispielsweise die Gruben ausgehoben?«

»Dafür sind die Gemeindearbeiter zuständig. Also das Bauamt.«

»Wann passiert das normalerweise?«

»Aufgestellt werden die meisten Skulpturen im Sommer. Nach den Schnitzkunsttagen. Die finden immer im Juni statt.«

Ratzinger nickt. »Ich hab mir dieses Jahr die Veranstaltung angesehen. Das war ein richtiges Spektakel. Es war zwar höllisch laut, aber auch hochinteressant, den Leuten beim Schnitzen zuzuschauen.«

»Ja, es hat sich entwickelt. Ist von Jahr zu Jahr größer geworden. Die Stadtregierung hat sofort reagiert, mit Geld und Manpower, als sie gesehen hat, wie gut die Bürger die Aktion annehmen. Wegen des regen Publikumsinteresses und der steigenden Anzahl der Rahmenveranstaltungen haben wir den Event auf zwei Tage ausgedehnt.«

Schlagenhaufen macht eine unwirsche Handbewegung. Politikergeschwätz. »Manpower«. »Event«. Wenn sie das schon hört. Heute scheint keiner mehr ohne dieses Kauderwelsch aus Deutsch und Englisch auszukommen. »Wann wurde der Unterbau für unseren Pegasus hergestellt?«, bringt sie den eigentlichen Grund ihres Besuches wieder in Erinnerung.

Der Kulturstadtrat blättert hektisch in seiner Akte. »2018. Im August 2018.«

»Wer bestimmt, wo welches Kunstwerk aufgestellt wird?«

»Das … äh … fällt in meinen Aufgabenbereich.«

»Wie hat man sich das alles vorzustellen?«

»Nun, der zukünftige Standort wird ausgewählt, dann wird die Grube ausgehoben und ein Betonfundament gegossen, anschließend wird der Sockel in die Grube gesenkt. Danach wird die Skulptur auf dem Sockel festgeschraubt. Am Ende übernehme ich das Kunstwerk ins Eigentum der Stadt oder klassifiziere es als Leihgabe des Künstlers.«

Das war einmal etwas Substanzielles. Geht doch. »Sie haben gesagt, die Gruben werden von Gemeindearbeitern ausgehoben. Dann werden Sie sicher Aufzeichnungen darüber haben, wer mit dem Aushub dieser speziellen Grube beschäftigt war. Im Jahr 2018.«

»Sicher. Sicher. Ich werde unsere Sekretärin bitten, die erforderlichen Unterlagen auszudrucken.« Schauer lehnt sich in seinem Drehsessel zurück und schwingt hin und her.

Eine Zeit lang herrscht Schweigen.

»Es macht nichts, wenn es schnell geht«, sagt Schlagenhaufen schließlich.

Der Kulturstadtrat sieht sie überrascht an. Dann richtet er sich auf und greift zum Telefon.


»Josef Reininger, Helmut Amtmann und Siegfried Nestler. Das sind die Gemeindearbeiter, die laut Aufzeichnungen 2018 für das Aufstellen der Schnitzkunstwerke zuständig waren.«

Schauer zuckt mit den Schultern. »Wenn es da steht.«

»Ja, tut es.«

Ratzinger tippt mit dem Finger auf den Ausdruck. »Was ich nicht verstehe, sind die Abkürzungen, die manchmal hinter den Namen auftauchen. Hier zum Beispiel: 30. Juli, Josef Reininger. In Klammern dahinter steht ›+FP‹. Oder hier: 12. August, Siegfried Nestler. In Klammern ›+HD, +FP‹.«

»Ach so. Wir sprechen ja von den Sommermonaten. Urlaubszeit.«

Schlagenhaufens Handy klingelt. Sie steht auf und geht hinaus, um das Gespräch anzunehmen.

»Soll heißen?«, fragt Ratzinger weiter.

»Das heißt, dass die Gemeindebediensteten in dieser Zeit ihren Sommerurlaub nehmen. In erster Linie Väter und Mütter, da die Kinder ja ihre großen Ferien haben. Und dann fehlen Arbeitskräfte. In diesen Monaten nimmt die Gemeinde jedes Jahr Ferialpraktikanten auf, die dann die Lücken schließen. Deshalb ›FP‹. Manchmal ist der Bedarf höher, dann werden Hilfsdienstler beschäftigt. Auf Vierhundertfünfzig-Euro-Basis. Also ›HD‹.«

»Diese Aushilfen verdienen sich also etwas dazu?«

»Genau. Die Ferialpraktikanten fallen wieder weg, wenn die Schulen oder Universitäten mit dem Wintersemester beginnen.«

»Laut Ihrer Akte hat die Pegasus-Skulptur die Nummer siebenundzwanzig. In der Woche vom 12. bis zum 17. August wurden die Sockel sechsundzwanzig bis dreißig fertiggestellt. Mein Ausdruck hier zeigt, dass Helmut Amtmann und Siegfried Nestler die Arbeiten durchgeführt haben. Mit jeweils einem Ferialpraktikanten und einer Hilfskraft. Die sind aber namentlich nicht angeführt.«

»Kein Problem. Darüber wird die Lohnverrechnung Auskunft geben. Unsere Buchhaltung ist sehr gewissenhaft.«

Als Schlagenhaufen wieder hereinkommt, fällt Ratzinger ihr blasses Gesicht auf. Es kommt ihm vor, als hätte sie geweint. Aber da täuscht er sich bestimmt. So eine starke Frau weint nicht.


»Schön«, sagt Kammerlander. »Zwei Gemeindearbeiter, zwei Ferialpraktikanten, eine Hilfskraft. Das ist überschaubar. Sucht die Adressen und Telefonnummern heraus und ladet die Leute zu uns in die Dienststelle.«

»Ich muss für morgen einen Urlaubstag beantragen«, sagt Schlagenhaufen. »Ich habe einen Gerichtstermin.«

Ihre Stimme klingt geschäftsmäßig, eine emotionale Belastung ist ihr nicht anzumerken.

Kammerlander sieht sie überrascht an. »Ich hoffe, Sie sind nicht in Schwierigkeiten?«

»Nein. Ist rein privat.«

»Na dann. Kein Problem.«

»Und ich möchte parallel zu dem Leichenfund auch im Fall des verschwundenen Syrerjungen weiterermitteln. Wenn es Ihnen recht ist.«

»Sie wissen schon, dass wir vom Kommandanten die Weisung haben, den Fall ruhen zu lassen?«

»Das weiß ich natürlich. Aber … es fühlt sich falsch an.«

»Hm, ja. Ich weiß, was Sie meinen.«

Schlagenhaufen steht vor Kammerlanders Schreibtisch wie ein Felsen. Ihr entschlossener Gesichtsausdruck lässt keinen Raum für Zweifel. Immerhin ist sie offen auf ihn zugekommen.

»Das ist bestimmt kein Problem, Harry«, springt Ratzinger ihr bei. »Wir sind doch genug Leute. Die Kollegin ermittelt mit uns zusammen und holt noch … Zusatzinformationen ein.«

Kammerlander nickt. »Eigeninitiative ist nie verkehrt. Ich hoffe, Ihre Hartnäckigkeit zahlt sich aus.«

## 2

Er steht vor dem Bankomat und schiebt die Karte in den Schlitz. Mit einem Seitenblick überzeugt er sich, dass der alte Gärtner, der ihn in die Stadt mitgenommen hat, bereits weggefahren ist. Mit zitternden Fingern gibt er den vierstelligen Code ein und hält die Luft an. Nach wenigen Sekunden wird er von seiner Bank als Kunde begrüßt. Erleichtert atmet er aus und tippt den Betrag ein. Gott sei Dank hat er in einem unscheinbaren Fach der Brieftasche einen zusammengefalteten Zettel gefunden, auf dem handgeschrieben vier Zahlen standen. Und bingo! Es ist der Zugangscode zu seinem Konto. Was für ein Glück. Der andere hätte die Zahlen auch in seinem Handy speichern können. Das mit ihm zusammen verbrannt ist.

Er steckt das Bargeld ein und geht Richtung Hauptplatz. Dort ist er mit Silvia verabredet. Sie wollen einkaufen und anschließend bei ihm zu Hause kochen. Er hat sie gewarnt, dass die Zubereitung von Speisen nicht seine Stärke sei, was sie mit einem erstaunten Blick quittiert hat.

»Nicht so bescheiden, mein Freund. Deine Rindsrouladen sind legendär.«

Scheiße. Er hat keine Ahnung. Sofort hat er sich Rezepte aus dem Internet heruntergeladen und auswendig gelernt. Falls es schiefgeht, muss er sich eben auf seine prekären Erinnerungslücken rausreden. Außerdem musste er sich einprägen, wo in seiner Küche welche Kochutensilien verstaut sind, um nicht durch völlige Ahnungslosigkeit Verdacht zu erregen.

»Wenn ich etwas ungeschickt wirke, ist das der eingeschränkten Beweglichkeit meines Arms geschuldet – und meinen Erinnerungslücken«, hat er vorsorglich hinzugefügt.

Ein Blick auf die Turmuhr der Kirche Sankt Michael zeigt ihm, dass er noch ein paar Minuten Zeit hat. Er bleibt vor der Auslage eines Juweliers stehen und entdeckt zwei dünne Goldkettchen, deren Anhänger ein Paar ergeben. Kurz entschlossen geht er in den Laden und kauft den Schmuck. Kleine Geschenke erhalten die Freundschaft. Er will versuchen, mit Aufmerksamkeiten zu punkten. Diese Frau springt ihm nicht mehr vom Haken.

Er schlendert zwischen den Parkbänken seitlich der Nebenfahrbahn herum und zündet sich eine Zigarette an.

»Hallo, Alexander.«

Jetzt kann es nicht mehr lange dauern. Silvia schätzt Pünktlichkeit.

»Alexander! Schön, dich zu sehen.«

Er spürt eine Hand auf seinem Arm und zuckt zusammen. Verdammt! Er ist gemeint.

Natürlich. *Er* ist Alexander.

Er dreht sich zu dem Mann um, der ihn angesprochen hat. Der ist etwas älter und ein wenig kleiner als er selbst und hat weiche, ebenmäßige Gesichtszüge. Blonde Haare, leicht gewellt. Seine blauen Augen strahlen ihn an. Er kennt den Mann, kann sich aber nicht erinnern, woher.

»Na, mein Lieber, wie geht es dir? Du scheinst ja gute Fortschritte zu machen.«

»Ja, ja. Geht so …«

»Ich war so erschrocken, als ich von deinem Unfall gehört habe, und ich konnte dich nicht erreichen …«

»Äh, ich weiß jetzt nicht …« Wer zum Henker ist das?

»Was …? Erkennst du mich nicht? Ich bin Michael! Ach ja, der Arzt im Krankenhaus hat gesagt, du hast einen Gedächtnisverlust erlitten …«

Alexander nickt. Das ist also der Freund, von dem Dr. Krammer bei der Schlussuntersuchung gesprochen hat. Der ihm einen Krankenbesuch abstatten wollte. Jetzt fällt ihm auch ein, wo er den Mann schon gesehen hat. Auf dem kleinen Foto in seiner Brieftasche.

Ein lautes Hupen lässt ihn zusammenfahren. Silvia steht mit laufendem Motor auf der Nebenfahrbahn und winkt.

»Tut mir leid«, sagt er entschuldigend. »Ich muss los.« Er geht mit schnellen Schritten zum Auto.

»Aber … Was …? Ich melde mich bei dir, okay?«, ruft ihm Michael hinterher.

»Ja, mach das«, sagt Alexander und steigt ein.

»Wer war das?«, will Silvia wissen, als sie losfährt.

»So genau weiß ich das nicht. Scheint ein Freund zu sein.«

»So eine Amnesie hat auch etwas für sich«, lacht Silvia. »Du lernst jeden Tag neue Leute kennen.«

»Ja, lach du nur«, sagt er gespielt beleidigt.

Als sie auf den Parkplatz zum Supermarkt einbiegen, fällt ihm ein, wo er den Mann schon einmal gesehen hat. Es ist der Kerl, den sein Vater vor ein paar Tagen angebrüllt und vom Grundstück gejagt hat.

Das Essen war ein voller Erfolg, er hat sich ganz umsonst gesorgt. Mit den Rindsrouladen hat er sich gar nicht so dumm angestellt, die Beilagen und den Salat hat Silvia übernommen. Jetzt sitzen sie mit zwei Tassen Kaffee im Wohnzimmer und hören leise Musik.

Als sie ihm das Gesicht zuwendet, weiß er, dass es jetzt ans Eingemachte geht. Sie will Erklärungen und klare Fronten. Was nur legitim ist.

Er hat tagelang überlegt, was er ihr sagen wird. Er kennt das Vorleben des anderen nicht. Sein Opfer hat im Keller unter Schmerzen versichert, weder verheiratet zu sein noch eine Freundin zu haben, und er hat ihm geglaubt. Warum hätte er lügen sollen? Andererseits hat er Silvia gesagt, es gebe jemand anderen in seinem Leben.

Was also tun? Soll er eine Frau erfinden? Mit der jetzt Schluss sei, weil er erkannt habe, dass er nur Silvia liebt? Das ist riskant und birgt die Gefahr, sich in noch mehr Lügen zu verstricken. Und was, wenn Silvia darauf besteht, den Namen zu erfahren?

Letztendlich hat er beschlossen, den Unwissenden zu spielen. Was den Vorteil hat, der Wahrheit zu entsprechen und am wenigsten Stress in die Beziehung zu bringen.

»Du weißt, wir müssen reden, Alexander.«

»Ja. Natürlich.«

»Haben dir die Handydaten geholfen, dich zu erinnern?«

»Nein.«

»Das gibt es doch nicht.«

»Ich bin an keine Daten gekommen, weil sich das Handy nicht mehr hat aufladen lassen. Ich hab alles versucht, aber es ist hinüber. Wahrscheinlich eine Folge des Unfalls.«

»Dann musst du es in einem Shop reparieren lassen.«

»Das ... geht nicht.«

»Weil?«

»Weil ... Ich war so enttäuscht, und da hab ich es auf den Boden geschmissen und bin draufgetreten. Ich hab meinen Frust an dem Ding ausgelassen.«

Sie sieht ihn fassungslos an.

»Das war blöd, ich weiß.«

»So jähzornig kenne ich dich gar nicht. Vielleicht hat es die Speicherkarte überlebt?«

Er schüttelt den Kopf. »Ich hab den Schrott in der Stadt in einen Container geschmissen.«

Sie schweigt. Er weiß nicht, was sie jetzt denkt. Vielleicht glaubt sie ihm kein Wort.

»Ich … Es tut mir leid.«

»Und jetzt?«

»Ich weiß auch nicht. Es gibt nur eines, das ich weiß: Ich liebe dich, Silvia. Ich möchte die Verlobungsfeier nachholen, sobald es möglich ist. Und ich möchte dich heiraten. Wenn … du mich noch willst.«

Ihre Gesichtszüge werden weich. »Damit habe ich so nicht gerechnet«, sagt sie leise. »Ich habe mich vor unserem Treffen dafür gewappnet, dass alles passieren kann. Dass du wieder weißt, wer die andere Frau ist. Und mit ihr zusammen sein möchtest. Oder vielleicht Zeit brauchst, um dich zu entscheiden.«

»Silvia, ich brauche keine Sekunde für eine Entscheidung.« Er beugt sich zu ihr und küsst sie sanft. Sie wehrt sich nicht. Sein Kuss wird fordernder, und er merkt, dass sie ihn erwidert. Das ist seine Chance.

»Ich möchte dich aufheben und ins Bett tragen«, murmelt er ihr ins Ohr. »Aber ich fürchte, mein lädierter Arm hat etwas dagegen.«

»Dann muss ich es wohl aus eigener Kraft dahin schaffen.«

Mein Gott, er wird diese Frau heute lieben, wie er noch nie eine Frau geliebt hat.


3

Als sie später in seinem Schlafzimmer erschöpft nebeneinanderliegen, küsst sie zärtlich das sternförmige Muttermal auf seiner linken Schulter.

»Du hast dich verändert«, lächelt sie.

»Zum Besseren, wie ich hoffe.«

»Unbedingt. Vor deinem Unfall warst du nie so leidenschaftlich. Im Gegenteil. Es hat sich eher angefühlt, als würdest du körperliche Nähe vermeiden. Auch deine Stimme ist anders als sonst … tiefer, männlicher. Wenn du nicht dieses Muttermal hättest, müsste ich denken, du seist ein anderer.«

Augenblicklich stellt sich Wachsamkeit ein. »Dann war der Unfall ja doch für etwas gut«, versucht er lahm einen Witz.

Sie dreht seinen Kopf zu sich, sodass er ihr in die Augen sehen muss. »Du weißt, dass das hier das Problem nicht aus der Welt geschafft hat?«

Er nickt. »Ich kann mir vorstellen, dass diese angebliche andere Frau dir nicht aus dem Kopf geht. Ich wünschte, ich könnte dir zeigen, dass es keinen Grund für dich gibt, an mir zu zweifeln. Wobei – mir fällt da schon etwas ein.« Er öffnet die Lade des Nachttisches und zieht eine kleine Schachtel heraus. »Mach auf.«

Silvia nimmt den Deckel ab und blickt auf zwei dünne Goldkettchen mit je einem halben Anhänger.

»Das, mein Liebling, sind wir. Wenn du auf den einzelnen Anhänger schaust, siehst du nur Linien, die kein Muster ergeben. Wenn die Anhänger aber zusammengefügt werden, ergibt sich eine Spirale. Ich will damit sagen: Nur gemeinsam ergeben wir einen Sinn.«

Als Silvia nach Hause fährt, ist es schon drei Uhr früh. Sie haben über die Zukunft gesprochen, ihrer beider Zukunft. Er hat das Gefühl, mit ihr die schönsten Stunden seines Lebens verbracht zu haben.

Er geht zur Hausbar und schenkt sich einen Whisky ein. Zur Feier des Tages. Oder der Nacht. Ja, mit dieser Nacht hat er die Veränderung eingeläutet. Jetzt beginnt das Leben, für das er bestimmt ist.

Er verspricht sich selbst, alles zu tun, um seiner Stellung zu entsprechen und die Menschen, die seine Familie sein werden, niemals vor den Kopf zu stoßen. Oder ihnen wehzutun. Er füllt sein Glas erneut.

Doch mit jedem Schluck bekommt die wohlige Blase, die ihn umhüllt, Risse. Die Angst kommt nicht mit Wucht, sie schleicht heran, lauernd. Verdammt. Wieso kann er nicht einfach nur glücklich sein? Wenigstens heute?

In der Vergangenheit sind Dinge vorgefallen, auf die er nicht stolz ist. Doch er hatte keine Alternative. Er hat nur reagiert auf Situationen, auf ein Leben, in dem er immer der Verlierer war.

Bei seinen Versuchen, auf die Beine zu kommen, ist er kläglich gescheitert. Was auch immer er probiert hat, am Ende hat er die Arschkarte gezogen. Er hat niemandem schaden oder etwas Schlimmes tun wollen, und doch ist es passiert. Das war nicht seine Absicht, aber vieles hat eine Eigendynamik entwickelt, er hatte keinen Einfluss auf das Geschehen. Er ist nur danebengestanden. Er hat es *zugelassen*.

Und wenn schon.

Er hat jedenfalls niemanden mit Vorsatz eigenhändig umgebracht. Und nach all der Scheiße hat er es verdient, ein gutes Leben zu haben. Definitiv.

Eine Erinnerung blitzt in ihm auf. Etwas, das Silvia gesagt hat. Etwas von Bedeutung. »Wenn du nicht dieses Muttermal hättest, müsste ich denken, du seist ein anderer.«

Ein anderer.

Gedankenverloren wandert er im Wohnzimmer hin und her. Er hat es immer für einen unglaublichen Zufall gehalten, Alexander so ähnlich zu sehen. Und hat diesen Glücksfall gern akzeptiert, ohne ihn groß zu hinterfragen. Man hört doch immer wieder, dass jeder Mensch auf der Welt einen oder mehrere Doppelgänger hat.

Aber eine frappante Ähnlichkeit *und* ein Muttermal an der gleichen Stelle? Mit dieser Form? Was ist das für ein krasser Zufall? Das kann nichts anderes bedeuten, als dass ihm dieser Weg vorbestimmt ist.

Er schenkt sich ein drittes Glas ein.

Er kann es nicht benennen, aber er hat ein ungutes Gefühl. Noch läuft alles perfekt. Aber wer weiß, welche anderen körperlichen Merkmale der echte Alexander von Hebenstein noch gehabt hat? Er darf sich keinesfalls in Sicherheit wähnen.

Die Zeit der trägen Rekonvaleszenz und des unreflektierten Dahinlebens ist vorbei.

Sein Glücksgefühl ist jetzt restlos verschwunden.

»Wie schön, dass du und Silvia wieder zueinandergefunden habt!«

Seine Tante ist für ein paar Tage in Voitsberg, um zu sehen, wie ihre »zwei Männer« zurechtkommen. Sie haben zu Abend gegessen und sitzen gemütlich bei einem Glas Rotwein in der Küche zusammen. Er hat den Zeitpunkt für gekommen gehalten, um über seine Verlobungspläne zu sprechen.

»Damit hast du uns eine große Freude gemacht. Nicht wahr, Nikodemus?«

»In der Tat.« Sein Vater verzieht keine Miene. Die eisblauen Augen scheinen ihn zu scannen. Alexander rutscht unbehaglich auf dem Stuhl herum.

»Habt ihr schon einen Hochzeitstermin im Auge?«, fragt Angelika lächelnd.

»Wir haben an das nächste Frühjahr gedacht. Mai vielleicht.«

»Wie romantisch! Im Wonnemonat.«

»Dir scheint der Rotwein gut zu schmecken«, sagt Nikodemus plötzlich.

Was soll das? Er trinkt ein Glas mit ihnen – na und? Der Themawechsel verunsichert ihn.

»Früher hast du nie Rotwein getrunken. Also vor dem Unfall. Du hast gesagt, er bereite dir Kopfschmerzen.«

Ach du Schande. »Das … weiß ich nicht mehr.« Er bemüht sich um einen leichten Tonfall. »Vielleicht wache ich morgen ja mit Kopfschmerzen auf. Dann hab ich wieder was dazugelernt. Mal sehen.«

Nikodemus betrachtet ihn eine Weile ausdruckslos. »Ich ziehe mich jetzt zurück und lese noch ein wenig«, sagt er schließlich und steht auf.

Als die Tür der Bibliothek ins Schloss fällt, atmet Alexander erleichtert auf.

»Du musst ihm seine schroffe Art nachsehen«, sagt Angelika. »Er tut sich schwer mit Veränderungen. Wenn mit einem Mal etwas anders ist als vorher, ist er irritiert.«

»Da hat er mit mir ja echt Glück. Meine Amnesie wird ihm mit Sicherheit noch genug Irritationen verschaffen.«

Sie lacht und legt ihm die Hand auf den Arm. »Davon ist auszugehen. Aber er meint es nicht so. Er ist wirklich froh, dass der Unfall so glimpflich ausgegangen ist. Er kann es nur nicht zeigen.«

»Ich … möchte dich etwas fragen.« Alexander dreht den Kopf Richtung Bibliothek, um sich zu vergewissern, dass die Tür immer noch geschlossen ist. »Es geht um meine Mutter. Im ganzen Haus gibt es kein Bild von ihr. Ich habe nicht einmal ein Foto in meiner Brieftasche. Es spricht auch niemand von ihr. Vater möchte ich nicht fragen …«

»Was möchtest du wissen?«

»Wo soll ich anfangen? Ich habe meine Geburtsurkunde gesehen. Da steht bei ›Name der Mutter‹: Franka Medved. Klingt nicht besonders österreichisch.«

»Das ist wahr. Franka kam als junges Mädchen hierher. Sie ist vor dem Jugoslawienkrieg geflohen. Ihre Eltern und ihr Bruder sind umgekommen. Sie hat ganz passabel Deutsch gesprochen, also hat sie leicht eine Anstellung gefunden.«

»Was hat sie gemacht?«

»Sie hat im Café neben dem Bezirksgericht gekellnert. Dort hat sie deinen Vater kennengelernt. Nikodemus hat sich Hals über Kopf in sie verliebt. Ein halbes Jahr später waren sie verheiratet.«

Einen verliebten Nikodemus kann er sich nur schwer vorstellen.

»Und dann?«

»Dann wurde sie schwanger. Das Ergebnis bist du.«

»Warum spricht Vater nie über sie?«

Angelika seufzt. »Er kann es nicht. Er hat deine Mutter sehr geliebt, zu sehr vielleicht. Sie war ja auch eine sehr schöne Frau. Er konnte emotional nicht loslassen. Sie hatten Schwierigkeiten in der Ehe, deine Mutter ist kurz nach deiner Geburt nach Kroatien zurückgegangen. Seither haben wir nichts mehr von ihr gehört. Danach hat sich Nikodemus in seine Arbeit und das Schlossprojekt gestürzt. Und hat nie wieder geheiratet.«

»Gibt er mir die Schuld, dass sie ihn verlassen hat? Ich meine, weil er mich dir anvertraut hat?«

»Nein, das darfst du nicht denken. Er hat nur nichts um sich herum ausgehalten, das ihn an deine Mutter erinnert hat.«

## 4

»Ja, die Sockel haben wir gmacht«, nickt Helmut Amtmann. »Der Nestler Sigi und ich. 2018 war des? Wahnsinn, wie die Zeit vergeht.«

Sein Gesicht ist wettergegerbt, tiefe Falten verlaufen schräg von der Nasenwurzel am Mundwinkel vorbei.

»Können Sie sich noch erinnern, wer für den Aushub und das Fundament zuständig war?«

»Des war unterschiedlich. Den Aushub hab meistens ich gmacht. Mit dem kleinen Bagger. Des war sicherer.«

»Was meinen Sie damit?« Kammerlander sieht den Gemeindearbeiter interessiert an.

»Na ja, der Sigi … der war oft … den hab ich net gern an die Maschin lassen. Der … Ach, ich sag, wie's is: Der hat gern einen über den Durst trunken. Und dann war er für nix zu gebrauchen.«

»Sie haben also die Gruben ausgehoben. Wer hat das Fundament gegossen?«

»Des war der Sigi. Also, oft net er selber. Er … Jetzt kann ich's ja sagen, weil er is schon seit zwei Jahren in Pension. Der Sigi war a fauler Hund. Is oft zu spät zur Arbeit kommen mit einem Mordstrumm Kater. Gott sei Dank haben wir noch Helfer ghabt. Eine Aushilfe und einen Ferialpraktikanten.«

»Petar Horvat und Manuel Schreiber.«

»Genau. Die zwei waren des. Der Horvat is ein fleißiger Kerl. Der verdient sich manchmal was dazu. Und der Manuel war auch in Ordnung. Am Anfang haben s' halt zwei linke Händ, die Jungen. Aber er hat schnell glernt. Der hat studiert, was mit Sprachen, glaub ich.«

»Das heißt, Sie vier waren immer auf der Baustelle«, resümiert Kammerlander. »Sie hätten mitbekommen müssen, wenn jemand einen Toten in eine der Gruben gelegt hätte.«

Amtmann reißt die Augen auf. »Ja sicher. Des wär doch aufgfallen, wenn –«

»Wie erklären Sie sich dann, dass wir eine Leiche unter Sockel siebenundzwanzig gefunden haben?«

Das Gesicht des Gemeindearbeiters nimmt eine leichte Graufärbung an. »Ich … äh, ich weiß net. Echt net. Ich kann net erklären, wie des zugangen is. Wir haben jedenfalls nix mit der Gschicht zu tun. Des müssen S' mir glauben.«

»Ist Ihnen bei den Arbeiten etwas aufgefallen? Zum Beispiel, dass jemand häufig herumgelungert ist oder sich auffällig für die Grabungen interessiert hat?«

»Des kann ich heut net mehr sagen. Ist doch Jahre her. Außerdem stehen bei solchen Arbeiten auf öffentlichem Gelände immer Schaulustige herum.«

»Dann danke ich Ihnen für die Auskünfte«, beendet Kammerlander das Gespräch. »Vielleicht müssen wir noch einmal miteinander reden.«

»Ja, natürlich … Also, so was hab ich noch net erlebt …« Helmut Amtmann nickt ihm zu und verlässt kopfschüttelnd das Büro.

Im zweiten Raum sitzt Ratzinger mit Siegfried Nestler zusammen.

»Sie erinnern sich an August 2018? Als Sie mit Ihrem Kollegen Amtmann im Schlosspark für die Sockelarbeiten zuständig waren?«

»Ja mei, des ist schon so lang her.« Nestler beäugt misstrauisch das Aufnahmegerät. »Kann mich nur mehr dunkel erinnern. Bin schon in Pension.«

Ratzinger schaut in das aufgedunsene rote Gesicht seines Gegenübers. Dünnes Haar klebt ihm am Schädel, die eingesunkenen Augen schimmern wässrig farblos. Seine Ausdünstung lässt Ratzinger flach atmen.

»Sie wissen aber schon, dass wir unter einem der von Ihnen aufgestellten Sockel eine Leiche gefunden haben?«

»Von mir aufgestellt ... Was soll des heißen? Ich hab die Aufsicht ghabt. Hab nur gschaut, dass alles seine Ordnung hat.«

»Das heißt, Sie haben an den Arbeiten nicht teilgenommen?«

»Doch, schon. Aber ... was wollen S' jetzt von mir? Ich hab nix bemerkt. Also, dass da eine Leich eingrabn worden ist.«

»Sie ist ja auch nicht eingegraben, sondern unter eine Verschalung gelegt worden. Dann wurde Beton auf sie gegossen.«

»Ja, leck mich doch. Des gibt's ja gar net. Da hat sich einer die Begräbniskosten sparen wollen, wie's ausschaut.«

»Von diesem Motiv gehen wir eigentlich nicht aus.«

»Ich weiß nix. Aber ich war ja auch net allein auf der Baustell. Haben S' schon den Amtmann Helmut gfragt? Der hat meistens gebaggert.«

»Da sind wir dran.«

»Und dann haben wir oft den Horvat dabeighabt. Also als Aushilfe. Des war ein fleißiger Mensch.«

Kann ich mir vorstellen, dass dir das gepasst hat, denkt Ratzinger. Deine eigene Arbeitsleistung wird sich in Grenzen gehalten haben. »Laut Gemeindebuchhaltung war noch ein Ferialpraktikant mit dabei. Ein gewisser Manuel Schreiber.«

»Wenn's da steht.« Nestler wischt sich über die verschwitzte Stirn. »Ich kann mich an die Jungen net so gut erinnern. Die haben dauernd gwechselt.«

»Wie kann es sein, dass es nicht auffällt, wenn eine Leiche entsorgt wird?«

»Des dürfen S' mich net fragen.«

»Ich nehme an, es hat auch keinen Sinn, Sie zu fragen, ob Ihnen im August 2018 etwas bei den Grabungsarbeiten aufgefallen ist?«

»Mir ist nix aufgefallen. Des war eine ganz normale Baustell.«

Nachdem hinter Nestler die Tür zugefallen ist, reißt Ratzinger trotz der Kälte alle Fenster auf.

Sie sitzen im Büro und reden über die spärlichen Ergebnisse der Befragungen, als es an der Tür klopft. Inspektor Witt kommt mit einem älteren Mann herein, der eine Strickmütze trägt. Er ist kaum größer als Ratzinger und ebenso drahtig. Ein viel zu weiter grüngrauer Parka reicht ihm bis an die Knie. Das unrasierte Gesicht verleiht ihm ein düsteres Aussehen.

»Herr Horvat wäre jetzt da.«

»Danke.«

Kammerlander deutet mit einer Handbewegung auf den freien Stuhl ihm gegenüber. Nebenbei schielt er neidisch auf Witts Uniformjacke, die sich nicht mehr über dem Bauch spannt. Witt hat ihm erzählt, dass ihm seine Frau die Sechzehn-zu-acht-Diät verordnet hat. Das heißt, acht Stunden kann er normal essen, was ihm schmeckt, sechzehn Stunden darf er nichts zu sich nehmen außer Wasser. Die Diät scheint zu wirken. Vielleicht wäre das ja auch etwas für ihn.

Als sich die Tür hinter Witt schließt, konzentriert er sich wieder auf die anstehende Befragung. Horvat setzt sich auf die Stuhlkante und zieht seine Mütze vom Kopf. Ein Feuermal erscheint auf der Stirn über dem rechten Auge.

»Herr Horvat, danke, dass Sie gekommen sind. Wir hoffen, Sie können uns helfen herauszufinden, wie eine Kinderleiche unter einen Sockel im Schlosspark geraten konnte.«

»Hab schon gehert.« Sein Akzent hat eindeutig einen nicht-österreichischen Einschlag.

»Darf ich fragen, woher Sie ursprünglich kommen?«

»Kroatien.«

»Ah ja. Nun gut. Wir möchten Sie bitten zu beschreiben,

wie sich der Sockelbau im August 2018 aus Ihrer Erinnerung abgespielt hat.«

»Amtmann, Nestler und Junge wor dabei.«

»Das wissen wir. Was war Ihre Aufgabe?«

»Band um Baustell, Beton mischen, Grube gießen, Erde auf Auto mochen zum Wegfohrn. Olles, wos Scheffe sogt.«

»Wer war der Chef?«

»Nestler. War Ältester. Hot mir ongeschofft.«

»Und Herr Amtmann?«

»Wor besser, wenn er hot angeschofft.«

»Wieso?«

»Nestler hot gern trunken.« Er macht eine entsprechende Handbewegung.

»Herr Horvat, ist Ihnen bei den Arbeiten irgendetwas merkwürdig vorgekommen? Oder haben Sie jemanden bemerkt, der öfter dabei zugesehen hat? Falls Sie sich noch daran erinnern können.«

»Nix.«

»Heißt das, Sie können sich nicht erinnern oder Sie haben nichts gesehen?«

»Nix gehert, nix gesehen.«

Ratzinger nimmt einen Stuhl und setzt sich neben den Besucher. Der schaut zu Boden und dreht die Mütze in den Händen.

»Das ist schon merkwürdig«, sagt der Ermittler. »Finden Sie nicht auch? Vier Leute arbeiten quasi nebeneinander, und keiner merkt, dass eine Leiche zubetoniert wird.«

Der Kroate zuckt mit den Schultern. »Gibt nix, wos nix gibt.«

»Klingt, als wäre so etwas für Sie normal.«

Die Bartschatten in Horvats Gesicht verdunkeln sich. »Viel Leich begroben in olte Heimat. In Krieg. Aber in Esterreich Frieden. Gut hier. Betonleich is nix normal.«

»Darüber sind wir uns jedenfalls einig«, meint Ratzinger.

# 5

»Ich glaube, wir haben die Attentäter.«

Hansbauer schiebt Erwin und Rudi ins Ermittlerbüro. Der Große schaut Kammerlander und Ratzinger trotzig an, der Kleinere sieht aus, als wollte er gleich losheulen. Die Beamten blicken ihnen überrascht entgegen.

»Dann lassen wir die Herren doch Platz nehmen.« Ratzinger weist auf die zwei Besucherstühle. »Das nenne ich einen schnellen Ermittlungserfolg. Wie kommt's?«

Hansbauer grinst. »Die zwei Sprengmeister hier sind nach der Explosion von der Ludovikagasse auf die Arnsteinstraße gerannt, als wär der Teufel hinter ihnen her. Ein Autofahrer hat nur mit einer Vollbremsung verhindern können, dass sie unter seine Räder gekommen sind. Den Rudi hat er erkannt, weil er ein paar Häuser weiter wohnt. Und nachdem er von der Explosion gehört hat, hat er eins und eins zusammengezählt und bei uns angerufen.«

»Alles nur, weil du nicht die Klappe hast halten können!«, zischt Erwin. »Verräter!«

Rudi senkt den Kopf. »Die hätten uns sowieso gekriegt.«

»Bullshit!«

»Sind die Eltern verständigt?«, fragt Kammerlander.

»Ja, sie kommen gleich. Ihre Begeisterung über den Nachwuchs hält sich in Grenzen.« Hansbauer schaut die Burschen streng an, dann verlässt er das Büro.

»Möchtet ihr ein Glas Wasser? Oder eine Limo?«, erkundigt sich Ratzinger.

Beide schütteln den Kopf.

»Na schön. Dann fangen wir mit den Personalien an.«

Ein paar Minuten später faltet Kammerlander die Hände und stützt sein Kinn darauf. »Was um alles in der Welt hat euch geritten, diese Sprengung durchzuführen?«

Erwin atmet tief durch. »Das war nicht besonders schlau, ich weiß …«

»Wieso mit Schwarzpulver? Woher hattet ihr das?«

»Wir haben im Chemieunterricht über die Zusammensetzung von Schwarzpulver gesprochen. Die einzelnen Komponenten kann man einfach kaufen. Und im Internet hab ich mich auch informiert …«

»Und da habt ihr Profis einfach beschlossen, mal etwas in die Luft zu jagen. Stellt euch vor, jemand wäre von einem Splitter getroffen worden.«

»Wir haben eh überprüft, ob noch jemand im Park war«, sagt Rudi rasch. »Aber da war keiner. Es war safe.«

»Soso. Es war also safe. Und dann habt ihr euch gedacht: Eine Skulptur mehr oder weniger macht kaum einen Unterschied. Lassen wir's krachen.«

Die zwei Jungen sehen sich an.

»Es ging um *diese* eine Skulptur«, sagt Erwin schließlich. »Pegasus.«

»Das müsst ihr uns erklären.«

»Sie war hässlich«, sagt Rudi leise.

»Wie bitte?«

»Diese Holzfigur war grottenschlecht«, übernimmt Erwin. »Echt. Das Pferd hat viel zu kurze Hinterbeine gehabt. Und den Hintern hat es auch noch nach unten gedrückt. Als wär's beim Scheißen.«

Ratzinger zwinkert Kammerlander zu, der sich nur mit Mühe ein Lachen verkneifen kann. »Und da habt ihr zwei Kunstkenner entschieden, dass diese Skulptur vom Antlitz der Erde verschwinden muss.«

Die Buben nicken betreten.

»Ihr wisst aber schon, dass eure Aktion keine Kleinigkeit war. Das wird für euch und eure Eltern Folgen haben.«

Rudi lässt den Kopf hängen. Die ersten Tränen kullern.

»War eine saublöde Idee«, gibt Erwin zu. »Hätte ich dieses Pferd bloß nie gesehen. Shitty, bloody, fucking Pegasus!«

Man hört Stimmen im Gang vor der Bürotür.

»Das werden eure Eltern sein. Die sind bestimmt ›fucking amused‹.«

Am späten Nachmittag stößt Schlagenhaufen wieder zu ihnen. Sie geben ihr eine Kurzfassung der Befragungen, um sie auf den neuesten Stand zu bringen.

»Was ist mit dem Ferialpraktikanten? Diesem Manuel Schreiber?«

Ratzinger schüttelt den Kopf. »Der ist momentan nicht greifbar. Er ist für einen Monat nach Frankreich gegangen, um sein Französisch zu verbessern.«

»Man müsste ihn aber doch über sein Handy kriegen. Haben Sie schon die Eltern kontaktiert?«

»Ja, von ihnen haben wir die Info mit dem Auslandsaufenthalt. Wir haben es schon ein paarmal versucht, aber es geht keiner ran.«

Ein akustisches Signal zeigt an, dass Kammerlander ein Mail erhalten hat.

»Der Befund von der Rechtsmedizin. Endlich.«

Er überfliegt den Text, während ihn die beiden anderen erwartungsvoll ansehen. Noch bevor er etwas sagen kann, läutet sein Telefon.

»Schönen guten Tag, Kammerlander. Dr. Prettenthaler hier. Ich habe Ihnen soeben den rechtsmedizinischen Befund der Jungenleiche geschickt.«

»Ich habe ihn gerade abgerufen, danke.« Kammerlander stellt das Telefon auf laut.

»Nun, ich dachte, ich rufe sicherheitshalber an. Falls Sie noch Fragen haben, dann bitte jetzt. Ich habe nämlich vor, Feierabend zu machen.«

»Da war Schreiner mit seiner ersten Prognose ja ziemlich nah dran«, sagt Kammerlander und scrollt den Text nach unten. »Der Junge war zum Zeitpunkt seines Todes sieben Jahre alt. Er hat an die vier Jahre in der Erde gelegen. Moment ... Sie schreiben, dass er mit größter Wahrscheinlichkeit aus dem Nahen Osten kam. Wie können Sie wissen –«

»Ich habe eine Isotopenanalyse durchführen lassen. Diese Untersuchung des menschlichen Zahnschmelzes lässt Rückschlüsse darauf zu, wo ein Mensch geboren und aufgewachsen ist, wo er gelebt hat. Wegen dieser Analyse hat es auch länger gedauert.«

»Hier steht, Sie konnten an dem Skelett keine Verletzungen feststellen, die zum Tod geführt haben könnten.«

»Na ja, soweit uns das Knochenmaterial eben vorliegt. Beschädigungen sind auf die Explosion zurückzuführen.«

»Was könnte Ihrer Meinung nach –«

»Kammerlander!«

»Kommen Sie, eine Hypothese zur Todesursache …«

»Ich bin kein Magier, der ein Kaninchen aus dem Hut zaubert. Nur so viel: Der Junge war leicht unterernährt, hatte aber keine Mangelerscheinungen, und an den noch vorhandenen Knochen waren keine Frakturen oder Auffälligkeiten erkennbar, die nicht durch die Sprengung entstanden sein könnten. Wie es aussieht, wurde er körperlich nicht misshandelt. Das steht auch so in meinem Bericht. Ob eine sexuelle Misshandlung stattgefunden hat, kann nicht mehr nachgewiesen werden.«

»Alles klar. Dann wünsche ich Ihnen einen schönen Feierabend.«

»Das wird eine harte Nuss«, sagt Ratzinger und wendet sich Schlagenhaufen zu. »Sie könnten mit Ihrer Vermutung recht haben, dass wir es mit einem Migrantenkind zu tun haben. Aus dem Nahen Osten kommt der Bub jedenfalls.«

»Mhm. Ich werde mich morgen in die Sache reinhängen.« Schlagenhaufen wirkt irgendwie abwesend.

»Ihre … Angelegenheit bei Gericht ist erledigt?«

Sie hebt ruckartig den Kopf und sieht Ratzinger mit einem Blick an, den er nicht deuten kann. Dann nickt sie entschieden.

»Sie werden es vermutlich ohnehin bald hören. Spätestens wenn es in meiner Akte vermerkt wird. Ich wurde heute von meinem Mann geschieden. Dieses Kapitel meines Lebens ist beendet.« In ihrer tiefen Stimme klingen Wut und Endgültigkeit durch.

»Das, äh … tut mir leid«, stottert Ratzinger.

»Muss es nicht.« Sie steht auf und geht ans Fenster. Schweigen breitet sich aus. Dann dreht sie sich um und schaut die Beamten starr an. »Bevor Gerüchte zirkulieren, ist es besser, Sie erfahren die Fakten. Ich musste mich wegen Tätlichkeit gegenüber meinem Mann verantworten. Mein Vorgesetzter hat die Geschichte kleingehalten, mir aber empfohlen, mich versetzen zu lassen. Da mein Sohn in Graz studiert, habe ich versucht, in der Nähe eine freie Stelle zu finden. So bin ich in Voitsberg gelandet.«

»Sie ... werden für Ihre Handlungen Gründe gehabt haben ...«, sagt Kammerlander in die nachfolgende Stille.

»Ich bin eines Abends früher nach Hause gekommen und hab meinen Mann dabei erwischt, wie er sich an unsere Nichte herangemacht hat. Sie ist vierzehn.«

»Kein Wunder, dass Sie ihm eine gescheuert haben«, sagt Ratzinger.

Schlagenhaufen verzieht spöttisch die Lippen. »Ich hab ihn windelweich geprügelt.«


## 6

Er ist nervös, versucht aber, es sich nicht anmerken zu lassen. Heute soll er Silvias Eltern kennenlernen. Eine weitere Hürde, da sie den *alten* Alexander bereits ein paarmal getroffen haben. Silvia hat ihm erzählt, dass ihr Vater und Nikodemus sich gut verstehen und eine Verbindung der beiden Familien durchaus begrüßen würden.

Sie hat ihn mit einem weißen Porsche Boxster abgeholt und ist mit ihm nach Stainz gefahren. Er hat entzückt den einzigartigen Ledergeruch geschnuppert, den nur Neuwagen verströmen.

»Ist das jetzt dein neues Auto?«, hat er sie gefragt.

»Ich weiß noch nicht. Mein Vater hat gemeint, ich soll ihn eine Zeit lang ausprobieren, damit ich weiß, ob ich damit glücklich werde.«

Wahnsinn. Mal eben so einen Porsche fahren, um zu sehen, ob er den eigenen Ansprüchen genügt. Was hätte Silvia wohl von ihm gehalten, wenn sie ihn mit dem alten Moped seines Vaters gesehen hätte? Vermutlich hätte sie ihn nicht einmal wahrgenommen.

Sie hat ihn zum Autohaus ihres Vaters gebracht, damit er sich nach einem neuen Wagen umschauen kann. Seiner ist ja Schrott. Die Versicherung hat zwar noch nicht gezahlt, aber sein zukünftiger Schwiegervater hat ausrichten lassen, das sei kein Problem. Versicherungen würden sich immer Zeit lassen. Und Sonderkonditionen hat er auch noch angeboten.

Er kennt natürlich das Autohaus Hierzegger. Ein Riesenareal mit Ausstellungsflächen, Büroräumen und Werkstatt. Das Gebäude ist eine Symbiose aus Beton, Stahl und Glas. Vor allem Glas. Er ist vor Jahren, in seinem anderen Leben, schon das eine oder andere Mal vor den Präsentationshallen der Firma Hierzegger gestanden und hat durch die Scheiben sehnsüchtig die mobilen Schönheiten bewundert. Natürlich erst nachdem das Autohaus geschlossen hatte. Es brauchte ihn keiner zu sehen, wie er sich hechelnd nach Dingen verzehrte, von denen er glaubte, dass er sie sich niemals würde leisten können.

Silvia küsst ihn auf die Wange und geht ins Wohnhaus neben dem Firmengebäude. Sie will ihrer Mutter in der Küche helfen. Nach dem Autokauf ist er zum Essen eingeladen. Er wird alles tun, um einen guten Eindruck zu machen.

Nachdem er das Autohaus betreten hat, lässt er sich von einem Verkäufer die Vorteile der einzelnen Modelle erklären und muss an sich halten, um seine Begeisterung nicht allzu spürbar werden zu lassen. Am liebsten hätte er bei einem Taican, Panamera oder – sein absoluter Liebling – einem 911er Turbo zugeschlagen. Aber er beherrscht sich und entscheidet sich für einen Cayenne, wie sein Vorgänger. Er hofft, damit seine Glaubwürdigkeit zu erhöhen. Das Lächeln des Verkäufers ist höflich professionell, erreicht aber seine Augen nicht. Er spürt die Ablehnung des anderen und ist auf der Hut. Was ist los mit dem Kerl? Hat er durch ein Wort, eine Geste sein Misstrauen geweckt? Oder hat der Knabe etwa eigene Interessen, was die Tochter des Chefs betrifft, und sieht seine Felle davonschwimmen? Dann hast du dich verrechnet, Loser, denkt er.

*Der* Zug ist für dich abgefahren.

Als er auf der Probefahrt die Autobahn Richtung Graz nimmt, beschleunigt er in wenigen Sekunden auf zweihundert Stundenkilometer. »Yes! Yes! Yes!«, schreit er. Endlich kann er seine Freude rauslassen. Auch das Wetter passt zu seiner Stimmung. Nach langer Zeit scheint wieder einmal die Sonne, es ist insgesamt ein Spitzentag. Auf der Rückfahrt hat er sich wieder im Griff und hält sich an die erlaubte Höchstgeschwindigkeit. Er stoppt an einem Blumenladen und kauft einen großen Blumenstrauß für Silvias Mutter. Es kann nie schaden, die zukünftige Schwiegermama für sich einzunehmen.

Er parkt den Wagen und händigt dem Verkäufer den Schlüssel aus. Der gegelte Slim-fit-Anzugträger hat den Papierkram schnell erledigt.

Anschließend führt ihn Papa Hierzegger in sein Büro und lässt einen Kaffee servieren. Zeit für ein Gespräch, wie es aussieht.

Der Firmenchef schlägt ein Bein über das andere und lehnt sich entspannt im Sessel zurück. »Nun, Alexander, wie ich von meiner Tochter erfahren habe, steht im Frühjahr eine Hochzeit an. Das sind sehr erfreuliche Aussichten, aber du wirst verstehen, dass ich einige Dinge mit dir besprechen möchte.«

»Ja klar.«

Hierzegger ist kein Mann, der um den heißen Brei herumredet. Er ist nicht besonders groß, aber von kompakter Statur. Er kommt ein wenig hemdsärmelig daher, man merkt, er ist jemand, der auch einmal selbst mit anpackt, wenn es sein muss. Er ist gut gekleidet, ohne das geschniegelte Flair seines Verkäufers zu verströmen. Auf den ersten Blick ein Mann mit Handschlagqualität.

»Es ist schön, dass du und Silvia wieder zueinandergefunden habt. Was auch immer eure Probleme waren – ich sehe, wie glücklich meine Tochter jetzt ist. Und das ist alles, was für mich zählt.«

»Ich liebe sie sehr.«

Hierzegger nickt und sieht ihn ernst an. »Ich hab gehört, du hast Probleme, dich an Dinge aus der Vergangenheit zu erinnern. Es ist vielleicht ein bisschen früh … Trotzdem möchte ich dich fragen, ob du schon Pläne für dein weiteres Leben gemacht hast. Ob du schon weißt, wie es beruflich mit dir weitergehen soll. Welche Richtung du einschlagen willst.«

Die Richtung, die schnell zu einer Menge Geld führt, denkt er. Aber was soll er jetzt sagen? Was will sein Gegenüber von ihm hören? »Ich … hab ehrlich gesagt noch nicht viel darüber nachgedacht. Ich hab versucht, meine Amnesie loszuwerden, für mich ist nach dem Unfall noch immer so vieles neu …«

»Verständlich. So was dauert seine Zeit. Dann werde ich jetzt einmal von mir reden.« Der Firmenchef nippt nachdenklich an seiner Kaffeetasse. »Meine Frau und ich sind aus der Gegend hier. Wir haben mit einer kleinen Werkstatt begonnen und im Lauf der Jahre dieses Autohaus aufgebaut. Wir sind ins obere Segment eingestiegen, will sagen, unsere Klientel stammt eher nicht aus der unteren Mittelschicht. Eigentlich wäre der geeignete Standort für so einen Betrieb in Graz gewesen, aber meine Frau hat hier nicht wegwollen. Sie hat gemeint, für einen Klassewagen nehme jeder zwanzig Minuten Fahrtzeit auf sich. Und hier könne man sicher sein, vor dem Geschäft einen Parkplatz zu kriegen. Es war riskant, in der Provinz so etwas aufzuziehen, aber sie hat recht gehabt. Wir haben es gepackt. Und noch zwei Filialen eröffnet.«

Alexander nickt und bemüht sich, sachverständig dreinzublicken. Er muss sein Interesse an Hierzeggers Worten nicht heucheln.

»Jetzt ist es so, dass ich keinen männlichen Erben habe. Silvia ist unser einziges Kind. Sie wird einmal die Firma übernehmen.« Er macht eine Pause und beobachtet sein Gegenüber aufmerksam. »Damit kommen wir zu dir«, fährt er fort. »Du hast BWL studiert, aber dein Studium nicht abgeschlossen.«

»Ja, ich …«

Hierzegger winkt ab. »Du brauchst nichts zu erklären. Ich hab häufig die Erfahrung gemacht, dass jemand, der anpackt und sich in eine Materie einarbeitet, bessere Arbeit leistet und mehr draufhat als ein Theoretiker. Auch wenn der sich Bachelor oder Master schimpft. Ich selbst hab auch nicht studiert und es trotzdem zu was gebracht.«

Alexander schweigt, weil er nicht weiß, was er sagen soll.

»Ich brauche jemanden, der meine Tochter unterstützt, wenn ich einmal in Rente gehe. Das kann ein fremder Geschäftsführer sein oder jemand aus der Familie. Deshalb möchte ich wissen, ob du dir vorstellen kannst, in die Firma einzusteigen. Was heißt, du müsstest alles von der Pike auf lernen. Marketing, Verkauf, Werkstatt. Das ganze Programm. Anfang nächsten Jahres könntest du loslegen.«

Er jubelt innerlich. Genau das hat er sich erhofft. Juniorchef. Nach einer angemessenen Zeit der Einarbeitung, versteht sich. Jetzt bloß nicht zu schnell zustimmen. »Das … kommt ein bisschen plötzlich.«

»Natürlich. Es ist nur ein Angebot, das du dir durch den Kopf gehen lassen sollst. Ich will dich keinesfalls drängen, Alexander. Schließlich geht es um die nächsten vierzig Jahre deines Lebens.«

Er lässt sich Zeit, lehnt sich nun auch entspannt in den Sessel zurück und schaut durch die Glasscheiben des Büros in die Ausstellungshalle. Die polierten Luxuskarossen funkeln, als wollten sie ihm zuzwinkern. »Das ist ein sehr gutes Angebot. Damit hab ich nicht gerechnet. Ich … kann mir schon vorstellen, hier zu arbeiten. Wie Sie schon sagten, ich hab's nicht so mit theoretischen Dingen. Mich interessiert viel mehr die Praxis.«

»Schön. Dann lassen wir das einmal so stehen«, sagt Hierzegger. »Ich wollte nur deine Einstellung zu meinem Vorschlag hören. Vor ein paar Monaten hatte ich den Eindruck, das Auto-geschäft ist nicht so deins.«

Er holt einen Marillenschnaps und zwei Stamperl aus dem Seitenschrank seines Schreibtisches und füllt die Gläser.

»Prost. Du kannst Hans zu mir sagen.«

## 7

Auf der Heimfahrt ist er in Hochstimmung. Der Tag ist so großartig verlaufen, wie er es sich nie hätte träumen lassen. Er stellt das Radio des Leihwagens an und dreht die Lautstärke hoch, bis er die Bässe von »Locomotive Breath« in seinem Brustkorb spürt.

Er kann noch nicht nach Hause fahren. Er muss das Erlebte erst einmal sacken lassen, bevor er mit der Tante und dem Vater spricht. Er weiß schließlich nicht, wie sich der andere in so einer Situation verhalten hätte. Der *echte* Alexander. Er darf seinen Launen nicht einfach nachgeben, auch seiner momentanen Jubelstimmung nicht. In den Kreisen der von Hebensteins ist so etwas vielleicht nicht angebracht. Weiß der Geier.

Er lenkt den Wagen durch Sankt Stefan zur Hochstraße. In drei Tagen erhält er den Zulassungsschein, dann wird er seinen Porsche Cayenne abholen. Bis dahin wird er Silvia nicht sehen, da sie mit ihrer Mutter ein Wellness-Wochenende verbringt. Kein Problem. Er muss ohnehin nachdenken und sich sortieren.

Er passiert die Stelle, an der er von der Straße abgekommen ist. Ein rot-oranges Band ersetzt die abgerissene Leitplanke. Ihm wird heiß, als er begreift, wie tief er die Böschung hinabgerast ist. Himmel, er muss eine Armee Schutzengel als Eskorte gehabt haben.

Als er auf Ligist zurollt, will er schon zu einer Buschenschank abbiegen, überlegt es sich dann aber anders. Ein Glas Schilcher kann er auch in Voitsberg trinken. In Ligist ist die

Gefahr groß, dass er Bekannten über den Weg läuft. Es ist zwar unwahrscheinlich, dass sie ihn erkennen würden, ohne Bart und mit Kurzhaarfrisur. Auch die Kleidung und das Auto würde niemand mit ihm in Verbindung bringen, noch dazu, wo er für die Leute tot ist. Verbrannt in der Hütte am Jagerweg. Aber trotzdem. Er will das Schicksal nicht herausfordern. Heute will er in seinem Glücksgefühl schwelgen, ohne auf der Hut sein zu müssen.

Er weiß natürlich, dass er früher oder später auf jemanden treffen wird, den er in seinem alten Leben gekannt hat. Aber noch ist er nicht so weit, dass er sich dieser Stresssituation aussetzen möchte. Er hat im Moment genug damit zu tun, sein neues persönliches Umfeld in den Griff zu kriegen. Eins nach dem anderen.

In Krottendorf biegt er auf die B 70 ab und fährt Richtung Voitsberg. Als er sich Gaisfeld nähert, dreht er das Radio leise. Seine überbordende gute Laune ebbt ab und macht einem beklemmenden Gefühl Platz. Am Kreisverkehr schaut er zur Teigitschstraße hinüber, die zu seinem Elternhaus führt. Wie es wohl seiner Mutter geht? Er hat die ganze Zeit kein einziges Mal an sie gedacht. Der Mann gestorben und kurz darauf das einzige Kind. Wie ist sie damit fertiggeworden?

Solange er sich zurückerinnern kann, ist sie immer nur gut zu ihm gewesen. Aber das reicht nicht. Sie mag ja mit ihrem ärmlichen Leben zufrieden gewesen sein, er war das nicht. Von ihrer Liebe kann er sich nichts kaufen. Er hat versucht, etwas aus seinem Leben zu machen, und hat mit hohem Einsatz gespielt. Das alte Leben ist ausgelöscht, er hat sich den Platz an der Sonne verdient. Was die alte Frau jetzt macht, ist nicht mehr sein Problem. Emotionale Schwäche darf er sich nicht leisten. Auf ihn wartet ein Leben im Luxus, und so wie er das sieht, völlig zu Recht.

Er fährt auf die Voitsberger Innenstadt zu und parkt vor einem Supermarkt. Ihm ist eingefallen, dass er eine neue Zahnbürste braucht. Die neongrüne kann er nicht mehr finden. Am besten kauft er gleich zwei, Silvia wird auch eine brauchen.

Als er zwischen den Regalreihen das Gewünschte sucht, hat er plötzlich das Gefühl, beobachtet zu werden. Er sieht sich um, aber die anderen Kunden scheinen nicht das mindeste Interesse an ihm zu haben. Endlich hat er die Drogerieabteilung erreicht und entdeckt das Regal mit den Zahnpflegeprodukten. Er schnappt sich zwei verschiedenfarbige Zahnbürsten und will zu den Kassen gehen, als vor ihm ein Mann auftaucht und ihm den Weg versperrt. Es ist dieser Kerl, der ihn schon einmal am Hauptplatz angesprochen hat. Wie heißt der noch? Michael?

»Hallo, Alexander! Wir müssen reden.«

»Ich hab jetzt eigentlich gar keine Zeit …«

»Das glaube ich dir nicht. Ich hab dich tausendmal angerufen, aber du bist nie drangegangen. So geht das nicht. Was ist los?«

»Äh, ja … Mein Handy hat den Unfall nicht überlebt. Ich hab den Anbieter gewechselt und eine neue Nummer.«

»Warum hast du mich dann nicht angerufen?«

»Wieso hätte ich das tun sollen?« Was will der Typ von ihm, verdammt?

»Was? Was sagst du da? Du weißt nicht, warum du mich hättest anrufen sollen? Das … Das ist … Ich fass es nicht!« Michael dreht sich zur Seite und schüttelt den Kopf. Als er sich ihm wieder zuwendet, kommt es Alexander vor, als kämpfte der junge Mann mit den Tränen. »Ich warte seit Wochen auf eine Entscheidung von dir, wann wir unser Geschäft aufziehen wollen! Was ist bloß los mit dir?«

Ein alter Mann drängt sich mit einem Einkaufswagen an ihnen vorbei. Sie warten, bis er um die Ecke verschwunden ist.

»Was für ein Geschäft? Ich verstehe nicht …«

Michael sieht ihn mit großen Augen an. »Das hast du auch vergessen? Wir wollen doch gemeinsam eine Firma gründen! ›Styrian Architecture‹. ›StAr‹. Klingelt da was?«

»Nein, ich … Es tut mir leid. Ich hab keine Erinnerung daran.« Sein Mund ist trocken, er merkt, dass seine Stimme wie das Krächzen einer kastrierten Krähe klingt.

»Ich habe bereits die Kreditzusage von der Bank. Wir müssen uns zusammensetzen und noch einmal alles durchsprechen. Im Prinzip können wir morgen schon starten.«

»Kredit? Was für ein Kredit?«

»Nun, wir haben beide nicht das Kapital für eine Geschäftsgründung. Deshalb ...«

Ach du Scheiße. Er muss den Typen loswerden. »Ich ... bin noch nicht so weit. Ich leide an retrograder Amnesie. An Pläne für eine Firmengründung kann ich mich nicht erinnern.«

»Das heißt, du kannst dich an nichts erinnern, was uns betrifft? Alexander ...«

»Tut mir leid. Ich ... weiß noch nicht einmal deinen Namen.«

Der andere starrt ihn an, Röte steigt ihm den Hals hoch. Er nestelt eine Visitenkarte aus seiner Brieftasche und drückt sie Alexander in die Hand. »So, hier hast du meine Daten. Ich heiße übrigens Michael Hochlehner.«

Er hört den gekränkten Ton in der Stimme des anderen. Fehlt nur noch, dass er zu heulen beginnt.

Sie machen einer Supermarktangestellten Platz, die einen Rollwagen voller Waren zum Nachsortieren vorbeischiebt. Alexander nutzt die Gelegenheit. »Also dann. Ich melde mich.« Rasch geht er zu den Kassen.

Michael Hochlehner starrt ihm wortlos hinterher.


# 8

Er bezahlt und hastet zum Auto.

Planlos fährt er los, schaut immer wieder in den Rückspiegel und prüft, ob ihm ein Wagen folgt. Nur weg von hier. Diese neue Situation kann er noch nicht einschätzen. Er braucht erst mal Abstand von diesem Hochlehner, um in Ruhe über die überraschende Entwicklung nachzudenken. Als er in den Ritterweg einbiegt, merkt er, dass er direkt nach Hause gefahren ist. Als suchte er Schutz hinter den familiären Mauern vor dem anstürmenden Feind.

Die Tante und der Vater sitzen in der Küche beim Abendessen. Er würde sich am liebsten gleich in seine Wohnung verziehen, aber das geht natürlich nicht. Sie wollen hören, wie der Besuch bei den Hierzeggers gelaufen ist. Also nimmt er ein Bier aus dem Kühlschrank und gesellt sich zu ihnen.

Er erzählt von seinem neuen Wagen und von der Einladung zum Essen. Sein Vater nickt manchmal zu seinen Worten, die Tante lächelt glücklich. Als er von der Unterredung mit dem alten Hierzegger berichtet, sieht ihn Nikodemus forschend an.

»Du bist also auf das Angebot, in das Autohaus einzusteigen, eingegangen?«, fragt er.

»Ja, bin ich. Das ist ein Betätigungsfeld, das mich sehr interessiert.«

»Das wundert mich jetzt. Vor deinem Unfall haben wir schon einmal darüber gesprochen. Da wolltest du nichts von dieser beruflichen Option wissen. Autos seien nicht dein Ding. Solche Angeberschlitten schon gar nicht. Deine Worte. Du hast gesagt, du hättest dich schon ... anders orientiert.«

Verdammt. Was soll er jetzt erwidern? »Tatsächlich? Kann sein ... ja. Ganz dunkel hab ich was im Hinterkopf. Ich weiß auch nicht. Vielleicht war ich mir unsicher, das ist möglich. Oder ich hab rumgesponnen ...« Er redet zu viel. Zu viel Scheiße. »Es waren bestimmt nur Hirngespinste. Ich habe mich jedenfalls entschieden.«

»Und die Angeberautos sind auch kein Problem mehr?«

»Sicher nicht. Vielleicht hatte ich eine verspätete Trotzphase.«

Angelika prustet los und legt ihre Hand auf seinen Arm. »So wird es wohl gewesen sein, mein Junge. Es war nicht immer ganz einfach mit dir. Wollen wir hoffen, dass nicht auch noch eine zweite Pubertät im Anmarsch ist.«

Alexander stimmt in das Lachen mit ein und trinkt einen großen Schluck Bier. Puh. Er hofft, dass er die Kurve gekriegt hat.

»Da wäre noch etwas«, sagt sein Vater. In seiner Stimme ist keine Spur von Fröhlichkeit. Geht der Mann zum Lachen in den Keller?

»Ich kenne Hierzegger schon ein paar Jahre. Er ist ein fleißiger Mensch, der es zu etwas gebracht hat. Anständig und untadelig, soweit man das von einem Autohändler überhaupt sagen kann.«

War das jetzt ein Witz? Wird von ihm erwartet, dass er grinst? Er kann diesen Mann nicht einschätzen.

»Hans hat viel erreicht«, fährt Nikodemus fort. »Aber eines schafft er auch durch größte Anstrengung nicht: sich durch einen klingenden Namen gesellschaftlich aufzuwerten. ›Hierzegger‹ atmet Bodenständigkeit. Bei ›von Hebenstein‹ sieht es anders aus. Das würde auch zu den Luxuswagen besser passen.«

»Ich verstehe.«

»Daran ist nichts Verwerfliches, im Gegenteil. Die Frage ist nur: Wie stehst du dazu?«

»Ich?« Er sieht hilfesuchend seine Tante an.

»Na ja, du hast bisher immer abgelehnt, das Adelsprädikat zu tragen. Du hast gemeint, das sei überholt, rechtswidrig und passe nicht mehr in diese Zeit.«

Was für ein blasiertes Arschloch muss sein Vorgänger gewesen sein? Er selbst hätte nie im Leben darauf verzichtet. Aber er muss jetzt vorsichtig vorgehen. Eine zu rasche Zustimmung würde ihn wieder in Erklärungsnotstand bringen.

»Was soll ich sagen? Es ist mir nicht wichtig. Und soweit ich weiß, gibt es auch keine Adelsprädikate mehr. Die sind schon lange abgeschafft. Die persönliche oder schriftliche Anrede einer anderen Person ist aber nicht strafbar.« Waren die paar Semester Jus doch für etwas gut. »Wenn es den Vater von Silvia also glücklich macht …«

Wieder sieht ihn Nikodemus so eigenartig an. Ohne dass sich in seinem Gesicht der kleinste Muskel rührt.

Er trinkt sein Bier aus und steht auf. »War ein langer Tag heute. Herr *von* Hebenstein wird sich jetzt zurückziehen.« Er blinzelt seine Tante verschwörerisch an, was diese mit lautem Lachen quittiert. Sie hebt die Hand und winkt königlich.

»Wenn das Euer Wunsch ist. Gehab Er sich wohl.«

In seiner Wohnung schenkt er sich erst mal einen Whisky ein. Das war ein ereignisreicher Tag. In vielerlei Hinsicht. Er setzt sich auf die Couch und nimmt mit geschlossenen Augen einen Schluck. Am liebsten würde er sich hinlegen. Diese ständige Wachsamkeit, die er an den Tag legen muss, ist ermüdend. Und es hat sich ein neues Problem aufgetan.

Er dachte, er habe dem echten Alexander alles über sein Leben abgepresst, aber da hat er sich wohl gründlich geirrt. Dieser Michael Hochlehner hat ihn aufgeschreckt. Was hat ihm sein Vorgänger sonst noch alles verschwiegen?

Er weiß noch nicht, wie er mit dieser Geschäftsidee umgehen soll, die die beiden entwickelt haben. Besser gesagt: Wie er, ohne viel Staub aufzuwirbeln, aus dieser Nummer wieder herauskommt. »Styrian Architecture« – dass er nicht lacht. Was hat *er* mit Architektur am Hut? Nichts. Nada.

Die Gründung einer Firma auf Basis eines Kredits kommt keinesfalls in Frage. Von null anfangen, sich Jahr für Jahr mit den Zinsraten abquälen, keine Garantie auf Erfolg? No, Sir. Da hat er wesentlich bessere Optionen, wie sich heute gezeigt hat. Er zieht die Visitenkarte von Hochlehner aus der Hosentasche, die er im Supermarkt eilig hineingestopft hat. Er wird mit diesem Michael Kontakt aufnehmen müssen. Von selbst wird sich diese Geschichte wohl nicht erledigen. Der Typ wird nicht lockerlassen. Er muss ihm ein für alle Mal klarmachen, dass er es sich anders überlegt hat. Soll der sich doch einen neuen Partner suchen. Genau. Er wird ihn anrufen, aber nicht mehr heute. Morgen vielleicht. Oder nächste Woche.

Und noch etwas. Sein Vater kennt Hochlehner. Wieso sonst hätte er ihn vom Grundstück gejagt? Entweder hält er nichts von diesem Michael, oder es passt ihm nicht, dass der mit seinem Sohn eine geschäftliche Kooperation eingehen möchte. Aber da kann Nikodemus beruhigt sein. Die Gründung von

»Styrian Architecture« wird nicht stattfinden. Zumindest nicht mit ihm.

Er wird einfach »Nein danke« sagen. Basta.

Er hofft, dass der echte Alexander noch nichts rechtlich Bindendes unterschrieben hat. Wobei ihm einfällt, dass er noch dessen Unterschrift üben muss.


# 9

Er steckt sich eine Zigarette an und geht auf den Balkon. Von unten dringen leise Stimmen herauf. Er sieht den Lichtschein vom Wintergarten auf die Terrasse fallen, aromatischer Zigarrenrauch steigt ihm in die Nase. Nikodemus hat wohl die Glastür des Wintergartens aufgeschoben, damit der Rauch abziehen kann. Er geht an das Balkongeländer, jetzt kann er die beiden besser hören.

»… weiß nicht«, sagt sein Vater. »Irgendetwas stimmt nicht. Er trinkt Rotwein, isst plötzlich rotes Fleisch. Er raucht.«

»Das ist mir auch aufgefallen«, erwidert Angelika.

»Sein Verhalten hat sich verändert. Ich weiß nicht, was ich davon halten soll.«

»Er hat einen Schlag auf den Kopf bekommen. Das macht was mit einem, könnte ich mir vorstellen. Du solltest dir nicht so viele Gedanken machen, Nikodemus.«

»Es ist fast zu schön, um wahr zu sein, verstehst du? Alle Probleme lösen sich plötzlich in Luft auf …«

»Sei doch froh.«

»Ja sicher. Aber … meine langjährige Berufserfahrung rät mir zur Vorsicht. Als Richter entwickelst du ein Gespür für Menschen. Ich frage mich manchmal, ob das noch mein Sohn ist.«

»Natürlich ist er das. Wer sollte er denn sonst sein?«

»Genau das ist die Frage.«

»Also wirklich. Was redest du da?«

»Ist dir nicht aufgefallen, dass seine Stimme tiefer klingt als sonst?«

»Doch. Sein behandelnder Arzt hat gemeint, als Folge des Aufpralls könnten die Stimmbänder in Mitleidenschaft gezogen worden sein.«

»Bist du dir absolut sicher?«

»Das bin ich. Er ist bei mir aufgewachsen, schon vergessen?«

»Trotzdem. Etwas stimmt nicht. Ich habe so ein merkwürdiges Gefühl.«

»Sieh ihn dir doch an. Er ist es. Außerdem hat er das Muttermal auf der linken Schulter. Ich habe es gesehen, als ich ihm beim Anziehen geholfen habe. Wenn das nicht Alexander ist, haben wir es mit seinem Klon zu tun. Du kannst dir natürlich auch seine linke Fußsohle zeigen lassen. Er ist als Kind in eine Scherbe getreten und hat unter der Ferse eine Narbe davongetragen. Aber wenn du das tust, musst du damit rechnen, dass er dich für plemplem hält.«

»Hm.«

»Oder für senil. Oder paranoid.«

»Schon gut. Vielleicht hast du ja recht.«

Leise schließt er die Balkontür. Die Müdigkeit ist verflogen. Obwohl es draußen kalt ist, schwitzt er.

Er hat zwar gemerkt, dass ihn Nikodemus in letzter Zeit öfter auf kleine Widersprüchlichkeiten und Ungereimtheiten angesprochen hat. Aber er hat den Eindruck gehabt, dass er die Klippen umschifft und sich ganz gut durchlaviert hat.

Von wegen. Der Alte ist nicht blöd. Und er ist hochgradig misstrauisch.

Alexander reibt sich gedankenverloren das Kinn. Er hat sich zu sicher gefühlt. Hat, ohne nachzudenken, dahergeredet. Hat jegliche Vorsicht außer Acht gelassen. Wieso hat er nicht mit unverfänglichen Fragen seine Tante ausgehorcht? Über Vorlieben und Abneigungen seines Vorgängers? Angelika mag ihn sehr, das spürt er. Sie hätte ihm ohne Argwohn bei großen wie bei kleinen Dingen auf die Sprünge geholfen. Diese Informationen wären dringend notwendig gewesen.

Er könnte sich ohrfeigen.

Stirnrunzelnd geht er im Wohnzimmer auf und ab. Er muss jetzt nachdenken, alles analysieren. Und versuchen gegenzusteuern. Was genau hat den Alten misstrauisch gemacht?

Erstens der Rotwein. Nicht schlimm.

Zweitens rotes Fleisch. War der andere ein verschissener Vegetarier? Das fehlte noch. Obwohl – jetzt ist es ohnehin zu spät.

Und zuletzt das Rauchen. Das ist nicht so einfach vom Tisch zu wischen. Wieso sollte ein Nichtraucher, der sich an kaum etwas erinnert, plötzlich Lust auf Nikotin haben? Um das plausibel zu machen, muss er sich eine gute Geschichte ausdenken.

Nikodemus hat auch gemeint, dass sich auf einmal alle Probleme in Luft auflösen würden. Welche Probleme, gottverdammt? Womit hat der andere seinen Leuten das Leben schwer gemacht?

Der echte Alexander hat keinen Studienabschluss. Das immerhin haben wir gemeinsam, denkt er mit einem Anflug von Galgenhumor. Der fehlende Abschluss wird dem Alten sicher nicht geschmeckt haben. Das passt nicht zu einer Vorzeigefamilie aus besseren Kreisen.

Ihm fällt das Autohaus Hierzegger ein. Hier könnte der Hund begraben liegen. Alexander, ohne BWL-Abschluss, hat die Möglichkeit, in das Familienunternehmen seiner zukünftigen Frau einzusteigen, lehnt das aber ab. Sinngemäß: weil solche Angeberschlitten nicht sein Ding sind. Hat der den Arsch offen gehabt? Dieser Phantast wollte lieber Schulden machen und volles Risiko fahren. Und hat auch noch die Beziehung zu Silvia aufs Spiel gesetzt. Wer weiß, was sonst noch für Probleme im Dunkeln liegen?

Er nestelt eine Zigarette aus der Packung und steckt sie an. Er geht nicht mehr auf den Balkon. Scheiß drauf, es ist kalt draußen.

Was hat die Tante noch von einer Narbe gesagt? Unter der linken Ferse, wenn er sich recht erinnert. Eine Schnittwunde, die sich der andere vor Jahren zugezogen hat. Was bedeutet, er selbst muss ebenfalls eine Narbe an dieser Stelle haben.

Oh Mann. Aber es hilft ja nichts. Er darf sich keinen Fehler mehr leisten.

Er marschiert in die Küche und holt ein kleines scharfes Messer aus der Bestecklade. Im Badezimmer nimmt er Mull und Pflaster aus dem Spiegelschrank, dann zieht er sich den linken Socken aus und setzt sich auf den Wannenrand. Er legt den Fuß auf das rechte Bein und starrt auf die Unterseite der Ferse. Bevor das Messer seine Haut berührt, zuckt er zurück. Fuck! Er kann das nicht.

Er atmet ein paarmal tief ein und aus. Er muss sich überwinden, er *muss*. Mit zusammengebissenen Zähnen drückt er die Klinge in die Haut. Ein kurzer Ruck, ein brennender Schmerz, Tränen schießen ihm in die Augen. Er lässt das Messer fallen und presst Mull auf die Wunde. Shit! Shit! Shit! Tut das weh!

Nachdem er den Schnitt versorgt hat, säubert er die Badewanne und hinkt ins Bett. Er will nur noch schlafen.

## 10

Juliane Thalhammer schreitet forsch aus. Ihre Enkel laufen wie junge Hündchen vor und zurück, hüpfen und hopsen den halben Weg, aber sie hält mit ihnen Schritt. Sie ist fünfundsechzig, seit zwei Jahren in Pension und noch immer fit. Sie passt am Nachmittag auf die Kinder auf, während ihr Sohn und die Schwiegertochter ihrer Arbeit nachgehen.

Auch heute hat sie für die Enkel gekocht, danach ist sie mit ihnen losgezogen, ein bisschen an die frische Luft, bevor sie ihre Hausaufgaben machen.

Sie hat den Weg zum Schloss Greißenegg eingeschlagen. Sie werden den Grafenteich umrunden, dann beim Teichwirt die Stufen zum Kinderspielplatz hinuntergehen, damit sich Emilia und Thomas weiter austoben können. Und sie wird sich auf die Bank setzen, ihnen zusehen und ihre Nachmittagszigarette rauchen. Man muss es ja nicht übertreiben mit der Gesundheit.

Sie ist froh, dass die Gemeinde den Uferstreifen des Teiches verstärkt und abgestützt hat, so kann den Kindern nichts passieren. Sie sind schon ein Stück vorgelaufen, in ein kleines Waldstück, in dem der Weg einen Bogen macht, um auf der anderen Seite zum Ausgangspunkt zurückzuführen. Das Gewässer hat hier seine Ruhezone, allerlei Getier versteckt sich zwischen Steinen und Büschen, die an manchen Stellen weit über das Wasser reichen. Die Fischer haben vor ein paar Tagen die Angelsaison beendet, Karpfen, Stör und Zander haben Winterruhe. Sie wendet den Blick zurück auf den Weg und will schon in das Wäldchen eintauchen, als sie plötzlich stehen bleibt.

Was …?

Sie geht ein paar Schritte zurück und lässt den Blick erneut über die Stelle wandern, an der die Büsche über das seichte Ufer hängen. Da war doch was. Graue Wolken spiegeln sich im Wasser. Sie geht in die Hocke, um besser sehen zu können. Da! Der obere Teil eines kleinen Totenschädels schimmert ihr bleich entgegen. Sie hält den Atem an.

Ach, natürlich! Vor einigen Tagen war Allerseelen, Totengedenktag. Die Kinder nennen es Halloween, sie verkleiden und schminken sich als Untote. Am Kinderspielplatz und rund um den Grafenteich haben sie auch herumgetobt und versucht, Leute zu erschrecken. Elender amerikanischer Kram! Das Ding im Wasser ist bestimmt ein Plastikschädel, den ein Kind verloren hat. Klar. So klein, wie es ist. Und sie lässt sich davon erschrecken.

Trotzdem. Der Teich muss ja nicht mit Plastik zugemüllt werden.

Resolut bricht sie einen vertrockneten Zweig von einem Gebüsch und versucht, den Totenschädel aus dem Wasser zu fischen. Beim dritten Mal gelingt es ihr. Sie schiebt den Fund hin und her, klopft mit dem Fingernagel drauf, bemerkt die täuschend echten Nähte am Schädelknochen.

Teufel auch. Sie kennt die Suturen eines menschlichen Schädels, sie ist schließlich jahrzehntelang Krankenschwester gewesen. Und sie will verdammt sein, wenn das Ding hier aus Plastik ist.

Aber dann … dann …

Sie ruft nach ihren Enkeln, während sie ihr Handy aus der Jackentasche zieht.

»Also, was haben wir?« Kammerlander schaut seine Kollegen auffordernd an.

»Nicht viel«, sagt Ratzinger. »Einen namenlosen Buben aus dem Nahen Osten, ungefähr sieben Jahre alt. Nachdem er circa vier Jahre in der Erde gelegen ist, wäre er jetzt elf. Ich denke, wir können davon ausgehen, dass er mit einer Gruppe illegaler Einwanderer gekommen ist. Im System ist jedenfalls nichts zu finden.«

»Ich habe mit dem Erstaufnahmezentrum in Graz telefoniert«, macht Schlagenhaufen weiter. »Im fraglichen Zeitraum hat kein Asylwerber ein Kind als vermisst gemeldet. Was nichts heißen will. Wirklich gesicherte Erkenntnisse über Asylsuchende haben wir erst, wenn die Menschen registriert werden. Leute, die illegal über die Grenze kommen, tauchen auch nirgendwo auf, in keiner Datei, in keinem Register. Sie leben unter dem Radar. Vielleicht haben wir es bei dem toten Buben mit so einem Fall zu tun.«

»Sehen Sie Parallelen zwischen dem verschwundenen Adil und dem verscharrten Jungen?«, fragt Kammerlander.

»Die Spur beider Buben führt jedenfalls nach Voitsberg. Der erste wird hier gefunden, der zweite wird hier vermisst. Und beide sind aus dem Nahen Osten.«

Kammerlanders Telefon klingelt. »Ja, Witt? Was …? Moment. Ich stelle für die Kollegen auf laut. Wiederholen Sie das bitte noch einmal.«

»Ja. Also: Eine Frau hat aus dem Grafenteich einen kleinen Schädel gefischt. Es war ja vor ein paar Tagen dieser Rummel, an dem die Kinder herumrennen und Leute erschrecken ...«

»Sie meinen Halloween?«

»Ja, genau. Zuerst hat sie gedacht, er sei von einem Gespensterkostüm, so ein Teil aus Plastik, aber mittlerweile ist sie sich nicht mehr so sicher ...«

»Soll heißen?«

»Sie meint, es kann gut sein, dass der Schädel doch echt ist, will sagen, von einem Menschen. Also von einem Kind. Hansbauer ist hingefahren, aber ich dachte, ich sag Ihnen auch Bescheid. Man weiß ja nie ...«

»Ja, danke, Witt. Hansbauer soll den Fund einem Arzt vorbeibringen, damit wir definitiv wissen, womit wir es zu tun haben.«

Eine Stunde später legt Hansbauer einen Plastikbeutel, in dem der Schädel fahl schimmert, auf Kammerlanders Schreibtisch. Der Unterkiefer fehlt.

»Ich war bei meinem Hausarzt. Der sagt, es ist eindeutig ein menschlicher Schädel. Von einem Kind, vielleicht acht, neun Jahre alt.«

Die Beamten stellen sich rund um den Tisch und starren schweigend auf Hansbauers Mitbringsel.

»Ich fürchte, wir müssen Dr. Schreiner informieren«, sagt Kammerlander schließlich.

»Meinst du, es ist auch ...?« Ratzingers Stimme hört sich metallisch an.

»Wir sollten keine voreiligen Schlüsse ziehen. Auf alle Fälle müssen wir eine Untersuchung einleiten. Taucher, Spurensicherung, die ganze Palette.«

Schlagenhaufen legt die Hand auf den Sicherungsbeutel und streicht leicht darüber. »So klein«, sagt sie leise. »So klein.«

## 11

Der Rundweg um den Grafenteich ist abgesperrt. Lediglich
die Fischerhütte ist noch geöffnet, ein paar Kinder kaufen
Süßigkeiten und warten mit ihren Eltern auf der Terrasse, die
in den Teich hinausragt. Sie lehnen sich an das Holzgeländer,
Tische und Stühle sind bereits winterfest verstaut. Alle schauen
zum oberen Teil des Gewässers, wo Taucher den Beamten
der Spurensicherung Fundstücke reichen und dann wieder
im Wasser verschwinden. Die Sachen werden sofort in Be-
weisbeutel gesteckt und in eine große Plastikbox gelegt. Das
gibt natürlich Anlass zu allerlei Vermutungen. Ein besonders
Neugieriger hat ein kleines Fernglas vor Augen, aber auch er
kann den Umstehenden nichts Erhellendes über die geborge-
nen Gegenstände sagen.

»Die Leiche wurde in eine schwarze Plastikplane gehüllt.«
Dr. Schreiner zeigt Kammerlander ein paar ausgefranste Stücke
Plastik. »Sehen Sie die kleinen Felsen da vorne? Der Körper
wurde über diese Steine unter die überhängenden Büsche nach
hinten geschoben und mit einem weiteren großen Stein be-
schwert. Ist vom Ufer aus nicht zu sehen. Der Strick, mit
dem die Plane umwickelt war, ist am Kopfende des Körpers
gerissen oder durchgescheuert. Vielleicht haben auch Fische
daran genagt. Die Teichbewohner haben sich nach und nach
das weiche organische Material einverleibt, das Skelett ist zum
Großteil noch vorhanden. Der Schädel wurde zu Ihnen aufs
Revier gebracht, soweit ich weiß.«

Ratzinger drückt dem Spurensicherer wortlos eine Schachtel in die Hand. Schreiner klappt den Deckel hoch und nickt.

»In Plastik verpackt. Gut. – Hannes! Leg die Schachtel zu
den anderen Teilen in die Transportbox.«

Er übergibt das Behältnis einem Mitarbeiter und wendet
sich wieder den Beamten zu. »Bevor Sie anfangen zu nerven,
Kammerlander: Dr. Prettenthaler und ich werden uns das
restliche Wochenende in der Gerichtsmedizin um die Ohren
schlagen. Auch andere Mitarbeiter werden Wochenenddienst

schieben müssen. Wir arbeiten Ihnen zu, so schnell wir können. Schon die zweite Kinderleiche hier. Das ist … anders, verstehen Sie? Da fängt man an, seinen Beruf zu hassen.«

»Ja. Ich weiß, was Sie meinen.«

»Ach, ich hab noch was für Sie. – Hannes, kannst du uns bitte den Beutel mit der Kette bringen?«

Der junge Mann kommt mit dem gewünschten Fundstück zu ihnen.

»Dieses Kettchen konnten wir am Unterarm des Opfers sichern. Scheint aus Silber zu sein. Der Anhänger ist rund, wie Sie sehen, mit einem flachen schwarzen Stein. Darauf sind gelbe Sterne und ein Halbmond abgebildet.«

Kammerlander und Ratzinger beugen sich tief hinunter, um das Kettchen genau in Augenschein zu nehmen.

»Soll wohl den Nachthimmel darstellen«, murmelt Ratzinger.

»Ich kann Ihnen das Asservat nicht mitgeben, bevor wir es untersucht haben. Aber Sie wissen jetzt, wie es aussieht. Vielleicht hilft Ihnen das bei der Suche nach der Identität des toten Kindes.«

»Danke, Doktor.«

Ratzinger zieht sein Handy aus der Brusttasche und macht ein Foto vom Anhänger.


»Ich habe mir die Vermisstenakte des Mädchens aus Rumänien angesehen«, schallt ihnen die tiefe Stimme Schlagenhaufens entgegen.

Kammerlander und Ratzinger kommen gerade zur Tür herein. Sie schauen ihre Kollegin verständnislos an.

»Das Roma-und-Sinti-Mädchen. Sie wissen schon!«, fährt sie ungeduldig fort. »Das Kind ist doch vor fünf Jahren verschwunden. Ich weiß natürlich, dass man sich leicht in Sackgassen verrennt. Aber nachdem mir Kollege Ratzinger das Foto von dem Kettchen auf mein Handy geschickt hat, dachte ich mir, es kann ja nicht schaden …«

Kammerlander sieht seinen Freund überrascht an. Davon

hat er ihm überhaupt nichts gesagt. Ratzinger weicht seinem Blick aus.

»Jedenfalls habe ich mir die Angaben der Eltern angeschaut. Was für Kleidung das Mädchen anhatte und so weiter. Und Bingo! Sie hat ein Armkettchen getragen, das ihr Glück bringen sollte. Die Beschreibung stimmt hundertprozentig mit dem Bild überein.« Triumphierend dreht sie den Bildschirm, damit die näher kommenden Beamten sich von ihrer Aussage überzeugen können.

Als sie fertig gelesen haben, nickt Kammerlander ihr anerkennend zu. »Gut gemacht, Frau Kollegin. Wir müssen natürlich die Untersuchungen der Rechtsmedizin abwarten, aber ich denke, Sie haben mit einiger Sicherheit die Identität des Kindes ermittelt.«

»Ja, gut gemacht«, echot Ratzinger und errötet.

Kammerlander muss sich auf die Lippen beißen, um nicht zu grinsen. Die Verehrung seines Kollegen für Schlagenhaufen ist nicht zu übersehen.

»Na schön«, wechselt er schließlich das Thema. »Mit dem toten Buben vom Schlosspark stecken wir fest, oder hat sich da inzwischen eine Spur ergeben?«

Schlagenhaufen schüttelt den Kopf. »Ich habe mehrmals versucht, diesen Ferialpraktikanten ans Handy zu kriegen, der beim Bau der Sockelfundamente mitgewirkt hat. Erfolglos. Seine Eltern sagen, der Französischkurs sei zwar zu Ende, aber im Moment sei er mit Freunden auf einer Wanderung in den französischen Bergen, ohne technische Hilfsmittel. So ein Auszeitnehmen-Selbstfindungs-Ding, Sie wissen schon. Aber in einer Woche soll er wieder hier sein.«

»Dann können wir uns eigentlich ins Restwochenende verabschieden. Vor Montag dürfen wir ohnehin mit keinerlei Untersuchungsergebnissen rechnen. Ich werde noch Dr. Schreiner über unsere Vermutungen bezüglich der Identität des Kindes informieren. Eines vielleicht noch: Wir müssen versuchen, den Aufenthaltsort der Familie Romanescu zu eruieren. Das wird nicht einfach werden. Wer übernimmt das?«

»Ich«, sagt Schlagenhaufen.

»Ich helfe Ihnen«, sagt Ratzinger und schaut angelegentlich auf den großen Abreißkalender an der Wand.


## 12

Kammerlander zieht es nicht nach Hause. Seine Frau ist mit Freundinnen beim Kartenspielen und wird nicht vor zehn Uhr zurück sein. Er hat vorgehabt, die Arbeitswoche mit Ratzinger in einer Buschenschank ausklingen zu lassen, aber der hat ja andere Prioritäten. Er stellt sich das ungleiche Paar vor und muss schmunzeln. Ob Ratzfatz bei ihr wohl Chancen hat? Aus ihrem Verhalten kann er nichts ableiten.

Er hört seinen Magen knurren. Viel hat er heute nicht gegessen. Eigentlich sollte er am Abend außer einem Apfel oder einem Joghurt nichts mehr zu sich nehmen. Zumindest wenn es nach seiner Frau ginge. Aber sie ist ja nicht da, und ein kleiner Happen am Ende einer Arbeitswoche wird wohl noch erlaubt sein.

Ihm fällt Dirnberger von der Schlossschenke ein. Er hat dem Wirt gesagt, er würde sich als Gast bei ihm wieder anschauen lassen. Das passt gut heute. Ein Lendbratlbrot und eine Schilchermischung sind nie verkehrt. Außerdem liegt der Grafenteich ganz in der Nähe, vielleicht erfährt er ja nebenbei das eine oder andere. An einem Samstagabend sind bestimmt Gäste in der Schenke.

Als er den vorderen Gastraum betritt, sind zwei Tische besetzt, aus den anderen Räumen hört man auch Stimmen und Gläserklingen. Kammerlander stellt sich an die Schank und wartet, bis Dirnberger mit dem Servieren fertig ist.

»Ja, da schau her«, begrüßt ihn der Wirt. »Welch Glanz in meiner Hütte. Hätt nicht damit grechnet. Was kann ich Ihnen Gutes tun?«

Kammerlander gibt die Bestellung auf und lässt sich an

einem kleinen Tisch gleich neben dem Eingang nieder. Von hier aus kann er Dirnbergers Frau sehen, die in der Küche Geselchtes aufschneidet und Kren reibt. Als ihm der Duft in die Nase steigt, muss er schlucken. Wie sehr Gerüche doch den Appetit anregen können. Ein Apfel riecht nach nichts, genauso wenig wie Joghurt. Aber ein Lendbratlbrot mit frischem Kren isst man nicht nur, um den Hunger zu stillen. Man genießt mit allen Sinnen. Das wird er seiner Frau sagen. Vielleicht hat sie ja noch nie darüber nachgedacht und ist ihm gegenüber nicht mehr so unerbittlich, wenn sie es tut.

Na ja. Eher nicht.

Als der Wirt abräumt, fragt ihn Kammerlander, ob er Zeit habe, sich ein wenig zu ihm zu setzen.

»Mit der Fütterung bin i durch«, grinst Dirnberger. »Jetzt werden wohl nur noch Getränke bestellt. Eine kleine Auszeit krieg i hin.« Er wuchtet seinen imposanten Körper auf einen kompakten Holzstuhl, der unter der Last fast filigran wirkt.

»Sie haben sicher mitbekommen, dass es heute am Grafenteich wieder einen Polizeieinsatz gegeben hat.«

»Ja freilich. Is mächtig was los in letzter Zeit.« Er dreht gedankenverloren ein Weinkrügel im Kreis. »Wenn man den Leuten glauben darf, is jemand aus dem Teich gfischt worden.«

»Das ist korrekt.«

»Wieder ein Bub?«

»Wieso? Ach, Sie meinen wegen der Nähe der Fundorte zueinander. Wir wissen es noch nicht hundertprozentig, aber es könnte sich um das Mädchen aus Rumänien handeln, das vor einigen Jahren verschwunden ist.«

»Tja. Is immer tragisch, wenn so ein kleines Kind umkommt. Aber überraschen tut's mich net. Nach so langer Zeit hat bestimmt niemand mehr damit grechnet, dass sie noch lebt.« Er dreht sich zu einem Gast um, der am Nebentisch sitzt. »Herbert, du bist doch amol bei der Vorstellung der Zigeuner gwesen, du weißt schon, vor fünf Jahr.«

Der Angesprochene nickt. »Freilich. War mit meinen Enkeln dort. Da is doch die kleine Prinzessin verschwunden, die am Schluss der Vorstellung mit dem Hut rumgangen is.«

»Wo haben die Schausteller ihr Lager gehabt?«, fragt Kammerlander.

»Ach, gleich unterm Schloss. Auf der anderen Seite. Da war Brachland hinter dem ehemaligen Kohlekraftwerk, bevor es zu Gewerbeflächen umgwidmet worden is. Ihre Vorstellungen haben sie am Wochenende im Schlosspark geben. Und dann war auf einmal das Mädel verschwunden. Traurige Geschichte.«

Kammerlander kann sich wieder dunkel an die Suche erinnern. Er war damals im Urlaub und hat erst später von dem Vorfall gehört.

»Wenn das heut die Kleine gwesen ist am Grafenteich … Ist sie ertrunken?«

»Wir stehen erst am Anfang der Ermittlungen. Ich kann noch nichts dazu sagen.«

Ein paar Männer verlassen den zweiten Gastraum und verabschieden sich lautstark vom Wirt. Eine andere Gruppe macht auch Anstalten aufzubrechen und will zahlen.

Dirnbergers Frau kommt aus der Küche. »So, i bin jetzt fertig. Zu essen gibt's nix mehr. Kommst allein zurecht? I muss noch zwei Kuchen backen für morgen.«

»Schon recht.« Er geht zum Abkassieren in den anderen Raum und setzt sich danach wieder zu Kammerlander.

Der Wirt und seine Frau sind auch nicht mehr die Jüngsten, denkt der. Jahrein, jahraus am Abend warten müssen, bis der letzte Gast sich endlich trollt. Er ist froh, seinen Platz auf der anderen Seite der Theke gefunden zu haben.

»Von wem haben Sie die Schlossschenke gepachtet? Soviel ich weiß, gehört sie nicht der Gemeinde, sondern Privatleuten.«

»Richtig. Der Besitzer ist Nikodemus Hebenstein. Ein ›von‹, wenn Sie wissen, was ich meine. Der war Richter in Voitsberg, ein richtig harter Hund. Den müssten S' doch kennen. Jetzt is er schon eine Zeit lang in Pension und macht noch was in seinem karitativen Verein.«

Kammerlander erinnert sich. Tatsächlich war er einmal bei einer Verhandlung, die Hebenstein geleitet hat. Er hat einen großen, schlanken Mann vor Augen, mit einem Blick, der den Sünder auf seinem Büßerstuhl festnagelte.

»In seinem Verhandlungssaal haben sich die Angeklagten warm anziehen können«, fährt Dirnberger fort. »Da war nix mit ein bissl Schmäh und Herumlavieren. Der war bekannt für seine strengen Urteile.«

»Hat er das Schloss geerbt?«

»Nein, nein. Er hat's vor etwa dreißig Jahren kauft. Es war völlig herunterkommen. Er hat's über die Jahre renoviert, zumindest den vorderen Teil. Und die meisten Innenräume. Dann is wahrscheinlich das Geld ausgangen, obwohl ein ziemliches Familienvermögen da war und er Förderungen vom Land kriegt hat. So ein Kasten is ja ein Fass ohne Boden.«

»Das kann ich mir vorstellen.«

»Vor fünfzehn Jahren hat er mich als Pächter reingnommen. Und noch einen Wald und ein paar Wiesen verkauft. Die Innenräume oben sind echt herrschaftlich gworden, aber seit ein paar Jahren is nix mehr passiert.«

»Ein teures Hobby, könnte man sagen.«

»Na ja, Hobby ist net der richtige Ausdruck.« Dirnberger beugt sich zu Kammerlander und senkt die Stimme. »Der Hebenstein glaubt, dass er ein Nachfahr vom ursprünglichen Besitzer ist. Das war ein Graf von Wagensperg. Der hat das Schloss kauft, irgendwann im Dreißigjährigen Krieg. Und der soll mit einer von Hebenstein verheiratet gwesen sein.« Der Wirt macht eine entsprechende Handbewegung vor dem Kopf. »Im Dreißigjährigen Krieg! Verstehn S'?«

»Sie glauben das also nicht?«

»Was weiß ich schon? Aber unser Stadthistoriker war einmal zum Essen da. Den hab ich gfragt. Und der hat gmeint, es gibt keinen Beweis für das Ganze. ›Die Abstammung lässt sich nicht lückenlos nachvollziehen.‹ Das waren seine Worte.«

»Und jetzt hat der Schlossbesitzer seine Restaurierungspläne aufgegeben?«

»Glaub i net. Man munkelt, der Sohn will eine reiche Erbin heiraten. Mit der Mitgift will der Hebenstein das Schloss fertig renovieren und dann mit Familie einziehen. Standesgemäß. Aber mir is des wurscht. Mein Pachtvertrag läuft nächstes Jahr aus, dann geh ich in Rente.«

Und ich gehe jetzt in mein Wochenende, denkt Kammerlander.


## 13

»Es ist alles so frustrierend.«

Schlagenhaufen lehnt sich genervt im Bürostuhl zurück und trommelt mit den Fingern auf dem Schreibtisch herum. Eine steile Falte hat sich über der Nasenwurzel gebildet. Kammerlander kommt es so vor, als hätte sie heute die Haare noch straffer nach hinten gekämmt, was ihr ohnehin schon strenges Aussehen noch verstärkt.

»Wir kommen keinen Millimeter vorwärts.«

»Ganz so schlimm ist es ja nicht …«, meint Ratzinger.

»Ist es doch. Wir haben die sterblichen Überreste von zwei Kindern gefunden, die im Abstand von einem Jahr ums Leben gekommen sind. Zuerst das Mädchen, dann der Junge. Wir wissen nicht, wer der Junge ist –«

»Aber die Identität des Mädchens haben Sie ermittelt«, unterbricht Ratzinger.

»Und von Adil haben wir auch noch keine Spur«, redet sie weiter, als hätte sie Ratzinger nicht gehört. »Ich habe mit Schober vom Landeskriminalamt telefoniert. Bisher ist Adil nirgendwo aufgetaucht, nicht real, nicht im Internet, nicht im Darknet.«

»Das kann auch ein gutes Zeichen sein.« Kammerlander räuspert sich. »Kommen wir auf die Skelettfunde zurück. Da man versucht hat, die Kinderleichen verschwinden zu lassen, kann man wohl von Mord ausgehen. Die Frage ist: Hängen die

Verbrechen zusammen, oder sind sie unabhängig voneinander zu betrachten?«

Ratzinger nickt. »Das Mädchen ist aus dem Kreis ihrer Familie gerissen worden. Den Buben hingegen hat niemand vermisst. Das deutet darauf hin, dass er hier kein familiäres Umfeld hatte. Von daher gesehen passen der tote und der jetzt vermisste Junge in ein Muster. Sie waren mit hoher Wahrscheinlichkeit allein unterwegs, also ohne Verwandte oder Freunde –«

»Genau!«, fällt ihm Schlagenhaufen ins Wort. »Adils Bruder hat den Anschluss an die Flüchtlingsgruppe verloren – warum auch immer – und ist später nachgekommen, um seinen Bruder zu suchen. Hypothese: Vielleicht haben die Entführer angenommen, dass Adil ein unbegleiteter Minderjähriger ist, der seine Angehörigen im Krieg verloren hat. Und nach dem kein Hahn je krähen wird.«

»Das ergibt Sinn, bedeutet aber gleichzeitig, dass unsere Chancen für eine Aufklärung bei null liegen.« Kammerlander macht eine bedauernde Geste Richtung Schlagenhaufen. »Ich weiß, wie wichtig Ihnen der junge Syrer ist. Aber an die Schlepper kommen wir nicht ran. Und selbst wenn sie der Polizei ins Netz gehen, kann man ihnen wohl keinen Kinderhandel nachweisen.«

»Ich war heute Morgen im Erstaufnahmezentrum in Graz. Ich wollte selbst mit der Dame sprechen, die die Geflüchteten registriert hat. Eine Frau Glück. Sie war aber nicht da. Der Mitarbeiter vor Ort hat in die Dateien Einblick genommen, selbst eine Woche vorher und nachher ist kein Bub dieses Alters registriert worden.«

»Bringt eigentlich die Polizei die Asylsuchenden zum Erstaufnahmezentrum?«, fragt Ratzinger interessiert.

»Ja, manchmal. Oft gibt es aber auch Transporte, die von privaten Hilfsdiensten durchgeführt werden. Adils Gruppe ist von der Polizei in zwei Kleinbussen nach Graz und Leoben gefahren worden, nachdem freiwillige Helfer Verpflegung, Decken und Hygieneartikel an die Leute verteilt hatten. Das

Ehepaar, das ein Auge auf Adil haben sollte, hat gedacht, er sei im anderen Bus. Deshalb hat niemand Fragen nach dem Buben gestellt.«

»Das heißt also, wenn die Hilfsgüter ausgegeben werden und es ein bisschen unübersichtlich zugeht, kann schon einmal ein Kind verschwinden, ohne dass es groß auffällt.«

»Anzunehmen.«

»Werden die Menschen denn nicht zahlenmäßig erfasst?«

»Doch, schon. Wenn sie in den Bussen sitzen.«

»Wir denken also, dass der Bub unter dem Sockel und das Mädchen aus dem Teich zwei verschiedene Fälle sind?«, fasst Kammerlander zusammen.

Schlagenhaufen und Ratzinger sehen sich an.

»Sie hatte Familie …«

»Die Ablageorte sind völlig verschieden, kein Muster …«

Kammerlander nickt. »Gut, dann lassen wir das einmal so stehen. Habt ihr bei der Suche nach den Romanescus Erfolg gehabt?«

»Bisher nicht. Diese Schausteller ziehen von Ort zu Ort und von Land zu Land in ganz Europa. Ist nicht einfach.«

»Wir haben Europol um Hilfe gebeten«, ergänzt Ratzinger. »Ich denke, es ist für die Familie wichtig, das Mädchen zu beerdigen. Damit sie emotional abschließen können.«

Schlagenhaufen hat recht, denkt Kammerlander, als er am Abend nach Hause geht. Es ist frustrierend. Wir haben nichts. Ein namenloser Junge unter einem Sockel, Todesursache unbekannt. Und ein rumänisches Mädchen, das nach einer Vorstellung ihrer Familie spurlos verschwunden ist. Todesursache auch unbekannt. Die Ereignisse liegen Jahre zurück. Jeder Fall ein Cold Case, keine Zeugen, keine Verdächtigen.

Dann der Bub aus Syrien, der nie hier angekommen ist. Von der Bildfläche verschwunden, als hätte es ihn nie gegeben. Wenn er noch lebt, mag man sich gar nicht vorstellen, was er vielleicht erleiden muss. Alles nicht schön.

Kammerlander ist heute Morgen zu Fuß zur Dienststelle

gegangen, um bei seiner Frau Punkte zu sammeln. Jetzt ist er froh, sich bewegen zu können, diese halbe Stunde für sich zu sein. Manchmal tut es gut, seine Gedanken einfach schweifen zu lassen, ohne zu folgerichtigen Schlüssen kommen zu müssen. Einfach abzuwarten, ob die Überlegungen einen irgendwo hinführen.

Ihn führen sie auf den Platz vor der Michaelikirche. Dort hat ein Maroniverkäufer seinen Stand bezogen, der mit Getöse eine gusseiserne Pfanne über einem Ofen hin und her schiebt. Der Duft gebratener Kastanien steigt Kammerlander in die Nase, und er muss schlucken. Passenderweise hat der Maronibrater auch ein paar Doppelliter »Sturm« auf einer Ablage neben dem Ofen stehen, diesen süßen, ganz jungen Wein der Weststeiermark, der in Viertelgläsern wohlfeil ist. Zusammen mit den Kastanien eine Orgie für die Geschmacksnerven, besonders wenn das Mittagessen schon lange zurückliegt.

Ein Becher mit fast fettfreiem Joghurt taucht vor seinem geistigen Auge auf. Veredelt mit ein paar Apfelstückchen. Ergänzt von einer Tasse ungezuckertem Tee. Das alles wartet zu Hause. Auf der anderen Seite: Das läuft ihm ja nicht weg.

Mit weichen Knien geht er auf den Maronistand zu.

## 14

Seit drei Tagen hat er das Haus nicht mehr verlassen. Er hat sich mit dem Vorwand, unter einer leichten Magenverstimmung zu leiden, in seine Räume zurückgezogen und den Großteil der Zeit vor dem Fernseher auf der Couch verbracht. Das Brennen in der Ferse ist inzwischen in ein leichtes Pochen übergegangen. Als die Tante ihn überraschend aufgesucht hat, um sich zu verabschieden, kam er gerade aus dem Bad. Er hat die Zähne zusammengebissen, um nicht zu humpeln.

Er hat ihr vom Fenster aus nachgesehen. Sie hat noch mit

Maria, der alten Haushälterin, gesprochen, bevor sie weggefahren ist. Einmal haben beide hochgeschaut, als würden sie über ihn reden. Nikodemus' Nähe hat er in den letzten Tagen gemieden; der Alte hat ihn mit seinem Misstrauen verunsichert. Bestimmt wäre dem das leiseste Anzeichen von Hinken nicht entgangen. Auch beim Reden ist Vorsicht geboten. Wer nicht spricht, macht keine Fehler.

Doch heute hat ihn eine innere Unruhe gepackt, die den ganzen Tag nicht weichen will. Er ist fahrig und fühlt sich beobachtet, von Maria etwa, die ihm das Mittagessen gebracht hat. Ihm kommt es so vor, als würde sie ihm forschende Blicke zuwerfen. Und wenn er aus dem Fenster schaut, meint er, auch der alte Gärtner blicke mit verkniffenem Gesicht zu seiner Wohnung hinauf. Und Nikodemus sitzt unten wie eine dicke Spinne, die wartet, bis *sein Sohn* sich in seinem eigenen Lügengespinst verfängt. Das Gefühl von Gefahr kriecht seinen Nacken hoch und hinterlässt ein Kribbeln.

Was ist bloß los mit ihm? In was für einen Verfolgungswahn treibt er sich da hinein? Er muss hier raus. Sonst fällt ihm die Decke auf den Kopf. Rasch zieht er sich feste Schuhe an, schlüpft in eine wattierte Jacke und schnappt sich den Autoschlüssel. Er fährt mit dem Aufzug nach unten und schleicht leise am Wohnzimmer des Alten vorbei. Dessen Gemurmel zeigt ihm, dass er gerade telefoniert.

Schnell schließt er die Haustür hinter sich und geht zu seinem Auto. Bloß nicht hinken. Er dreht den Zündschlüssel und meint schon, ungesehen von der Einfahrt zu kommen, als ein Kopf hinter einer Hecke auftaucht. Natürlich, der Gärtner. Der ist KGB, dem entgeht hier nichts. Er nickt ihm zu, aber Petar beobachtet ihn ohne jede Regung.

Komischer Kauz.

Er lenkt den Wagen Richtung Schlosspark. Er hat nicht vor, zum Schloss hinaufzugehen. Das würde ihm seine Ferse noch übel nehmen. Er braucht nur frische Luft, ein bisschen Ruhe und Freiraum. Damit er das beklemmende Gefühl, das ihn heute schon den ganzen Tag begleitet, abschütteln kann.

Er stellt sein Auto auf dem Parkplatz ab und marschiert vorsichtig los. Er spürt den Schnitt an der Ferse zwar bei jedem Schritt, aber sein festes Schuhwerk erlaubt einen kleinen Spaziergang.

Er schlägt den Weg Richtung Kinderspielplatz ein, vorbei an Holzfiguren, die auf Sockeln stehen. An einer Stelle ist die Erde aufgerissen, ein Absperrband hängt lustlos an Metallstäben. Der Brunnen, ebenfalls umringt von Skulpturen, führt kein Wasser. Mit dem Abschalten des Geplätschers wurde auch die gesellige Lebensfreude eingewintert. Der typische Herbstduft steigt ihm in die Nase, eine Mischung aus feuchter Erde, Blättern und leichter Verwesung.

Seine Schritte hallen in den Ohren nach wie trockenes Schmatzen. Als würde ihm jemand folgen, in immer gleichem Abstand. Er spürt, wie sich seine Nackenhaare aufstellen. Rasch dreht er sich um, aber da ist niemand. Ein paar Spaziergänger kommen ihm entgegen und grüßen freundlich. Er schüttelt den Kopf, anscheinend ist er auf dem besten Weg, sich in eine Paranoia hineinzusteigern. Langsam geht er weiter zum Spielplatz, wo aufgeregte Kinder unter den wachsamen Augen ihrer Mütter noch ein letztes Mal klettern, rutschen und schaukeln wollen, bevor die Sonne untergeht. Er setzt sich auf die erste Bank, sie ist am weitesten von dem lauten Treiben entfernt.

Entspannt lehnt er sich zurück und holt eine Zigarettenpackung aus der Jackentasche. Einige Familien ziehen an ihm vorüber, allmählich wird es leiser. Wenn ich langsam rauche, sind am Ende der Zigarette alle weg, denkt er. Dann ist Ruhe.

Endlich hat er den Park für sich allein. Jetzt braucht er nicht mehr zu fürchten, beobachtet zu werden. Er muss überlegen, wie er weitermachen, wie er sich verhalten soll. Er muss an seiner Glaubwürdigkeit arbeiten. Und er kann nicht auf ewig faul herumlungern. Er hat zwar noch eine Kontrolluntersuchung vor sich, aber es ist für jeden sichtbar, wie gut er sich von seinen Verletzungen erholt hat. Dann ist da noch die Sache mit der Amnesie. Er weiß nicht, wie lange er das Theater noch spielen, die Lüge noch aufrechterhalten kann.

Aber zuerst muss er mental zur Ruhe kommen. Die herbstliche Stille umhüllt ihn wie ein Kokon. Er schließt die Augen und atmet tief ein.

»Hallo, Alexander.«

Er stößt einen Schrei aus und springt auf. Das darf doch nicht wahr sein. Dieses Arschloch schon wieder!

»Das tut mir jetzt leid. Ich wollte dich nicht erschrecken.«

»Das ist dir ja gut gelungen.«

Er setzt sich wieder auf die Bank. Seine Ferse brennt wie Feuer. »Sag mal, verfolgst du mich?«

»Was soll ich denn machen?« Michael Hochlehner setzt sich neben ihn. »Du rufst mich ja nicht an. Und ich hab deine neue Nummer nicht.«

»Was willst du von mir?«

»Wir müssen zur Bank. Spätestens nächste Woche.«

»Ich muss nirgendwo hin.«

»Red keinen Unsinn. Die Anzahlung für unser Büro hab ich schon geleistet.«

»Ich habe mich anders entschieden. Ich werde nicht in das Architekturprojekt einsteigen.«

»Das kannst du nicht machen! Wir haben doch alles geplant! Und uns schon so darauf gefreut. Erinnere dich, dir hat das Haus in Unterwald doch so gut gefallen. Unten Büro, oben Wohnräume. Ein bisschen abseits, aber dafür erschwinglich. Das ist der Neubeginn, von dem wir immer geträumt haben!«

Michael drückt sich an ihn und legt die Hand auf Alexanders Oberschenkel.

Was soll das? Ist der eine Schwuchtel? Ein warmer Bruder? Er rückt von ihm ab. »Lass das!«

»Alexander! Was ist los mit dir? Wir haben eine wunderbare Zukunft vor uns. Die Aufgabenteilung ist perfekt. Ich als Architekt bin der kreative Kopf und du der kaufmännische Leiter. Das hatten wir doch so besprochen.«

»Hör zu. Ich sage es jetzt noch einmal. Ich bin aus der Nummer draußen. Such dir einen anderen Kompagnon. Ich bin nicht mehr interessiert.«

Michael fasst ihn an den Händen und will ihn an sich ziehen. Angewidert springt Alexander auf. »Sag mal, kapierst du's nicht? Such dir einen anderen!«

Michael schnellt jetzt auch in die Höhe. »Das bist doch nicht du!«, schreit er. Tränen rinnen über seine Wangen. »Das ist einfach nicht möglich! Du bist nicht der Alexander, den ich gekannt habe. Du bist es nicht!«

Das ist nicht gut. Gar nicht gut. Er dreht sich abrupt um und humpelt, so schnell er kann, zu seinem Wagen.

Hinter sich hört er leises Schluchzen.


## 15

»Die Ermittlungsergebnisse liegen also bei null.«

Kammerlander sitzt bei Kommandant Starkl im Büro und erstattet Bericht. Besser gesagt: Er gesteht das bisherige Scheitern ihrer Ermittlungen ein.

»Nicht ganz bei null, was das rumänische Mädchen betrifft. Sie konnten wir wenigstens identifizieren.«

Starkl schnaubt und schiebt ihm ein paar Zeitungen hin. »Schon gelesen? Die Presse geht nicht gerade freundlich mit uns um.«

Kammerlander seufzt. Er kennt natürlich die Artikel, in denen anfangs noch Fakten berichtet wurden. Aber nachdem es keine Ermittlungserfolge gegeben hat, sind die Fakten mehr und mehr Phantasiegeschichten gewichen, angenommenen Szenarien, Mutmaßungen. Und erst die Leserbriefe. Da wird alles geboten, von »Hilflose Asylantenkinder verschwinden spurlos, Polizei tut nichts« bis »Keiner hat sie eingeladen, illegale Einwanderung ist eigenes Risiko«. Am schlimmsten sind die Posts in den sozialen Medien. Jeder hat eine Meinung und muss sie in die Welt hinausblöken.

»Die Problematik liegt darin, dass die beiden Todesfälle schon so lange zurückliegen. Es ist schwer, noch Zeugen zu ermitteln. Die beste Möglichkeit voranzukommen sehe ich im Fall des verschwundenen Adil Hamoud. Kann sein, dass der tote Junge auf dieselben Leute gestoßen ist wie Adil. Wir müssen alles tun, um ihn zu finden.«

»Der Fall Adil Hamoud sollte doch zu den Akten gelegt werden?«

Kammerlander nickt. »Schon, aber ich weiß nicht, ob das klug ist. Dieser Vermisstenfall hat Gegenwartsbezug. Vielleicht kann man Rückschlüsse auf die Verbrechen in der Vergangenheit ziehen. Ehrlich gesagt: Ich weiß nicht, was wir sonst tun sollen.«

Starkl trommelt mit den Fingern auf die Schreibtischplatte und denkt nach. Dann hebt er entschlossen den Kopf. »Na schön. Machen Sie es so, wie Sie es für geboten halten. Sie haben in der Vergangenheit oft den richtigen Riecher gehabt.«

»Danke.«

»Was brauchen Sie?«

»Gezielte Hilfe. Ich weiß auch schon, von wem. Wir hatten doch bei der Mordserie in Sankt Martin einen IT-Fachmann aus Graz an unserer Seite. Sie erinnern sich?«

Starkl nickt und bedeutet Kammerlander fortzufahren.

»Simon Weißgerber heißt er, wenn ich mich nicht irre. Den hätte ich gern wieder im Team. Weißgerber ist ein Virtuose am Computer.«

»Versprechen kann ich nichts. Aber ich werde schauen, was sich machen lässt. Einer von der Landespolizeidirektion wird ohnehin kommen.«

»Tragen wir alles zusammen, was irgendwie mit dem verschwundenen Jungen oder den toten Kindern zusammenhängt. Alle Namen, die in unseren Ermittlungen schon aufgetaucht sind, auch wenn es noch so weit hergeholt erscheint.«

Kammerlander marschiert im Büro auf und ab. Er kann sich jetzt nicht hinsetzen. Der Gedanke an die festgefahrenen Ermittlungen treibt ihn in eine Rastlosigkeit, die er sonst nicht an sich kennt.

»Es kann nicht sein, dass es keinen Anhaltspunkt in diesen Fällen gibt. So gar nichts, versteht ihr? Es ist immer etwas da, wir sehen es bloß nicht. Ein Wort, ein Halbsatz, ein loses Ende, eine im Moment unbedeutende Kleinigkeit. Zumindest ist das meine Erfahrung aus dreißig Berufsjahren.«

»Du hast recht«, sagt Ratzinger. »Aber könntest du dich bitte hinsetzen? Du machst mich total nervös, wenn du so herumspringst.«

»Was? Äh, ja …«

Schlagenhaufen löst den Blick vom Computerbildschirm. »Ich finde die Idee gut. Alles ist besser als dieses Rumgestochere. Wie wollen wir es am besten angehen? Haben wir einen Plan?«

»Nun, ich denke an Arbeitsteilung. Sie, Frau Kollegin, durchleuchten und protokollieren alles, was mit Adil Hamoud zusammenhängt. Wir haben das Okay von Starkl, dass wir da weiterermitteln dürfen. In den Fall haben Sie sich ja schon eingearbeitet. Du, Franz, übernimmst den toten Buben vom Schlosspark. Ich befasse mich mit Georgiana Romanescu. Unsere Aufgabe ist es, alles zusammenzutragen, was relevant ist oder auch nur im weitesten Sinn mit den Fällen zu tun haben könnte. Wir sammeln Namen, Daten, Aussagen und Informationen, ohne sie zu bewerten. Dann setzen wir uns zusammen und schauen, wohin uns das führt.«

»Klingt vernünftig«, brummt Schlagenhaufen.

»Und du meinst, wir entdecken etwas, das uns bis jetzt nicht aufgefallen ist?«, fragt Ratzinger zweifelnd.

»Ich weiß es nicht. Wir tun unser Bestes. Und wir sind nicht allein. Wir bekommen Unterstützung.«

»Ach? Wer soll das sein?«

»Ein sehr geschätzter Kollege. Du kennst ihn. Simon Weißgerber.«

Ratzinger nickt und hebt den Daumen.

## 16

Die Situation im Haus seines »Vaters« ist eine andere geworden. Er kann sich nicht mehr entspannt zurücklehnen und auf seine vollständige Genesung warten, im Wissen, dass eine goldene Zukunft auf ihn wartet. Er muss umsichtiger vorgehen, muss seine Worte mit Bedacht wählen, um Nikodemus' Bedenken nicht noch mehr zu schüren.

Er verbringt viel Zeit mit Silvia. Bei ihr fühlt er sich gelöst, sie scheint keine Zweifel an ihm zu haben. Wenn er mit Nikodemus unten zu Mittag isst, versucht er, unbefangen ein Gespräch zu führen, während die Haushaltshilfe die Speisen aufträgt und die leeren Teller wieder abräumt. Wenn er geht, spürt er die Blicke der beiden wie Nadeln in seinem Rücken.

Die Stimmung hat sich verändert. Das registriert er genau. Selbst die Stille ist aufgeladen. Das Haus liegt auf der Lauer.

Er hat sein Verhalten der veränderten Situation angepasst. Von seiner Wohnung aus beobachtet er das Kommen und Gehen von Besuchern, viele waren es in der letzten Woche nicht. Die Leiterin eines gemeinnützigen Projekts, die eigentlich gehofft hat, seine Tante anzutreffen, und der Familienanwalt, den er schon kennengelernt hat. »Du wirst in den nächsten Tagen Post kriegen«, hat der beim Abschied zu Nikodemus gesagt und ein finsteres Gesicht gemacht.

Manchmal belauscht er vom Balkon aus die Gespräche mit dem Briefträger oder den Nachbarn. Er schleicht im Haus herum, hofft, etwas aufzuschnappen, das ihn in der Einschätzung seiner Lage weiterbringen könnte. Wachsamkeit ist sein ständiger Begleiter. Seine Ferse ist leidlich verheilt, in ein paar Tagen wird die Narbe als zusätzlicher Identitätsnachweis vorzeigbar sein. Wenn es denn notwendig sein sollte.

Und noch etwas macht ihm zu schaffen: die neuerliche Begegnung mit Michael Hochlehner. Seit Tagen wandert er unruhig im Wohnzimmer herum und versucht, die Situation einzuschätzen. Was bedeutet das alles für ihn? Und vor allem: Wie gefährlich kann der Kerl für ihn werden?

Hochlehners Verhalten lässt keinen Interpretationsspielraum zu: Der ist stockschwul. Was er an und für sich schon zum Kotzen findet. Das Schlimmste daran ist aber der Umkehrschluss: Der echte Alexander muss es dann auch gewesen sein. Heilige Scheiße. Sein Doppelgänger hat ihm einiges verschwiegen.

Nikodemus wird es gewusst haben. Zumindest geahnt. Deswegen hat er Hochlehner die Tür vor der Nase zugeworfen. Langsam bekommt vieles einen Sinn. Auch das Misstrauen, das er seinem »Sohn« entgegenbringt. Er ist ja kein Idiot.

Und die Tante? Weiß sie von Alexanders Homosexualität? Von seiner Beziehung und seinen Plänen mit Michael? Verdammt. Das ist ein einziges Minenfeld, in dem er blauäugig herumgestapft ist. Und sich permanent verdächtig gemacht hat.

Er kann nur hoffen, dass Silvia nie davon Wind bekommt. Sein Vorgänger scheint ihr nicht die ganze Wahrheit gesagt zu haben. Wie hat er sich ausgedrückt? »Es gibt jemand anderen in meinem Leben.« Es scheint bei dieser vagen Aussage geblieben zu sein.

Was für ein Durcheinander.

Und Michael Hochlehner? Der wird keine Ruhe geben. »Du bist nicht der Alexander, den ich gekannt habe!«, hat er ihm nachgeschrien. Wenn so etwas bei Nikodemus ankäme, würde der in seinem Argwohn noch bestärkt. Das darf nicht passieren. Er muss diese heulende Tunte ruhigstellen. Und zwar bald, bevor sie zur Gefahr wird.

Er hört ein Auto in der Einfahrt und geht auf den Balkon. Seine Tante nimmt eine Tasche aus ihrem weißen BMW und winkt lächelnd nach oben. Gott sei Dank. Mit Angelika am Mittagstisch wird es bestimmt nicht so mühsam, ein Gespräch am Laufen zu halten. Außerdem ist sie auf seiner Seite.

Sie sitzen bei ihm im Wohnzimmer und trinken Kaffee. Maria hat einen Kuchen gebacken, den seine Tante mit nach oben gebracht hat.

»Nun, mein Junge, alles gut bei dir?«

Er ist ihr dankbar, dass sie beim Mittagessen kein persönliches Thema angeschnitten hat. Sie weiß schließlich um die Distanz zwischen ihm und Nikodemus.

Er füttert sie mit ein paar Schilderungen seiner gesundheitlichen Fortschritte und Unternehmungen mit Silvia. Dann leitet er geschickt über zu einem anderen Thema, das er seit Tagen vorbereitet hat.

»Ich habe übrigens einen Freund getroffen. Also, aus der Zeit vor meinem Unfall.«

»Ach ja?« Angelika sieht ihn aufmerksam an.

»Mhm. Er hat mich in der Stadt angesprochen, als ich auf Silvia gewartet habe. Wir müssen gute Freunde gewesen sein. Er hat gesagt, wir hätten vorgehabt, zusammen eine Firma zu gründen.«

Eine steile Falte erscheint über der Nasenwurzel seiner Tante. »Und hat der Freund auch einen Namen?«

»Michael … Michael Hochlehner.«

»Sprich weiter.«

»Es soll ein Architekturbüro sein oder so etwas in der Art. Er hat schon eine Finanzierung auf die Beine gestellt.«

»Und? Was hast du gesagt?« In Angelikas Stimme mischt sich ein leicht schriller Ton.

Er lässt sich mit der Antwort Zeit und schiebt eine Gabel mit Kuchen in den Mund. »Ich habe gesagt, dass ich es mir anders überlegt habe. Er war ziemlich enttäuscht.«

»Kannst du dich überhaupt an ihn erinnern? Oder an eine geplante Firmengründung?«

»Von einem Architekturbüro weiß ich nichts mehr. Was Michael betrifft … Irgendetwas klingelt im Hinterkopf. Ich kenne ihn. Der arme Kerl hat mir leidgetan. Er war sehr anhänglich.«

Sie tätschelt seinen Unterarm. »Ich denke, du hast die richtige Entscheidung getroffen.«

»Glaub ich auch. Er hat mir übrigens erzählt, dass er mich quasi zum Rauchen verführt hat. Er selbst ist Raucher, und während der Planungen für die Firmengründung hätte auch ich damit begonnen. Vor lauter Aufregung und Begeisterung wegen unserer Vorhaben, wie er sagte. – Keine Ahnung.« Er hofft, er hat nicht zu dick aufgetragen.

»Ich war nie ein Freund von Zigarettenqualm. Hast du deshalb verheimlicht, dass du rauchst?«

»Ich weiß es nicht.«

»Na ja, vielleicht gewöhnst du es dir ja wieder ab.«

Nicht in diesem Leben, denkt er.

»Schön.« Die Tante steht auf und geht zur Tür. »Ich muss noch zu Nikodemus. Wir wollen heute die Weinbestände im Keller sichten und schauen, was wir ergänzen müssen.«

Er winkt ihr zu und spürt ein heftiges Verlangen nach einer Zigarette.

Die Dämmerung geht bereits in Dunkelheit über, als er leise die Treppe hinuntergeht. Unter Umständen kann er etwas erlauschen, das ihn betrifft. Vielleicht hat die Märchenstunde bei der Tante ja schon Früchte getragen.

Er sieht, dass die Tür halb offen steht, und nähert sich vorsichtig. Mit angehaltenem Atem schleicht er die Stufen hinab Richtung Getränkekeller. Er hört die gedämpften Stimmen von Nikodemus und Angelika, kann aber nichts verstehen.

Unten angekommen, bewegt er sich geräuschlos weiter, bis ihn nur mehr eine Tür von den beiden trennt. Wie er schon vermutet hat, reden die beiden über ihn.

»… hab ich dir doch erklärt«, sagt die Tante. »Menschen ändern ihre Gewohnheiten. Das ist nicht ungewöhnlich.«

»Mag ja sein«, entgegnet Nikodemus unwirsch. »Aber ich muss Gewissheit haben. Ich lasse einen Vaterschaftstest durchführen.«

»Das machst du nicht! Der arme Junge –«

»Der arme Junge wird nichts davon mitbekommen, glaub mir. Außerdem ist bereits alles in die Wege geleitet. In ein paar Tagen wissen wir Bescheid.«

Die Stimmen werden lauter. Höchste Zeit abzuhauen.

Als er nach oben hastet, bemerkt er nicht, dass die Haushälterin ihm aus der dunklen Küche nachstarrt.

Fuck! Fuck! Fuck!

Die angekündigte Gen-Untersuchung wird ihm definitiv das Genick brechen. Dieser verbissene Alte!

Aufgewühlt geht er im Wohnzimmer herum, als ihm einfällt, dass er vor ein paar Tagen seine Zahnbürste vergeblich gesucht hat. Vielleicht hat er sie ja gar nicht verschlampt, sondern Nikodemus hat sie sich gekrallt. Mit seiner DNA drauf. Genau, so muss es gewesen sein. Und wenn er so nachdenkt … Was hat der Anwalt zu Nikodemus gesagt? Er würde in den nächsten Tagen Post kriegen. Alles passt zusammen.

Erschöpft sinkt er auf die Couch.

Er muss Gegenmaßnahmen ergreifen. Irgendetwas muss ihm einfallen.

Die Gefahr kriecht aus allen Ecken wie Giftgas.

## 17

Weißgerber hat sich kein bisschen verändert, denkt Kammerlander, als dieser mit zwei schweren Umhängetaschen ins Büro schnauft. Wie kann der nur so schlank bleiben, wo er doch die meiste Zeit vor seinem Laptop sitzt? Das Leben ist nicht gerecht.

Der EDV-Mann legt seine Materialien auf dem Schreibtisch ab, den Witt und Hansbauer kurz zuvor in die leere Nische des Büros gestellt haben. Dann dreht er sich um und zieht seinen Hut vom Kopf, eine Mischung aus Cowboyhut und Borsalino. Die Deckenbeleuchtung lässt seine Vollglatze schimmern. Ein Kranz aus Lachfältchen umgibt seine Augen, als er Kammerlander und Ratzinger begrüßt.

»Wir hatten noch nicht das Vergnügen«, sagt er zu Schlagenhaufen und schüttelt ihr die Hand. »Gut, dass die beiden

Brummbären hier durch eine weibliche Note bereichert werden.«

Sein jungenhaftes Grinsen zaubert ihr ein Lächeln ins Gesicht.

Ich fall vom Glauben ab, denkt Kammerlander. Er kann sich nicht erinnern, sie jemals lächeln gesehen zu haben.

Eine Viertelstunde später hat sich Weißgerber eingerichtet und rund um seinen Schreibtisch einen Kabelsalat angerichtet.

Dann beginnt das Briefing.

Die Familie Romanescu wurde in Spanien ausfindig gemacht. Da die Schaustellertruppe in jedem Land Genehmigungen für einen Lagerplatz und ihre Aufführungen braucht, konnte man ihren Aufenthalt relativ rasch ermitteln. Georgianas Eltern sind mit einem leistungsstarken Mercedes angereist, der Rest der Familie kommt mit dem Wohnwagentross nach. Sie wollen die Gebeine ihres Kindes nach Rumänien überführen und in der Heimaterde begraben.

Inspektor Witt hat die Eltern in den Besucherraum geführt. Da Kammerlander befürchtete, dass es Sprachprobleme geben könnte, hat er einen Dolmetscher angefordert. Die Romanescus können zwar bruchstückhaft Deutsch, aber er wollte Unklarheiten in den Aussagen vermeiden.

Es fällt ihm schwer, die Eltern mit den Umständen des Auffindens ihrer toten Tochter zu konfrontieren. Der Vater, ein großer, schwarzhaariger Mann, hängt mit steinerner Miene an den Lippen des Dolmetschers. Die Mutter, eine schöne Frau, deren Haut wie Bronze schimmert, hält den Kopf gesenkt und presst die Hände so fest zusammen, dass die Knöchel weiß hervortreten. Keine Träne, kein Schmerzenslaut, Luft, die nicht zum Atmen reicht. Nur das Bemühen um die Wahrung ihrer Würde.

Kammerlander weist auf das alte Protokoll und fragt, ob ihnen vielleicht in den fünf Jahren noch etwas zum Verschwinden ihrer Tochter eingefallen sei. Etwas, das anders gewesen sei als sonst. Manchmal komme erst später eine Erinnerung hoch. Jede Kleinigkeit könne wichtig sein. Der Vater schüttelt den Kopf. Keiner der beiden hat bisher ein Wort gesprochen.

»Konnte Ihre Tochter schwimmen?«

Wieder ein Kopfschütteln Richtung Übersetzer.

»Sie unterstützen die Familie Romanescu auch weiter bei der behördlichen Abwicklung der Überführung?«, fragt Kammerlander.

Der Dolmetscher nickt. »Selbstverständlich.«

Die Mutter geht auf Kammerlander zu und drückt ihm einen zusammengefalteten Zettel in die Hand. Es ist die bunte Zeichnung eines Kindes. Er muss nicht fragen, wer sie angefertigt hat.

Die dunkle Stimme des Vaters erklingt zum ersten Mal, es hört sich an, als stanzte er eine Beschwörungsformel in die Wände. Der Dolmetscher will übersetzen, aber Kammerlander winkt ab. Er hat den Sinn der Worte in den harten Augen des Vaters erkannt.

Romanescu hat den Mörder seiner Tochter verflucht.

Ratzinger brütet über den Vernehmungsprotokollen, als es klopft und ein junger Mann den Kopf zur Tür hereinstreckt.

»Grüß Gott. Ich weiß nicht, ob ich hier richtig bin. Ich heiße Manuel Schreiber …«

Ratzinger braucht einen Moment, um den Namen einzuordnen. Dann nickt er und winkt den Besucher herein. »Hier sind Sie absolut richtig. Nehmen Sie Platz.«

Der junge Mann trägt einen Hoodie, der den halben Kopf verdeckt. Als er die Kapuze nach hinten streift, kommen ein sympathisches Gesicht und blonde Locken zum Vorschein, die sich wild um seinen Kopf kräuseln.

»Schön, dass Sie es einrichten konnten. Sie waren in den französischen Bergen, wenn ich mich richtig erinnere. Seit wann sind Sie wieder da?«

»Ich bin gestern Abend angekommen. Meine Eltern haben mir erzählt, dass Sie mich sprechen wollen. Es geht wohl um das Skelett, das man im Stadtpark gefunden hat?«

»So ist es. Sie haben damals, also im Sommer 2018, als Ferialpraktikant bei der Gemeinde gearbeitet?«

»Ja. Meistens war ich mit den Gemeindearbeitern unterwegs. Manchmal hab ich auch Hilfsjobs für die Stadtgärtnerei angenommen.«

»Uns interessiert die Zeit, in der die Sockel für die Schnitzkunstwerke entstanden sind.«

»Was wollen Sie wissen?«

»Sie waren den Herren Amtmann und Nestler zugeteilt.«

»Genau. Der Helmut hat gebaggert, und der Sigi …« Schreiber grinst.

»Was war mit dem Sigi?«

»Na ja, das war eine Marke. Der hat sich mehr als einmal auf eine Parkbank gelegt und seinen Rausch ausgeschlafen. Mit dem war nicht viel los. Der Amtmann Helmut war ein feiner Kerl. Der hat über Sigis Ausfälle hinweggesehen.«

»Es war noch eine Hilfskraft angestellt.«

»Ja, der kam aus Ex-Jugoslawien. Ist im Krieg getürmt, wenn ich mich recht erinnere.«

»Wir sprechen von Petar Horvat.«

»Richtig. So hieß er. Ich habe nicht viel mit ihm geredet, er war eher wortkarg. Der war arbeitsmäßig das Gegenteil vom Sigi. Hat dessen Faulheit kompensiert, könnte man sagen.«

»Sie haben jeden Tag zur selben Zeit zu arbeiten begonnen?«

»Mhm. Um sieben ging's los. Wobei der Horvat manchmal schon früher da war und alles vorbereitet hat.«

»Das heißt, Horvat war schon an der Baustelle, bevor Sie drei erschienen sind?«

»Das ist vorgekommen.«

»Was hat er da gemacht?«

»Ach, die Schalungsbretter abgeladen, die Werkzeuge bereitgestellt, den Beton angemischt. Solche Sachen. Wir konnten dann gleich loslegen.«

»Ist es für Sie vorstellbar, dass man beim Gießen des Fundaments nicht merkt, dass man eine Leiche zubetoniert?«

»Mhm.« Schreiner reibt sich nachdenklich das Kinn. »Wenn

eine Erdschicht den Körper bedeckt oder Bretter darüber liegen … könnte sein. Niemand hat die Löcher bewusst kontrolliert. Falls überhaupt einer in die Gruben geschaut hat. Warum auch? Ich meine, wer kommt schon auf die Idee, dass hier jemand eine Leiche einbetonieren will?«

## 18

Der Briefträger kommt jeden Vormittag zwischen zehn und halb zwölf. Mehr oder weniger pünktlich. Maria holt dann die Briefe und Zeitungen und legt sie auf die Kommode im großen Vorraum. Das ist *die* Gelegenheit, die Post zu kontrollieren, bevor Nikodemus oder die Tante sich daran zu schaffen machen. Bisher ist kein Schreiben von einem Genlabor dabei gewesen.

Er hat einen Plan. Es genügt nicht, den Brief verschwinden zu lassen. Über kurz oder lang wird Nikodemus nachfragen, wo die Testergebnisse bleiben. Er muss den Brief in die Finger kriegen und ihn ein wenig *adaptieren*. Dazu braucht er nur das Schreiben einzuscannen und am Computer zu bearbeiten. Was kein Problem mehr darstellt, seit er das Passwort von Alexander geknackt hat. Der phantasielose verliebte Trottel hat »Michael« genommen. Wie blöd kann man sein?

Er zieht sich die Lammfelljacke an – auch so etwas, das er sich nie hätte leisten können – und nimmt die Schlüssel vom Sideboard in der Garderobe. Er hat mit seinem zukünftigen Schwiegervater vereinbart, dass der ihm heute Nachmittag den gesamten Betrieb zeigen wird. Bei der Gelegenheit kann er gleich sein neues Auto übernehmen. Es ist angedacht, dass er am Beginn des nächsten Jahres in der Firma anfängt. Er könne sich aussuchen, in welchen Geschäftsbereich er sich zuerst einarbeiten wolle. Als ob er das nicht schon längst wüsste. In den Verkauf natürlich.

Er hat Stunden damit zugebracht, den Ausführungen Hierzeggers zu lauschen und interessierte Fragen zu stellen. Heimlich schaut er auf die Uhr. Fast halb fünf. Silvia wird ihn bald erlösen, sie wollen heute noch ins Kino. Ihr Vater schleust ihn gerade auf den hinteren Abschnitt der riesigen Verkaufsfläche, dahin, wo die gebrauchten Autos angeboten werden. Er ist erstaunt zu hören, dass die Hälfte des Umsatzes in diesem Preissegment gemacht wird.

Aus den Augenwinkeln bemerkt er den missgünstigen Verkäufer, der einem Mann, der ihm den Rücken zukehrt, die technischen und finanziellen Vorteile eines bestimmten Modells erklärt. Sie gehen langsam in ihre Richtung, als er endlich Silvia auf sich zukommen sieht.

»So, Papa, jetzt werde ich dir Alexander entreißen«, lacht sie. »Du hast ihn für heute genug geschunden.«

»Nein, nein«, wehrt er ab. »Es war hochinteressant. Spannender als jede Vorlesung in der Uni. Danke, Hans. Ich bin froh, dass du dir die Zeit –«

»Leo?«

Er zuckt zusammen und dreht reflexartig den Kopf. Er erstarrt zur Salzsäule, als er erkennt, wer ihn angesprochen hat. Manfred Holzer steht vor ihm wie ein Gruß aus der Hölle. Sein Blut jagt durch die Adern, die Haut brennt. In den nächsten drei Sekunden dehnt sich die Zeit zu einer Blase, die sich verformt, der Raum krümmt sich.

»Sie wünschen?«, krächzt er.

»Äh, Verzeihung … Ich dachte … Die Stimme … Ich hätte schwören können, einen alten Bekannten …« Manfreds Blick gleitet über ihn. Hierzegger und Silvia schauen von einem zum anderen, auch der Verkäufer ist interessiert näher gekommen.

Sein Mund ist trocken wie Reispapier. »Ich denke nicht, dass wir uns kennen.« Er versucht, seiner Stimme einen sachlichen Ton zu verleihen. Holzers Blick nagelt ihn an den Boden, er hat vergessen, wie man atmet.

Holzer nickt langsam. »Ja, Sie haben recht …« Er hebt entschuldigend die Hand. »Eine Verwechslung.«

Die Krümmung des Raums verschwindet. »Kein Problem. Das kann vorkommen.« Er ringt sich ein Lächeln ab. »Ich hoffe, dass Sie das passende Fahrzeug finden und viel Freude damit haben.« Damit dreht er sich zu Silvia. »Wir müssen, Schatz …«

Er legt den Arm um sie und nickt Hierzegger zu. Auf dem Weg zur Straße ahnt er die Blicke Manfreds, die wie Pfeile in seinen Rücken schießen. Seine Fußsohlen spüren den Boden nicht. Er schluckt sauren Speichel, um ein Haar hätte er sich übergeben.

Es ist Mitternacht, als er nach Hause kommt.

Nach dem Kino sind sie noch in einem Lokal gewesen. Es war so ein moderner Buschenschank aus Glas und Holz, der mitten in einen Weinberg hineingebaut wurde, wie es in letzter Zeit typisch ist. Der Gast speist zwischen den Trauben und genießt die Unmittelbarkeit der Schilcherregion. Stylishes Essen in einem stylishen Ambiente zu stylishen Preisen.

Er weiß nicht mehr, was er gegessen hat. Er weiß nicht einmal mehr den Namen des Films, obwohl sie über Inhalt und Darsteller gesprochen haben. Im Kino hat er sein Entsetzen niedergekämpft, und während des Essens hat er funktioniert wie ein Automat. Er hat die Panik auf Abstand gehalten. Silvia scheint nichts von seinem Ausnahmezustand gemerkt zu haben.

Am Ende des Abends hat ihn Verlustangst überschwemmt. Das sichere Gefühl, die Beziehung vorantreiben zu müssen, bevor ihm alles aus den Händen gleitet.

»Ich möchte, dass wir uns verloben«, hat er gesagt.

Sie hat gelächelt. »Jetzt gleich, oder trinken wir noch was?«

»So bald wie möglich. Ich meine es ernst. Ich möchte unsere Liebe offiziell machen.«

Der Kuss hat nach Hingabe geschmeckt, nach Vertrautheit und Geborgenheit. Ihn hat die unsinnige Gewissheit überkommen, dass er durch die Verbindung mit Silvia keine Gefahr, keine Aufdeckung mehr fürchten muss. Der brennende Wunsch nach Normalität und Sicherheit war übermächtig.

Trotzdem war er erleichtert, als sie nicht mit zu ihm kommen wollte, weil sie morgen früh einen Termin beim Gynäkologen hat. Er wäre heute bestimmt kein guter Gastgeber gewesen, und ein feuriger Liebhaber schon gar nicht. Er will keine Rolle mehr spielen müssen, zumindest nicht in den nächsten Stunden.

Er ist mental erschöpft. Wobei – fix und fertig trifft es besser.

Er legt sich auf die Couch und schließt die Augen. In der nächsten Sekunde ist er eingeschlafen.


## 19

Ein fahles Licht stiehlt sich durch die Fenster, als er mit einem röchelnden Schrei in die Höhe fährt. Sein Mund ist trocken, er schwitzt, das Herz rast. Keuchend streicht er sich mit der Hand über die nasse Stirn, in der Atemluft ist nicht genug Sauerstoff. Er ist sekundenlang orientierungslos, weiß nicht, warum sich sein Körper in Aufruhr befindet.

Langsam normalisiert sich sein Puls. Er hatte einen Alptraum, so viel steht fest. Er versucht, sich zu erinnern, was er im Schlaf durchlebt hat, aber es gelingt ihm nicht. Der Traum gleitet wie ein schwereloses Gespinst von ihm fort.

Dann ist die Erinnerung an gestern wieder da. Mit all den Problemen, die sich über ihn wälzen und wie ein schweres Gewicht auf seine Brust drücken. Die sich potenzieren, statt weniger zu werden. Kein Wunder, dass er nicht einmal im Schlaf Ruhe findet.

Ächzend drückt er sich von der Couch hoch und tappt in die Toilette. Er pinkelt im Stehen, muss sich aber abstützen, weil ein plötzliches Schwindelgefühl ihn fast umkippen lässt. Er hat einen schalen Geschmack im Mund und spuckt in die Kloschüssel. Er braucht einen Kaffee. Schwarz, stark, sofort.

Das Rasseln der Espressomaschine und der Duft gemahlenen Kaffees haben eine beruhigende Wirkung. Als er die halbe

Tasse getrunken hat, setzt das Verlangen nach Nikotin ein. Er öffnet die Balkontür und steckt sich eine Zigarette an. Nach ein paar tiefen Zügen ist er so weit, sich seinen Problemen zuzuwenden.

Er blickt auf den Hügel gegenüber. Es ist ein trüber, feuchter Morgen. Mit einer ruhigen Selbstverständlichkeit ragt Schloss Greißenegg über die Baumspitzen hinaus, steht unverrückbar, wartet. Da drüben liegt seine Zukunft mit Silvia, das weiß er genau. Aber er bekommt diese Zukunft nicht geschenkt.

Er muss dafür kämpfen. Muss Hindernisse beseitigen, muss sich wehren. Denn er wird angegriffen. Von mehreren Seiten.

Da ist zum einen dieser schwule Freund von Alexander. Es ist anzunehmen, dass Nikodemus über die beiden Bescheid weiß. Er muss den Typen loswerden, bevor Silvia etwas mitbekommt. Nur wie? »Du bist nicht der Alexander, den ich gekannt habe!«, hat er ihm nachgeschrien. Das macht ihn zu einer Gefahr.

Was zum nächsten Problem führt. Auch Nikodemus hat Zweifel daran, dass er sein Sohn ist, und einen Gentest veranlasst. Das kann er in den Griff kriegen, er hat einen Plan und wird Gegenmaßnahmen ergreifen.

Was ihm wirklich Angst macht, ist die Begegnung mit Manfred Holzer. Hat der ihm die neue Identität abgekauft? Seine Stimme hat er definitiv erkannt. Daraus kann Manfred ihm noch keinen Strick drehen. Menschen können ähnliche Stimmen haben, oder? Holzer kennt ihn nur mit Vollbart und in billigen Klamotten, und wenn er ihn nicht sprechen gehört hätte, wäre er an ihm vorbeigegangen wie an einem Fremden. Den Kardinalfehler hat er selbst gemacht, als er reflexartig auf den Namen »Leo« reagiert hat. Er weiß, dass er Tag und Nacht auf der Hut sein muss, dass es immer wieder zu solchen Situationen kommen kann. Trotzdem hat ihn Manfred kalt erwischt. Er hat sich verraten.

Es ist zwar noch früh, aber er braucht jetzt einen Schluck Whisky. Die goldgelbe Flüssigkeit brennt die Speiseröhre hinab wie Feuer, im Magen aber verbreitet sie eine samtige Wärme. Mit zitternden Fingern steckt er sich eine neue Zigarette an.

Einem Michael Hochlehner kann er vielleicht ein X für ein U vormachen, aber nicht Manfred Holzer. Dafür ist der zu smart, zu gewieft, zu *kriminell*. Er erinnert sich an Holzers Blick, der zuerst überrascht, dann interessiert und schließlich fokussiert auf ihm ruhte. An das leichte Lächeln, als er mit Silvia weggegangen ist. Vielleicht kann Manfred das Ganze noch nicht einordnen, aber sein Unterweltinstinkt ist sofort angesprungen. Das hat er gefühlt. Wenn etwas Menschen wie ihn auszeichnet, dann ist es das untrügliche Gespür, ein potenzielles Opfer vor sich zu haben. Die Fähigkeit, eine Chance zu wittern. Eine Chance, etwas für sich herauszuholen, indem er andere in den Schwitzkasten nimmt.

Holzer wird diese Begegnung nicht auf sich beruhen lassen. Der hat Blut gerochen. Der wird an seinen Fersen kleben wie Hundescheiße. Gottverflucht!

In seinem alten Leben als Leopold Kranzelmeier hat sich Manfred wie ein Freund dargestellt. Als Vermittler zwischen ihm und den Schlägern. Der ihm einen Ausweg aus seiner Misere gezeigt hat, einen Weg, seine Schulden abzuarbeiten und am Leben zu bleiben. Diese Möglichkeit hat er verspielt.

Was aber, wenn das alles ein abgekartetes Spiel war? Manfred hat gewusst, dass er mit einem Haufen Drogen unterwegs war. Vielleicht hat er ihn ja selbst überfallen und ausgeraubt. Oder jemanden auf ihn angesetzt. Hat die Drogen auf eigene Rechnung vertickt und ihn in die Scheiße geritten. Wäre das so abwegig?

Wäre es nicht. Er würde es ihm ohne Weiteres zutrauen.

Wie auch immer. Diese Überlegungen bringen ihn jetzt nicht voran. Er muss versuchen, die derzeitige Lage einzuschätzen. Falls Manfred die richtigen Schlüsse zieht, und davon geht er aus, wie wird sein »Freund« vorgehen? Wird er seine Kumpane aus der Unterwelt einweihen? Damit könnte er den Druck erhöhen, aber beim Abkassieren würden auch andere die Hände ausstrecken. Oder wird er sein Wissen für sich behalten, um die Kuh allein zu melken?

Wohl eher Letzteres.

Was heißt eigentlich »sein Wissen«? Manfred weiß gar nichts. Er hat keine Beweise und kann nur vermuten. Trotzdem. Auch mit Vermutungen kann er großen Schaden anrichten. Er wird Zweifel säen, die bei Silvia, Hochlehner und besonders Nikodemus auf fruchtbaren Boden fallen werden. Selbst an der Tante würden die Behauptungen nicht spurlos vorübergehen. Das kann er nicht zulassen.

Sich von Manfred erpressen zu lassen allerdings auch nicht. Der wird keine Ruhe geben und mit immer neuen Forderungen kommen. Ein Fass ohne Boden. Nicht akzeptabel.

Er schenkt sich einen weiteren Whisky ein.

Was heißt das jetzt? All seine Überlegungen laufen auf *eine* Option hinaus. Auf die einzige Lösung, die ihm Ruhe verschafft. Manfred muss weg. Genauer kann und will er es nicht definieren.

Er merkt, dass er seit geraumer Zeit vor der Couch im Wohnzimmer auf und ab geht. Wie oft hat er das in der letzten Zeit schon gemacht? Wie oft ist er hier herumgelaufen, verzweifelt, in die Enge getrieben, und hat nach einem Ausweg gesucht? Er hat versucht, alles richtig zu machen, jedem zu gefallen. Er tut doch alles, um ein besserer Mensch zu werden. Wieso lässt man ihn nicht in Ruhe?

Der Alkohol drängt vom leeren Magen in seine Blutbahn und gibt dem limbischen System grünes Licht. Selbstmitleid überkommt ihn, und er sinkt schluchzend auf die Couch.


## 20

Viertel vor elf. Die Sonne hat die Feuchtigkeit und den Hochnebel aufgesogen und strahlt von einem makellos blauen Spätherbsthimmel. Er würde gern in die Stadt fahren, um sich

Zigaretten zu kaufen, aber er kann nicht von zu Hause weg. Nicht, bevor der Briefträger die Post gebracht hat. Alle paar Minuten stellt er sich seitlich hinter die Balkontür, wo ihn der Vorhang größtenteils verdeckt.

Er spürt ein Rumoren in seinen Eingeweiden, es gluckst und gurgelt im Bauch. Anscheinend hat das Alkoholfrühstück seine Verdauung befeuert. Er muss auf die Toilette, zügig. Aber er kann seinen Beobachtungsposten nicht aufgeben. Er spannt seine Bauch- und Schließmuskeln an, versucht, an etwas anderes zu denken. Wo bleibt nur der Briefträger, verdammt? Als ihn die nächste Welle überrollt, hat er keinen zeitlichen Spielraum mehr. Schweißnass hetzt er aufs Klo. Er wird sich beeilen. Der elende Postbote wird ja wohl nicht ausgerechnet dann kommen, wenn er auf der Schüssel sitzt.

Doch genau das tut er.

Er hört den Wagen des Briefträgers, hört ihn mit Maria sprechen, hört die Haustür ins Schloss fallen. Jetzt legt Maria die Post auf die Kommode im Vorraum, denkt er. Er muss sofort hinunter und kontrollieren, ob der Brief vom Labor dabei ist. Doch sein Darm hat andere Pläne.

Als er Minuten später schwach und zittrig von der Toilette kommt, tappt er sofort die Stufen nach unten. Der Brief liegt ganz oben, er kann das Logo »MedLab« erkennen. Doch bevor er die Kommode erreicht hat, streckt bereits Angelika, die gerade aus der Küche kommt, die Hand nach der Post aus.

»Guten Morgen, mein Lieber«, sagt sie. »Du siehst gar nicht gut aus. Ganz blass. Bist du krank?«

»Durchfall«, krächzt er und kann den Blick nicht von dem Brief wenden. »Ich will mir Kamillentee holen …«

»Ach, du Armer! Leg dich wieder hin. Ich bringe Nikodemus rasch die Post, dann sage ich Maria Bescheid. Sie wird dir einen Kamillentee aufgießen.«

Machtlos sieht er Angelika hinterher. Er steht da wie festgefroren, erst als die Wohnzimmertür ins Schloss fällt, kann er sich wieder bewegen. Apathisch dreht er sich um und geht in seine Wohnung zurück.

Alles vorbei. Das ist das Ende.

Kraftlos setzt er sich aufs Bett und versucht, einen klaren Gedanken zu fassen. Es gelingt ihm nicht.

Er ist besiegt.

Minutenlang starrt er auf das Teppichmuster. Er sieht nichts, hört nichts, spürt sich nicht mehr. Er weiß nicht einmal, ob er noch atmet. Ihm kommt es vor, als wäre er aus sich herausgetreten und schaute sich selbst beim Scheitern zu. Er ist zu spät gekommen, ein paar Sekunden nur, aber es waren die entscheidenden paar Sekunden.

Er hat es verkackt. Im wahrsten Sinne des Wortes.

Ein trockenes Lachen lässt seine Schultern beben. Als er aufblickt, sieht er die Haushälterin in der Tür stehen. Mit ausdrucksloser Miene sagt sie: »Tee steht auf dem Küchentisch. Essen in einer Stunde.«

Er schließt die Augen und nickt. Als er sie wieder öffnet, ist die Frau verschwunden.

Langsam schlurft er in die kleine Küche und nimmt die dampfende Tasse vom Tisch. Er hat Kamillentee noch nie gemocht, schon vom Geruch wird ihm übel. Er schüttet das Gebräu in die Kloschüssel und spült. Dann entscheidet er sich für ein Glas Wasser, das er in einem Zug austrinkt. Langsam kehren seine Lebensgeister zurück.

Was soll er tun? Was hat er noch für Möglichkeiten?

Soll er hier sitzen bleiben und wie das Kaninchen vor der Schlange auf den tödlichen Biss warten? Er hält den Atem an und lauscht angestrengt nach verdächtigen Geräuschen. Von unten kein Laut. Nikodemus kann jederzeit den Brief öffnen und seine Vermutung bestätigt sehen. Was wird dann geschehen? Wird er hinaufstürmen und ihn wutentbrannt zur Rede stellen? Oder wird er gleich die Polizei rufen? Die ihn wegen Verdachts der Hochstapelei und des Betrugs einkassieren wird? Und Silvia? An sie darf er gar nicht denken.

Man wird jede Menge Fragen an ihn haben. Sie werden wissen wollen, wer zum Teufel er eigentlich ist. Vor allem werden sie über den Verbleib des echten Alexander von Hebenstein Auskunft haben wollen. Was soll er ihnen erzählen? Ihnen die Wahrheit zu sagen ist undenkbar. Dass Alexander verbrannt ist, werden sie ihm als Mord auslegen. Und wenn sie seine wahre Identität herausfinden, hat er als Leopold Kranzelmeier noch jede Menge Altlasten zu schultern.

Kurz überlegt er, ob er seine Siebensachen packen und auf dem schnellsten Weg abhauen soll. Er schüttelt den Kopf. Wozu? Sie würden ihn kriegen, so oder so. Es ist ihm ein Mal gelungen, von der Bildfläche zu verschwinden, ein zweites Mal kann er dem Schicksal kein Schnippchen schlagen. Die einfachste Möglichkeit, sich aus der Verantwortung zu stehlen, wäre, seinem Leben ein Ende zu setzen. Bei dem Gedanken bricht ihm der Schweiß aus. Das wird er nicht fertigbringen.

Er ist so müde.

Von unten hört er Angelikas Stimme, die ihn zum Essen ruft.


## 21


»Es gibt mehrere Organisationen, die illegal eingereisten Flüchtlingen helfen«, sagt Simon Weißgerber. »Das beginnt mit der Erstversorgung, nachdem sie aufgegriffen wurden: Essen, Kleidung, Decken, Hygieneartikel. Dazu noch medizinische Hilfe in Notfällen. Und natürlich die Beratung in rechtlichen Dingen. Ich habe mich auf die Hilfsorganisationen beschränkt, die im weststeirischen Raum tätig sind. Das sind im Großen und Ganzen zwei: Eine nennt sich ›QuickHelp‹, die andere ›CFE‹. Das ist die Abkürzung für ›Care For Everyone‹.«

Schlagenhaufen nickt. »Das deckt sich mit meinen Ermittlungen. Die Flüchtlinge hier haben diese Namen öfter genannt. Sind das ausschließlich gemeinnützige Vereinigungen?«

»Ja. Die Leute arbeiten ehrenamtlich, sie finanzieren sich

über freiwillige Spenden. Ich bin gerade dabei, die Daten der Mitglieder zu erheben.«

»Ist es möglich herauszufinden, wer die Flüchtlinge in Empfang genommen und in das Grazer Erstaufnahmezentrum gebracht hat?«

»Das müsste bestimmt zu eruieren sein«, murmelt Weißgerber. Seine Finger fliegen über die Tastatur. »Da haben wir es schon. Die Meldungen laufen im Erstaufnahmezentrum zusammen. Bei einem Gustav Schnaderbeck und einer Frau Angelika Glück. Sie leiten dann alles in die Wege, denke ich.«

Konzentriert notiert sich Schlagenhaufen den Namen des Mannes.

»Die Mühe müssen Sie sich nicht machen«, lächelt Weißgerber. »Sie kriegen Namen, Telefonnummern und Adressen frei Haus geliefert.«

Auf Knopfdruck surrt der Drucker los und spuckt ein Blatt mit den Daten aus.

»Das nenne ich Service.« Schlagenhaufen hebt den Daumen.


Zur selben Zeit sitzt Kammerlander bei Anton Schauer im Büro. Eine Sekretärin hat ihm einen perfekten Kaffee serviert, mit einem hellen, cremigen Herz in der Mitte.

»Alle Ehre. Wie ein Barista«, lobt er und hebt die Tasse an die Lippen. Die Sekretärin entschwindet mit einem zufriedenen Lächeln.

»Schön«, sagt Schauer und rutscht in seinem Sessel nach vorn. Seine Körperhaltung suggeriert, dass er als Stadtrat wichtige Dinge zu erledigen hat und seine Zeit knapp ist. »Was kann ich heute für Sie tun?«

Kammerlander nimmt genüsslich einen Schluck und hat sichtlich alle Zeit der Welt. Schauers Demonstration von Wichtigkeit läuft bei ihm ins Leere. »Sie erinnern sich an die Familie Romanescu?«

»Das … ist die Familie des Mädchens, das im Grafenteich ertrunken ist, wenn ich nicht irre.«

»Sie irren nicht.«

»Stand in allen Zeitungen. Schlimme Geschichte.«

»Das ist wohl wahr. Das Unglück – wenn es denn eines war – hat vor fünf Jahren stattgefunden.«

»Was soll es denn sonst gewesen sein? Sie ist doch im Teich gefunden worden, also wird das Mädchen hineingefallen und ertrunken sein.«

»Möglich, aber nicht sehr wahrscheinlich. Im Polizeiprotokoll von damals steht, dass nach der Vermisstenanzeige der Romanescus die Taucher auch im Grafenteich nach Georgiana gesucht haben.«

»Hm. Ich verstehe. Was brauchen Sie?« Schauer wirft einen raschen Blick zur Uhr. »Es ist bald Mittag. Wenn wir jetzt noch Unterlagen haben wollen, müssen wir uns beeilen. Sonst verabschiedet sich meine Sekretärin in die Mittagspause.«

Kammerlander leckt sich ein bisschen Schaum von den Lippen. »Dann sollten wir keine Zeit verlieren. Jemandem, der solchen Kaffee macht, möchte ich ungern die Mittagspause kürzen.«

Ratzinger geht unruhig im Büro auf und ab. Er hat unzählige Szenarien durchgespielt, wie jemand die Leiche des Jungen im Beisein anderer vor dem Zubetonieren platzieren hätte können. Möglich wäre es gewesen. Riskant, aber möglich. Dabei ist ihm ein erschreckender Gedanke gekommen.

Was, wenn der Pegasus nicht die einzige Skulptur ist, die als Grabstein missbraucht wurde? Was, wenn noch mehr Skelette unter anderen Sockeln liegen? Und das städtische Bauamt unwissentlich als Totengräber fungiert hat?

Nein. Er schüttelt den Kopf. Das sind doch Hirngespinste. So etwas funktioniert ein Mal, aber nicht dauernd. Das Risiko wäre enorm hoch. Einfach absurd.

Auf der anderen Seite: Wenn es ein Mal klappt, ein zweites Mal … Never change a running system. So gesehen, und mit der nötigen Kaltschnäuzigkeit …

Wieder schüttelt er den Kopf. Er hat keine Lust, sich mit solchen Horrorvorstellungen lächerlich zu machen.

Er muss mit jemandem reden. Er nimmt sein Handy und ruft Kammerlander an.


## 22

In Zeitlupe steigt er die Treppe hinab. Er spürt die Stufen unter seinen Füßen nicht. So fühlt es sich also an, wenn man zur Schlachtbank geführt wird.

Er hört das Klappern von Tellern und Besteck und geht langsam zur Küche. Angelika und Nikodemus sitzen bereits am Tisch, die Haushälterin holt gerade den Suppentopf vom Herd. Er steht in der Tür wie einzementiert.

»Da bist du ja«, sagt Angelika und lächelt strahlend. »Setz dich doch. Du siehst aus, als könntest du eine Stärkung vertragen.«

Wie ein Automat bewegt er sich zu seinem Platz. Er wagt nicht, Nikodemus ins Gesicht zu sehen. Er erwartet jeden Moment, dass dieser auf den Tisch schlägt und seiner Maskerade ein Ende bereitet. Aber nichts geschieht. Im Gegenteil. Nikodemus füllt einen Teller mit Suppe und reicht ihn zu ihm rüber.

»Hier, mein Junge«, sagt er.

Mein Junge?

Er will den Teller nehmen, aber er zittert so stark, dass er die Suppe fast verschüttet.

»Was ist los mit dir?« Die Tante klingt besorgt. »Bist du krank?«

»Noch immer Durchfall«, krächzt er.

»Na, dann musst du ordentlich essen«, meint Nikodemus. »Damit du gestärkt bist für unser anschließendes Gespräch.«

Da ist sie, die Drohung. Warum stellen sie ihn nicht gleich zur Rede? Warum diese Farce mit dem Essen? Eine Art Henkersmahlzeit? Er hört das Blut in den Ohren rauschen, die Stimmen der anderen durchdringen kaum den Nebel, der ihn umgibt. Er isst, aber er schmeckt nichts. Am Ende kann er nicht einmal sagen, was er auf dem Teller hatte. Eine Welle der Wut erfasst ihn. Warum spielen sie dieses Spiel mit ihm? Am liebsten würde er aufspringen und das Tischtuch mit den Gedecken herunterreißen. Würde sie anschreien, dass sie sich das Theater sparen können und sagen sollen, was sie zu sagen haben. Doch der Zorn ebbt ebenso schnell ab, wie er gekommen ist. In Wahrheit ist er so kraftlos, dass er nicht einmal einen Salzstreuer umzuwerfen vermag.

Wie können sie so ruhig bleiben? Er hört Angelika von ihrer Arbeit sprechen, ihre Stimmlage verrät nicht den geringsten Ärger. Jetzt wagt er es, Nikodemus anzusehen. Auch ihm ist nicht die leiseste Irritation anzumerken. Im Gegenteil, er nickt ihm freundlich zu.

Er greift nach dem Wasserglas und trinkt es in einem Zug leer.

Kann es sein, dass sie die Post nicht durchgesehen haben und der Brief immer noch ungeöffnet im Wohnzimmer liegt? Anders ist das Verhalten der beiden nicht zu erklären. Dann hat er eventuell noch eine Chance. Verschiedene Möglichkeiten durchzucken sein Hirn, wie er vielleicht doch noch an das vermaledeite Schreiben herankommen könnte. Er muss sich zwingen, nicht aufzuspringen und sich seine hektische Nervosität nicht anmerken zu lassen.

Die ganze Zeit über fühlt er den Blick der Haushälterin auf sich ruhen.

Sie sitzen im großen Wohnzimmer. Maria hat den Tisch mit Kaffeegeschirr eingedeckt, die Kanne in die Mitte gestellt und sie dann allein gelassen. Er atmet auf. Ihre Anwesenheit bereitet ihm Unbehagen.

Er nimmt eine Tasse Kaffee und schaut sich unauffällig um. Auf dem kleinen Beistelltisch liegen Zeitungen, aber keine Briefe. Die Tür zum angrenzenden Arbeitszimmer ist nur angelehnt. Wahrscheinlich hat Nikodemus die übrige Post auf seinen Schreibtisch gelegt.

»So, mein lieber Neffe, wann wolltest du uns denn in deine Pläne einweihen?« Angelika sieht ihn lächelnd an.

»Pläne? Ich …«

»Jetzt tu bloß nicht so.« Sie gibt ihm einen Klaps auf die Schulter. »Dein zukünftiger Schwiegervater hat Nikodemus vor einer Stunde angerufen.«

»Hierzegger? Ich weiß jetzt nicht … Was hat er denn gesagt?«

»Dass Silvia und du euch so schnell wie möglich verloben wollt. Am besten gestern.«

»Das … ist richtig. Wir haben darüber gesprochen –«

»Was hältst du vom kommenden Wochenende?«, fragt Nikodemus unvermittelt.

»Kommendes Wochen…? Das ist wirklich schnell.«

»Terminlich passt es für Hierzegger nur nächstes Wochenende, ansonsten müsstet ihr noch einen Monat warten.«

»Ja, äh, nein … Passt schon, wenn das möglich ist?«

»Das Unmögliche wird möglich gemacht. Punktum. Wenn es denn so eilig ist.« Nikodemus zwinkert ihm zu. Es ist das erste Mal, dass er einen Anflug von Humor bei ihm feststellen kann. »Es wird natürlich nur eine kleine Familienfeier geben. Wir drei und die Hierzeggers. Für mehr reicht die Zeit nicht. Ein Diner in unserem Schloss. Aber dafür wird die Hochzeit im Frühling groß gefeiert.«

Jetzt ist er sicher, dass Nikodemus das Schreiben vom Genlabor noch nicht gesehen hat. Sie reden noch eine Weile über das geplante Verlobungsessen, und er tut sein Möglichstes, um Vorfreude sichtbar werden zu lassen. Seine Schweißdrüsen arbeiten wie Turbolader, das Hemd klebt an seinem Körper. Er versucht angestrengt, nicht zur Tür des Arbeitszimmers zu schauen. Wenn er doch nur diesen Brief an sich bringen könnte.

Lass ein Wunder geschehen!

Er weiß nicht, an wen dieses Stoßgebet gerichtet ist, an den Allmächtigen, die Zahnfee oder den Mann im Mond. Aber irgendeiner muss es wohl gehört haben, denn Angelika steht auf, um auf die Toilette zu gehen. Fast gleichzeitig läutet es an der Haustür.

»Ach ja, das ist der Nachbar, dem habe ich etwas geliehen«, sagt Nikodemus und verlässt den Raum.

Mit einer raschen Bewegung erhebt er sich aus dem Wohnzimmersessel und huscht ins Arbeitszimmer. Auf dem Schreibtisch liegt kein Brief. Auch sonst nirgendwo. Er öffnet die erste Lade und hat Glück. Ganz oben sieht er das Schreiben, das vom Umschlag halb verdeckt ist. Nikodemus hat es also geöffnet und gelesen. Sein Blick fällt auf das Ergebnis der Analyse. Er begreift nicht. Schon hört er Nikodemus die Haustür schließen und rammt die Lade in den Schreibtisch zurück. Er schafft es gerade noch ins Wohnzimmer, wo er vor der Bücherwand stehen bleibt und vorgibt, die Titel auf den Buchrücken zu lesen. Mit der Hand auf dem Magen dreht er sich um und schützt Bauchgrummeln vor, um sich zurückziehen zu können.

Er muss jetzt allein sein.

Oben in seiner Wohnung atmet er tief durch. Er ruft noch einmal das Bild ab, das sich in seine Netzhaut eingebrannt hat. »Vaterschaft zu achtundneunzig Prozent bestätigt«, hat die Genanalyse ergeben. Das kann einfach nicht sein. Er geht ins Bad und starrt auf die neue Zahnbürste, die er sich erst vor ein paar Tagen gekauft hat. Dann schließt er die Augen und versucht, sich zu erinnern. Alexanders benutzte Zahnbürste hat er in den Müll geworfen, die hatte ausgedient. Er hat im Spiegelschrank eine Ersatzzahnbürste gefunden, diese neongrüne. Er hat sie aus der Zellophanverpackung genommen und verwendet, bis sie eines Tages verschwunden war. Weil Nikodemus sie für den Vaterschaftstest gebraucht hat. Da war aber doch *seine* DNA drauf und nicht Alexanders.

Was ist hier los, zum Teufel?

Er setzt sich auf den Rand der Wanne und starrt blicklos auf den Badezimmerteppich. Die Erkenntnis reift mit jeder Sekunde, es gibt keine andere Erklärung. Auch im Hinblick auf die unglaubliche Ähnlichkeit.

Sie sind Zwillinge. Alexander ist sein Bruder. *War* sein Bruder.

Der durch seine Schuld ums Leben gekommen ist.


## 23

Zwei Tage später sitzen die Beamten mit Weißgerber im Büro zusammen. Sie haben den Computerfachmann mit Namen, Daten und Informationen versorgt, die dieser in seine Programme eingespeist hat. Ihre Hoffnung ruht darauf, dass er eine signifikante Übereinstimmung, Häufung oder auffallende Abweichung in den Angaben oder Aussagen findet. Die räumliche Distanz zwischen Voitsberg, Graz und den Orten, an denen die Flüchtlinge aufgegriffen wurden, erschwert es den Beamten, den Überblick zu bewahren.

»Ich war gestern in Graz«, berichtet Schlagenhaufen. »Herr Schnaderbeck, der Leiter des Erstaufnahmezentrums, war sehr hilfsbereit. Hat er Ihnen die erbetenen Unterlagen zukommen lassen?«

Weißgerber nickt. »Alles sauber dokumentiert und abgewickelt. Auf den ersten Blick ist nichts Ungewöhnliches zu erkennen.«

»Er hat mich ins Nebenzimmer an Frau Glück verwiesen, die ehrenamtlich zwei- bis dreimal die Woche Telefondienst macht und Einsätze koordiniert«, erzählt Schlagenhaufen weiter. »Sie hatte an dem Tag Bereitschaft, als die Flüchtlingsgruppe, bei der auch Adil Hamoud war, von der Polizei aufgegriffen wurde. Sie hat dann die Aufnahmekapazitäten in Asylunterkünften eruiert und eine Hilfsorganisation mobilisiert.«

»Hat diese Frau Glück gesagt, welchen Hilfsdienst sie gerufen hat?«, fragt Ratzinger.

»Ja. Das war CFE, ›Care For Everyone‹. Sie meinte, in der Voitsberger Asylunterkunft habe es zu dem Zeitpunkt die meisten freien Plätze gegeben.«

»Kann sie sich das Verschwinden des Jungen erklären?«

»Sie sagte, ein Adil Hamoud sei definitiv nicht bei der Gruppe gewesen, als sie die Leute registriert hat. Anschließend hat sie die erhobenen Daten an die Bundesbetreuungsagentur weitergeleitet.«

»Das heißt, Adil ist nicht in Graz angekommen«, resümiert Kammerlander. »Aber das wussten wir ja schon.«

»Ich muss aufstehen und ein wenig herumgehen«, sagt Schlagenhaufen. »Mein Rücken bringt mich um.« Sie schiebt den Stuhl nach hinten und stampft mit der Hand auf dem ausladenden Becken um die Schreibtische. »Da gibt es noch etwas. Allerdings habe ich keine Ahnung, wie ernst man das nehmen kann. Christian Jäger, der Leiter der Asylunterkunft, hat mich angerufen. Ich bin hingefahren und habe erfahren, dass Djamal, der große Bruder von Adil, seit ein paar Tagen verschwunden ist. Jäger hat eine syrische Mutter mit ihrem kleinen Mädchen ins Büro kommen lassen. Das Kind sagt, es habe etwas gesehen in der Nacht, bevor die Leute in Bussen von diesem leer stehenden Haus abgeholt wurden. Ich habe mit der Mutter gesprochen. Wenn man es denn so nennen kann. Deutsch, arabisch, Hände und Füße, Sie wissen schon. Jedenfalls will das Mädchen in dieser Nacht einen Wagen bemerkt haben, der gerade wegfuhr, als sie aus dem Fenster geschaut hat. Sie hat den Fahrer nicht erkennen können, aber im Mondlicht ist ihr etwas auf der Seitenwand des Fahrzeugs aufgefallen.«

Mit einem leichten Ächzen setzt Schlagenhaufen sich wieder auf ihren Stuhl. Der protestiert quietschend. »Auf die Frage, was das war, wurde es etwas schwierig. Die Kleine hat nicht mehr gesprochen, sondern nur mehr Zeichen gemacht. Etwa so.« Schlagenhaufen streckt die Arme zur Seite und macht Flatterbewegungen mit den Händen.

»Ein Vogel, würde ich sagen«, meint Kammerlander.

»Hm. Ein Vogel, ein Schmetterling, ein Engel. Was auch immer. Aber wie gesagt: Ob das eine ernst zu nehmende Aussage ist, kann ich nicht beurteilen. Wir dürfen nicht vergessen, wie traumatisiert Kinder nach der langen Flucht sind. Vielleicht vermischen sich Traum und Wirklichkeit.«

»Gut, dann wissen wir das jetzt.« Kammerlander hebt die Hand. »Ich mache mal weiter. Den Fall Georgiana Romanescu werden wir wohl als Tötungsdelikt einstufen müssen. Das ergibt sich aus der Tatsache, dass ihr Körper in Plastik gewickelt und hinter den Steinen unter den Büschen versteckt wurde. Für die zeitliche Abfolge kann man sich zwei Szenarien vorstellen. Entweder sie wurde entführt und hat noch eine Zeit lang gelebt, bevor sie ins Wasser verbracht wurde. Oder sie wurde ermordet, und die sterblichen Überreste hat man irgendwo deponiert, bis die Taucher die Suche im Teich beendet hatten. Wer würde schon ein zweites Mal an derselben Stelle suchen?«

»Ganz schön kaltblütig«, brummt Schlagenhaufen. »Und clever.«

»Es ist nach fünf Jahren natürlich kaum mehr möglich, brauchbare Zeugenaussagen zu bekommen. Aber ich war noch einmal beim Kulturstadtrat und habe die Dienstpläne der Mitarbeiter vom Bauamt in Kopie erhalten.« Er reicht Weißgerber einen USB-Stick über den Tisch. »Darauf sind sämtliche Arbeiten und die ausführenden Mitarbeiter abgespeichert. Die Aufzeichnungen reichen sechs Jahre zurück. Das müsste eigentlich genügen. Ich hab mir schon einmal angesehen, wer von den Gemeindearbeitern bei den Aufführungen der Romanescus im Schlosspark eingeteilt war, um Absperrungen durchzuführen, Sitzgelegenheiten und Parkplätze für die Besucher zu organisieren, so was alles. Für die Abwicklung dieser Veranstaltung waren Petar Horvat und Siegfried Nestler zuständig.«

»Der Kroate und die Schnapsdrossel also«, murmelt Ratzinger.

»Sieht so aus.«

»Dass wir von denen nach so langer Zeit brauchbare Aussagen bekommen werden, glaube ich kaum.«

»Das ist richtig. Aber versuchen müssen wir es.« Kammerlander sieht seine Mitstreiter der Reihe nach an. Sein Blick bleibt auf Ratzinger heften. »Da ist noch etwas, das ich mit euch besprechen will.« Er wendet sich wieder den anderen zu. »Kollege Ratzinger hat eine Befürchtung geäußert, die vorerst dieses Büro nicht verlassen darf. Und auf keinen Fall darf die Presse davon Wind kriegen.«

Weißgerber und Schlagenhaufen schauen ihn gespannt an.

»Es ist, wie gesagt, vorerst ein Gedankenspiel, das durch nichts untermauert ist. Die Überlegung von Ratzfatz ist folgende: Wir haben durch Zufall eine Kinderleiche unter einem der Sockel im Schlosspark gefunden. Was, wenn es nicht die einzige ist?«

Schlagenhaufen zieht scharf die Luft ein. »Sie meinen …?«

»Es ist nur ins Blaue hinein gedacht«, versucht Ratzinger abzuschwächen.

»Das würde bedeuten, wir hätten es mit Mehrfachmorden zu tun. Mit einem Serienmörder. Das … also … Wenn ich mir vorstelle …«

Weißgerber scheint nicht schockiert zu sein. »Es ist eine Annahme, die auf einer Schlussfolgerung basiert. Ich finde das nicht abwegig. Die Frage ist: Wie gehen wir damit um?«

Kammerlander nickt. »Das ist der Punkt. Wir können nicht einfach alle Sockel umgraben lassen. Wenn das ruchbar wird, ist der Teufel los. Außerdem bekommen wir ohne ausreichenden Anfangsverdacht keine Genehmigung dafür.«

»Und stellt euch vor, wir finden nichts«, wirft Ratzinger ein. »Dann sind wir eine Lachnummer. Unser Kommandant kriegt einen Blutrausch. Und die Presse wird uns in der Luft zerreißen.«

Eine Zeit lang hängt jeder seinen Gedanken nach.

»Vielleicht kann man eine Drohne einsetzen«, überlegt Schlagenhaufen laut. »Wenn Archäologen irgendwo eine alte Siedlung vermuten, schicken sie technisch speziell ausgerüstete Drohnen über so ein Gebiet. Damit können sie unter der Erde Häuser, Straßen und auch Gräber erkennen.«

Weißgerber schüttelt den Kopf. »Gute Idee, aber das wird in unserem Fall nicht funktionieren. Die Leiche des Jungen wurde unter einem Betonsockel gefunden. Die Luftbildarchäologie stößt da an ihre Grenzen. Man kann nicht unter Beton schauen.«

»Und Hunde?«, schlägt Kammerlander vor. »Was ist mit Leichenspürhunden?«

»Das wäre einen Versuch wert. Allerdings weiß ich nicht, über welche Zeiträume diese Supernasen noch einen Leichnam erschnüffeln können.«

»Und der Hundeführer wird unter Androhung von Folter und anschließender Todesstrafe verpflichtet, kein Wort nach außen dringen zu lassen«, ergänzt Schlagenhaufen. »Für den wahrscheinlichen Fall, dass unter den anderen Sockeln kein weiterer Leichnam liegt.«

Alle grinsen.

»Ich kann den Huber Jakob fragen«, bietet Ratzinger an. »Der ist bei der Hundestaffel. Und schuldet mir noch was.«

## 24

Am späten Nachmittag hat Weißgerber schon ein paar Ergebnisse.

»Ein Name, der immer wieder auftaucht, ist Petar Horvat. Das heißt nicht, dass ihn das automatisch verdächtig macht. Aber es ist eine Auffälligkeit. Horvat war beide Male am Grafenteich zur Arbeit eingeteilt. Vor fünf Jahren, als das rumänische Mädchen verschwand, und ein Jahr später, als der unbekannte Junge unter dem Sockel einbetoniert wurde. Ich habe mir auch die Namenslisten der beiden Hilfsorganisationen ›CFE‹ und ›QuickHelp‹ angeschaut, die übrigens unter der Patronanz eines gewissen Nikodemus Hebenstein stehen.«

»Das ist der Besitzer von Schloss Greißenegg«, sagt Kammerlander.

»Genau. Ein ehrenwerter Richter, der seinen Wohnsitz in Voitsberg und sein Amt untadelig ausgeführt hat. Zumindest habe ich nichts Gegenteiliges gefunden. Er ist jetzt im Ruhestand.« Weißgerbers Finger tanzen über die Tastatur seines Laptops. »Um wieder auf Horvat zurückzukommen: Sein Name erscheint bei ›CFE‹. Die meisten sogenannten Ehrenamtlichen in dieser Vereinigung sind Arbeitslose und vorzeitig Entlassene. Es ist ein Programm zur Wiedereingliederung in die Gesellschaft.«

»Der Gedanke, dass Straftäter auch einmal etwas Sinnvolles für die Allgemeinheit tun, passt wohl zu einem Richter«, findet Schlagenhaufen.

»Zweifellos. Jedenfalls ist Horvat dort als Fahrer tätig. Wobei er keine kriminelle Vergangenheit hat. Er ist vor dem Jugoslawienkrieg geflohen und in Österreich geblieben. Ich habe den Wohnort von Horvat ermittelt. Er lebt mit seiner Frau auf dem Anwesen unseres Richters. Bei dem ist er mit einer halben Stelle als Gärtner angemeldet.«

»Also fleißig ist der Mann«, murmelt Ratzinger. »Gärtner, gelegentlich Gemeindearbeiter und ehrenamtlicher Fahrer.«

»Da Horvat bei der ersten groben Überprüfung im Raster hängen geblieben ist, habe ich mir seinen Dienstherrn genauer angeschaut: Richter Hebenstein, ein ›von Hebenstein‹ eigentlich, aber rein rechtlich betrachtet sind Adelsprädikate in Österreich ja nicht mehr erlaubt. Im Gerichtssaal war er der unumschränkte Herrscher. Dazu passt vielleicht, dass er vor etwa dreißig Jahren Schloss Greißenegg gekauft hat, das er seitdem nach und nach renoviert.«

»Er glaubt, die Ahnenreihe der von Hebensteins reiche bis in den Dreißigjährigen Krieg zurück«, wirft Kammerlander ein.

Die anderen sehen ihn verwundert an.

»Wie dem auch sei«, fährt Weißgerber fort. »Er beschäftigt eine Haushälterin, deren Mutter schon bei den Hebensteins gearbeitet hat. Sie ist mit Horvat verheiratet. Die beiden bewohnen ein kleines Haus auf dem Grundstück der Familie. Der Richter war verheiratet, seine Frau kam auch aus Ex-Jugoslawien. Sie bekamen einen Sohn, Alexander, aber die Mutter ist kurz nach der Geburt nach Kroatien zurückgekehrt. Er hat nie wieder geheiratet.«

»Alexander Hebenstein. Natürlich!« Ratzinger klopft sich an die Stirn. »Jetzt weiß ich, wieso mir der Name so bekannt vorkommt. Der hatte doch einen schweren Unfall, so vor ein, zwei Monaten. Hansbauer hat diesen Unfall erhoben, wenn ich mich nicht irre.«

»Das deckt sich mit meinen Unterlagen.« Weißgerber sieht auf seine Uhr und klappt den Laptop zu. »Halb sechs. Ich werde mich jetzt verabschieden. Montagvormittag sehen wir uns wieder.«

»Ich fahre noch zum Huber Jakob und mache ihm die Situation klar«, sagt Ratzinger. »Unser Vorhaben können wir nur außerhalb der Dienstzeit durchziehen. Morgen ist Samstag. Da hat er vielleicht am Abend Zeit. Am besten, ich frag seinen Hund.«

»Mach das«, grinst Kammerlander. »Aber undercover! Haltet euch zurück. Keine unnötige Aufmerksamkeit.«

»Logisch.«

»Wollen wir noch ein Schwätzchen mit Horvat halten?« Schlagenhaufen sieht Kammerlander auffordernd an.

»Keine schlechte Idee.«


Die Stimmung im Haus Hebenstein hat sich gedreht.

Ist sich Leo in den vergangenen Tagen von Nikodemus bespitzelt und mit Misstrauen beäugt vorgekommen, so ist nun er derjenige, der seinem Vater mit Argwohn begegnet und ihn belauert. Es gibt anscheinend ein Familiengeheimnis, das mehr als sechsundzwanzig Jahre eisern gehütet wurde.

Was ist damals geschehen? Und warum hat Nikodemus den einen Jungen behalten und den anderen weggegeben? Leo fühlt einen Stich in der Brust. Warum hat er *ihn* weggegeben?

Er ist sich sicher: Tante Angelika hätte auch beide Jungen bei sich aufgenommen und großgezogen, wenn sie von der Zwillingsgeburt gewusst hätte. Sie ist eine großherzige Frau. Sie hätte nicht zugelassen, dass er aus der Familie gerissen und wie eine junge Katze vom Wurf getrennt fremden Leuten überlassen wird.

Und zu einem Kranzelmeier verkommt.

Er hat es immer schon gespürt. Dass er nicht zu Therese und Adrian gehört. Dass er in diese ärmliche Umgebung nicht passt. Dass er am falschen Platz ist und ihm ein besseres Leben gebührt. Er hat nie eine innige Beziehung zu seinen Eltern gehabt oder sie gar geliebt. Die Gene lassen sich nicht täuschen oder umerziehen, davon ist er überzeugt. Seine Gene jedenfalls haben ihm immer einen anderen Weg gewiesen. Den Weg nach oben.

Er ist also Nikodemus von Hebensteins Sohn. Das fühlt sich richtig an. Als ihm sein Vater das Familienschloss auf der anderen Seite von Voitsberg gezeigt hat, war er sicher, angekommen zu sein. Und jetzt weiß er: Ein sorgenfreies Leben in einem herrschaftlichen Ambiente ist sein Geburtsrecht.

Doch Nikodemus hat das vor sechsundzwanzig Jahren anscheinend anders gesehen. Warum? Was hat den Mann dazu bewogen, eines seiner Kinder zu verstoßen? Ob die Hausangestellten etwas wissen? Sie waren bestimmt schon im Haus, als seine Mutter niederkam.

Überhaupt, seine Mutter.

Laut seiner Tante ist sie zwei Tage nach seiner Geburt verschwunden. Angeblich nach Ex-Jugoslawien zurück. Warum spricht keiner von ihr? Wieso gibt es kein Bild von ihr, kein Erinnerungsstück? Dass sein Vater es vor lauter Trauer nicht ertragen hat, an sie erinnert zu werden, glaubt er nicht. Er muss versuchen, hinter die Geschehnisse von vor sechsundzwanzig Jahren zu kommen.

Auf der anderen Seite – muss er? Besonders zu diesem Zeitpunkt? Es ist bestimmt besser, die Situation stabil zu halten. Unangebrachte Neugier könnte seine Vorhaben gefährden. Wer weiß, welche Geheimnisse ans Licht kämen, wenn er zu tief in der Vergangenheit graben würde? Vielleicht Dinge, die die Reputation und das Ansehen der Familie zunichtemachen würden. Damit würde er mutwillig alles zerstören, wofür er sich angestrengt hat.

Morgen wird er sich verloben, mit der Frau, nach der er

sich immer gesehnt hat. Schön und gut betucht. Das ist der nächste Schritt. Er hat ein wunderbares Leben in Glück und Wohlstand vor sich. Das wird er nicht vermasseln. No, Sir.

Er schaut auf die Uhr. Seine Tante müsste jeden Moment kommen.

Da läutet es an der Haustür.


## 25

Mit einem Schwung öffnet er einen Türflügel.

»Na, Tantchen, Schlüssel vergess…«

Er starrt in die Gesichter von Kammerlander und Schlagenhaufen. Ihm ist, als hätte ihm jemand kaltes Wasser ins Gesicht geschüttet.

Ich bin aufgeflogen, ist das Erste, was ihm in den Sinn kommt. Jetzt holen sie ihn. Er kann sich nicht bewegen.

Kammerlander stellt sich und seine Kollegin vor. »Herr Hebenstein junior, wie ich annehme?«

»Ja, äh … Al… Alexander Hebenstein. Was … kann ich für Sie tun?« Seine Stimme droht zu kippen, und er muss sich räuspern. Er fühlt die forschenden Blicke der Beamten auf sich ruhen.

»Wir würden uns gern mit Herrn Petar Horvat unterhalten. Wenn das möglich ist.«

»Petar …?« Im ersten Moment sagt ihm der Name nichts.

»Ihr Gärtner«, hilft Schlagenhaufen seiner Erinnerung nach.

»Ach ja. Aber der wohnt nicht hier. Sie finden ihn in dem kleinen Haus da unten. Sie brauchen nur der Straße zu folgen.«

»Da haben wir es schon probiert. Offensichtlich ist niemand zu Hause.«

Leo zwingt sich, ruhig zu atmen. Er lockert seine verkrampften Hände und versucht, seiner Stimme das Zittern zu nehmen. »Ach ja! Er und seine Frau sind bestimmt im Schloss.

Sie müssten also hinüber nach Greißenegg …« Er macht eine entsprechende Geste auf die andere Seite des Ortes.

Kammerlander sieht den jungen Mann aufmerksam an. Seinen Bewegungen haftet etwas Eiliges an, etwas Fahriges, denkt er. »Vielleicht können Sie uns ja schon im Vorfeld helfen und ein paar Angaben zu Herrn Horvat machen.«

»Ich … Ich fürchte, da muss ich Sie enttäuschen. Ich kann mich grade nicht erinnern –«

»Was ist denn das für ein Benehmen, mein Junge?« Ein schlanker, grauhaariger Mann taucht hinter dem jungen Hebenstein auf. Seine kerzengerade Haltung lässt die Beamten an einen Militär denken. Der kalte Blick aus den blauen Augen unterstreicht diesen Eindruck noch.

»Bitte die Herrschaften doch herein.«

Der Angesprochene weicht zurück in die Eingangshalle, während sich Hausherr und Besucher gegenseitig vorstellen. Sie gehen in die Küche, wo Nikodemus Hebenstein ihnen anbietet, Platz zu nehmen.

»Sie müssen die Unfreundlichkeit meines Sohnes entschuldigen. Das ist wahrscheinlich die Aufregung, Alexander wird sich morgen verloben.«

»Da gratulieren wir herzlich«, sagt Kammerlander, und Schlagenhaufen nickt.

Leo hat das Gefühl, sie lässt ihn nicht aus den Augen. Ob sie ihn erkannt hat? Dann ist alles vorbei. Er zwingt sich, dem Gespräch zu folgen.

»Sie möchten also Auskünfte über unseren Gärtner, wie ich gehört habe. Darf ich fragen, was der Grund dafür ist?«

»Reine Routine. Wir ermitteln in zwei ungeklärten Todesfällen, die schon Jahre zurückliegen. Der Zufall wollte es, dass sich Herr Horvat in der Nähe befand, als die Opfer zu Tode kamen. Wir wollten ihn nur fragen, ob er sich an etwas Verdächtiges erinnert.«

»Sie meinen das rumänische Mädchen und den Jungen unter dem Sockel?«

»Genau.«

»Na, da beneide ich Sie nicht. Zwei Todesfälle aus der Vergangenheit. Und die Presse weiß wieder einmal alles besser.«

»Da sagen Sie was. – Aber um auf Herrn Horvat zurückzukommen: Er ist mit Ihrer Haushälterin verheiratet, wenn ich richtig informiert bin.«

»So ist es.«

»Er ist im Jugoslawienkrieg aus Kroatien geflüchtet und hat hier bei uns eine neue Heimat gefunden?«

»Auch das ist richtig. Er ist vor den Serben geflohen, von seiner Familie hat keiner überlebt. Mehr wissen wir nicht, er hat nie über die Ereignisse von damals gesprochen. Als Maria, unsere Haushälterin, ihn kennengelernt hat, hat sie mich gebeten, ihm zu helfen. Ich habe ihm eine Anstellung gegeben, mit der Einbürgerung gab es danach kein Problem. Ich habe nie bereut, ihn beschäftigt zu haben. Er ist fleißig und verlässlich.«

»Ein anderes Thema: Können Sie sich an die Geschichte mit dem verschwundenen Mädchen vor etwa fünf Jahren erinnern?«, fragt Schlagenhaufen. »Ich meine, die Schausteller lagerten ja quasi neben dem Schloss.«

Nikodemus schlägt ein Bein über das andere und lehnt sich entspannt zurück. »Ich erinnere mich daran. Das war, bevor ich in Pension gegangen bin. Aber da es weder eine Leiche noch einen Verdächtigen gab, wurde der Fall nie vor Gericht verhandelt. Deshalb habe ich auch keine nennenswerten Informationen.«

»Und Sie?« Schlagenhaufen wendet sich dem Sohn zu, der sich zusammenreißen muss, um nicht die Augen niederzuschlagen. »Erinnern Sie sich an das verschwundene Mädchen?«

Er schüttelt den Kopf. »Ich kann mich ehrlich gesagt an nicht viel aus der Vergangenheit erinnern.«

»Mein Sohn hatte einen schweren Autounfall«, erklärt der Hausherr. »Er leidet seither an einer Amnesie.«

»Ja richtig!« Kammerlander tippt sich an die Stirn. »Kollege Hansbauer hat sich mit dem Unfall befasst. Ich hoffe, Sie erhalten Ihr Erinnerungsvermögen bald zurück.«

»Ich denke, ich mache Fortschritte. Kleine Erinnerungssplitter tauchen immer wieder auf.«

Als sie sich verabschieden, dreht Schlagenhaufen sich noch einmal zum Richter um. »Eins noch: Petar Horvat ist doch Fahrer bei einer Hilfsorganisation.«

»Ja. Das ist mein Projekt. Nebenbei hat er ein Auge auf vorzeitig entlassene Häftlinge. Damit sie ihre Sozialstunden erfüllen. Quid pro quo, verstehen Sie?«

»Ein gutes Konzept.«

»Bis jetzt hat es funktioniert. Ich denke, das ist alles, was wir zu unserem Gärtner sagen können. Wenn Sie ihn direkt sprechen möchten, müssen Sie sich zu unserem Schloss bemühen. Er und seine Frau bereiten alles für die Verlobungsfeier vor.«

»Vielen Dank für Ihre Zeit.«

Als Leo die Tür hinter ihnen zumacht, ist sein Gehirn völlig leer.


## 26

»Was haben Sie für einen Eindruck?«, fragt Kammerlander, als sie von der Einfahrt fahren.

»Auf den ersten Blick alles normal. Aber … der junge Hebenstein … Ich weiß nicht. Haben Sie nicht auch das Gefühl, dass er erschrocken ist, als er uns gesehen hat?«

»Doch, ja. Er kam mir ziemlich angespannt vor.«

»Der alte Hebenstein ist ein anderes Kaliber«, fährt Schlagenhaufen fort. »Ein Patriarch, wie er im Buche steht, wenn Sie mich fragen.«

»Ist vielleicht seinem Beruf geschuldet. Wenn man ein Leben lang über andere zu Gericht sitzt, entwickelt sich oft ein Anspruch auf die eigene Unfehlbarkeit.«

»Hm. Kann sein.« Schlagenhaufen schaut nachdenklich aus dem Seitenfenster.

»Woran denken Sie, Frau Kollegin?«

»An den Sohn. Ich könnte schwören, dass ich ihn schon einmal gesehen habe.«

Kammerlander nickt. Er hat das gleiche Gefühl.

Von der Umfahrungsstraße biegen sie ab Richtung Voitsberg, danach nehmen sie den Weg, der zum Schloss hinaufführt. Eigentlich gilt hier Fahrverbot, nur Zulieferern ist es gestattet, den Weg bis zum Schlossportal zu benutzen. Besucher müssen ihre Autos auf der Fläche vor dem Schlosspark abstellen und zu Fuß das kurze Stück bis zum Eingang hinaufgehen.

Ich bin im Dienst, denkt Kammerlander. Es ist Freitag, es ist spät, und ich bin müde. Ich werde heute nirgendwo mehr rauf- oder runtersteigen. Die körperliche Ertüchtigung kann mich mal. Außerdem ist es schon dunkel. Ich hab keine Lust, mir die Knochen zu brechen. Und überhaupt.

Vor dem eindrucksvollen Portal angekommen, bemerkt er einen Lieferwagen seitlich am Gebäude, der von ein paar Büschen fast verdeckt wird. Der gehört dem Wirt, Kammerlander hat dieses Auto schon bei seinen vorigen Besuchen gesehen. Direkt vor dem Treppenaufgang steht ein weißes BMW-Cabrio.

Schlagenhaufen nickt anerkennend. »Wem gehört wohl diese weiße Schönheit?« Sie zeigt auf das Cabrio.

»Wir werden es erfahren.«

Leise hört man den Verkehrslärm von der Umfahrungsstraße heraufrauschen. Schlagenhaufen begibt sich an den Rand des Vorplatzes, der von einem hölzernen Geländer gesichert wird. Die Bäume strecken ihre kahlen Äste dem bisschen Licht entgegen, das tagsüber von Norden hierherfällt. Tief unter ihr braust der Verkehr. Es geht so steil hinunter, dass sie das Gefühl hat, über der Straße zu schweben.

Kammerlander schaut nach oben, die hohen Fenster im ersten Stock sind hell erleuchtet. Er geht voraus und registriert, dass das schmiedeeiserne Tor vor der Treppe in die oberen Stockwerke offen steht. An den Handläufen links und rechts ist Efeu drapiert, ein roter Teppich bedeckt den Mittelteil der unebenen Steinstufen. Wandlampen in Form von Fackeln tauchen das Stiegenhaus in warmes Licht.

»Reden wir zuerst mit dem Wirt«, meint Kammerlander und steigt die seitliche Treppe hinunter.

»Gute Ortskenntnis, möchte ich meinen.«

»Tja«, er hebt den Zeigefinger in die Höhe wie ein Oberlehrer, »eine kulinarische Landkarte im Kopf zu haben ist nie verkehrt.«

Die Buschenschank ist heute nicht so voll wie sonst. Man hört leise Stimmen aus dem anderen Gastzimmer, im ersten Raum neben der Theke sitzt nur ein jüngerer Mann mit einer Narbe an der linken Wange. Er blättert gelangweilt in einer Zeitung.

Dirnberger lehnt an der Schank und hat selbst eine Mischung vor sich stehen. Er scheint nicht allzu viel zu tun zu haben.

»Alles klar, Herr Kommissar?«, begrüßt er die neuen Gäste.

Nicht doch, denkt Kammerlander. Nicht schon wieder dieser abgegriffene Spruch. Aber er spielt mit und führt die gestreckte Hand zum militärischen Gruß an die Schläfe.

Der Wirt grinst. »Heut in charmanter Begleitung?«

Kammerlander beißt sich auf die Lippen. »Charmant« ist nicht unbedingt das Erste, das einem beim Anblick seiner Kollegin einfällt. Andererseits … Ratzfatz hat dazu bestimmt eigene Ansichten.

»Schlagenhaufen«, sagt Schlagenhaufen mit tiefer Stimme und drückt Dirnbergers Hand. Der zieht scharf die Luft ein, und Kammerlander bemerkt, wie der Wirt heimlich die Finger zur Faust ballt und wieder streckt, um die Blutzirkulation erneut in Gang zu bringen.

»Bei Ihnen scheinen ja große Vorbereitungen am Laufen zu sein«, kommt Kammerlander zum eigentlichen Zweck seines Besuches und deutet nach oben.

»Kann man wohl sagen. Der junge ›Herr von Hebenstein‹ geruht sich morgen zu verloben.« Der Sarkasmus in Dirnbergers Stimme ist unüberhörbar. »Und zwar standesgemäß im Festsaal des Schlosses.«

»Wer ist die Glückliche?«

»Die zukünftige Alleinerbin vom Autohaus Hierzegger in Stainz.«

»Also werden Sie morgen alle Hände voll zu tun haben.«

»Eher nicht. Die Herrschaften verzichten auf unsere Dienste, sie haben einen Caterer engagiert. Wir haben morgen geschlossen. Hebenstein zahlt mir den Verdienstentgang.«

»Ach?« Kammerlander zieht die Augenbrauen hoch.

»Es is, wie's is. Eine Feier im kleinen Rahmen, mit handverlesenen Gästen. Man will unter sich bleiben. – Wollen S' was trinken?«

Die Beamten schütteln den Kopf. »Später vielleicht. Wir werden jetzt hinaufgehen und uns die heiligen Hallen einmal ansehen.«

»Eine Frage noch«, sagt Schlagenhaufen. »Wem gehört das weiße Cabrio draußen?«

»Der BMW? Der gehört der Schwester vom Hebenstein. Die feine Dame parkt immer direkt vorm Eingang.«

Auf dem Weg zur Tür hört Kammerlander den Mann mit der Narbe »Zahlen bitte« sagen.

»Du hast also keine Dienstanweisung.«

»Ja.«

»Und es soll niemand etwas mitkriegen.«

»Genau.«

»Und mein Hasso von Waldenstein ist quasi undercover.«

»Wieder richtig. Es ist nur so ein Gefühl, verstehst du? Wenn es sich nicht bestätigt, haben wir zwei einen Spaziergang im Park gemacht, den Hund Gassi geführt. Und keiner erfährt etwas.«

»Na schön. Ich bin dabei. Ich kann dir aber nicht versprechen, ob es nach all den Jahren unter Beton noch viel zu erschnüffeln gibt. Das soll ich dir auch von Hasso ausrichten.«

Ratzinger grinst. »Sag ihm, egal wie es ausgeht, er kriegt auf alle Fälle einen Riesenknochen von mir.«

»Dann ist es abgemacht«, sagt Huber. »Montag, siebzehn Uhr. Da beginnt es zu dämmern, und die Spaziergänger sind auf dem Heimweg.«

»Hast was gut bei mir, Jakob.«

»Ach, wir sind quitt. Den Gefallen schulde ich dir.«

»Danke trotzdem.«

»Schon recht. Ich überleg mir, wie wir vorgehen.«


## 27

Sie gehen auf den Prunkraum zu. Der Anblick ist beeindruckend.

Vor der hohen Tür wacht eine Ritterrüstung. Möbel aus vergangenen Jahrhunderten, Schnitzereien, Edelhölzer, wohin man schaut. Wandhohe Spiegel mit vergoldeten Rahmen, alte, düstere Gemälde von irgendwelchen adligen Vorfahren. Riesige, schwere Teppiche auf dem Boden, Stuckornamente an der Decke. Samtvorhänge umrahmen perfekt gerafft die großen Fenster. Drei aufwendig gestaltete Kristalllüster hängen über der langen Tafel, die mit Damast-Tischwäsche und edlem Porzellan eingedeckt ist. Dazwischen vergoldete Kerzenständer. Am anderen Ende des Festsaals führt eine hohe Tür in den nächsten Raum, der bestimmt auch restauriert wurde. Jetzt versteht Kammerlander, wieso dem Richter das Geld ausgegangen ist.

»Nobel geht die Welt zugrunde«, kommentiert Schlagenhaufen. »Würde mich nicht wundern, wenn Maria Theresia um die Ecke käme. Vielleicht müssen die Festteilnehmer in Reifröcken und gepuderten Perücken erscheinen.«

Sie gehen auf eine ältere Frau zu, die Silberbesteck poliert, und Kammerlander stellt sie beide und ihr Anliegen vor. »Frau Horvat, wie ich annehme?«

Sie nickt, und ihr Blick huscht zur Mitte der rechten Wand, wo eine Nische eingelassen ist. Die Beamten begeben sich dorthin und sehen einen Mann Sessel und Notenpulte aufstellen. Seine Arbeitshose, die von Hosenträgern gehalten wird, schlackert um seine Beine.

»Herr Horvat?«

Erschrocken fährt er herum, er hat sie offenbar nicht kommen hören. Zeitgleich ruft eine Frauenstimme aus dem hinteren Raum, dass die Musiker morgen Vormittag ihre Instrumente vorbeibringen werden. Kammerlander bemerkt, dass Schlagenhaufen aufhorcht.

Eine schlanke Frau, die es trotz Jeans und weitem Pullover fertigbringt, elegant auszusehen, betritt den Raum. Sie blickt die Dreiergruppe überrascht an.

»Guten Tag, Frau Glück«, sagt Schlagenhaufen. Jetzt ist es an Kammerlander, überrascht zu sein.

»Oh, guten Tag«, erwidert Angelika Glück den Gruß. »Frau – oder Inspektor? – Schlager…«

»Schlagenhaufen.«

»Ja, natürlich. Wollen Sie zu mir? Haben Sie noch Fragen?«

»Wir wollten eigentlich zu Herrn Horvat.«

Sie stellt Kammerlander und Glück einander vor.

»Sie sind also die Schwester von Herrn Hebenstein?«, fragt Kammerlander. Horvat blickt aufmerksam von einem zum anderen.

»So ist es. Wir bereiten ein kleines Fest für morgen vor. Wenn es also nicht zu lange dauert … Herr Horvat ist ein unentbehrlicher Helfer.«

»Wir werden uns beeilen, gnädige Frau.« Kammerlander wendet sich Horvat zu. »Wir haben eigentlich nur eine Frage. Sie erinnern sich bestimmt an das rumänische Mädchen, das vor etwa fünf Jahren verschwunden ist?«

»Ich erinner. Wor ein Zigeunerkind.«

»Sie waren doch damals von der Gemeinde als Helfer zugeteilt. Haben Sie das Mädchen gesehen? Mit ihr gesprochen?«

»Hob ich gesehen. Wor lustig. Viel herumgesprungen. Auf einmol wor Kind weg. Wir hom olle gesucht. Oba nix gefunden.«

»Sprechen Sie von dem Kind, dessen Überreste aus dem

Teich geborgen wurden?«, fragt Frau Glück. »Ich dachte, Sie ermitteln im Fall des verschwundenen syrischen Jungen?«

»Sowohl als auch«, sagt Schlagenhaufen. »Herr Horvat, wir wissen, es ist lange her, aber vielleicht ist Ihnen damals etwas aufgefallen. Dass sich jemand besonders oft bei den Schaustellern herumgetrieben hat zum Beispiel oder dass die Kleine vermehrt mit jemandem gesprochen hat.«

Horvat hält den Kopf schief und denkt nach. »Ist mir nix aufgefollen. Wor aber immer viel los. Viele Leit, wie Johrmorkt holt.«

Kammerlander überlegt, ob er den Mann damit konfrontieren soll, dass er zweimal in unmittelbarer Nähe von Fundorten toter Kinder gewesen ist. Aber das waren andere auch. Solange sie nicht mehr haben, will er Horvat nicht alarmieren. Eigentlich haben sie nicht einmal einen begründeten Anfangsverdacht. Also entscheidet er sich dagegen.

»Und Sie, Frau Glück? Waren Sie hier in Voitsberg, als Georgiana verschwunden ist?«

»Ich … glaube nicht, nein. Zumindest war ich auf keiner Vorstellung der Schausteller. Ich kann dieser Art von Unterhaltung nichts abgewinnen.«

»Ich verstehe.«

»Man darf sich das gar nicht vorstellen«, sagt sie mit leiser Stimme und schüttelt den Kopf. »Dein Kind verschwindet, und du weißt nicht, ob es noch lebt oder … Es muss die Hölle für die Eltern gewesen sein.«

»Das war es mit Sicherheit.« Schlagenhaufen ballt die Hände zu Fäusten. »Vielleicht können sie den Verlust jetzt besser verarbeiten.«

»Na gut, dann danken wir Ihnen für Ihre Zeit«, meint Kammerlander. »Und wünschen gutes Gelingen für Ihr Fest morgen.«

Als sie sich umdrehen, bemerken sie Frau Horvat, die rasch die Augen niederschlägt. Sie poliert das Silberbesteck, als wollte sie einen Putzmarathon gewinnen.

Er sieht die beiden Beamten zum Wagen gehen und wegfahren. Vorsichtig tritt er aus dem Schatten zwischen den seitlichen Büschen und spuckt auf den Boden. Irgendetwas stinkt hier gewaltig. Wieso taucht die Polizei im Schloss auf?

Vorsichtig nähert er sich wieder dem Portal und steigt diesmal die Treppe hinauf. Lautlos geht er durch die hohe Tür in den Festsaal. Seine Augen gleiten blitzschnell durch den geschmückten Prunkraum. Meine Herren, da hat sich einer ins goldene Nest gesetzt.

Er sieht zwei Frauen und einen alten Mann in einer Nische stehen und leise miteinander reden. Verstehen kann er nichts. Die Damenhafte erblickt ihn zuerst und kommt auf ihn zu.

»Haben Sie sich verlaufen?« Er fühlt ihren Blick auf seiner Narbe.

»Nicht direkt. Ich bin ein alter Freund von Alexander Hebenstein. Ich habe die Verlobungsanzeige in der Zeitung gesehen und wollte ihm gratulieren. Aber ich sehe, dass ich umsonst gekommen bin.«

»Alexander ist nicht hier, das ist richtig.«

»Nun ja, richten Sie ihm bitte meine herzlichsten Glückwünsche aus.«

»Von?«

»Sagen Sie einfach, Manfred lässt ihn grüßen. Er weiß dann schon Bescheid.«

## 28

Er vergisst fast zu atmen, als Silvia mit ihren Eltern auf ihn zugeht. Sie scheint in ihrem langen dunkelblauen Samtkleid über den Vorplatz zu schweben, schwerelos, geradezu feenhaft. Es kommt ihm beinahe unwirklich vor, dass diese Frau sich für ihn entschieden hat. In diesem Moment weiß er einfach, dass sie hierhergehört, dass dieses Anwesen der gebührende Rahmen für sie ist, als zukünftige Schlossherrin.

Die Autos sind am Rand des Vorplatzes geparkt. Für die handverlesenen Gäste gilt das Zufahrtsverbot natürlich nicht. In der Mitte, vor dem Portal, ist ein weißer Pavillon aufgebaut, damit die Gäste sich begrüßen und einen Aperitif nehmen können. Heizstrahler verbreiten eine angenehme Wärme, das feuchtkalte Novemberwetter kann der Gesellschaft nichts anhaben. Rundherum brennen Fackeln und verstärken den festlichen Eindruck.

Es ist natürlich nicht beim engsten Familienkreis geblieben. Angelika hat noch ein paar Leute dazugebeten, den Bürgermeister etwa, den Familienanwalt Dr. Moser, einen Primararzt, einen Richter, alle mit Gattin. Er hat ihnen die Hand geschüttelt und ihre Namen sofort vergessen. Er streckt den Rücken durch und bemüht sich, eine gute Figur zu machen. Manchmal zupft er an seinem Maßanzug herum, den er im Schrank seines Bruders gefunden hat. Er ist es nicht gewohnt, sich derart teuer zu kleiden.

Der gedämpfte Klang einer Glocke ruft die Gäste zur Tafel. Er führt die zukünftige Braut die Treppe hinauf in den Festsaal. Bei ihrem Eintritt empfängt sie dezente Streichmusik, das Cateringpersonal steht mit weißen Schürzen am Büfett bereit, um zu servieren. Die zwei Familien des Paares nehmen am oberen Ende der Tafel Platz, die Gäste setzen sich entsprechend den Tischkärtchen.

Der Prunk erschlägt ihn fast. Er hat vorgehabt, am Vormittag im Schloss vorbeizuschauen, um sich einen Eindruck zu verschaffen. Aber nachdem ihm Angelika Grüße von seinem Freund Manfred überbracht hatte, hat er es nicht mehr gewagt, dorthin zu fahren. Er hat diesen Drecksack also richtig eingeschätzt. Er weiß noch nicht, was er machen wird, hat keinen Plan, wie er mit dieser Bedrohung umgehen soll. Erst einmal wird er diese Verlobung durchziehen, um alles andere wird er sich später kümmern.

Die Speisen werden aufgetragen, zwischen den Gängen halten Nikodemus und sein zukünftiger Schwiegervater Reden, die Musiker fiedeln. Er macht Konversation, lacht oder nickt an den passenden Stellen, das Gesagte ist nach zehn Sekunden vergessen. Er hat ein leises Summen im Ohr, das nicht weichen will. Immer wieder schießen seine Blicke zum Eingang des Saales, die offenen Türflügel sind bedrohlich, bieten keinen Schutz, die Gefahr lauert selbst in den Ritzen der Wände.

Ob Manfred heute wieder auftaucht? Zuzutrauen wäre es ihm.

Er blickt in die strahlenden Augen von Silvia. Was ist er doch für ein Schisser. Statt diese Feier zu genießen, weiß er vor Angst nicht, wohin mit sich. Er beugt sich zu ihr, flüstert verliebte Worte in ihr Ohr, drückt ihre Hand. Schluss mit den Ängsten. Zumindest für die Stunden seiner Verlobungsfeier.

Langsam gewinnt er an Sicherheit. Heute wird nichts passieren. Bestimmt nicht. Ihm jetzt zu schaden kann nicht in Manfreds Interesse sein.

Er hebt sein Glas und lächelt Silvia zu. Als er eher zufällig zum Eingang schaut, bemerkt er ihn. Manfred starrt ihn an und richtet seinen Zeigefinger auf ihn. Er verzieht die Lippen zu einem Grinsen. In der nächsten Sekunde ist er verschwunden.

Er stellt fest, dass er sein Glas hat fallen lassen. Silvia bemüht sich, die Pfütze am Tisch mit der Serviette zu trocknen.

»Jetzt siehst du, wie du mich aus der Fassung bringst«, versucht er, die Situation zu retten. Dann entschuldigt er sich, um sich auf der Toilette frisch zu machen. Das Summen im Ohr ist zu einem grellen Ton angeschwollen.

Wie ist der Kerl reingekommen? Wo ist Horvat? Der sollte doch am Portal aufpassen, dass die Festgäste ungestört bleiben. Er weiß, es ist keine gute Idee, Manfred nachzugehen. Damit gibt er seine Deckung endgültig auf. Aber er handelt nicht mehr logisch. In ihm brennt eine Wut, die nur mehr den Tunnelblick zulässt.

Er läuft die Treppe hinunter ins Freie. Die Fackeln brennen noch, ihr Flackern zeichnet ein sich stets veränderndes Licht- und Schattenmuster auf den Vorplatz. Hat sich da etwas bewegt? Duckt sich dort ein Körper hinter einen Wagen? Sein Blick irrt durch den leeren Pavillon, er schaut hinter jedes Auto, dreht sich zum Portal und späht die leere Treppe hinauf. Wo ist dieser verfluchte Hurensohn? Da hört er ein Rascheln und Stöhnen links neben dem Schloss, er glaubt, Schritte wahrzunehmen. Als die Geräusche leiser werden, setzt er sich in Bewegung.

Ein leichter Nieselregen hat eingesetzt und legt sich auf sein Gesicht, er spürt es nicht. Der fahle Mond zeigt ihm einen schmalen Pfad, seitlich am alten Gemäuer entlang. Kahle Büsche säumen den Weg, ihre Zweige können ihn nicht aufhalten. Er steuert auf das hintere Ende des Schlosses zu. Endlich meint er, eine Gestalt in dem diffusen Licht vor sich zu erkennen, die um die Ecke verschwindet. Er steigert sein Tempo. Kalter Hass treibt ihn vorwärts, auf das einzig mögliche Ende zu.

Als er an der Rückseite des Schlosses um die Ecke biegt, sieht er einen Mann in den Schatten alter Bäume zurückweichen. Rasch geht er auf ihn zu, doch der Mann wählt den Pfad auf der anderen Seite des Gemäuers, das hier steil zur Umgehungsstraße hin abfällt. Der Weg ist noch schmaler als der erste.

»Bleib stehen, du Hund!«, keucht er.

Der andere dreht sich um. »Alexander! Du bist es! Gott sei Dank.« Er beginnt zu schluchzen. »Ich musste kommen! Das ist doch Wahnsinn! Nimm Vernunft an, Alexander, ich bitte dich. *Wir* gehören doch zusammen! Du machst dich unglücklich – uns …« Er hebt beschwörend die Hände und macht einen Schritt auf seinen Verfolger zu.

Der kann vor Wut kaum atmen. Der Pfeifton in seinen Ohren ist so schrill, dass er meint, ihm platze der Schädel. »*Du* nicht auch noch!«, brüllt er und stößt sein Gegenüber von sich.

Michael Hochlehner rudert mit den Armen und stürzt mit einem leisen Aufschrei nach hinten. Der Pfad ist durch kein Geländer gesichert, der Körper bricht durch einen Busch, fällt, wird von Zweigen gebremst, fällt, bis er in der Mitte des Abhangs vom spitzen Ast eines Baumes aufgespießt wird.

Der junge Hebenstein starrt ins Leere. Das Schrillen in den Ohren ist verstummt.

Er weiß nicht, wie lange er schon da steht.

Ein Knacken reißt ihn aus der Erstarrung. Er sieht sich nach allen Seiten um, kann aber nichts Verdächtiges entdecken. Rasch geht er den Weg zurück, den er gekommen ist. Als er an der Vorderseite des Schlosses angelangt ist, fühlt er die Nässe. Er wischt sich über das Gesicht und bemerkt feine Tröpfchen auf seinem Anzug. Hastig steigt er die Treppe hinauf und biegt ab zur Toilette. Mit Klopapier entfernt er, so gut es geht, die Feuchtigkeit von dem Stoff.

Drinnen im Festsaal winkt ihn seine Tante ungeduldig zu sich. »Wo warst du denn so lange? Alle warten auf die Verlobung! Hast du den Ring?«

Er starrt sie verständnislos an. Dann nickt er und greift in die Jackentasche. Als er das Schächtelchen in seiner Hand spürt, wird er ganz ruhig. Nikodemus und Angelika haben ihm am Vorabend feierlich den alten Schmuck überreicht, den schon ihre Mutter zur Verlobung bekommen hat. Ein Erbstück, das von Generation zu Generation weitergegeben wird.

Er sieht die lächelnden Gesichter und weiß, was von ihm erwartet wird. Ein kurzes Klopfen an ein Kristallglas, die Streicher werden verstummen. Er wird sich erheben, vor den Leuten sein Glück schildern, Silvia begegnet zu sein, und ihr einen Heiratsantrag machen. Sie wird »Ja« hauchen, er wird ihr den Ring an den Finger stecken, sie küssen, die Gäste werden applaudieren.

Das Geschehen hinter dem Schloss hat er in den letzten Winkel seines Bewusstseins verschoben. Er darf darüber nicht nachdenken, sonst steht er das hier nicht durch. Er ist kurz vor dem Ziel, er wird das durchziehen, und man wird ihm nicht die kleinste Unsicherheit anmerken. Er wird seiner Rolle gerecht werden.

Lasset die Spiele beginnen. Wieder einmal.

*Dezember*

# 1

Kammerlander geht in die Garderobe und greift nach der warmen Jacke. Sie haben heute spät zu Mittag gegessen, und weil Sonntag ist, hat es sogar eine Nachspeise gegeben. Im Gegenzug allerdings hat seine Frau einen Verdauungsspaziergang angeordnet, mindestens zwei Stunden, damit die überschüssigen Kalorien verbrannt werden und sich nicht in seiner Bauchregion ansiedeln können.

Was soll's, denkt er. Einen Tod muss man sterben.

Seine Frau wartet schon mit strengem Gesicht an der Haustür. Beim Anziehen gibt er ihr im Stillen recht. Es fiel ihm tatsächlich schon mal leichter, sich die Schuhe zuzubinden. Aber zwei Stunden Gehen wegen eines Stücks Kuchen mit Schlagsahne? Ein bisschen überzogen, wenn man ihn fragt. Aber es fragt ihn ja keiner.

Außerdem ist es kalt draußen.

Sein Handy dudelt die Tatort-Melodie. Hansbauer.

»Da muss ich rangehen.«

»Aha«, sagt sie und verschränkt die Arme vor der Brust.

Sein Kollege informiert ihn, dass es einen Totenfund gegeben habe, wahrscheinlich ein Unfall. »Rettung und Feuerwehr sind verständigt, obwohl für einen Krankenwagen eher kein Bedarf sein wird. Aber wir müssen den Tod ja amtlich feststellen lassen. Ich fahre jetzt mit Witt zur Fundstelle. Ich hab mir gedacht, Sie wollen vielleicht Bescheid wissen …«

»Nun, bei einem Unfall bin ich bestimmt nicht vonnöten. Wo ist es denn passiert?«

»Deswegen rufe ich an. Der Mann ist beim Schloss Greißenegg abgestürzt, auf der Seite zur Umgehungsstraße. Und weil Sie ja in der Gegend ermitteln …«

»Ich komme. Danke, Hansbauer.«

Die Blicke seiner Frau fühlen sich an wie Messerstiche.

»Du hast ja gehört, ich muss weg. Tut mir echt leid, Schatz …«

»Ja, ja, wer's glaubt.«

Er fährt von der Greißeneggerstraße zur Rückseite des Schlosses und parkt an einem Grünstreifen. Das kurze Stück von hier bis zum Gebäude ist zugestellt mit den Wagen der Einsatzkräfte. Rechts geht es hinunter zum Park und zum städtischen Spielplatz, vor ihm präsentiert sich Schloss Greißenegg von seiner düsteren Seite. Dieser hintere Teil ist noch nicht renoviert. Dunkles Mauerwerk, abbröckelnde Ziegel, die Fenster sitzen in modrigen Rahmen. Einige Scheiben sind zerbrochen, die anderen blind vor Staub. Der untere Teil des Gemäuers wird beherrscht von einem großen, zweiflügeligen Tor, das an den Seiten von Büschen und Efeuranken zugewuchert ist. Es hängt schief in den Angeln, die wenigen Holzplanken, die noch nicht verfault sind, klaffen zum Teil auseinander.

Fröstelnd steckt er seine Hände in die Jackentaschen. Die Temperatur hat es grade mal in den Plusbereich geschafft, die ersten Schneeflocken taumeln leise zu Boden. Die üblichen Schaulustigen haben sich trotz der Kälte eingefunden. Witt achtet darauf, dass sie hinter dem Absperrband bleiben. Ein Kran der Feuerwehr steht auf der linken Seite, sein Arm hebt soeben einen Feuerwehrmann, der einen schlaffen Körper an sich drückt, vom Abhang nach oben und schwenkt auf den Vorplatz vor dem Holztor. Zwei weitere Feuerwehrleute schnallen ihren Kollegen ab und legen den zweiten Mann auf den Boden. Die Türen des Rettungswagens öffnen sich, ein Arzt und ein Sanitäter eilen zu dem Unfallopfer. Am Kopfschütteln des Arztes erkennt Kammerlander, dass jede Hilfe zu spät kommt. Langsam geht er auf die Gruppe zu.

»Die Leichenstarre hat sich noch nicht gelöst«, hört er den Arzt sagen. »Der Absturz ist also noch keine vierundzwanzig Stunden her, würde ich meinen. Es kann sein, dass der arme Kerl noch eine Zeit lang gelebt hat. Bemerkbar konnte er sich mit diesen Verletzungen jedenfalls nicht mehr machen.«

Kammerlander sieht das spitze Vorderteil eines Astes aus dem Rumpf ragen. Der Mann wurde regelrecht gepfählt. Sein Blut hat die rote Jacke teilweise braun verfärbt.

»Oh Gott ...«, keucht Hansbauer und dreht sich einen Moment weg.

»Wir mussten den Ast absägen«, sagt einer der Feuerwehrleute. Seine Stimme zittert.

»Sie haben alles richtig gemacht«, beruhigt ihn der Mediziner. »Anders hätte man den Körper nicht bergen können.« Er wendet sich Kammerlander zu. »Dann protokolliere ich diesen Unfall und stelle offiziell den Tod fest. Die Unterlagen habe ich im Auto.«

Hansbauer nimmt sein Handy aus der Uniformjacke und ruft einen Leichenwagen. Dann hockt er sich neben den Toten und tastet dessen Jacke ab. Er findet eine Brieftasche und öffnet den Verschluss.

»Hier, der Führerschein. Michael Hochlehner. Ist nur neunundzwanzig Jahre alt geworden.« Er reicht Kammerlander die Plastikkarte. »Was für eine Scheiße.«

Die Feuerwehrleute rüsten zum Abzug. Als der Kranarm eingefahren ist, marschiert Kammerlander zum schmalen Pfad an der Rückseite des Schlosses. Unmittelbar davor entdeckt er eine Tafel.

»Warnung!«, steht darauf. Und: »Privatgelände – Betreten verboten!« Darunter ist zu lesen: »Keine Sicherung! Lebensgefahr!«

Nasse, glitschige Erde und Wurzeln, die quer über den Weg wachsen, zwingen zur Vorsicht. Er setzt langsam einen Fuß vor den anderen und schaut nach unten. Der Hang fällt fast senkrecht ab, es ist der steilste Teil der Erhebung, auf der Greißenegg errichtet wurde. Büsche und verkrüppelte Bäume krallen sich ins Erdreich, tief unten rauscht der Verkehr der Umfahrungsstraße. Definitiv kein Ort zum Verweilen.

Was hat der junge Mann hier gewollt? Es war mit Sicherheit dunkel, vielleicht hat er die Warntafel nicht bemerkt. Doch was hat ihn überhaupt veranlasst hierherzukommen? Kammerlander fällt ein, dass gestern im Schloss die Verlobungsfeier der Hebensteins stattgefunden hat. Vielleicht war der Tote ein Teilnehmer der Feier?

Schritt für Schritt balanciert er zurück und nimmt Hansbauers ausgestreckte Hand. Sein Unbehagen rührt nicht nur von der Tatsache, dass er nicht ganz schwindelfrei ist.

»Was hatte Hochlehner hier verloren?«, fragt auch sein Kollege.

»Möglicherweise war er nicht mehr ganz nüchtern und hat sich hinter das Schloss begeben, um sich im Dunkeln ungestört zu erleichtern«, schlägt Kammerlander vor.

»Das hätte er an der Vorderseite einfacher haben können. Zwei Meter seitlich am Schloss entlang, und das Gebüsch hätte ihn verdeckt. Um zu pinkeln, hätte er nicht das ganze Gebäude umrunden müssen.«

Da muss Kammerlander ihm recht geben.

Sein junger Kollege schaut ihn ratlos an. »Ordnen wir das als Unfall ein oder …?«

»Hm. Das ist die Frage. Wie ist der Tote eigentlich entdeckt worden?«

»Den Fund haben wir einem alten Mann zu verdanken, dem sein Arzt einen täglichen Verdauungsspaziergang verordnet hat.«

Kammerlanders Gesicht verfinstert sich. Das leidige Thema scheint ihn zu verfolgen.

»Er hat einen roten Fleck zwischen all dem Braun und Grau des Hangbewuchses gesehen«, fährt Hansbauer fort. »Und da er auf seinen Spaziergängen immer ein kleines Fernglas dabeihat …«

»Schon klar.«

Langsam sickert die Dämmerung ein, das bleigraue Spätnachmittagslicht entweicht wie Luft aus einem löchrigen Ballon. Kammerlander blickt auf die Uhr.

»Man muss die Angehörigen benachrichtigen«, murmelt er.

Hansbauer nimmt sein Handy und ruft im Revier an.

»Hochlehner ist bei seinen Eltern in Sankt Stefan gemeldet. Wir werden die Stainzer Kollegen ersuchen, die Todesnachricht zu überbringen.« Seine Stimme klingt erleichtert. Jeder ist froh, wenn er diesen Teil ihrer Arbeit nicht selbst erledigen muss.

Der Leichenwagen biegt in den Burgweg und fährt nach einer Drehung im Rückwärtsgang zur Hinterseite des Schlosses. Die Heckklappe öffnet sich geräuschlos, zwei Männer in dunkler Montur steigen aus und heben einen Metallsarg aus dem schwarzen Kombi.

»Oh«, sagt der Ältere, als er den Toten sieht. »Das gibt einiges an Arbeit, um ihn der Familie passabel zu präsentieren.«

»Erst mal nicht«, winkt Kammerlander ab. »Ihr Fahrgast muss nach Graz. In die Rechtsmedizin, bitte.«

Hansbauer nickt. Bei diesem Todesfall stellen sich Fragen. Merkwürdige Geschichte, das Ganze.


## 2

Jetzt ist er also verlobt.

Seltsam. Die atemlose Hochstimmung ist ausgeblieben.

Alles ist wie am Schnürchen gelaufen. Er hat sich in der illustren Gästeschar perfekt bewegt, hat alle Erwartungen erfüllt, ist der Sohn und Schwiegersohn gewesen, den sich jeder wünscht. Eine gelungene Feier.

In zwei Wirklichkeiten. Eine, die er ausblendet wie leise Hintergrundmusik. Die schattenhaft latent vorhanden ist, aber eigentlich nichts mit ihm zu tun hat. Und die zweite, in der er agiert, die er abarbeitet wie die Rolle eines Schauspielers. Mechanisch, ohne besondere Emotion.

Er spürt nichts. Er spürt *sich* nicht.

Seine Wahrnehmung liegt hinter einer durchsichtigen Folie, die sich zwischen ihn und die Realität spannt. Die ihn schützt und abschirmt. Er hat sich entkoppelt.

Nichts ist passiert, alles ist, wie es sein soll. Liebe, Wärme, ein gutes Leben. Niemand mehr, der ihn anzweifelt. Hier wird er in Ruhe gelassen.

Es ist eine trügerische Ruhe. Doch solange er nicht durch die Folie schaut, auf die andere Seite, ist alles gut.

Silvia ist übers Wochenende bei ihm geblieben. Sie haben einen Spaziergang durch die Weinberge gemacht, Zukunftspläne geschmiedet, sich geliebt. Nichts hat seinen emotionalen Frieden gestört. Nicht einmal die Beobachtung gestern am späten Nachmittag, als Silvia auf dem Balkon gestanden ist und auf Greißenegg hinübergezeigt hat.

»Habt ihr Bauarbeiten beauftragt?«, hat sie erstaunt gefragt. »Am Sonntag?«

Der Greifarm eines Krans hat sich an der hinteren Seite des Schlosses über die Böschung gesenkt. Ein Mann hing daran.

»Sieht aus wie die Feuerwehr«, hat er leidenschaftslos gemurmelt. »Vielleicht müssen sie einen morschen Baum am Hang umschneiden.« Damit hat er sich abgewendet und ist in die Küche verschwunden. Was geht es ihn an? Die Vorgänge da drüben haben nichts mit ihm zu tun. Solange er sich auf nichts einlässt, kann ihn auch nichts einholen.

Seit Silvia heute nach dem Frühstück nach Hause gefahren ist, ist plötzlich alles still um ihn. Er hat sich auf die Couch gesetzt und starrt ohne einen Gedanken vor sich hin. Spürt, wie die Atmosphäre im Zimmer sich immer dichter um ihn schließt.

Er weiß nicht, wie lange er schon so dasitzt. Ein Geräusch schwillt an, wird leiser und verklingt. Die Sirene eines Krankenwagens, erkennt er. Da draußen läuft das Leben weiter, in einer Parallelwelt.

Er massiert seine Schläfen.

Es ist nicht nötig, sich Gedanken zu machen. Dinge geschehen. Und er reagiert. Egal, welche Überlegungen er anstellt, welche Strategien er entwickelt. Er hat geglaubt, er sei der Spielmacher. Er könne sich häuten, könne die Wandlung vom Habenichts zu jemand Bedeutendem vollziehen. Könne seine Vergangenheit abstreifen wie ein verschwitztes Hemd. Und eintauchen in eine Welt, die ihm bisher verwehrt gewesen ist. Diese Welt schien ihm überschaubar, manipulierbar. Die

Menschen in seiner neuen Umgebung ehrbar und wohlmeinend.

Die einzig dunkle Komponente sei er selbst, dachte er. Bis er erkannt hat, dass nicht *er* der Spielmacher ist. Zumindest nicht der einzige.

Er ist bis zu diesem Punkt gekommen, und jetzt wird er verharren. Wenn er das nicht tut, zerbirst sein Schädel.

## 3

»Wann können wir Michael sehen?«, fragt Frau Hochlehner.

Sie und ihr Mann sitzen mit Kammerlander und Schlagenhaufen in ihrer kleinen Küche. Ihre rot geweinten Augen haben keine Tränen mehr. »Wir müssen ... die Beerdigung ...«

Die Beamten sind froh, dass die Stainzer Kollegen die Todesnachricht bereits überbracht haben.

Kammerlander räuspert sich. »Ihr Sohn ist in der Rechtsmedizin. Wir verständigen Sie, wenn die Untersuchungen abgeschlossen sind.«

Michaels Mutter nickt. Sie schaut an den Beamten vorbei aus dem Fenster. Ihr Mann legt seine Hand auf ihre, sie zieht sie weg. Stirnrunzelnd wendet er sich an Kammerlander.

»Uns wurde gesagt, unser Sohn sei bei einem Unfall ums Leben gekommen. Warum wird sein Leichnam dann untersucht?«

»Das ist richtig. Wir gehen von einem Unfall aus. Bisher gibt es keinen Hinweis auf Fremdverschulden. Aber wir wollen sichergehen, deshalb haben wir noch einige Fragen.«

Hochlehner bedeutet ihm mit der Hand, fortzufahren.

»Wissen Sie, weshalb Ihr Sohn am Samstagabend beim Schloss Greißenegg war? Was hat er dort gewollt?«

»Das weiß ich nicht. Er hat nie von diesem Ort gesprochen.«

»Erzählen Sie uns von Ihrem Sohn«, übernimmt Schlagenhaufen. »Er war neunundzwanzig, unverheiratet, soweit wir wissen. Hatte er eine Beziehung? Freunde? Arbeitskollegen? Jemanden, mit dem wir sprechen sollten?«

Schweigen breitet sich aus.

»Er war Architekt, nicht wahr? Da hat man doch viele Bekannte …«

Frau Hochlehner atmet tief ein und wendet sich den Beamten zu. Jetzt sieht ihr Mann aus dem Fenster. Seine Miene wirkt versteinert.

»Unser Sohn …«, beginnt sie zögerlich, »hatte eine Beziehung. Aber … nicht mit einer Frau. Er war mit einem Mann zusammen.«

»Aha. Tja … Das ist doch heute kein Thema mehr.«

Die Mutter streift ihren Mann mit einem schnellen Blick. »Ja, ich weiß. In der Stadt ist es bestimmt auch so. Aber am Land … Ich habe es akzeptiert. Was soll man sonst auch tun? Wir wollten unseren Jungen nicht verlieren. Wenn das auch hieß, dass wir nicht auf Enkel hoffen durften.« Sie nimmt ein Taschentuch und schnäuzt sich geräuschvoll. »Wissen Sie, er war so verliebt. Und voller Tatendrang. Er wollte mit seinem Partner eine Firma gründen. Er hatte ein passendes Gebäude gefunden, mit der Bank war alles geregelt, sie mussten nur noch einen Mietvertrag unterschreiben. Aber …«

»Ja?«

»Etwas muss passiert sein. Michael hat sich verändert. Hat nichts mehr erzählt. Er war sehr unglücklich, das war offensichtlich.«

»Seit wann haben Sie diese Veränderung bei ihm bemerkt?«

»Bestimmt seit einem Monat.«

»Wer war denn der Partner Ihres Sohnes?«

»Er heißt Alexander Hebenstein.«

Kammerlander und Schlagenhaufen sehen sich an.

»Der Sohn des pensionierten Richters aus Voitsberg?«, fragt Kammerlander.

»Ja, so ist es. Wir sollten ihn bei der Geschäftseröffnung kennenlernen.«

»Das ist ja ein Ding«, meint Ratzinger, als sie bei einer Besprechung am frühen Nachmittag zusammensitzen. »Wie passt das zur Verlobungsfeier?«

Schlagenhaufen zuckt mit den Schultern. »Keine Ahnung. Vielleicht grast Alexander Hebenstein auf beiden Seiten des Zauns?«

»Wir wissen jetzt zumindest, dass Hochlehner nicht zufällig am Schloss war«, resümiert Kammerlander. »Aber was hat er da gemacht? Wollte er mit eigenen Augen sehen, wie Alexander sich gegen ihre Beziehung entschied? Hat er mit ihm gesprochen? Hat er versucht, ihn von seinen Heiratsplänen abzubringen? Oder hat er etwas ganz anderes vorgehabt?«

»Einen Skandal zu verursachen vielleicht«, schlägt Ratzinger vor. »Und daran musste er gehindert werden.«

»Dafür gibt es noch keinen Anhaltspunkt. Unter Umständen wollte er nicht mehr leben.«

»Suizid meinst du? Auf diese Weise? Glaub ich nicht. Wenn du den Hang runterspringst, besteht ein hohes Risiko, dass du überlebst. Dass den Hochlehner der spitze Ast erwischt hat, war verdammtes Pech.«

Schlagenhaufen streckt drei Finger in die Luft. »So wie ich das sehe, haben sich also neben der Unfalltheorie zwei weitere Möglichkeiten eröffnet: Suizid oder Gewalteinwirkung mit tödlichem Ausgang.«

Kammerlander nickt. Dann schaut er Ratzinger über seine Brille hinweg an. »Was ist mit deiner Geheimoperation? Habt ihr was gefunden?«

»Gott sei Dank nicht, nein. Der Huber Jakob hat mit einem Erdbohrer von der Seite unter die Sockel gebohrt, es hat nur eine ganz schmale schräge Rinne gegeben. Das merkt keiner und ist in ein paar Tagen wieder geschlossen. Dann hat er seinen Hund daran riechen lassen. Wir können ziemlich sicher sein, dass der Skulpturenpark kein Friedhof ist.«

»Dann wissen wir Bescheid. Gut, dass du das abgeklärt hast.«

»Wir schulden dem Jakob ein paar Flaschen Bier.«

»Sowieso. Das ist das Mindeste.« Er sieht zum EDV-Kollegen hinüber, dessen Aufmerksamkeit eher seiner Tastatur und dem Bildschirm gilt. Aber Kammerlander weiß, dass dem Mann kein Wort entgeht, das hier gesprochen wird. »Und bei Ihnen, Kollege Weißgerber? Hat sich etwas Neues ergeben?«

»Noch nicht wirklich. Oder vielleicht. Ich bin da an etwas dran … Amtshilfe, das dauert. Ich warte noch auf Bestätigung …«

»Na dann«, sagt Kammerlander. »Was meint ihr? Hat der Absturz von Michael Hochlehner etwas mit unseren bisherigen Ermittlungen wegen der toten Kinder zu tun? Oder haben wir hier einen völlig anderen Fall?«

Ratzinger nickt überzeugt. »Ich glaube an Variante zwei. Auf der einen Seite zwei Kinderleichen und ein verschwundener Bub, auf der anderen ein Schwulenpärchen, das sich getrennt hat. Völlig andere Baustelle.«

»Für mich hängt das alles schon irgendwie zusammen«, brummt Schlagenhaufen. »Allein die Schauplätze. Schlosspark, Grafenteich, Greißenegg. Alles in einem Radius von fünfhundert Metern.«

»Und der Junge, nach dem gesucht wird?«

»Zugegeben, das passt nicht zu meiner Theorie.«

»Na schön. Dann machen wir Folgendes: Ratzfatz, du besuchst mit der Kollegin die Familie Hebenstein. Konfrontiert sie mit dem Tod von Hochlehner, stellt Fragen zur Beziehung zwischen ihm und Alexander. Aber bitte mit Fingerspitzengefühl. Wir haben noch zu wenig, um den Herrschaften auf die Füße zu treten. Wir tasten uns erst heran. Und lasst euch die Gästeliste von der Verlobungsfeier geben. Wir treffen uns hier …«, er schaut auf seine Armbanduhr, »… in etwa zwei Stunden wieder.«

»Und was machst du?«

»Ich trete zum Rapport beim Kommandanten an. Unsere Ermittlungen führen uns, wie es aussieht, auch in die sogenannten ›besseren Kreise‹. Das wird Starkl nicht gefallen. Aber ich muss ihn vorwarnen. Und mir gegebenenfalls Rücken-deckung holen.«

Und dann werde ich mich auf eine halbe Stunde zum Wirt meines Vertrauens verdrücken, denkt er. Gurken und Brokkoli mögen ja viele Vitamine und was sonst nicht alles in sich haben. Aber heute steht geröstete Rehleber mit Kartoffelpüree beim Bartl auf der Speisekarte. Er muss schlucken.

Innereien, besonders Leber, sollen ja sehr gesund sein.

**4**

»Sehr freundlich, dass Sie sich die Zeit nehmen«, sagt Ratzinger zu Nikodemus Hebenstein und lässt Schlagenhaufen den Vortritt. Soll keiner behaupten, er sei ein grober Klotz ohne gutes Benehmen. Er folgt ihr und dem Richter in ein großes Wohnzimmer mit angeschlossenem Wintergarten. Angelika Glück sitzt mit einer Zeitschrift auf der Couch und blickt ihnen verwundert entgegen. Nachdem sie Platz genommen haben, kommt Ratzinger zum Anlass ihres Besuchs.

»Ich weiß nicht, ob Sie es schon gehört haben. Gestern wurde ein junger Mann unter Schloss Greißenegg tot aufgefunden.«

Ihre Überraschung scheint echt zu sein.

»Das ist ja furchtbar«, sagt Hebenstein. »Wir haben gestern einen Kran beobachtet. Er war vom Wintergarten aus zu sehen. Wir haben uns schon gefragt, ob ein Baum morsch geworden ist ...«

»Das war leider nicht der Grund für den Feuerwehrein-satz. Die Leiche hing am Abhang fest und musste geborgen werden.«

»Mein Gott!« Glück schlägt die Hand vor den Mund. »Wie können wir Ihnen helfen?«

»Nun, der vermutete Todeszeitpunkt ist Samstagabend. Der Abend, an dem Ihr Neffe beziehungsweise Ihr Sohn seine

Verlobung gefeiert hat.« Es ist still im Raum. Ratzinger lässt den Satz wirken, bevor er fortfährt. »Und da fragen wir uns natürlich, ob Sie – oder einer Ihrer Gäste – etwas bemerkt haben, das für uns bedeutsam sein könnte.«

»Oder ob Ihnen einer der Gäste abhandengekommen ist«, setzt Schlagenhaufen nach.

Die fackelt nicht lange, denkt Ratzinger und verkneift sich ein Grinsen.

»Was? Ob …? Nein, um Gottes willen.« Hebenstein richtet sich kopfschüttelnd im Sessel auf. »Die Feier war etwa um zwei Uhr nachts zu Ende. Uns ist nichts aufgefallen. Als wir die Gäste vor dem Schloss verabschiedet haben, waren alle da.«

Ratzinger nickt ihm zu. »Gut. Das ist sehr gut. Allerdings brauchen wir noch eine vollständige Liste der bei der Feier anwesenden Personen. Vielleicht hat jemand etwas bemerkt. Wir sind für jeden Hinweis dankbar. Auch wenn etwas unbedeutend erscheint, kann es für die Ermittlungen unter Umständen wichtig sein.«

»Ja, natürlich. Obwohl ich nicht glaube, dass Ihnen da jemand behilflich sein kann.« Hebenstein steht auf und geht in sein Arbeitszimmer.

»Ist Ihr Neffe im Haus? Mit ihm müssten wir auch sprechen.«

Angelika Glück ruft die Haushälterin. »Maria, sag bitte Alexander Bescheid, dass er herunterkommen soll.«

Sie wendet sich an die Beamten. »Wir haben in den letzten Tagen nicht viel von ihm gesehen. Erst die Verlobung, dann war Silvia über das Wochenende hier. Ich denke, er muss sich ein wenig erholen.« Sie zwinkert den Beamten lächelnd zu.

Hebenstein kommt wieder herein und legt die Gästeliste vor Ratzinger hin. »Sie konnten die Identität des Toten noch nicht feststellen?«, fragt er und setzt sich wieder.

»Doch. Konnten wir.«

»Wenn Sie hier zu zweit ermitteln, gehen Sie nicht von einem Unfall aus?«, fragt Glück plötzlich und schaut die Beamten aufmerksam an.

»Unfall ist die wahrscheinlichste Variante. Aber um sicherzugehen, ermitteln wir in alle Richtungen.«

»Diesen Satz kenne ich von diversen Fernsehkrimis«, kontert sie. »Und er bedeutet meistens, dass die Kommissare einen Verdacht haben.«

Blöd ist sie nicht, denkt Ratzinger.

Er merkt, wie jemand an seiner Schulter rüttelt, und reißt die Augen auf. Er liegt auf dem Bauch, mit nichts bekleidet als der Unterwäsche. Die Haushälterin steht vor ihm und schaut ausdruckslos auf die Narbe an seiner Fußsohle.

»Die Tante bittet um das Erscheinen im unteren Wohnzimmer.«

War das jetzt sarkastisch? Ohne ein weiteres Wort dreht sie sich um und geht. Seltsame Frau.

Noch immer müde und ein wenig orientierungslos, tappt er in die Toilette, um sich zu erleichtern. Dann zieht er sich an. Ein prüfender Blick in den Spiegel lässt ihn zum Kamm greifen. Er hat Hunger. Die Uhr verrät ihm, dass er das Mittagessen längst verpasst hat. Vielleicht hat die Tante etwas für ihn aufgehoben. Er hört Stimmen aus dem Wohnzimmer und bleibt abrupt stehen, als er sieht, wer zu Besuch ist. Der kleine Polizist und die Wuchtbrumme. Er sollte einen Kaffee trinken. Die Polizei auf nüchternen Magen kann er jetzt wirklich nicht gebrauchen.

»Da ist ja unser Langschläfer«, begrüßt Frau Glück ihren Neffen. »Das sind Herr Ratzinger und Frau Schlagenhaufen. Die Polizei hat einige Fragen an dich.«

Er nickt allen zu und setzt sich.

»Tja, dann komme ich gleich zur Sache«, beginnt Ratzinger. »Gestern wurde ein Toter unter Schloss Greißenegg gefunden. Er ist in dem unwegsamen Gelände abgestürzt. Nach einer ersten ärztlichen Einschätzung ist der Tod in der Nacht auf Sonntag eingetreten. Also etwa zu der Zeit, als Sie Ihre Verlobung gefeiert haben.«

»Das … also … ist ja schrecklich …«

»Das ist es in der Tat. Wir fragen uns natürlich, wie es dazu kommen konnte.«

»Ja, äh, ich fürchte, da kann ich Ihnen nicht helfen.«

»Weil?«

»Weil wir im Schloss gefeiert haben. Niemand wird mitbekommen haben, was sich draußen abgespielt hat.«

»Nun, Ihre Gäste werden wir noch eingehend befragen. Vielleicht ist ja jemand kurz hinausgegangen, um frische Luft zu schnappen.«

»Vielleicht, ja.«

»Sie selbst haben das Schloss während des Festes nicht verlassen? Um eine Zigarette zu rauchen zum Beispiel?«

»Nein. Das ist auch nicht notwendig. In einem Nebenraum gibt es ein kleines Raucherzimmer.«

Nikodemus Hebenstein schlägt ein Bein über das andere. »Dürfen Sie uns sagen, wer das Unfallopfer ist?«

»Natürlich. Sein Name ist Michael Hochlehner.«

Der ehemalige Richter atmet hörbar ein, und sein Rücken versteift sich.

»Sie kennen den jungen Mann?«

»Er hat sich mir nie vorgestellt.« Seine Lippen verziehen sich zu einem Strich.

»Was ist mit Ihnen?« Ratzinger wendet sich wieder dem Junior zu. »Sagt Ihnen der Name Hochlehner etwas?«

»Äh, nein. Nicht dass ich wüsste.«

Der junge Mann ist etwas blass um die Nase, findet Ratzinger. Kein Wunder, in seiner Situation. Ab der ersten Lüge muss man höllisch aufpassen und alle folgenden Aussagen schlüssig anpassen. Außerdem hat er das Gefühl, ihn von irgendwoher zu kennen.

Schlagenhaufen und Ratzinger wechseln einen Blick. Er nickt unmerklich.

Ab jetzt wird der Druck erhöht.

**5**

Scheiße, denkt er. Das war ein Fehler.

Er hat den Blick zwischen den Beamten wahrgenommen und richtig gedeutet. Er muss sofort gegensteuern.

»Moment. ›Hochlehner‹ sagten Sie? Doch … ja. Ich erinnere mich an einen Michael Hochlehner. Er hat mich vor Kurzem in der Stadt angesprochen.«

»Was wollte er?«

»Er … Ja, das war ein wenig unangenehm. Er meinte, wir hätten zusammen eine Firma gründen wollen. Also, vor meinem Unfall.«

»Und? Wollten Sie?«

»Nicht dass ich wüsste. Ich kann mich an diesen Mann überhaupt nicht erinnern.«

Er bemerkt einen erneuten Blickwechsel zwischen den Beamten. Beweist mir das Gegenteil, denkt er.

»Wie hat Hochlehner darauf reagiert?«

»Er war sehr aufgeregt. Wollte mich überzeugen, dass ich mit ihm die Firmengründung durchziehen soll. Ich habe natürlich abgelehnt.«

»Wie ging es weiter?«

»Gar nicht. Ich habe ihn seither nicht wieder gesehen.«

»Diese Absage hat Hochlehner einfach so hingenommen?«

»Na ja, nicht einfach so. Er hat natürlich versucht, mich an Bord zu behalten. Vielleicht steckte er auch in finanziellen Schwierigkeiten, was weiß ich. Er war wütend, und zum Schluss hat er geheult.«

»Dass die Situation so drastisch war, hast du nicht erzählt«, sagt Angelika.

»Weil es nicht wichtig war. Ich habe bis eben gar nicht mehr daran gedacht. Für mich war er ein Fremder. Mein Lebensplan hat mit diesem Menschen nichts zu tun.«

Er sieht, wie Schlagenhaufen sich aufrichtet und ihn fixiert. Als wollte sie ihn an den Stuhl tackern.

»Apropos Lebensplan«, brummt sie. »Wir haben den Eltern von Michael Hochlehner die Todesnachricht überbracht. Die beiden haben über die Beziehung zwischen ihrem Sohn und Ihnen ganz andere Aussagen gemacht. Sie sagten, Sie und Michael seien ein Paar gewesen.«

Er spürt, wie sich sein Magen verknotet. »Was? Ein Paar? Sie meinen … ein schwules Paar? Das ist ja lächerlich. Ich war in meinem ganzen Leben noch nicht an Männern interessiert. Ich habe mich am Wochenende verlobt, wie Sie wissen. Also, das ist doch …«

»Sie sagen selbst, Sie hätten eine Amnesie und könnten sich nicht mehr an das Leben vor dem Unfall erinnern –«

»Mein Sohn hat die Frage beantwortet«, unterbricht Nikodemus.

Schlagenhaufen nickt, aber Leo spürt, dass sie ihn nicht vom Haken lassen wird.

»Ja, das hat er«, fährt sie fort und wendet sich wieder ihm zu. »Es ist nur so, dass sich ein merkwürdiges Bild ergibt. Das sehen Sie doch selbst. Hochlehner behauptet seinen Eltern gegenüber, dass er einen Geliebten hat, mit dem er Zukunftspläne schmiedet. Der Name: Alexander Hebenstein. Sie aber sagen, Sie hätten nie ein Verhältnis mit Hochlehner gehabt. Am Tag Ihrer Verlobung stürzt Hochlehner in den Tod – just an dem Ort, an dem Sie besagte Verlobung feiern. Das gibt einem doch zu denken, nicht wahr?«

Er hört wieder einen leisen Pfeifton im Ohr.

Die Tante sieht die Beamtin mit großen Augen an. »Sie meinen, der junge Mann hat vielleicht Selbstmord begangen?«

»Eine der Möglichkeiten.«

Leo schüttelt den Kopf. »Ich bin nicht schwul. Also, nicht dass ich wüsste. An das meiste kann ich mich nicht erinnern, wie gesagt … Ich weiß nicht, was im Kopf von diesem Hochlehner abgegangen ist, in was er sich da hineingesteigert hat. Und wenn er sich umgebracht hat, tut es mir leid, aber es ist wohl nicht meine Schuld. Das ist alles, was ich dazu sagen kann.«

Nikodemus steht auf. Seine buschigen Augenbrauen stoßen

fast zusammen, so sehr runzelt er die Stirn. »Sie haben meinen Sohn gehört. Er hat Ihnen alles gesagt, was er weiß. Die Befragung ist jetzt zu Ende.«

Leo atmet auf. Er spürt den Schweiß unter seinen Achseln. Er befindet sich wieder im Überlebensmodus.

Die schützende Folie ist zerrissen.

»Ich weiß nicht, was ich sagen soll«, murmelt er, als die Beamten gegangen sind. »Ich kann mich an Hochlehner nicht erinnern.«

»Das glauben wir dir«, beruhigt ihn die Tante. »Nicht wahr, Nikodemus?«

»Hm. Allerdings ist diese Situation in höchstem Maße unangenehm. Du warst ja vor deinem Unfall tatsächlich oft mit diesem Kerl zusammen. Das werden die Ermittlungen auch zeigen. Ich hoffe, unser guter Ruf nimmt keinen Schaden.«

Angelika funkelt ihren Bruder empört an. »Das ist jetzt wohl Nebensache! Wichtig ist nur, dass man Alexander nichts am Zeug flicken kann. Er hat mit diesem … *Vorfall* während der Verlobung nichts zu tun. Da sind wir uns doch einig, oder?«

»Unappetitlich ist die Geschichte allemal.« Nikodemus geht mit auf dem Rücken verschränkten Armen auf und ab. »Die von Hebensteins blicken auf ein untadeliges Leben zurück. Wir sind hier eine tragende Säule der Gesellschaft, engagieren uns ehrenamtlich. Mir wurde avisiert, dass ich Anfang des Jahres das Goldene Ehrenzeichen der Stadt verliehen bekommen soll.« Er bleibt vor seinem Sohn stehen und sieht ihn stirnrunzelnd an. »Ich will hoffen, dass wegen dieser Angelegenheit nichts an uns kleben bleibt.«

Dieser Mistkerl! Der gute Ruf der Familie. Ein untadeliges Leben. Ja, genau. Gut, dass er es besser weiß. Der »Ehrenmann« hat genug Dreck am Stecken. Was ist vor einem Vierteljahrhundert mit seiner Frau passiert? Warum hat diese »Säule der Gesellschaft« ihn als Baby weggegeben? Was ist damals geschehen? *Das* wäre doch einmal interessant. Außerdem weiß der Anwärter für das Goldene Ehrenzeichen sehr genau, dass

Alexander stockschwul war. Wieso sonst hätte er Hochlehner weggejagt?

Mühsam schluckt er seine Wut hinunter und steht auf. »Keine Sorge. An uns bleibt nichts kleben.«

Seine Tante begleitet ihn hinaus. »Am Abend der Verlobung ...«, flüstert sie ihm zu. »Deine Anzugjacke war feucht. Du warst also während der Feier draußen. Aber das hat außer mir niemand bemerkt. Du bleibst bei deiner Aussage, sonst konstruiert sich die Polizei Gott weiß was zusammen.«

Die Haushälterin kommt aus der Küche. »Post für den jungen Herrn«, sagt sie und drückt ihm einen Brief in die Hand.

Er hält ein Glas unter den Wasserhahn und lässt es volllaufen. Mit gierigen Schlucken leert er es zur Hälfte, bevor er sich verschluckt und ihn ein Hustenanfall schüttelt. Er spuckt in die Spüle und versucht, mit tiefen Atemzügen zur Ruhe zu kommen.

Die Geschichte entwickelt sich weiter. Natürlich tut sie das. Nur weil er sich mental eine Auszeit genommen hat, ändert das nichts an der Tatsache, dass die Welt sich weiterdreht. Aber jetzt hat er diese Apathie abgeschüttelt und wird seinen Weg fortsetzen.

Er hat alle getäuscht und ist zu Alexander von Hebenstein geworden. Der Platz steht ihm ohnehin zu. Er hat es geschafft, Silvia zu erobern, und wird von zwei großen Vermögen profitieren können. Mit zukünftigem Wohnsitz in einem Schloss. Der lästige schwule Sack ist eliminiert. Unfall, Selbstmord – was geht das ihn an? Er ist kein warmer Bruder. Und im Zweifelsfall kann er sich immer noch auf seine Amnesie berufen.

Sein Blick fällt auf den Brief am Küchentisch. Rasch reißt er das Kuvert auf.

*Wir haben Gesprächsbedarf.*
*Erwarte deinen Anruf. Meine Nummer hast du ja.*
*Manfred*

Er lässt das Blatt auf die Tischplatte fallen und nickt. *Dieses Problem muss noch gelöst werden.* Eine letzte Hürde, die er noch nehmen muss.

Dann ist er frei.

## 6

»Ich fresse einen Besen, wenn der junge Hebenstein die Wahrheit gesagt hat«, resümiert Schlagenhaufen im Büro. »Er gibt gerade so viel zu, wie wir ihm nachweisen können. Ansonsten versteckt er sich hinter seiner Amnesie.«

»Seh ich auch so«, bestätigt Ratzinger. »Ich kann mir nicht vorstellen, dass Hochlehner sich die Beziehung zu Alexander nur eingebildet hat. Und ebenso wenig kann ich mir vorstellen, dass man durch eine Amnesie plötzlich nicht mehr homosexuell sein soll. Dass man seine Neigung praktisch *vergessen* hat.«

»Es ist verständlicherweise mehr als peinlich für so eine angesehene Familie, wenn sich der Bräutigam nach der Verlobung als links wie rechts herausstellt«, nickt Kammerlander. »Noch dazu, wo seine Verlobte eine gute Partie zu sein scheint.«

»Herr *von* Hebenstein hat uns quasi hinauskomplimentiert, als es für den Sohnemann eng zu werden schien.«

»Natürlich. Das war zu erwarten. Er wird alles tun, um ihn zu schützen. Und natürlich die Reputation der Familie.«

»Wie hat denn unser Kommandant Starkl auf die neue Ermittlungsrichtung reagiert?«

»Gefreut hat er sich nicht. Aber er vertraut darauf, dass wir ›die nötige Vorsicht walten lassen‹.« Kammerlander zeichnet Gänsefüßchen in die Luft. »Aber es gibt eine neue Entwicklung, die wir unserem Computergenie hier zu verdanken haben.« Er nickt auffordernd zu Weißgerber.

»Das mit dem Genie lassen wir mal«, lächelt der. »Ich

habe unter anderem einige weitere Personen überprüft, die in unseren Ermittlungen aufgetaucht sind. Dabei ist mir wieder eine Ungereimtheit bei Petar Horvat aufgefallen. Laut seinen Angaben stammt er aus Vukovar in Ostkroatien. Im November 1991 haben serbische Paramilitärs die kroatische Zivilbevölkerung überfallen und ein Blutbad angerichtet. Daraufhin ist er nach Österreich geflohen. Hier hat er relativ schnell die österreichische Staatsbürgerschaft erhalten. Ich habe mich mit dem kroatischen Außenministerium in Verbindung gesetzt und gebeten, das Passfoto von Horvat mit ihren Aufzeichnungen zu vergleichen, falls noch Unterlagen vorhanden sind. Und wir hatten Glück. Es hat sich herausgestellt, dass unser Petar Horvat wenig Ähnlichkeit mit dem Foto der Kroaten hat. Vor allem hat der dortige Horvat kein Feuermal.«

»Da schau her«, murmelt Ratzinger.

»Was nur bedeuten kann«, fährt Weißgerber fort, »dass Petar gar nicht Petar ist. Der Verdacht liegt nahe, dass unser Mann zu den serbischen Freischärlern gehört hat und untergetaucht ist. Mit den Papieren von Petar Horvat.«

»Die er ihm höchstwahrscheinlich abgenommen hat. Der echte Petar Horvat ist vermutlich bei dem Überfall getötet worden.«

»Das ist nur eine Annahme. Aber sie ergibt Sinn.«

»Sollten wir ihn nicht mit unseren Ergebnissen konfrontieren?« Schlagenhaufen schaut auffordernd in die Runde. »Ich meine, vor diesem Hintergrund muss man auch seine Hilfstätigkeit für die Asylsuchenden in einem anderen Licht sehen.«

»Davon würde ich zum jetzigen Zeitpunkt abraten. Ich habe auch mit dem serbischen Außenministerium Kontakt aufgenommen. Sie haben versprochen, unser Bild mit ihren Datenbanken abzugleichen. Sie werden sich melden, wenn sie einen Treffer haben.«

»Dann halten wir in diesem Punkt erst mal die Füße still«, nickt sie. »Nicht dass wir ihn warnen, und er taucht ab.«

Ein »Pling« signalisiert Kammerlander das Eintreffen eines Mails. »Das rechtsmedizinische Gutachten von Hochlehner ist da«, sagt er, öffnet die Datei und überfliegt den Text. »Die Todesursache ist Ersticken, nachdem der Ast seine Lunge und andere Organe durchstoßen hat. Er dürfte nach dem Absturz noch eine Zeit lang gelebt haben, bevor er buchstäblich am eigenen Blut erstickt ist. Kein Reibungstransfer. Also auch kein Verdacht auf Fremdverschulden.«

»Keine schöne Art zu sterben«, brummt Schlagenhaufen.

»Wahrlich nicht. Sein Körper weist natürlich Abschürfungen und Hämatome auf. Die können allesamt vom Sturz herrühren. Es gibt keinen Hinweis, dass beim Absturz eine andere Person anwesend oder beteiligt war.«

»Hier ist übrigens die Liste der Personen, die an der Verlobungsfeier teilgenommen haben.« Ratzinger schiebt das Blatt über den Schreibtisch.

»Gut«, sagt Kammerlander und gibt es ihm wieder zurück. »Dann wisst ihr ja schon, was ihr als Nächstes zu tun habt. Klappert alle Teilnehmer ab, vielleicht ist ja doch einer der Gäste draußen gewesen und hat etwas gesehen. Teilt euch auf und nehmt Witt und Hansbauer dazu. Dann geht es schneller. Und vergesst die Cateringfirma nicht. Ich werde einen Abstecher nach Stainz machen und mich im Autohaus Hierzegger etwas umhören.«

Die Fahrt nach Stainz passt ihm gut. Auf dem Weg wird er bei seinem Kürbisbauern haltmachen und eine Flasche Kernöl mitnehmen. Wenn er diesen kleinen Umweg macht, kann er gleich auch noch bei seinem Winzer vorbeischauen und den Kofferraum mit ein paar Kisten Schilcher befüllen. Zwei Fliegen, eine Klappe. Oder so ähnlich. Man soll ja umweltbewusst denken und handeln.

Als er beim Autohaus Hierzegger ankommt, steht er vor verschlossenen Türen. Er schaut auf die Uhr. Viertel nach fünf. Verflixt. Eine Viertelstunde zu spät. Doch in der ersten Verkaufshalle sieht er noch Licht brennen. Ein Mann sitzt an einem Schreibtisch an der Wand und brütet über Unterlagen. Kammerlander klopft an die Scheibe und zieht dessen Aufmerksamkeit auf sich. Der Anzugträger macht eine abwehrende Handbewegung und zeigt auf seine Armbanduhr. Aber der Kommissar klopft weiter und hält seinen Dienstausweis an die Glastür. Sichtlich genervt kommt der Mann näher, schaut auf den Ausweis und öffnet die Tür.

»Wir haben bereits geschlossen …«

Typischer Yuppie-Verkäufer, denkt Kammerlander. Gegelte Haare, maßgeschneiderter Anzug.

»Ja, ich hab's bemerkt. Ich wollte eigentlich mit der Familie Hierzegger sprechen.«

»Tut mir leid. Hierzeggers sind vor fünf Minuten weggefahren.«

»Dann hab ich wohl Pech gehabt. Darf ich fragen, wer Sie sind?«

»Ich heiße Werner. Anton Werner.«

»Sie sind hier angestellt?«

»Ja. Ich mache die Kundenakquise und den Verkauf. Zwei weitere Mitarbeiter unterstützen mich bei der Kundenbetreuung.«

»Toller Laden. Da schlägt das Herz jedes Autoliebhabers höher.«

»Das ist wohl so, ja. Wie kann ich Ihnen helfen?« Kammerlander hört Ungeduld in Werners Stimme.

»Gar nicht, fürchte ich. Es geht um die Verlobungsfeier am Samstag. Darüber wissen Sie ja sicher Bescheid. Aber da Sie nicht unter den Gästen waren …«

»Die Feier im Schloss? Ist etwas passiert?« Das Interesse des Verkäufers ist sprunghaft angestiegen.

»Nicht bei der Feier. Es gab in der Nähe einen Todesfall, deswegen suchen wir Zeugen, die vielleicht etwas gesehen haben.«

»Oh, das ist ja furchtbar.«

»Sie kennen den Verlobten von Frau Silvia Hierzegger, nehme ich an?«

»Wir sind uns ein-, zweimal über den Weg gelaufen.«

Täuscht er sich, oder klingt die Stimme des Verkäufers mit einem Mal reserviert? Kann nicht schaden, ein wenig nachzuhaken, wenn er schon einmal hier ist.

»Wo haben Sie Alexander Hebenstein kennengelernt?«

»Hier im Autohaus. Er hat sich einen Porsche Cayenne gekauft.«

»War einmal ein Freund bei ihm? Jemand, der ihn beim Autokauf begleitet hat vielleicht?«

Werner sieht ihn aufmerksam an, dann schüttelt er den Kopf. »Soweit ich es sagen kann, war Hebenstein immer allein da.«

»Na dann ...« Kammerlander dreht sich enttäuscht zur Seite.

»Allerdings hat es einen kleinen Vorfall gegeben, der mir jetzt grade einfällt ... Aber das ist bestimmt überhaupt nicht wichtig.«

»Das weiß man nie.«

»Ja, also ... Hebenstein war mit seinem zukünftigen Schwiegervater im Verkaufsraum, ich bin mit einem potenziellen Kunden in der Nähe gestanden. Plötzlich dreht sich der Kunde zu Hebenstein um und spricht ihn mit ›Leo‹ an.«

»Eine Verwechslung?«

»Mir kam es so vor, als hätte Hebenstein auf den Namen reagiert. Als wäre er erschrocken.«

Kammerlander zieht sein Handy aus der Jackentasche und zeigt ihm ein Bild von Michael Hochlehner. »War es dieser Mann?«

Werner zuckt bedauernd die Schultern. »Nein. Definitiv nicht. Der Kunde hatte eine Narbe auf der Wange. Er hat sich für die Verwechslung entschuldigt. Aber als wir später allein im Verkaufsraum waren, hat er einige Fragen zu Hebenstein gestellt. Er war ein paar Tage später noch einmal da, um eine Probefahrt mit einem Auto zu machen, aber ...«

»Ja?«

»Ich hatte den Eindruck, er war nicht wirklich an dem Wagen interessiert. Das hat man als Verkäufer im Gefühl. Ihm ging es eher um Informationen über Hebenstein.«

»Haben Sie ihm von der Verlobungsfeier erzählt?«

»Kann sein, genau weiß ich es nicht mehr. Doch, ja. Ist das wichtig?«

»Wahrscheinlich nicht. Aber man weiß ja nie. Wie heißt denn Ihr potenzieller Kunde?«

»Mir hat er sich als Manfred Holzer vorgestellt.«

Als Kammerlander wieder im Wagen sitzt, spürt er ein Kribbeln im Bauch. Er hat das Gefühl, etwas Bedeutsames erfahren zu haben. Aber er kann nicht sagen, was genau es ist.


7


Die Nachfragen bei den Festgästen haben so gut wie nichts ergeben. Niemand war während der Feier im Freien, keinem ist ein junger Mann aufgefallen, der sich in der Nähe des Schlosses aufgehalten hat.

»Das war ein Schuss in den Ofen«, murmelt Ratzinger.

»Dann wissen wir das jetzt.« Kammerlander holt sich die zweite Tasse Kaffee an diesem Morgen. Er hat schlecht geschlafen. Ihn treibt das Gefühl um, etwas nicht zu sehen, was doch vor seiner Nase ist. »Ich kann auch nicht viel beitragen«, seufzt er. »Hierzeggers waren nicht da. Ich konnte nur mit einem Angestellten sprechen. Dabei kam nichts Erhellendes zu unserem Todesfall heraus.«

»Mist.« Ratzinger kaut auf seiner Unterlippe herum. »Zwei tote Kinder, ein vermisstes, ein toter Lover, und wir treten nur auf der Stelle.«

»Es … gibt da allerdings etwas, das mir keine Ruhe lässt. Dieser Werner – das ist der Verkäufer – hat von einem Vorkommnis im Autohaus erzählt. Ein gewisser Manfred Holzer hat unseren Hebenstein junior anscheinend verwechselt. Trotzdem hat Hebenstein auf den falschen Namen reagiert.

Werner meinte, er sei erschrocken gewesen. Es hat wahrscheinlich keine Bedeutung …«

Schlagenhaufen trommelt ungeduldig mit den Fingern auf den Schreibtisch ein. »Wie hat Holzer ihn angesprochen?«

»Er hat ihn ›Leo‹ genannt.«

Das Trommeln hört schlagartig auf. »Leo? Da fällt mir spontan … Deswegen hatte ich das Gefühl … Ja, leck mich …!«

Schlagenhaufen und Ratzinger sehen sich an. In dem Moment begreift auch Kammerlander.

»Die Ähnlichkeit. Natürlich. Wir alle hatten so eine Ahnung, Alexander Hebenstein schon einmal begegnet zu sein. Aber …«

Sie starren sich ein paar Sekunden schweigend an.

»Das kann nicht sein.« Ratzinger schüttelt den Kopf. »Da sind wir uns doch einig, oder? Wie soll das gehen?«

»Ein Zufall«, sagt auch Schlagenhaufen. »Das gibt es öfter, als man glaubt. Denkt nur an die Doppelgängerin der Queen.«

»Außerdem hat der andere einen Vollbart gehabt. Wir haben ihn nie ohne diesen Bart gesehen. Von daher …«

»Genau. Sind wir schon so verzweifelt, dass wir einen Toten zum Leben erwecken müssen?«

Weißgerber hat ihnen interessiert zugehört. »Darf ich fragen, was die Herrschaften so bewegt?«

»Oh, Verzeihung.« Kammerlander wendet sich dem Computerfachmann zu. »Alexander Hebenstein hat große Ähnlichkeit mit einem jungen Mann, der vor etwa zwei Monaten bei einem Brand ums Leben gekommen ist. Er ist tot, das ist amtlich. Es wurde eine DNA-Überprüfung durchgeführt. Sein Name war Leopold Kranzelmeier.«

»Sie haben gegen ihn ermittelt?«

»In zwei Fällen. Überfall auf eine Tankstelle, ungeklärter Todesfall bei einem Weinbauern. Aber mangels anderer Verdächtiger mussten wir die Ermittlungen einstellen.«

Weißgerber beginnt, seine Tastatur zu bearbeiten. »Alexander Hebenstein wurde am 20. August 1996 in Voitsberg geboren. Eltern: Franka und Nikodemus Hebenstein. Und

Leopold Kranzelmeier …« Seine Finger fliegen über die Tasten. »… geboren am 22. August desselben Jahres in der Oststeiermark. Eltern: Theresia und Adrian Kranzelmeier.«

Weißgerbers PC signalisiert ein Mail. »Die Serben melden sich. Moment …« Er öffnet die Nachricht und überfliegt den Inhalt. »Wir haben Ergebnisse, meine Lieben. Das serbische Außenministerium hat mit dem Bild von Horvat einen Treffer erzielt. Es handelt sich um den serbischen Staatsbürger Milan Brankowich. In den Wirren des Jugoslawienkriegs verliert sich seine Spur, er wird seit 1991 als vermisst geführt. Die Kollegen haben ein Foto des jungen Brankowich mitgeschickt.«

Die Beamten treten hinter Weißgerber und nicken.

»Eindeutig. Dieselben Gesichtszüge und dasselbe Feuermal.«

»Ich habe mit dem damals zuständigen Sachbearbeiter beim Amt für Fremdenwesen und Einbürgerung gesprochen.« Ratzingers Augen blitzen, wie immer, wenn er eine Fährte aufnimmt. »Der Antrag auf Einbürgerung wurde 1993 gestellt und bewilligt. Bis heute ist Brankowich alias Horvat nie polizeilich aufgefallen. Der Beamte konnte sich anfangs natürlich nicht mehr an den Vorgang erinnern. Ist ja dreißig Jahre her. Aber nachdem ich ihm das Bild von Brankowich gezeigt habe, hat sich das geändert. Das Brandmal ist ihm im Gedächtnis geblieben.«

»Vielleicht haben wir ja endlich einmal Glück«, brummt Schlagenhaufen.

»Ich denke schon. Der Sachbearbeiter war so freundlich, die Unterlagen herauszusuchen. Sie sind nur in Papierform vorhanden, so weit zurück ist noch nichts digitalisiert. Horvat hat angegeben, seine ganze Familie sei bei Vukovar ums Leben gekommen. Als einzige Legitimation hat er eine Geburtsurkunde vorgelegt. In diesem Krieg hieß es ›Jeder gegen jeden‹, der Verlust von Dokumenten war nichts Außergewöhnliches. Viele Flüchtlinge hatten überhaupt keine Papiere.«

Schlagenhaufen verzieht die Lippen zu einem süffisanten Lächeln. »Schon klar, dass er keinen Identitätsnachweis mit einem Foto vorzeigen konnte. Bei dem auffälligen Gesichtsmerkmal.«

»Genau. Aber ich will auf etwas anderes hinaus. Es gab bei der Bearbeitung eine Besonderheit. Der Sachbearbeiter hat dazu handschriftlich eine Notiz angehängt. Er bekam von oben die Weisung, den Einbürgerungsantrag vorrangig zu behandeln. Ihm ist nicht verborgen geblieben, wer da interveniert hat: Es war der Richter. Nikodemus Hebenstein hat sich für Horvat eingesetzt. Und ihm nach erfolgter Einbürgerung einen Job bei der Gemeinde besorgt.«

»Interessant«, murmelt Kammerlander.

»Aus den standesamtlichen Unterlagen geht hervor, dass Horvat im selben Jahr eine Maria Hofer geheiratet hat«, erklärt Weißgerber weiter.

»Die wiederum beim Richter als Haushälterin in Stellung ist«, ergänzt Ratzinger. »Ihr Mann ist auch bei Hebenstein angestellt. Als Gärtner und Faktotum. Das war er schon vor der Einbürgerung. Heute hilft er in der Gemeinde nur mehr aus. Und vergessen wir nicht seine Tätigkeit als ehrenamtlicher Ersthelfer in einer Flüchtlingsorganisation unter der Schirmherrschaft des Richters. Das Ehepaar Horvat/Brankowich bewohnt ein kleines Haus auf dem Anwesen der Hebensteins.«

Schlagenhaufen schnauft verächtlich. »Ein Haus für die Domestiken. Man gönnt sich ja sonst nichts.«


**8**


»Hierzegger hat angerufen, um zu erfahren, was die Polizei von ihnen will.« Nikodemus' Stimme klingt verärgert.

»Was hast du ihm gesagt?«, fragt Angelika.

»Das Notwendige. Dass am Tag der Verlobungsfeier ein

Mann beim Schloss tödlich verunglückt ist. Und die Polizei wissen will, ob jemand etwas gesehen hat.«

Leo zieht es vor zu schweigen. Obwohl Nikodemus es nicht ausspricht, macht er indirekt doch *ihn* für diese »Unannehmlichkeit« verantwortlich.

»Hierzegger wird im Lauf des Tages die Polizei anrufen und seine Aussage machen. Ich kann nur hoffen, dass die Homosexualität des Toten in Verbindung mit dir nicht zur Sprache kommt.«

Eine Welle des Zorns rollt durch Leos Körper. »Und wenn doch, kann ich es auch nicht ändern! Was geht mich dieser Hochlehner an?«

»Das kannst du natürlich so sehen. Allerdings hast du eine recht ›innige Freundschaft‹ zu dem jungen Mann gepflegt.«

»Das weiß ich nicht mehr.«

In diesem Moment läutet das Telefon. Nikodemus hebt den Hörer ab und meldet sich. »Ja … Das weiß ich nicht … Wenn ich ihn sehe … Ich werde es ihm ausrichten. Guten Tag.« Er legt den Hörer auf und schüttelt den Kopf. »Jetzt will die Polizei auch noch mit unseren Angestellten reden. Ich nehme an, weil die beiden bei der Feier im Schloss geholfen haben.«

»Und warum rufen sie hier an?«, wundert sich Angelika.

»Wahrscheinlich arbeitet unser Gärtner draußen und hat sein Handy nicht dabei.«

Wieder klingelt das Telefon.

»Was ist denn heute …?«, brummt Nikodemus. »Für dich«, sagt er nach ein paar Sekunden und reicht seinem Sohn den Hörer.

»Alexander He–«

»Morgen. Achtzehn Uhr. Michaeliplatz. Sei pünktlich.«

Die Leitung ist tot.

»Wer war das?«, fragt die Tante.

»Nur … ein Bekannter. Unwichtig.«

Manfreds Holzers Stimme hallt in ihm nach, als er nach oben geht.

Gut, denkt er, als er die Tür hinter sich zumacht. Dann soll es so sein. Morgen wird er Manfred treffen und die Situation ein für alle Mal klären. Diese Schmeißfliege wird sein Leben nicht kaputtmachen.

Er tritt auf den Balkon und steckt sich eine Zigarette an. Stimmen erregen seine Aufmerksamkeit. Er sieht Nikodemus vor dem Haus auf den Gärtner einreden. Er kann nichts verstehen, aber er meint, unterdrückten Zorn bei beiden wahrzunehmen. Seine Tante ist auch dabei und macht ein besorgtes Gesicht. Wie heißt der Gärtner eigentlich? Ihm ist der Name schon wieder entfallen.

Wenn schon, denkt er. Kleine Leute. Unwichtig.

Er kehrt in die Wohnung zurück und nimmt seine Jacke vom Garderobenhaken. Als er zu seinem Wagen geht, sind sein Vater und der Gärtner verschwunden.

Zügig lenkt er das Auto zur Hauptstraße. Er muss dringende Besorgungen machen. Gott sei Dank kennt er jemanden aus seiner Grazer Studentenzeit, der ihm verschaffen kann, was er braucht.

»Unsere Ermittlungen fangen an, sich zu verdichten«, sagt Kammerlander. »Bevor wir aber eine neuerliche Befragung bei den Hebensteins durchführen, müssen wir mehr in der Hand haben.«

»Also, die Historie von Horvat respektive Brankowich berechtigt uns allemal zu einem weiteren Besuch«, wirft Ratzinger ein. »Er hat eine falsche Identität angenommen, vielleicht Kriegsverbrechen begangen. Außerdem sind da noch die Kinder, deren Gebeine wir gefunden haben. Er war vor Ort. Eigentlich ist eine sofortige Einvernahme mit anschließender Untersuchungshaft angezeigt.«

»Trotzdem ist es besser, wenn wir die nächsten Schritte mit so vielen Informationen wie möglich tun. Sollte es so sein, dass Brankowich mit dem Tod der Kinder oder mit Menschenhandel in Verbindung steht, agiert er sicher nicht allein. Es besteht die Chance, auf etwaige Helfer oder Hintermänner zu stoßen, die im Fall seiner Verhaftung gewarnt wären. Ich habe mich auch mit dem Verfassungsschutz in Verbindung gesetzt, ein umsichtiges Vorgehen ist abgesprochen. Deshalb hat sich unser EDV-Kollege mit der Vergangenheit der Personen beschäftigt, die jetzt interessant für uns sind. In erster Linie geht es da um das persönliche Umfeld unseres Serben.« Kammerlander nickt Weißgerber auffordernd zu.

»Ich beginne mit dem Richter«, übernimmt dieser den Ball. »Er stammt aus einer wohlhabenden Familie, er und seine Schwester haben ein beträchtliches Vermögen geerbt. Über sein berufliches Leben gibt es nichts Auffälliges zu sagen. Er hat zusammen mit seiner Schwester das ziemlich desolate Schloss Greißenegg gekauft und über die Jahre renoviert. Das hat viel vom Familienerbe aufgefressen. Seit 2014 engagiert er sich bei Wohltätigkeitsprojekten. Ansonsten liegt über ihn nichts vor. Ein Richter, der sein Amt untadelig ausgeführt hat. Die einzig wichtige Zäsur in seinem Leben war die Heirat mit Franka Medved. Die beiden bekamen einen Sohn, Alexander. Allerdings scheint die Ehe nicht besonders glücklich gewesen zu sein, denn nur wenige Tage nach der Geburt ist Franka in ihre Heimat zurückgekehrt. Ohne ihren Sohn. In den Unterlagen steht etwas von ›postnataler Depression‹. An der Grenze wurde ihre Ausreise registriert, danach verliert sich ihre Spur.«

»Aber da tobte doch noch der Jugoslawienkrieg«, wundert sich Schlagenhaufen.

»Das ist richtig. Es gab ein Hin und Her, ein Hauen und Stechen zwischen den verschiedenen Volksgruppen. Ich habe eine Suchanfrage Hebensteins an die Österreichische Botschaft in Zagreb gefunden. Ohne Erfolg. Danach hat sich niemand mehr um den Verbleib der Frau gekümmert. Sie hatte ja auch keine lebenden Verwandten mehr.«

»Und der Sohn ist ohne Mutter aufgewachsen?«

»Angelika Glück hat ihn nach ein paar Wochen, als man davon ausgehen konnte, dass die Mutter nicht wiederkehren würde, zu sich genommen und großgezogen. Nach der Matura hat er einige Semester BWL studiert. Gewohnt hat er bei seiner Tante. Seit einem Jahr lebt er wieder bei seinem Vater in der Hebenstein-Villa in Voitsberg.«

»Was können Sie uns zu Angelika Glück sagen?«, fragt Kammerlander.

»Die jüngere Schwester von Nikodemus Hebenstein war Sängerin an der Grazer Oper. Verheiratet mit Dr. Martin Glück, einem renommierten Mediziner, der einige Zeit für ›Ärzte ohne Grenzen‹ in Uganda gearbeitet hat. Sie hat ihren Mann mit ihrer kleinen Tochter dort besucht, Mutter und Kind haben das Denguefieber bekommen, das Mädchen ist daran gestorben. Dr. Glück ist kurz danach mit dem Flugzeug tödlich verunglückt. Danach war sie noch einige Jahre an der Oper. Heute ist sie ehrenamtlich in der Flüchtlingshilfe tätig.«

»Die Frau kann einem leidtun.«

»Wohl wahr. Ich habe mich dann noch mit Maria Horvat beschäftigt. Bereits ihre Mutter war in Diensten der Hebensteins. Maria hat eine Zeit lang als Hebamme im Krankenhaus gearbeitet, dann aber gekündigt, als sie von Hebenstein als Köchin angestellt wurde. 1993 Heirat mit Petar Horvat, der sich als Brankowich entpuppt hat. Keine Kinder.«

»Vielen Dank, Kollege.« Kammerlander schaut seine Mitstreiter an. »Habt ihr das Umfeld von Hochlehner gecheckt?«

Ratzinger nickt. »Haben wir. Ich habe die Bank ausfindig gemacht, bei der Hochlehner einen Kredit aufnehmen wollte. Dort hat er ganz klar von einem Kompagnon namens Alexander Hebenstein gesprochen. Es gab allerdings noch nichts Schriftliches, das Hebenstein als Zweitschuldner ausweisen würde.«

Schlagenhaufen geht zur Kaffeemaschine, nimmt sich aber nur ein Glas Mineralwasser. »Ich hatte mehr Glück. Die beiden wollten ein Haus als Firmensitz mieten. Und hier gibt es wenigstens etwas Griffiges: Unser Alexander hat den Vorvertrag mitunterschrieben.«

»Na, wer sagt's denn!« Kammerlander streicht sich zufrieden über den Bauch. »Witt und ich haben diesen Manfred Holzer identifiziert und überprüft. Ihr wisst schon, der den jungen Hebenstein im Autohaus mit ›Leo‹ angesprochen hat. Der ist kein unbeschriebenes Blatt. Es gab Festnahmen wegen illegalen Glücksspiels, außerdem dealt er mit geringen Mengen, mehr konnte ihm bisher nicht nachgewiesen werden. Ein Kleinkrimineller. Der passt nicht zu Alexander Hebenstein, aber gut zu Leo Kranzelmeier, finde ich.«

Er schaut zur Kaffeemaschine. Schwarz oder mit Milch und Zucker? Ach was, zur Feier des Tages ...

»Und noch etwas. Die Techniker haben inzwischen Hochlehners Handy entsperrt. Ich hab mir den Inhalt angesehen. Also, wenn Alexander Hebenstein keine homosexuelle Beziehung mit unserem Toten hatte, heiße ich Egon.«

# 9

»Misses Inspector! I want Misses Inspector ...«

Die Tür geht auf, und Hansbauer schaut herein.

»Sorry, Kollegen, aber der Syrer ist wieder da. Er besteht darauf, mit der Kollegin Schlagenhaufen zu sprechen ...«

Djamal drängt sich an ihm vorbei. Suchend schießen seine Blicke durch das Büro. »Misses Inspector! We must talk ...«

Ratzinger reißt eine Schublade auf und legt die Hand auf seine Dienstpistole. Auch Kammerlander ist erschrocken. Schlagenhaufen steht auf und schiebt den aufgeregten jungen Mann zur Tür hinaus.

»Ich mach das. Wir sind im Verhörraum.«

Als sie nach einiger Zeit wiederkommt, bemerken die Beamten ihren angespannten Gesichtsausdruck. »Djamal hat eigene Recherchen angestellt. Wie auch immer er es geschafft hat, in den verschiedenen Flüchtlingsunterkünften zu Informationen zu gelangen ... Es gibt von ein paar Leuten die übereinstimmende Beschreibung eines Mannes, der als ehrenamtlicher

Ersthelfer vor Ort war, bevor die Leute zur Registrierung gefahren wurden. Zwischen Ersthilfe und Registrierung ist schon öfter ein Kind verschwunden. Sie haben sich an eine Besonderheit erinnert.«

»Ein Feuermal über dem rechten Auge«, vermutet Ratzinger.

»So ist es.«

Kammerlander steht auf und nimmt seine Jacke. »Dann wollen wir mal.«

Die Sonne ist am Untergehen, als sie in die Ritterstraße einbiegen. Sie fahren an der Hebenstein-Villa vorbei und weiter zum »Dienstbotenhaus«, wie sie es spöttisch nennen. Es liegt still in der Dämmerung, aus keinem der Fenster scheint Licht. Auf dem seitlichen Grasweg steht ein kleiner weißer Lieferwagen. Kammerlanders Blick fällt auf die Seitenwand des Fahrzeugs. Ein bunter Schmetterling schwebt unter dem Schriftzug »CFE«.

»Wartet mal.« Er holt seine Brieftasche aus der Jacke und nimmt ein gefaltetes Blatt Papier heraus. »Das ist die Zeichnung, die mir die Mutter von Georgiana Romanescu in die Hand gedrückt hat.«

Das Tageslicht reicht gerade noch aus, um zu erkennen, dass das Mädchen eine exakte Kopie des Schmetterlings auf dem Lieferwagen angefertigt hat.

»Das kleine Mädchen, das die Flatterbewegungen gemacht hat ...«, sinniert Schlagenhaufen. »Erinnert ihr euch?«

Ratzinger zieht scharf die Luft ein. »Georgiana hatte also Kontakt zu Brankowich.«

Sie läuten an der Haustür, aber die Klingel verhallt ungehört. Hinter dem Haus befindet sich ein Schuppen, er ist nicht abgesperrt. Sie schalten ihre Taschenlampen an. Neben Gartengeräten, Farbeimern, Leitern und einem alten Fahrrad gibt es nichts zu sehen.

»Die beiden Angestellten sind bestimmt im Herrenhaus«, mutmaßt Schlagenhaufen.

»Dann zurück zur Villa«, sagt Ratzinger.

Kammerlanders Handy brummt. »Weißgerber hier. Ich habe eine Meldung aus Kärnten hereinbekommen, die Sie interessieren wird.«

Er stellt auf laut.

»Bei Arnoldstein wurde im Zuge einer Schleierfahndung ein Kastenwagen gestoppt. Ladegut: vier betäubte Kinder, wie es aussieht aus Nahost. Der Fahrer wurde in Gewahrsam genommen, der Beifahrer hat sich durch Flucht der Verhaftung entzogen. Eindeutig Menschenhandel.«

»Das sind gute Nachrichten, Sie Wunderwuzzi.«

»Ach was, ich bin ganz gut vernetzt …«

Kammerlander hört das Lächeln in Weißgerbers Stimme.

»Ich … würde mich da gern dranhängen.« Schlagenhaufen klingt unruhig. »Ich muss wissen, ob Adil Hamoud unter den gefundenen Kindern ist. Ist es in Ordnung, wenn ich den Wagen nehme und Ihnen eine Streife schicke, die Sie abholt?«

»Fahren Sie ruhig. Ich rufe selbst die Dienststelle an.«

Zehn Minuten später hören sie Schritte. Witt kommt schnaufend auf sie zu.

»Hansbauer parkt vor der Villa«, sagt er. »Vielleicht läuft unser Freund ihm ja in die Arme. Der Durchsuchungsbeschluss für das Haus hier ist noch nicht da.«

Kammerlander nickt. Kommt es ihm nur so vor, oder hat Witt wieder zugenommen? Die Dienstjacke spannt jedenfalls ordentlich über dem Bauch. War wohl nichts mit der Sechzehn-Stunden-Diät. Er kann sich einer leisen Schadenfreude nicht erwehren.

»Na schön. Dann bleiben Sie hier und halten die Augen offen. Wir statten jetzt den Hebensteins einen Besuch ab.«

Als ihre Schritte verklungen sind, greift Witt in seine Jackentasche und zieht ein Päckchen Butterkekse hervor. Wer weiß, wie lange er hier noch Wache schieben muss. Er setzt sich auf einen Hackstock und widmet sich dem Gebäck.

Hinter ihm steigt ein Schatten über den niedrigen Zaun zum

Nachbargrundstück. Er bewegt sich geräuschlos auf ihn zu. Ein dumpfer Laut, und das Knirschen der Kekse verstummt. Mit einem leisen Seufzen kippt Witt vom Hackstock.

Die Haushälterin öffnet die Tür einen Spaltbreit und sieht die Beamten unfreundlich an. »Sie kommen zur Unzeit. Das Essen für die Herrschaften ist gleich fertig.«

»Das tut uns in der Seele weh«, sagt Ratzinger, bevor Kammerlander reagieren kann. »Doch die Angelegenheit duldet keinen Aufschub.«

Mit einem verkniffenen Gesichtsausdruck gibt sie die Tür frei. Die Beamten treten in die Vorhalle.

»Wer ist es denn, Maria?«, ruft Angelika Glück aus dem Wohnzimmer. »Ist Petar endlich gekommen?«

»Leider nicht, gnädige Frau.«

Kammerlander tritt ins Wohnzimmer, ohne abzuwarten, dass sie angemeldet werden. Glück blickt ihn mit großen Augen an, Hebenstein legt überrascht die Zeitung neben sich.

»Werden Ihre Besuche jetzt zur Gewohnheit?«

»Das hoffen wir nicht. Es ist nur so, dass wir dringend mit Herrn Horvat sprechen müssen. Ans Haustelefon geht er nicht. Er sollte zu uns auf die Dienststelle kommen, aber er ist den ganzen Tag nicht erschienen.«

»Ja, wir warten auch auf ihn. Was gibt es denn so Wichtiges, das Sie ihn fragen wollen?«

»Es gibt da so einiges.«

Die Beamten sind übereingekommen, der Familie nur das Nötigste über Brankowich zu sagen. Schließlich wollen sie vermeiden, dass er in Panik das Weite sucht. Außerdem ist zu vermuten, dass Hebenstein über den Gärtner Bescheid weiß, zumindest aber seine Frau Maria.

»Wieso versuchen Sie es nicht im Haus unten?«, fragt Hebenstein gereizt.

»Das haben wir schon. Es hat niemand geöffnet.«

Kammerlander dreht sich zur Eingangshalle. Maria steht immer noch unschlüssig in der Tür.

»Frau Horvat, wissen Sie, wo wir Ihren Mann finden können?«

Sie verneint.

»Aber ein Handy haben Sie doch. Rufen Sie ihn an.«

Verwirrt fasst sie in ihre Schürzentasche und zieht ein Handy heraus. Sie drückt eine Kurzwahltaste, dann schüttelt sie den Kopf. »Abgeschaltet.«

»Wissen Sie, was Ihr Mann heute vorhatte?«

»Ja ... Er wollte das Lager für die Hilfsorganisation überprüfen und auffüllen.«

»Da waren wir auch schon. Dort ist er nicht mehr.«

»Jetzt wird es mir zu bunt.« Hebenstein ist aufgestanden und neben Kammerlander getreten. »Sagen Sie mir auf der Stelle, was Sie von unserem Gärtner wollen oder weswegen Sie ihn beschuldigen. Das ist hier doch ein unglaubliches Kasperltheater!«

Kammerlander überlegt. Hebenstein hat recht. Er muss ihm eine Erklärung liefern. »Es hat sich herausgestellt, dass der Mann, den Sie als Petar Horvat kennen, seit dreißig Jahren unter falschem Namen hier lebt.«

Die Haushälterin wird bleich. Glück schlägt die Hand vor den Mund und starrt sie an.

Hebenstein bohrt seine Augen in die Kammerlanders. »Was?«, fragt er fassungslos. »Was sagen Sie da?«

»Ihr Gärtner hat unter Vorlage eines falschen Dokuments die österreichische Staatsbürgerschaft erschwindelt.«

Es ist so still, dass man eine Maus atmen hören könnte.

»Und wer ist Petar Ihrer Meinung nach?«

Ratzingers Handy dudelt »Whooo are you? Who? Who? Who? Who?«.

Glück gluckst unkontrolliert auf. »Was für eine absurde, alberne Situation ...«

Das Gespräch dauert nicht lang. »Der Durchsuchungsbeschluss ist da«, sagt Ratzinger zu Kammerlander.

Der wendet sich an die Haushälterin. »Es liegt jetzt an Ihnen. Wollen Sie den Beschluss sehen? Dann sind die Kollegen in zehn Minuten da. Oder öffnen Sie uns gleich die Tür zu Ihrem Haus?«

Ein Ruck geht durch Maria Horvat. »Kommen Sie mit.«

»Haben Sie das gewusst, Maria?«, fragt Glück, bevor sie die Tür erreicht haben.

Kammerlander meint, Hass im Blick der Angestellten auf-blitzen zu sehen, bevor sie die Augen niederschlägt. »Nein. Hab ich nicht.«

Als sie wieder vor dem »Dienstbotenhaus« stehen, ist von Witt nichts zu sehen. Das Licht von Kammerlanders Taschen-lampe erfasst ihn hinter dem Gebäude, am Boden liegend, um-rahmt von Keksbröseln, eine blutende Wunde am Hinterkopf.

Während Kammerlander sein Handy hervorzieht und den Notruf wählt, schlägt Ratzinger die Jacke zurück und legt eine Hand an seine Glock 17. Mit der anderen leuchtet er in den Schuppen.

»Das Fahrrad ist weg.«

Sobald man ihm bestätigt hat, dass der Krankenwagen unterwegs ist, tätigt Kammerlander einen weiteren Anruf. Er veranlasst eine Großfahndung nach Brankowich.


## 10

Die Dinge laufen in eine Richtung, mit der er unmöglich rechnen konnte. Wer hätte gedacht, dass dieser unscheinbare Gärtner Dreck am Stecken hat?

Als er gestern Abend nach Hause gekommen ist, hat ihn seine Tante aufgeregt informiert, dass Petar gar nicht Petar ist und die Polizei nach ihm sucht. Dass er sich all die Jahre hinter einer falschen Identität versteckt hat.

Krass. Er selbst ist also nicht der Einzige, der eine Wandlung vollzogen hat. Vom Saulus zum Paulus sozusagen. Was der Gärtner wohl auf dem Kerbholz hat, dass er so eine Scharade veranstalten musste?

Sein Vater hat kein Wort dazu gesagt, ist vor der gläsernen Wohnzimmertür gestanden und hat in die Nacht hinausgestarrt. Kerzengerade, mit auf dem Rücken verschränkten Armen. Da hat sich der Herr von Hebenstein aber gründlich verschaukeln lassen, denkt er. Wo er als Richter immer auf der Wahrheit bestanden hat. Bei anderen zumindest.

Oder hat Nikodemus die ganze Zeit Bescheid gewusst? Das würde er ihm ohne Weiteres zutrauen. Es gibt ja auch jede Menge offener Fragen, die er noch an seinen Vater hat.

Was aber bedeutet das jetzt für ihn?

Dass die Familie – und damit automatisch auch er selbst – schon wieder in den Fokus polizeilicher Ermittlungen geraten ist, passt ihm gar nicht. Aus der Nummer mit Hochlehner ist er noch lange nicht raus. Aber … Vielleicht ist die Geschichte mit dem Gärtner ja gar nicht verkehrt. Unter Umständen könnte er dem etwas anhängen. Die Aufmerksamkeit in Bezug auf Hochlehner unauffällig in Petars Richtung lenken. Mal sehen, wie sich alles entwickelt.

Er schaut auf die Uhr. Halb elf. Höchste Zeit, ins Auto zu steigen und nach Stainz zu fahren. Er wird den Tag mit Silvia verbringen und um achtzehn Uhr am Michaeliplatz in Voitsberg warten. Dort hat er eine Verabredung.

Als er nach unten geht, hört er gedämpfte Stimmen aus der Küche. Die Haushälterin sitzt verheult am Tisch, während seine Tante auf sie einredet.

Nicht seine Baustelle. Er hat genug eigene Sorgen. Leise verlässt er die Villa.

Er öffnet den Kofferraumdeckel und überprüft den Inhalt der Sporttasche. Alles in Bereitschaft. Dann lässt er den Motor an und fährt von der Einfahrt. Er weiß, nach dem heutigen Tag wird er ein anderer sein. Bisher sind schreckliche Dinge geschehen, ohne dass er sie gewollt oder geplant hätte. Sie sind aus einem Impuls heraus passiert, aus verzweifelter Notwehr. Heute wird es anders sein. Heute wird er planvoll vorgehen, und nichts wird ihn entlasten. Keine mildernden Umstände.

Er hofft, dass er hart genug sein wird, sein Vorhaben durchzuziehen. Er hat keine Wahl. Der Scheißkerl muss weg.

Kammerlander meint, im sonst so strengen Gesicht von Apollonia Schlagenhaufen einen Anflug von Milde zu erkennen. Auch ihre Augen haben einen freudigen Glanz. Kein Wunder. Unter den geretteten Kindern war tatsächlich der verschwundene Adil Hamoud. Ihr erster Weg führte sie in die Asylunterkunft zu Djamal, um ihm die freudige Nachricht zu überbringen. Der Syrer hat ihre Worte schweigend aufgenommen, sie hat schon geglaubt, er habe sie nicht verstanden. Doch dann hat er ihre Hand genommen und sie an seine gesenkte Stirn gelegt.

»Mother.« Mehr hat er nicht gesagt – und doch alles.

»Das Büro für Schlepperereibekämpfung und Menschenhandel im Landeskriminalamt hat sich eingeschaltet.« Schlagenhaufen setzt sich in ihren Bürostuhl, der entrüstet ächzt. »Der verhaftete Mann schweigt bis jetzt. Der Flüchtige ist noch nicht aufgegriffen worden.«

»Die Schlepper sind gut organisiert«, nickt Weißgerber. »Sie bringen die Leute über die Balkanroute nach Österreich. Dort werden die passenden Kinder noch vor Eintreffen der Busse von den anderen separiert und entführt. Mit einem Kleinbus oder wie in unserem Fall einem Kastenwagen sammeln die Menschenhändler die Kinder ein. Dann fahren sie in ein anderes EU-Land mit Außengrenze, Italien bietet sich zum Beispiel an. Häfen sind unübersichtlich. Dort werden die Kinder, sagen wir mal, ›weitervermittelt‹. Die Italiener haben selbst ein massives Einwanderungsproblem im Süden. Da sind natürlich die meisten Kräfte gebunden. Bei der Ausreise aus Österreich gibt es so gut wie keine Kontrollen seitens der Grenzpolizei. Warum auch? Die Asylsuchenden wollen ja nach Österreich und Deutschland *rein*, nicht wieder raus.«

»Das Schlimme ist«, seufzt Kammerlander, »dass man den Entwicklungen immer hinterherhinkt.«

»Ich frage mich, ob der tote Junge unter der Skulptur auch

in dieses Muster fällt«, sinniert Ratzinger. »Also ob er auch entführt worden ist. Der Bub kam aus dem Nahen Osten, wie die Isotopenanalyse gezeigt hat. Insofern … Aber wie passt das rumänische Mädchen in die Gleichung? Sie war mit ihrer Familie hier, ihr Verschwinden hat Staub aufgewirbelt. Das Risiko in diesem Fall wäre ungleich höher gewesen …«

»Was uns wieder zu Brankowich bringt.« Schlagenhaufen massiert ihren Nacken. »Hat die Fahndung schon was gebracht?«

»Nein. Er ist wie vom Erdboden verschluckt. Aber wie weit kann man in einer Nacht mit einem alten Fahrrad schon kommen? Sein Handy hat sich jedenfalls nirgendwo eingeloggt. Er ist ja nicht blöd.«

»Und die Hausdurchsuchung?«

»Nichts. Außer der Verpackung eines Uralt-Mobiltelefons ohne Registrierung. Da ist die Technik dran.«

»Was hat Maria Horvat – oder wie man sie nun nennen soll – zu den Anschuldigungen gegen ihren Mann gesagt?«

»Sie hat natürlich nichts von alldem gewusst. Eh klar. Und sie hat auch nicht die geringste Ahnung, wo ihr Mann sich jetzt aufhalten könnte. Ihr Handy wird jedenfalls auch überwacht. Bis jetzt hat er keinen Kontakt zu ihr aufgenommen.«

»Und der Richter?«

»Als wir wieder in die Villa zurückgekehrt sind, war bereits sein Anwalt da. Dr. Moser hat uns aufgeklärt, dass Herr *von* Hebenstein vor dreißig Jahren beim Einbürgerungsantrag von Brankowich nur ein gutes Wort für den Mann eingelegt habe, weil seine Angestellte ihn heiraten wollte. Natürlich in völliger Unkenntnis dessen, dass Petar Horvat nicht sein richtiger Name war. Brankowich habe sich das Vertrauen seines Mandanten erschlichen und ihn all die Jahre schamlos hintergangen. Mehr habe er dazu nicht zu sagen.«

»Wie geht es eigentlich unserem Inspektor Witt?«

Ratzinger grinst. »Steirischer Dickschädel halt. Platzwunde, leichte Gehirnerschütterung. Die Ärzte haben ihn zur Beobachtung im Krankenhaus behalten.«

Schlagenhaufen verzieht die Lippen zu einem leichten Lächeln. »Und Michael Hochlehner? Haben wir den Fall schon zu den Akten gelegt?«

Kammerlander schüttelt den Kopf. »Noch nicht. Wir behandeln seinen Tod nach wie vor als Unfall. Wir haben nichts als einen Anfangsverdacht. Der Absturzort und ein mögliches Motiv weisen klar in Richtung Alexander Hebenstein. Aber es gibt bisher nicht den Hauch eines Beweises gegen ihn. Wir wissen zwar, dass er der Geliebte von Hochlehner war, aber wenn er davon nichts mehr wissen will, ist das seine Privatangelegenheit und kein Verbrechen.«

»Vielleicht hat der Gärtner das Problem für den jungen Herrn beseitigt?«

»Denkbar ist alles.«


## 11

Er fährt in die Kirchengasse und sucht einen passenden Parkplatz. Bald findet er eine unauffällige Einbuchtung, die das Licht der Straßenlaternen nicht erreicht. Er steigt aus und geht langsam in Richtung Michaeliplatz.

Eine Südströmung hat den Frost des Tages gebrochen. Trotzdem zieht er den Reißverschluss seiner pelzgefütterten Jacke bis unter das Kinn. Seine Hände stecken in Handschuhen, aber sie wärmen nicht. Ihm ist kalt, doch es ist eine innere Kälte. Mit jedem Schritt nähert er sich dem Unausweichlichen, von dem er nicht weiß, ob er es durchstehen wird. Er traut sich selbst nicht, hat das Gefühl, sich übergeben zu müssen.

Als er um die Kirche biegt, empfängt ihn leises Stimmengewirr, das anschwillt, je näher er dem Michaeliplatz kommt. Ein riesiger Weihnachtsbaum trägt stolz seine Lichter, eine lebensgroße Krippe sorgt dafür, dass niemand vergisst, was der Grund für all die christliche Vorfreude ist. Eltern mit ihren Kindern, Großeltern mit den Enkeln, Pärchen, die sich untergehakt haben, pendeln zwischen Baum, Krippe, dem Maronibrater und dem Glühweinstand. Alle wollen Adventluft schnuppern.

Der Platz ist gut gewählt, denkt er. Gedämpftes Licht mit tiefen Schatten, man kann sich abseits stellen, trotzdem ist man unter Menschen, falls die Situation aus dem Ruder läuft. Manfred geht kein Risiko ein.

Etwas streift sein Gesicht. Er schaut in den schwarzen Himmel, wo Schneewolken die Sterne ausgelöscht haben. Feine Flocken tänzeln zu Boden, der erste Schnee des Jahres. Alles wird leiser, ihm ist, als hätte sich eine unsichtbare Glocke über ihn gesenkt, die ihn dumpf einschließt.

»Hallo, Leo. Da bist du ja.«

Die schützende Hülle platzt. Manfred Holzer steht vor ihm und grinst. Er hat den Kragen seiner dünnen Lederjacke hochgezogen. Eine Schirmmütze mit Ohrenklappen verleiht ihm etwas Lächerliches.

»Wie schön, dass du pünktlich bist. Das ist schon einmal ein guter Start für unser Gespräch.«

Er sagt nichts. Kann nichts sagen. Er fühlt sich nackt, vor den Vorhang gezerrt, verlacht von diesem Unterschichtler.

»Was ist denn los?« Holzer klopft ihm kameradschaftlich auf die Schultern. »Hat's dir die Sprache verschlagen?«

Er wird ihm und sich eine Chance geben. Einen Versuch wird er unternehmen. »Ich weiß jetzt nicht …«, krächzt er und muss sich räuspern. »Sie sind doch der Mann vom Autohaus? Sie verwechseln mich, das habe ich Ihnen schon in Stainz gesagt.«

»Wieso bist du dann hier?«

»Ich war neugierig, wer mich angerufen hat. Außerdem möchte ich nicht, dass Sie mich duzen.«

Holzer senkt die Stimme und zieht ihn ein Stück von den Leuten weg. »Ach, Leo. Ich brauch dich nur anzuschauen und weiß, wann du lügst. Du hast mir noch nie was vormachen können.«

»Ich sag's Ihnen noch einmal: Sie irren sich …«

Holzer winkt ab und sieht ihn kopfschüttelnd an. »Ich hab immer geglaubt, du bist ein Weichei, ein verdammter Loser. Aber das war ein Irrtum, und ich irre mich nicht oft. Was du da abgezogen hast – alle Ehre! Diese Chuzpe, mein Freund, hätte ich dir nicht zugetraut.«

»Ich verstehe nicht …«

»Doch, du verstehst sehr gut. Dein Pech war, dass ich dich im Autohaus erkannt hab. Trotz fehlendem Bart. Ich muss zugeben, am Anfang war ich ein wenig verwirrt. Mein Kumpel Leo Kranzelmeier verbrennt in einem alten Haus. Nicht schön, ich hab echt um dich getrauert. Und die Grazer haben um ihre Kohle getrauert. Dann, nach Wochen, steht unser Leo plötzlich vor mir als Alexander Hebenstein, Porschefahrer, gestylt in feinem Zwirn. Kommt aus einer reichen Familie, will in eine reiche Familie einheiraten, wie mir der auskunftsfreudige Autoverkäufer anvertraut hat. Du wirst verstehen, dass mich das ziemlich beschäftigt hat.« Holzer zieht eine Schachtel Zigaretten aus der Tasche. »Willst du auch eine? Ist zwar nicht deine Marke …«

Sie stehen eine Zeit lang schweigend nebeneinander und blasen Rauchwölkchen in die Luft.

»Na ja«, fährt Manfred fort. »Ich hab mir dann überlegt: Wenn Alexander in Wahrheit Leo ist, wer ist dann wohl in dem Keller verbrannt?« Er inhaliert noch einmal tief, dann wirft er die Kippe auf den Boden und tritt sie aus. »Und danach die Nummer mit dem Unfall. Genial! Riskant, aber genial.«

Ich hab's versucht, denkt er. Bei Gott, das hab ich. Ab jetzt heißt es: er oder ich.

»Dann hast du dich verlobt. Ich war ein wenig gekränkt, weil du mich nicht eingeladen hast, das muss ich sagen. Aber ich bin doch kurz vorbeigekommen. Du solltest merken, dass ich es dir nicht übel genommen hab. Da seh ich doch tatsächlich, wie du einen Kerl über die Böschung schmeißt. Einfach so. Er hat's nicht gepackt, wie in der Zeitung zu lesen war. Und da war mir klar: Mein alter Kumpel und ich teilen einige interessante Geheimnisse. Das ist bestimmt der Beginn einer wunderbaren Geschäftsbeziehung, mit Vorteilen für beide Seiten. Eine Win-win-Situation sozusagen. Oder was meinst du?«

»Na schön.« Er lässt den Kopf hängen. »Ich hab mir schon gedacht, dass du nicht lockerlassen wirst. Und dass es auf eine Erpressung hinauslaufen wird.«

»Ein hässliches Wort.«

»Weiß noch jemand davon?«

»Bis jetzt nicht. Wenn wir uns einig werden, bleibt das auch so.«

Ein paar Kinder haben sich mit dem Pfarrer vor die Krippe gestellt und spielen Weihnachtslieder auf der Blockflöte. Aller Augen sind auf sie gerichtet.

»Ich kann dir jetzt kein Geld geben. Anfang nächsten Jahres geht es leichter. Aber ich hab eine Schatulle mit Goldmünzen gefunden. Zwanzig Unzen Philharmoniker. Die kannst du haben.«

»Hast du sie dabei?«

»Ja, im Wagen. Komm mit.« Er dreht sich um und will zum Auto zurückgehen.

»Halt, mein Freund.« Holzer drängt ihn an die Kirchenmauer und tastet ihn sorgfältig nach Waffen ab. Dann tritt er einen Schritt zurück. »Nichts für ungut. Aber so, wie du in letzter Zeit Probleme löst, muss ich mich absichern.«

Leo zuckt mit den Schultern und setzt seinen Weg fort. Holzer hält sich zwei Schritte hinter ihm und beobachtet ihn genau. Die Stimmen und Flötentöne verklingen. Als sie in der dunklen Straßennische ankommen, öffnet Leo die Heckklappe.

»Hier drin.« Er nickt ins Innere des Kofferraums. Eine kleine Birne spendet notdürftig Licht. Gut, dass er daran gedacht hat, die übrige Beleuchtung im Kofferraum lahmzulegen. Die Plastikfolie, mit der er den Boden ausgekleidet hat, ist kaum zu sehen.

Holzer dürfte bei dem schlechten Licht gerade noch die

Umrisse einer Sporttasche erkennen können. Er scheint sich schon bücken zu wollen, ändert dann aber offenbar seine Meinung. Er blickt Leo misstrauisch an. »*Du* holst die Münzen raus.«

Wieder zuckt Leo mit den Schultern und beugt sich in den Kofferraum. Er merkt, wie Manfreds Hand in der Jackentasche verschwindet. Bestimmt ein Messer, denkt er. Mit langsamen Bewegungen zieht er den Reißverschluss der Tasche auf, holt ein Holzkästchen heraus und stellt es daneben. Er hebt den Deckel an und dreht das Kästchen so, dass die Goldmünzen im schwachen Licht ein wenig glänzen. Dann fasst er wieder in die Sporttasche und bringt mit ebenso ruhigen Bewegungen einen zweiten kleinen Kasten zum Vorschein.

»Mach den Reißverschluss wieder zu«, befiehlt Manfred.

Leo tut, wie ihm geheißen, dann greift er nach dem Deckel des zweiten Holzbehältnisses.

Manfred hat inzwischen die Hand aus der Jackentasche genommen und sich vorgebeugt. Der Schimmer des Goldes hat ihn nachlässig werden lassen.

In einer fließenden Bewegung schiebt Leo den Deckel des zweiten Kästchens hoch, nimmt den Elektroschocker heraus und rammt ihn in Manfreds Seite.

Der erkennt die Gefahr zu spät, knisternd fährt ihm die elektrische Ladung in den Körper. Sein Schrei erstickt in quälendem Schmerz. Er fällt mit dem Oberkörper in den Laderaum, Leo drückt den restlichen Körper hinein. Mit aufgerissenen Augen stiert Holzer ihn an, er ist vollkommen bewegungsunfähig.

Als sich die Lähmung löst, verpasst Leo ihm eine weitere Ladung. Und noch eine.

»Du erpresst keinen mehr, du Drecksau«, zischt er mit zusammengebissenen Zähnen.

Dann holt er das Messer aus Manfreds Jackentasche.

## 12

»Ich habe hier etwas reinbekommen«, sagt Weißgerber am nächsten Morgen. »Holzer Manfred, wissen Sie noch?«

Ratzinger blickt vom Bildschirm hoch. »Ja klar. Das ist doch der Kleinkriminelle, der sich nach Alexander Hebenstein erkundigt hat.«

Kammerlander ist immer wieder überrascht, über welch gutes Namensgedächtnis Ratzfatz verfügt.

»Exakt. Der wurde heute Nacht auf der A 2, genauer gesagt auf einem Rastplatz kurz vor Graz, mehr tot als lebendig hinter den Toiletten aufgefunden. Eingewickelt in eine Plastikplane. Ich habe mich gleich drangehängt. Laut ärztlichem Befund wurde er gefoltert. Sein Körper weist Strommarken wie von einem Taser auf. Außerdem hat er drei Stichwunden abbekommen. Ist noch nicht ansprechbar. Es grenzt an ein Wunder, dass er noch lebt.«

»Ist das für unsere Ermittlungen relevant?«, fragt Schlagenhaufen.

Kammerlander massiert seinen verspannten Nacken. »Schwer zu sagen. Wir behalten auf alle Fälle die weitere Entwicklung im Auge.«

Schlagenhaufen ballt die Hände zu Fäusten. »Es macht mich ganz krank, dass man nicht an den Richter herankommt. Er verschafft Brankowich die Staatsbürgerschaft, stellt ihn bei sich an. Ich sag mal, er hat von der Vergangenheit des Gärtners gewusst. Dann gründet er die Ersthilfeorganisation für Geflüchtete und lässt Brankowich die Fahrten übernehmen. Gleichzeitig verschwinden Kinder, bevor sie registriert werden können. Das lässt vermuten, Hebenstein steckt knietief in diesem schmutzigen Geschäft.«

»Wir brauchen den Gärtner«, sagt Ratzinger.

Dann überschlagen sich die Ereignisse.

Weißgerbers und Kammerlanders Handys läuten gleichzeitig.

»Der zweite Schlepper wurde in einem Waldstück nahe der

italienischen Grenze aufgegriffen«, berichtet Weißgerber, als er aufgelegt hat.

Auch Kammerlander beendet sein Gespräch und steht auf. »Das Handy von Brankowich hat sich eingeloggt. Er hat seine Frau angerufen und es seither nicht mehr ausgeschaltet.«

Ratzinger schnellt in die Höhe. »Wo?«

»Das Signal kommt vom Schloss.«

Die Tür wird aufgerissen, und Hansbauer steht schwer atmend vor ihnen. »'tschuldigung, aber ich glaub, es ist wichtig. Eine Frau Horvat hat angerufen. Sie war ganz aufgeregt und hat gesagt, sie braucht Hilfe. Äh, nein. Ihr Mann. Der braucht Hilfe. Sie hat gesagt, er stirbt.«

»Hat sie auch gesagt, wo er stirbt?«, fragt Ratzinger ungeduldig.

»Ja. Im Schloss. Hinten, hinter dem Schloss …«

Kammerlander schlüpft rasch in seine Jacke. »Fordern Sie einen Rettungswagen an«, sagt er zu Hansbauer und wendet sich an Schlagenhaufen. »Bleiben Sie an der Kärntner Verhaftung dran.« Er dreht sich Weißgerber zu. »Halten Sie bitte Kontakt mit den Grazer Kollegen. Vielleicht kann dieser Holzer trotz seiner Verletzungen eine Aussage machen. Ich habe das Gefühl, hier hängt alles mit allem zusammen.«

Als sie zum hinteren Teil des Schlosses fahren, ist alles ruhig. Die bleiche Sonne hat zu wenig Kraft, um die dünne Schneeschicht wegzuschmelzen. Die Reifen ihres Wagens ziehen die ersten Spuren in den verschneiten Zufahrtsweg. Sie steigen aus und schauen sich um.

»Hm. Hier ist erst mal nichts von Brankowich zu sehen«, murmelt Ratzinger. »Hansbauer hat doch gesagt ›hinter dem Schloss‹.«

Kammerlander atmet tief die frische Luft ein. Der Schnee scheint sie gereinigt zu haben. »Ja, hat er. Aber er sagte auch ›im Schloss‹. Komm.«

Sie gehen das kurze Stück zur verwitterten Hinterseite des Gemäuers. Die halb vermorschten Balken des Tores hängen noch immer genauso schief und dicht zugewachsen in den rostigen Angeln. Hier ist seit der Bergung von Hochlehners Leiche bestimmt keiner rein- oder rausgegangen.

»Hallo! Ist da jemand?«, ruft Kammerlander. Er späht zwischen die Bretter, kann aber nichts erkennen.

»Versuchen wir es auf der Absturzseite«, schlägt Ratzinger vor.

Sie steigen über das kurze Absperrband. Vorsichtig bewegen sie sich ein paar Meter den schmalen Pfad entlang, der schneebedeckt noch rutschiger ist. Immer wieder blicken sie den steilen Hang hinunter, vielleicht ist Brankowich ebenfalls abgestürzt. Oder abgestürzt worden. Doch dieses Schicksal scheint ihm erspart geblieben zu sein.

»Harry, schau«, sagt Ratzinger plötzlich und zeigt auf die Burgmauer. Ein Stück vor ihnen entdecken sie eine stark verrostete Metallplatte, die plan mit der Mauer abschließt. Wucherndes Gebüsch hat dafür gesorgt, dass sie ihnen das letzte Mal nicht aufgefallen ist. Ratzinger schiebt die Zweige zur Seite. »Das ist eine Tür«, konstatiert er. »Ohne Klinke. Die ovale Öffnung hier ist ein Schlüsselloch.«

»Sie scheint offen zu sein. Die eine Seite steht einen Zentimeter weiter von der Wand weg.«

Ratzinger presst seine Finger in den Spalt und zieht an der Metalltür. Sie lässt sich ohne große Kraftanstrengung öffnen. Brankowichs Oberkörper sinkt ihnen entgegen.

»Scheiße.«

Gemeinsam schleifen sie ihn ein Stück heraus, sie müssen vorsichtig sein, um nicht abzurutschen. Der Rest des Körpers liegt auf einer steinernen Treppe, die nach unten führt. Die aufgerissenen toten Augen des Gärtners starren sie an. Erbrochenes hängt in seinem Mundwinkel. Kammerlander sucht am Hals nach dem Puls, obwohl er weiß, dass es zwecklos ist.

»Auf den ersten Blick kann ich keine Verletzungen feststellen«, sagt er.

»Gift«, schlägt Ratzinger vor. »Da wette ich.«

Sie hören das Folgetonhorn des Rettungswagens. Kammerlander dreht sich um. »Machen wir Platz. Auf dem schmalen Pfad stehen wir nur im Weg herum.«

Sie treffen den heranhetzenden Arzt, gefolgt von einem Sanitäter, am Absperrband. Kammerlander winkt ab. »Sie brauchen sich nicht mehr zu beeilen. Aber seien Sie vorsichtig auf dem glatten Pfad.«

Er holt sein Handy heraus und fordert die Spurensicherung und einen Wagen für den Abtransport in die Rechtsmedizin an.

Die Einsatzkräfte kommen zurück.

»Und? Was sagen Sie?

Der Arzt muss nicht lange überlegen. »Prima vista: Exitus vor nicht mehr als einer Viertelstunde. Er hat mit hoher Wahrscheinlichkeit eine toxische Substanz zu sich genommen oder ist damit in Berührung gekommen.«

»Gift«, nickt Ratzinger. »Sag ich doch.«


## 13

Auf den Steinstufen finden sie Brankowichs Handy, es hat einen Sprung im Display.

»Da unten wird kein Empfang gewesen sein«, mutmaßt Ratzinger. »Deshalb ist er wohl die Stufen hochgekrochen, um ein Netz zu kriegen.«

»Und hat es nicht mehr ins Freie geschafft.«

Die Steinstufen führen in einen kurzen Gang hinunter, an dessen Ende sich eine halb offene Eisentür befindet. Ratzinger holt eine Taschenlampe aus der Jacke, dann betreten sie ein fensterloses Verlies, dessen ganze Ausstattung aus einer dreckigen Matratze und einem Eimer besteht. Ein halb leerer Plastiksack mit Brot, Wurst und Käse und eine umgestoßene Flasche Orangensaft zeigen, dass der Gärtner von jemandem versorgt wurde.

»Gehen wir wieder nach oben«, schlägt Ratzinger vor. »Sonst kriegen wir einen Rüffel von der Spurensicherung.«

»Wir müssen seine Frau benachrichtigen«, sagt Kammerlander zwei Stunden später, nachdem der Leichnam abtransportiert wurde. »Bringen wir es hinter uns.«

Als sie vor dem kleinen Haus parken, lässt nichts darauf schließen, dass jemand zu Hause ist. Obwohl die Sonne sich wieder hinter dicke Wolken verzogen hat, fällt aus keinem Fenster ein Lichtschein.

»Vielleicht ist sie oben bei ihren Herrschaften?«, meint Ratzinger.

»Wir läuten.«

Der Ton der Türglocke ist noch nicht verklungen, als die Haushälterin bereits öffnet. Sie schaut die Beamten schweigend an, erkennt an ihren Mienen, welche Nachricht sie überbringen. Ohne ein Wort dreht sie sich um, lässt die Tür offen, überlässt es ihnen, einzutreten oder nicht. Mit zusammengepressten Lippen geht sie in die Küche und setzt sich auf einen Stuhl. Die Beamten folgen ihr, bleiben aber stehen.

»Es tut uns sehr leid.«

Sie nickt und zündet mit langsamen Bewegungen eine Kerze auf dem Küchentisch an. Es scheint, als hätte sie schon mit dem Tod ihres Mannes gerechnet und die Kerze für diesen Moment vorbereitet.

»Wie?«, fragt sie.

»Das können wir noch nicht sagen. Wir müssen das Ergebnis der Obduktion abwarten.« Kammerlander räuspert sich. »Ich weiß, das ist jetzt schwer für Sie. Aber können Sie sich vorstellen, dass Ihr Mann ... sich selbst ...?«

Sie schüttelt entschieden den Kopf. »Niemals.«

»Haben Sie Ihrem Mann Lebensmittel gebracht?«

»Nein. Ich hab auf seinen Anruf gewartet.«

»Dann ... Sollen wir jemanden benachrichtigen? Der Ihnen jetzt beisteht? Frau Glück zum Beispiel?«

»Nein.«

»Haben Sie Kinder, die wir kontaktieren sollen?«

»Petar konnte keine Kinder zeugen. Kriegsverletzung.« Blick und Körperhaltung sind abweisend. »Ich möchte jetzt allein sein.«

»Natürlich.« Die Beamten gehen zur Tür.

»Sagen Sie mir, wenn Sie wissen, wie mein Mann gestorben ist?«

Kammerlander dreht sich wieder um. »Das werden wir. Äh, eine Frage hätte ich noch. Damit können Sie Ihrem Mann jetzt nicht mehr schaden. Haben Sie es gewusst? Haben Sie gewusst, dass Ihr Mann nicht Petar Horvat ist?«

Langsam hebt sie das Gesicht. »Er hat es mir erzählt.« Sie atmet tief ein. »Er war kein schlechter Mensch. Im Krieg wird jeder zum Tier, früher oder später. Auf beiden Seiten. Deshalb ist er damals ja abgehauen. Weil er es nicht mehr ausgehalten hat.«

Er hat es getan. Er hat es wirklich getan.

Als er gestern Abend seinen Wagen eingeparkt hat, hat er noch seine Tante getroffen, die fast gleichzeitig mit ihm nach Hause gekommen ist. Gott sei Dank hat sie ihn nicht in ein Gespräch verwickelt, sie wirkte angespannt und müde. Die Sache mit dem Gärtner scheint sie ziemlich mitzunehmen. Erleichtert ist er nach oben gegangen und hat sich einen Drink genehmigt.

Er hat erledigt, was erledigt werden musste. Nichts anderes. Jetzt ist er wieder daheim, im normalen Leben. Er hat noch eine geraucht, sich ausgezogen und die Zähne geputzt. Der übliche Abschluss eines Tages. Dann ist er ins Bett gegangen und hat zehn Stunden durchgeschlafen.

Nach dem Aufwachen hat er träge an die Zimmerdecke gestarrt. Als die Erinnerung in sein Bewusstsein geschlichen ist, hat er sekundenlang nicht gewusst, ob er den gestrigen Abend geträumt oder wirklich erlebt hat. Die Gewissheit kam mit dem Aufstehen.

Jetzt steht er vor dem Badezimmerspiegel und studiert sein

Gesicht. Hat er sich verändert? Hat sich seine Tat in seine Züge eingegraben oder ein Merkmal hinterlassen, das ihn als Mörder brandmarkt? Denn das ist er nun. Nein, er kann nichts erkennen. Er schüttelt den Kopf. Was für ein unsinniger Gedanke.

Es ist keine Vorstellung mehr, kein Spiel mit Möglichkeiten, kein »Wenn … dann«. Er ist tatsächlich über die Brücke gegangen. Und es war gar nicht so schwer. Er war sich vorher keineswegs sicher, dass er es schaffen würde. Und vielleicht, wenn Manfred ihn mit seinen süffisanten Ansagen nicht so provoziert hätte, wer weiß, ob er dann dazu in der Lage gewesen wäre. Aber Wut und Hass sind in einer Weise über ihn gekommen, dass eine Entladung unausweichlich war. Da war kein Platz für Zweifel oder Skrupel.

Er geht in Gedanken seine Handlungen nach der Tat noch einmal durch. Es war niemand in der Nähe, als er Holzer in seinen Kofferraum verfrachtet hat. Am Autobahnrastplatz war kein anderes Auto, es kann ihn also keiner gesehen haben. Er hat Manfred mit Hilfe der Plastikplane aus dem Auto gezogen, den Körper hinter die WC-Anlage geschleift und ist sofort zurück ins Auto gesprungen. Keine drei Minuten, und er war wieder auf dem Heimweg. Unterwegs hat er angehalten und seine Handschuhe, den Taser und das Messer in einem Müllcontainer entsorgt. Alles paletti. Keine Fehler, soweit er das beurteilen kann.

Was ihn erstaunt, ist seine Unaufgeregtheit, fast schon Teilnahmslosigkeit. Er hat sich vorgestellt, dass es sich in seine Seele brennen würde, wenn er einem Menschen vorsätzlich das Leben nimmt. Doch das ist nicht der Fall. Wer jemanden so in die Enge treibt, lebt gefährlich. Wie heißt es so schön? Wer sich in Gefahr begibt, kommt darin um. Er hat kein schlechtes Gewissen, fühlt keine Reue. Das Einzige, was er spürt, ist ein neuer Selbstwert. Die Sicherheit, kein Opfer mehr zu sein.

Er atmet tief durch. Was ihn betrifft, hat er alle Gefahrenquellen beseitigt. Seine Amnesie schützt ihn vor etwaigen Fehlern, der schwule Hochlehner kann nicht mehr in seine

Beziehung zu Silvia hineinfunken, Manfred Holzer schweigt auch für immer. Weitere gefährliche Störfaktoren kann er nicht ausmachen. Die Geschichte mit dem Gärtner ist zwar unangenehm, geht ihn aber nichts an. Von nun an kann er beruhigt in die Zukunft blicken. Ihm kann nichts mehr passieren.

Was ihm jedoch noch zu schaffen macht, sind die Geschehnisse nach seiner Geburt. Warum ist seine Mutter weggegangen, nachdem sie entbunden hat? Kinder brauchen doch ihre Mutter. Warum hat der Vater das eine Kind behalten und das andere nicht? Und warum hat man ihn in die Obhut so armer Leute gegeben? Das wurmt ihn am meisten.

Er kann nicht danach fragen. Er kann nicht zu erkennen geben, dass er von seinem Zwillingsbruder weiß. Der Stachel der Zurückweisung sitzt tief, er würde seinen selbstgerechten Vater am liebsten zur Rede stellen, ihm ins Gesicht schleudern, dass er Bescheid weiß.

Aber er muss schweigen, sonst ist alles verloren.

## 14

Am nächsten Vormittag fügen sich einige Puzzlestücke zusammen.

Schlagenhaufen berichtet, dass der zweite Schlepper nicht so viel von Stillschweigen hält wie der erste. Mit der Aussicht auf Strafminderung habe er über die Vorgehensweise beim Menschenhandel ausgepackt. Die Ergebnisse der Befragung würden ihnen in der nächsten Stunde gemailt.

Kammerlander scrollt an seinem Bildschirm. »Die Rechtsmedizin schreibt, dass Brankowich eine absolut tödliche Dosis Aconitin zu sich genommen hat. Das Gift des Blauen Eisenhuts. Keine schöne Art zu sterben. Taubheitsgefühl in Mund und Rachen, Erbrechen, Durchfall, Herzrhythmusstörungen, Lähmungserscheinungen, Herzstillstand.«

»Die Spurensicherung hat Aconitin im Orangensaft gefunden«, ergänzt Ratzinger. »Also können wir davon ausgehen, dass derjenige, der dem Gärtner das Essen gebracht hat, verhindern wollte, dass er den Mund aufmacht. Auf dem Plastiksack und den Lebensmitteln konnten keine Fingerabdrücke oder DNA-Spuren gesichert werden, außer die von Brankowich. Da ist jemand richtig clever.«

Weißgerber kommt etwas verspätet, aber nicht mit leeren Händen. »Ich war gerade im Krankenhaus. Manfred Holzer hatte drei Stichwunden. Eine ging haarscharf am Herzen vorbei, eine in die Milz, und die dritte hat den linken Lungenflügel perforiert. Nach der Notoperation gestern hatten sie ihn über Nacht in ein künstliches Koma versetzt. Ich durfte eine Minute zu ihm, als er aufgewacht war. Auf meine Frage, ob er wisse, wer ihm das angetan hat, sagte er, dass es Leo Kranzelmeier gewesen sei. Weil er gesehen habe, dass der beim Schloss einen Mann den Abhang hinuntergeschmissen hat. Ich vermute mal, er hat Kranzelmeier erpresst.«

»Aber Kranzelmeier ist doch tot.«

»Das habe ich auch gesagt. Aber Holzer hat noch gemurmelt, ›der andere‹ sei tot.«

Die Beamten sehen sich an.

»Leider ist Holzer nach seiner Aussage kollabiert und gestorben«, fährt Weißgerber fort. »An Herzversagen, laut dem behandelnden Arzt. Bedingt durch die Stromstöße, die ihm vor den Stichwunden zugefügt wurden. Eigentlich war es schon ein Wunder, dass er die OP überlebt hatte.«

Kammerlander seufzt. »Das Dumme an der Sache ist, dass allein Sie Holzers Worte gehört haben. Ein gewiefter Anwalt zerpflückt Ihre Aussage vor Gericht.«

Weißgerber hält ihnen sein Handy hin. »Tonaufnahme mit Datum und Uhrzeit«, lächelt er. »Und der Arzt war dabei und kann Holzers Worte bestätigen.«

Alle drei zeigen ihm den erhobenen Daumen.

»So«, sagt Kammerlander. »An die Arbeit. Ziehen wir das Netz zusammen.«

Die nächsten Stunden vergehen wie im Flug. Sie sammeln

Beweise, sichten und interpretieren Informationen. Szenarien werden entwickelt, auf ihre Stichhaltigkeit geprüft, manche wieder verworfen. Die Telefone stehen nicht still. Mails werden ausgedruckt, die Kaffeemaschine ist im Dauereinsatz. Um neun Uhr abends machen sie Schluss.

Am nächsten Vormittag warten sie auf noch ausstehende Informationen, versuchen, Lücken zu schließen, klären ihre Vorgehensweisen mit den vorgesetzten Behörden.

»An manchen Stellen ist die Suppe noch dünn«, seufzt Schlagenhaufen. »Einiges ist für mich nicht schlüssig.«

»Das ist wahr«, bestätigt Ratzinger. »Aber wir müssen jetzt Druck machen. Es ist einfach zu viel vorgefallen.«

Am Ende legt Kammerlander dem Kommandanten ihre Ergebnisse vor. Auch ihm fällt auf, dass es in der Ermittlung da und dort lose Enden gibt.

»Das wissen wir. Wir konfrontieren sie trotzdem mit dem, was wir haben.«

»Ist das mit der Landespolizeidirektion abgesprochen?«, fragt Starkl unglücklich. »Ich kenne Hebenstein seit Jahrzehnten …«

»Alles in trockenen Tüchern. Wir sollten keine Zeit verlieren und alles in die Schlacht werfen, was wir haben. Wir werden den Überraschungseffekt für einen Rundumschlag nutzen.«

»Wollen Sie die Familie vorladen? In Anbetracht der Stellung Hebensteins, meine ich …«

»Wir werden sie zu Hause befragen. Außerdem werde ich Herrn Hebenstein empfehlen, seinen Anwalt beizuziehen.«

»Das ist gut.« Starkl nickt nachdrücklich.

Bevor sie losfahren, ruft Kammerlander wie versprochen bei Brankowichs Frau an und erzählt ihr, wie ihr Mann ums Leben gekommen ist. Sie werden sie später einvernehmen. Aus Rücksicht auf ihren Verlust wollen sie heute auf ihre Anwesenheit bei den Hebensteins verzichten.

Als sie das große Wohnzimmer betreten, empfängt sie frostiges Schweigen. Kammerlander stellt Weißgerber vom Landeskriminalamt vor, den die Familie noch nicht kennt.

»Sie sind augenscheinlich mit der Kavallerie angerückt«, sagt Dr. Moser und weist mit dem Kinn nach draußen. »Vier Mann, sogar ein Streifenwagen ist vor dem Haus postiert. Wollen Sie wegen eines Betrügers, der alle getäuscht hat, den guten Ruf der Familie zerstören?«

»Im Gegenteil. Betrachten Sie unseren Besuch als Entgegenkommen.« Kammerlander bemüht sich um einen sachlichen Ton. »In Anbetracht der exponierten Stellung der Familie haben wir auf eine Einvernahme auf dem Revier verzichtet. Sollten sich alle Verdachtsmomente als haltlos erweisen, sind wir bald schon wieder weg – und haben Sie nicht auf das Revier einbestellen müssen.«

»Nehmen Sie Platz«, sagt Nikodemus Hebenstein knapp.

Sie setzen sich auf die freien Sessel, der Familie und Dr. Moser gegenüber. Die Claims sind abgesteckt, denkt Kammerlander. Weißgerber legt seinen Laptop auf die Oberschenkel und klappt ihn auf. Dann schaltet er sein Handy ein und platziert es vor sich auf den Tisch.

»Mit diesem Handy wird die Befragung aufgezeichnet. Sind Sie damit einverstanden?«, fragt er in Richtung Anwalt. Mit einer Handbewegung gibt der seine Zustimmung.

»Ich werde nicht lang um den heißen Brei herumreden«, beginnt Kammerlander. »Wie Sie sicher wissen, ist Milan Brankowich, der als Petar Horvat bei Ihnen als Gärtner gearbeitet hat, verstorben. Er ist einem Giftanschlag zum Opfer gefallen, wie wir jetzt wissen.«

Aller Augen sind auf ihn gerichtet.

»Aber fangen wir doch mit der Vergangenheit an. 1991 kommt der vermeintliche Kroate Petar Horvat nach Österreich, mit einer Geburtsurkunde als einziger Legitimation. Er lernt Maria Hofer kennen, die in Diensten der Familie Hebenstein steht und sich in ihn verliebt. Horvat wollte die österreichische Staatsbürgerschaft, und Sie, Herr Hebenstein, haben dafür gesorgt, dass die Sache etwas beschleunigt wurde. Im selben Jahr hat Horvat Ihre Haushälterin geheiratet. Haben Sie zu dieser Zeit schon gewusst, dass er Serbe ist und als Kriegsverbrecher gesucht wird?«

»Lassen Sie diese Suggestivfragen!« Die Augen des Anwalts funkeln wütend. »Herr von Hebenstein hat schon versichert, nichts davon gewusst zu haben und arglistig getäuscht worden zu sein.«

»Ja, das hat er. Aber zurück in die Vergangenheit. Sie, Herr Hebenstein, haben kurze Zeit später Franka Medved geheiratet, eine gebürtige Kroatin, mit der Sie einen Sohn bekamen. Alexander. Ihre Frau ist 1996, zwei Tage nach der Geburt, verschwunden. Angeblich wollte sie nach Kroatien zurück. Man hat nie wieder etwas von ihr gehört.«

Hebensteins Kiefer mahlen. »Ich habe Nachforschungen angestellt, aber sie war verschwunden. Mir wurde gesagt, Franka lebe wahrscheinlich nicht mehr. Liege vielleicht unidentifiziert in einem Massengrab. Es war ja noch Krieg damals.«

»Schon. Aber der Kroatienkrieg war 1995 zu Ende.«

»Was nichts heißen muss«, wendet Dr. Moser ein.

»Das ist wahr. Aber warum hat Ihre Frau Sie verlassen?«

Die Beamten bemerken den angespannten Gesichtsausdruck des Sohnes. Er scheint an den Lippen seines Vaters zu hängen.

»Wir ... Diese Heirat war ein Fehler. Wir wollten uns trennen. Später, wenn der Junge etwas größer wäre. Anscheinend hatte sie andere Pläne.«

»Welche Mutter verlässt ihr Neugeborenes?« Schlagenhaufens Bass füllt den Raum. »Ihre Frau flieht vor den Gräueln des Krieges nach Österreich, um Jahre später nach einer Entbindung ohne ihren Säugling in das Kriegsgebiet zurückzukehren? Selbst eine postnatale Depression kann dieses Verhalten nicht erklären. Das ist nicht nachvollziehbar.«

Hebensteins Kiefer mahlen wieder. »Ich kann zu den Beweggründen meiner Frau nichts sagen.«

»Was hat das alles mit Ihrem gegenwärtigen Fall zu tun?«, fragt Dr. Moser genervt. »Die Gründe für die Rückkehr Franka Hebensteins in ihr Heimatland werden wir nicht mehr erfahren. Ich muss sagen, die Richtung Ihrer Befragung finde ich äußerst befremdlich.«

Angelika Glück hebt beschwichtigend die Hand. »Lass gut sein, Kurt. Die Polizistin hat schon recht. Wir haben ja auch gerätselt, was passiert sein könnte, als Franka verschwunden ist. Da wussten wir aber noch nichts vom Vorleben unseres Gärtners. Ich kann mir denken, worauf die Polizei hinauswill.« Sie wendet sich nachdenklich an die Beamten. »Unser Gärtner war Serbe, Franka Kroatin. Wenn man an den Hass zwischen den Bevölkerungsgruppen denkt … Vielleicht hat ja er etwas mit ihrem Verschwinden zu tun gehabt.«

Hebensteins Gesicht verliert alle Farbe.

»Denkbar ist alles«, räumt Schlagenhaufen ein.


**15**


»Kommen wir zum nächsten Punkt im Zusammenhang mit Milan Brankowich«, fährt Kammerlander fort. »Sie, Herr Hebenstein, haben vor etwa zehn Jahren CFE gegründet, mit dem Zweck, dass ehrenamtliche Mitarbeiter die Erstversorgung für illegal Geflüchtete übernehmen, bevor sie in Erstaufnahmezentren gebracht werden. Was hat Sie dazu bewogen?«

Hebenstein schaut Dr. Moser an, der ihm zunickt. Erst dann beginnt er zu sprechen. »Ja, was hat uns dazu bewogen? Die Flüchtlingswelle hat begonnen, sich zu einer Krise zu entwickeln. Meine Schwester und ich wollten helfen. Einen kleinen Beitrag leisten zur Bewältigung der Situation. Angelika war ja schon ehrenamtlich in Graz tätig. Wir dachten, die Menschen, die bei uns ankommen, brauchen als Erstes Lebensmittel und Hygieneartikel, bevor sie zur Registrierung weiterbefördert werden. Deshalb die Gründung von ›Care For Everyone‹.«

»Und als Fahrer haben Sie Brankowich eingesetzt.«

»Ich wusste doch nicht … Für mich hieß er Petar Horvat. Aber ja. Er war als Fahrer in die Erstversorgung mit eingebunden.«

»Ist Ihnen nie zu Ohren gekommen, dass wiederholt Kinder und Jugendliche verschwunden sind, bevor sie registriert werden konnten?«

»Was? Ja, natürlich. Es kommt immer wieder vor, dass Flüchtlinge abtauchen, wenn sie befürchten …« Hebenstein sieht Kammerlander alarmiert an. »Sie meinen … Petar hat …? Ich weiß langsam nicht mehr, was ich glauben soll. Es … hat all die Jahre nie einen Grund für mich gegeben, ihm zu misstrauen.«

»Also, da muss ich jetzt kurz einhaken«, meldet sich Ratzinger zu Wort. »Sie haben doch mitbekommen, dass vor Kurzem zwei Kinderleichen gefunden wurden. Stand in allen Zeitungen. Hat Sie der Umstand, dass Ihr Gärtner zum Zeitpunkt des Todes der Kinder auf besagtem Areal für die Gemeinde gearbeitet hat, nicht nachdenklich gemacht? Und dass die Fundorte ganz in der Nähe des Hauses Ihres Gutmenschenvereins liegen? Keine dreihundert Meter vom Schloss entfernt?«

»Was wollen Sie damit sagen?« Hebensteins Stimme zittert vor Empörung.

»Ich muss doch sehr bitten!«, unterbricht Dr. Moser die Befragung. »Wie soll Herr von Hebenstein heute noch wissen, wann der Gärtner für die Gemeinde gearbeitet hat? Und wo?«

Ein Punkt für dich, denkt Ratzinger.

»Das ist alles so entsetzlich.« Angelika Glück reibt sich fassungslos die Stirn. »Wenn man sich vorstellt, dass unser Gärtner die Franka … und die Flüchtlingskinder … Mein Gott, in welcher Gefahr hat Maria in all den Jahren geschwebt? Und … wenn man das weiterdenkt: Vielleicht hat er auch mit dem Tod von deinem Freund zu tun?« Sie legt fürsorglich die Hand auf den Arm ihres Neffen. »Hochlehner hieß er, nicht wahr? Petar sollte doch während der Verlobungsfeier vor dem

Schloss achtgeben. Was, wenn es eine Auseinandersetzung gegeben hat, eine Rangelei vielleicht, und er –«

»Jetzt ist Schluss.«

Alle Köpfe wenden sich der Tür zu. Die Haushälterin steht da, mit steinernem Gesicht.

»Ich werde nicht zulassen, dass mein Mann hier zum Massenmörder gemacht wird. Dass sich jeder an ihm abputzt.«

»Maria!«, ruft Glück. »Was machst du hier? Geh wieder nach Hause, du brauchst jetzt Ruhe. Ich komme zu dir, wenn wir hier fertig sind.«

Die Haushälterin schüttelt den Kopf. »Ich bleibe. Petar zu vergiften war ein Fehler. Ich habe jetzt niemand mehr.« Sie schaut die Polizisten an. »Ich möchte eine Aussage machen.«

Ratzinger springt auf und stellt ihr einen Sessel hin.

»Maria, du bist jetzt aufgewühlt. Das verstehen wir alle.« In Glücks Stimme schwingt ein Befehlston mit. »Aber du solltest dich beruhigen –«

»Ich bin ruhig.« Die Haushälterin sieht ihr ausdruckslos ins Gesicht.

»Da Frau … Horvat aus freien Stücken gekommen ist, um eine Aussage zu machen, sehe ich keinen Grund, sie nicht anzuhören«, sagt Kammerlander und nickt ihr zu. »Bitte, Frau Horvat.«

Maria atmet tief ein. »Damit man versteht, wie alles so hat kommen können, muss ich weit in die Vergangenheit zurück. Ich hab als junge Frau eine Ausbildung zur Hebamme gemacht und im Krankenhaus eine Anstellung gehabt. Ich hab die Arbeit gern gemacht, aber eines Tages hab ich einen Säugling fallen lassen. Ich hab das Baby wieder ins Bettchen gelegt und keinem was davon gesagt. Meine Mutter war damals in den Diensten der schwer kranken alten Frau von Hebenstein, und ich hab mein Missgeschick weinend meiner Mutter gebeichtet. Das hat Angelika Glück gehört, die damals mit Mann und Kind zu Besuch war. Ich wollte am nächsten Tag zur Krankenhausleitung und erzählen, was passiert ist, aber Frau Glück hat gesagt, wem nützt das noch, ich hab's ja nicht mit

Absicht gemacht. Ich hab dann auch keinem was gesagt, aber nur mehr Angst gehabt bei der Arbeit. Weil das Kind bleibende Schäden gehabt hat. Irgendwann konnt ich nicht mehr und hab gekündigt. Frau Glück hat mich dann als Hausangestellte zu sich genommen.«

Sie hielt kurz inne und fuhr dann fort. »Ich war dann einige Zeit in ihrem Haus in Graz. Als ich meinen Petar kennengelernt hab, hat sie ihren Bruder gebeten, ihm mit der Staatsbürgerschaft zu helfen. Wir haben dann geheiratet. Petar ist zwischen Graz und Voitsberg gependelt, je nachdem, wo er gebraucht wurde. Alles war gut. Sie war Sängerin an der Oper, ihr Mann Arzt. Er hätte Karriere machen können, aber er ist nach Uganda gegangen. Als Frau Glück ihn mit ihrer kleinen Tochter besucht hat, haben sie und die Kleine das Denguefieber gekriegt. Sie sind viel zu spät versorgt worden. Das Kind ist gestorben, Frau Glück hatte Spätfolgen. Ihre Stimme hat gelitten, die Karriere als Sopranistin war vorbei. Und sie hat keine Kinder mehr bekommen können. Dann ist auch noch ihr Mann ums Leben gekommen.«

Angelika Glück wendet den Blick ab und starrt an die Wand.

»Danach hat sie sich verändert. Als wäre etwas in ihr gekippt. Eine gefeierte Sängerin, immer im Mittelpunkt, eine Vorzeigefamilie – und plötzlich ist alles aus. Damit ist sie nicht zurechtgekommen. Dann ist auch noch ihre Mutter, die alte Frau von Hebenstein, gestorben. Petar und ich sind nach Voitsberg gegangen, weil Herr von Hebenstein jemanden gebraucht hat. In dieser Zeit hat Frau Glück angefangen, sich für Ahnenforschung zu interessieren, und war sicher, dass ihre Familie einen langen Stammbaum hat, der bis in den Dreißigjährigen Krieg zurückreicht. Und dass ihre Vorfahren die Besitzer von Schloss Greißenegg waren. Das ist zur fixen Idee geworden. Sie hat sich richtig hineingesteigert und ihren Bruder so lange bearbeitet, bis er das auch geglaubt hat. Sie hat ihn so weit gekriegt, dass er bereit war, Stück für Stück vom Familienbesitz zu verkaufen und das Schloss zu restaurieren. Ihr Ziel war es, einmal Herrin vom Schloss zu sein. Und wieder eine Rolle zu spielen.«

»Ich kann mir beim besten Willen nicht vorstellen, was die Familiengeschichte der von Hebensteins mit den gegenständlichen Untersuchungen zu tun hat«, meldet sich Dr. Moser zu Wort.

»Ich denke, Frau Horvat wird schon noch zum Punkt kommen.« Kammerlander macht eine auffordernde Geste. »Fahren Sie bitte fort.«

»Als Herr von Hebenstein sich verliebt und Franka Medved geheiratet hat, ist zum zweiten Mal etwas in Frau Glück gekippt. Anders kann ich es nicht sagen. Sie hat alles versucht, um die Verbindung zu verhindern, aber ihr Bruder hat Franka wirklich geliebt. Und als sie schwanger war, hat Frau Glück gewusst, dass ihre Träume von der Schlossherrin ausgeträumt sind. Dass eine andere Frau ihren Platz einnehmen wird. Das konnte sie nicht zulassen.«


## 16

Angelika Glück wendet sich Maria zu. Die sonst blauen Augen sind fast schwarz geworden, ihr Blick brennt sich in das Gesicht der Haushälterin.

»Überleg dir, was du jetzt sagst«, zischt sie drohend. »Du redest dich um Kopf und Kragen.«

Von Weißgerbers Laptop ist ein »Pling« zu hören. Seine Finger fliegen über die Tastatur.

»Ich beende das hier und jetzt«, wirft Dr. Moser sich erzürnt in die Bresche. Die Richtung, die die Befragung genommen hat, lässt ihn nichts Gutes ahnen.

Wieder erklingt ein »Pling« aus Weißgerbers Richtung.

»Wenn Sie noch Fragen haben, kommen Sie mit einem Haftbefehl wieder. Ansonsten möchte ich Sie bitten, jetzt zu gehen. Meine Mandanten haben Ihnen nichts mehr zu sagen.«

Als das dritte »Pling« ertönt, wendet sich der Anwalt genervt an den Computerfachmann. »Was treiben Sie hier eigentlich?«

»Ich stehe mit der Landespolizeidirektion und dem Staatsanwalt in Verbindung«, sagt Weißgerber freundlich. »Ich habe gerade Haftbefehle hereinbekommen, die wirksam werden, wenn sich Ihre Mandanten nicht kooperativ verhalten. Dann werden wir sie auf das Revier bringen und sie als Verdächtige verhören. Sehen Sie.« Er dreht den Bildschirm in die Richtung des Anwalts.

Dr. Moser blickt seinen Mandanten unsicher an. »In dem Fall denke ich …«

»Machen Sie weiter«, entscheidet Hebenstein. »Damit diese Farce so schnell wie möglich ein Ende hat.«

»Frau Horvat?«, wendet sich Kammerlander an die Haushälterin.

»Ja, also … Frau Glück war wütend. Bisher konnte sie ihren Bruder immer manipulieren. So wie es ausgesehen hat, war das jetzt vorbei. Aber sie hat seine Schwachstelle genutzt. Seine Eifersucht. Ich hab mehrmals mitbekommen, wie sie ihm eingeflüstert hat, dass Franka fremdgehen würde. Dass sie eine Affäre mit einem Arbeitskollegen hätte. Dass sie ihn zum Gespött bei Gericht machen würde. Herr von Hebenstein ist seiner Frau gegenüber immer misstrauischer geworden. Dann hat Frau Glück geschickt eine Situation geschaffen, die man als Verabredung zwischen ihrer Schwägerin und diesem Arbeitskollegen auffassen konnte. Herr von Hebenstein ist ausgerastet. Als Franka schwanger wurde, hat sich die Situation zwischen den Eheleuten entspannt. Nicht aber bei Frau Glück. Mit diesem Kind wurde sie unwiderruflich in die zweite Reihe gedrängt. Sie konnte ja keine Kinder, also auch keinen Erben mehr bekommen. Sie war jetzt häufig in der Voitsberger Villa, weil sie die Restaurierungsarbeiten am Schloss im Auge behalten wollte, wie sie sagte. In Wahrheit hat sie ihrer Schwägerin das Leben zur Hölle gemacht und ihrem Bruder gegenüber behauptet, dass Franka jeden Tag mit ihrem Liebhaber telefoniere, wenn er außer Haus ist. Und dass das Kind bestimmt nicht von ihm sei. Steter Tropfen höhlt den Stein. Am Ende gab es wieder Misstrauen, Streit und Tränen. Und zum Schluss hat er seine Frau sogar geschlagen.«

Hebenstein wendet sein Gesicht ab und ballt die Hände zu Fäusten.

»In Frankas letztem Schwangerschaftsmonat hat sich Frau Glück angeboten, sie mit zu sich nach Graz zu nehmen. ›Um ein Unglück zu verhindern‹.« Maria zeichnet Gänsefüßchen in die Luft. »In Wahrheit hat sie Franka ins Verlies im Schloss gebracht. Dorthin, wo mein Petar gestorben ist. Ich musste ab und zu nach ihr schauen und sollte auch bei der Entbindung helfen. Schließlich war ich ja Hebamme. Ich wollte nicht, aber Frau Glück hat mir schnell klargemacht, dass sie, wenn ich mich weigere, melden wird, was mit dem Baby in der Kinderabteilung vor ein paar Jahren wirklich passiert ist.«

Rasch wendet sich Glück an ihren Bruder. Sie sieht ihn beschwörend an. »Glaub der Hexe kein Wort!«

»Führen uns diese haltlosen Anschuldigungen irgendwohin?«, fragt Dr. Moser. »Bis jetzt habe ich nur eine phantasievolle Geschichte gehört, die sich durch nichts beweisen lässt. Ich dachte, Gegenstand dieser Ermittlungen sei Milan Brankowich.«

»Das ist richtig«, bestätigt Kammerlander. »Aber ich denke, wir sollten Frau Horvat bis zum Ende zuhören.«

Maria räuspert sich. »Kann ich bitte ein Glas Wasser haben?«

Ratzinger geht in die Küche und holt das Gewünschte. Man merkt ihm an, dass er gespannt auf die Fortsetzung wartet.

»Herr Hebenstein dachte also, die Entbindung finde im Haus von Frau Glück in Graz statt?«, knüpft er an Marias Worte an. »In Wahrheit hat Franka Hebenstein ihr Kind aber in dem Kellerloch bekommen?«

Maria nickt. »Ich … Es gibt da noch etwas … das nur Petar und ich gewusst haben.« Sie macht ein paar tiefe Atemzüge, dann streckt sie den Rücken durch. »Mir sind natürlich die blauen Flecke und Abschürfungen bei Franka aufgefallen, wenn ich sie untersucht habe. Im Verlies kamen neue Verletzungen dazu. Sie ist eindeutig misshandelt worden. Frau Glück hat ihrem Hass freien Lauf gelassen. Sie hat keine Rücksicht auf den Zustand der Schwangeren genommen. Und mich hat sie behandelt wie ihre Leibeigene. Aber ich hab monatelang etwas vor ihr und ihrem Bruder geheim gehalten.« Sie nimmt noch einen Schluck. »In Frankas Bauch sind Zwillinge herangewachsen.«

Eine Zeit lang ist es still.

»Was sagst du da?«, flüstert Hebenstein schließlich.

»Du verlogenes Stück!«, presst Glück heraus.

Hebenstein junior lässt die Luft aus seinen aufgeblasenen Backen entweichen, während die Beamten sich ansehen und nicken.

»Was ist weiter geschehen?«, fragt Schlagenhaufen.

»Ich hab Angst gehabt. Um Franka. Um die Kinder. Ich hab ja nicht gewusst, was Frau Glück vorhat. Ich hab gar nicht daran denken dürfen, was passiert, wenn … Und Franka hat mich bei jedem Besuch angebettelt, dass ich ihr helfen soll. Also, wenn Frau Glück es nicht gehört hat. Am Ende hat sie nur noch um Hilfe für ihre Kinder gebettelt.«

Maria zieht ein Taschentuch aus ihrer Schürze und wischt sich über die Augen. »Was hätt ich denn tun sollen? Die Glück hätt mich ins Gefängnis bringen können, weil ich das damals nicht sofort gemeldet hab, dass … Zuletzt hab ich mir gedacht, besser eins wächst in einer liebevollen Umgebung auf als gar keins. Ich hab mit Petar gesprochen, der hat mir geholfen. Als es dann so weit war, hab ich Franka von zwei Buben entbunden und Petar einen gegeben. Der hat dann den Säugling zu meiner Cousine gebracht. Die hat mit ihrem Mann in der Oststeiermark gelebt. Sie konnten keine Kinder kriegen und haben den Jungen als ihren Sohn aufgezogen.«

»Das Ehepaar heißt Kranzelmeier, nicht wahr?«, fragt Schlagenhaufen.

Maria nickt. »Sie waren wirklich gut zu dem Buben. Als

sie später in die Weststeiermark gezogen sind, hab ich immer Angst gehabt, dass sich die Zwillinge über den Weg laufen.«

»Warum steht bei Leopold Kranzelmeier ein anderes Geburtsdatum? Nicht 20. August 1996, sondern 22. August?«, fragt Weißgerber.

»Wir haben uns gedacht, die einzige Übereinstimmung zwischen den Buben sollte sein, dass es zwei Hausgeburten waren.«

»Was ist dann geschehen?«, fragt Hebenstein. Seine Stimme klingt metallisch.

»Ich hab Mutter und Kind noch zwei Tage versorgt. Danach hab ich Franka nicht mehr gesehen. Ihre Schwester hat Ihnen dann den Buben gebracht und gesagt, dass Franka noch in ihrem Haus in Graz sei, aber bald nachkommen werde. Später hat's dann geheißen, dass Franka nach Kroatien zurückgegangen ist.«

Weißgerbers Tastatur klackert wieder.

»Ausreise einer Franka Hebenstein am 23. August 1996«, liest er vom Bildschirm ab. »Danach kein weiterer Eintrag zur Person.«

»Ja, man hat nie wieder von ihr gehört. Petar und ich haben vermutet, dass Frau Glück als Franka ausgereist und anschließend als Angelika irgendwo über die Grenze nach Österreich zurückgekehrt ist.«

Die Haushälterin schüttelt den Kopf.

»Jedenfalls hätt ich mir wegen der Buben keine Sorgen zu machen brauchen. Frau Glück hat den Neffen zu sich genommen und wie ihren eigenen Sohn aufgezogen. Sie hatte ja alles erreicht: Die jüngere Rivalin war weg, das Geschlecht der von Hebensteins stirbt nicht aus, sie war wieder die Nummer eins.«

Hebenstein beugt sich vor. »Ist Alexanders Bruder noch bei seinen Zieheltern?«

»Nein.« Maria schlägt die Augen nieder. »Es tut mir leid. Er lebt nicht mehr. Ein Unfall, hat meine Cousine gesagt. Er ist verbrannt.«

Hebenstein richtet sich wieder auf. Für seine Schwester hat er keinen Blick mehr.

## 17

»Gibt es noch etwas, das Sie uns sagen wollen?«, fragt Kammerlander nach einer Pause.

Maria nickt heftig. »Ja, das will ich. Weil ich nicht auf Petar sitzen lasse, dass er ein Kindermörder sein soll. Frau Glück hat alles getan, damit die Renovierung des Schlosses vorangeht. Bis auf den hintersten Teil. Sie hat gesagt, dieser Abschnitt des Schlosses soll so bleiben, wie er ist. Zumindest zu ihren Lebzeiten. Aus historischen Gründen oder so. Aber langsam ist der Familie das Geld ausgegangen. Sie mussten einen Pächter reinnehmen, Frau Glück hat von der Lebensversicherung ihres Mannes gelebt und zwei Tage die Woche gearbeitet. Ehrenamtlich. In der Registrierung im Erstaufnahmezentrum für Geflüchtete. Dort kommen immer wieder Steckbriefe gesuchter Krimineller oder Kriegsverbrecher herein, damit sie mit den Asylsuchenden abgeglichen werden können. Eines Tages hat sie Petar auf einem Steckbrief erkannt. War ja nicht schwer, mit seinem Feuermal. Sie hat den Steckbrief gelöscht, aber vorher eine Kopie gemacht. Auf so einem kleinen … Ding.«

»Einem USB-Stick?«

»Genau. Damit hat sie Petar erpresst. Kriegsverbrechen verjähren nicht, hat sie gesagt. Und bei dem Verein, den sie ihrem Bruder eingeredet hat, musste Petar als Fahrer tätig sein. Er musste die passenden Kinder mit einem Getränk betäuben und zum Parkplatz unter dem Schloss bringen. Dort hat schon ein Wagen gewartet und sie übernommen.«

»Haben Sie sich nie gefragt, was mit den Kindern geschieht?«, fragt Schlagenhaufen.

»Frau Glück hat gesagt, es geht um illegale Adoption.«

»Und das haben Sie geglaubt?«

»Ich wollt es glauben. Aber Petar hat nie einem Kind was getan. Ich kann's beweisen. Er hat mir noch auf die Mailbox geredet, weil ich grad draußen war, als er angerufen hat. Dann hab ich die Polizei alarmiert.«

Sie fasst in die andere Schürzentasche und holt ihr Handy heraus. Umständlich startet sie Petars Nachricht.

»Maria, i bin im Verlies, i komm net mehr raus, kann net atmen … Zeig dos der Polizei, wenn i net mehr bin am Leben.«

Eine Zeit lang hört man nur pfeifenden Atem.

»Polizei glabt, i hob Kinder umbrocht. I hob nie an Kind wos tan. Hob nur einschlafen lassen mit Saft fir Transport. Oba eins, a Bub, wor pletzlich tot, weiß net, warum. Asthma vielleicht. Kennt erstickt sein. Hot aber kei Pumpe ghobt. Die ondern hom den Bubn net mitgnommen, hom gesogt, mein Problem. A die Glick hot gesogt, is mein Problem. Wos hätt i tun solln? I hob ihn unter Statue von Pferd betoniert. Aaah. I muss brech…«

Man hört Würgegeräusche.

»Und a Johr frieher … Des Mädel, des rumänische … is immer umanonderghupft bei mir und hot zeichnet … Und dann hob i sie gfunden. Im Wosser. Wor bestimmt a Unfoll. Wor tot. Nix mehr zu mochen. I hob Ongst kriegt, hob des Mädel unter Stein versteckt. Nach der Suche von die Taucher. Weil die Leut ham des Mädel bei mir gsehn. Oba i hob nix umbrocht. Aaah … Mei Herz sticht so … I konn mich net mehr rührn … die Hex … vergift…«

Danach hört man nur mehr Keuchen und Röcheln.

»Sie hat ihm Essen gebracht«, schließt Maria ab. »In der Nacht.« Ihr Finger zeigt auf Frau Glück.

Ein geringschätziges Lächeln spielt um deren Mund. »Ja sicher! Ist das Rührstück jetzt zu Ende? Ich fasse es nicht! Kein Wort ist wahr. Ich bestreite alles, was die dumme Gans sich hier zusammenphantasiert, aufs Entschiedenste. Und du, Herr Anwalt? Wozu sitzt du eigentlich hier herum? Ist es nicht deine Aufgabe, mich vor diesen Verleumdungen zu schützen?«

Dr. Moser zuckt zusammen. Dann schaut er Hebenstein entschuldigend an und schüttelt leicht den Kopf.

»Und wie hätte ich das überhaupt auf die Reihe kriegen sollen? Ich verkehre nicht mit Schleppern und Menschenhändlern«, setzt Glück nach. Auf ihren Wangen und ihrem Hals blühen hektische rote Flecken.

Wieder übernimmt Maria das Reden. »Ihr Chef steckt da ganz tief drin. Der hat so einen komischen Namen ...«

»Schnaderbeck?«, vermutet Schlagenhaufen.

»Ja, so heißt er. Der hat die Verbindungen zur Schleppermafia.«

»Wenn das so ist, habe ich jedenfalls nichts davon gewusst«, entgegnet Glück sofort.

Weißgerber sieht kurz von seinem Laptop hoch. »Schnaderbeck wird gerade von meinen Kollegen in Graz verhört und belastet Sie schwer.«

Hebenstein reibt sich die Schläfen. Dann wendet er sich seiner Schwester zu. Er scheint um Jahre gealtert zu sein. »Warum, Angelika?«

Sie sieht ihn mit fiebrigen Augen an.

»Es war doch alles gut. Wie konntest du nur?«

Ihr Gesicht scheint förmlich in Stücke zu zerbrechen. »Warum? Wie ich nur konnte? Ist das dein Ernst?« Sie schnellt in die Höhe. »Was meinst du wohl, wo all die letzten Jahre das Geld für die Renovierung hergekommen ist? Wir haben doch das meiste schon verkauft. Aber das hat dich noch nie interessiert. Der Herr Richter hat sich auf sein hohes Ross gesetzt und von da oben Recht gesprochen. Du hast mich nicht ein Mal gefragt ...« Ihre Stimme versagt.

»Aber die Kinder! Hast du nie daran gedacht, was du ihnen damit antust? War die Renovierung das wert? Hättest du im Schloss glücklich werden können?«

»Das hätte ich, verlass dich drauf! Ich habe einen hohen Preis bezahlt für die Wohltätigkeit. Mein Mann musste ja unbedingt als Heilsbringer nach Afrika. Um die armen Schwarzen zu retten. Diese edle Gesinnung hat mich mein Kind gekostet. Und dazu geführt, dass ich nie mehr Mutter werden konnte! Was also gehen mich diese Bälger an? Sie kommen in Scharen und liegen uns auf der Tasche. Aber bei mir zieht das Kindchenschema mit den schwarzen Knopfaugen nicht. Quid pro quo. Mein Kind für einige von diesem Ausländerpack! Ein paar von ihnen hat es erwischt, na und? Es kommen genug neue nach. Und wie heißt es so schön? Ein bisschen Schwund ist immer.« Sie lacht kurz auf. Ein hässlicher Zug spielt um ihren Mund.

»Und Franka? Wieso …?«

»Hör mir bloß auf mit dieser Dreckskroatin. Du warst der doch hörig! Die hat dich um den Verstand gevögelt und dann die große Dame spielen wollen.« Sie bricht ab und sieht ihren Neffen an. »Du bist mir sehr ans Herz gewachsen, das weißt du hoffentlich. Für dich tut es mir leid, mein Junge.« Dann strafft sie ihren Rücken. »Ich möchte zur Toilette«, sagt sie ruhig.

Kammerlander nickt Schlagenhaufen zu. Sie erhebt sich und folgt Angelika Glück die Treppe hinauf in ihre Wohnung. Vor dem Bad bleibt Glück stehen.

»Da hinein werden Sie mich doch wohl nicht begleiten.«

Schlagenhaufen schaut ins Badezimmer. Der Raum hat kein Fenster. »Ich warte vor der Tür.«

Glück lächelt. »Was auch sonst.«


## 18

Leo hat während der Vernehmung kein Wort gesprochen. Er wäre dazu auch gar nicht in der Lage gewesen. Die unschönen Wahrheiten sind über ihn hinweggerollt wie ein Tsunami. Er ist froh über die Unterbrechung, er muss das Erlebte erst einmal sortieren.

Er schaut zu seinem Vater hinüber. Ihm hat er alles Schlechte zugetraut. Nikodemus hat stets den Eindruck vermittelt, dass *er* in der Familie bestimmt, was abgeht. In Wahrheit hat der alte Narr nichts mitbekommen. Hat sich von seiner Schwester manipulieren und an der Nase herumführen lassen. Jetzt sitzt er da, aschfahl im Gesicht, und muss erkennen, dass alle ihn gefickt haben. Mit seiner »untadeligen Reputation« kann er sich jetzt den Hintern abwischen.

Von seinem zweiten Sohn hat er nichts gewusst, immerhin. Das muss er ihm zugutehalten. Aber was für ein eifersüchtiges Arschloch muss er gewesen sein, dass er Franka sogar noch während der Schwangerschaft geschlagen hat? Er hätte sie gern kennengelernt, seine Mutter. Diesen Wunsch verspürt er in letzter Zeit häufiger.

Als sein Blick auf Maria fällt, kocht Wut in ihm hoch. Dieses dumme Stück! Am liebsten würde er sie erwürgen. Sie hat ihn eigenmächtig aus dem Familienverband gerissen, »damit wenigstens ein Kind in einer liebevollen Umgebung aufwächst«. Bullshit! Seine Tante hat Alexander wie eine Mutter großgezogen. In Wohlstand. Das hätte er auch haben können. Stattdessen maßt sich diese ... Haushälterin an, über sein Schicksal zu entscheiden, und gibt ihn weg. Einfach so.

Zu armen Leuten.

Dieses Weib ist schuld an seinem ganzen Unglück. Nichts von alldem wäre passiert, wenn sie sich nicht eingemischt hätte. Einen Kriegsverbrecher heiraten, aber sich bei anderen moralisch aufplustern. Seine Hände ballen sich zu Fäusten, er presst die Fingernägel so tief ins Fleisch, dass ihm die Schmerzen Tränen in die Augen treiben. Er merkt, dass Kammerlander ihn beobachtet.

Sofort lockert er seinen Griff.

Er muss an seine Tante denken. Auch er ist ihrer liebenswürdigen Art auf den Leim gegangen, das muss er zugeben. Dass sie seine Mutter so schlecht behandelt hat, wird er ihr nicht verzeihen. Aber alles andere ... Er kann sie schon verstehen. Sie hat alles, was ihr wichtig war, verloren. Aber sie hat sich ein neues Ziel gesetzt. Und unermüdlich darauf hingearbeitet, selbst um den Preis, in kriminelle Machenschaften verstrickt zu werden. Ein paar Flüchtlingskinder mehr oder weniger – wen juckt's? Survival of the fittest. So ist das.

Er sieht Ratzinger in die Küche gehen und mit einem Krug Wasser und ein paar Gläsern wiederkommen. Was glaubt der Kerl eigentlich, wer er ist? Er ist hier im Hause Hebenstein. Da hätte er zumindest fragen können. Sein Vater merkt es nicht einmal. Der Anwalt redet leise auf ihn ein. »Ich bin euer Familienanwalt, kein Strafverteidiger. Du musst dir jemanden suchen, der …«

Leo hört nicht mehr zu. Er muss nachdenken. Wie wird es jetzt für ihn weitergehen?

Er hat von nichts gewusst. Nicht, dass der Gärtner ein Serbe war, der auf der Liste der gesuchten Kriegsverbrecher stand. Und von der Schleppergeschichte auch nicht. Er ist also auf der sicheren Seite. Er wirft den Beamten einen prüfenden Blick zu. Kammerlander schenkt sich ein Glas Wasser ein, der Jüngere tippt stoisch auf seinem Laptop herum. Nur der kleine Bulle mit den stechenden Augen beobachtet ihn. Soll er doch. Die können ihm gar nichts. Für den Tod von Hochlehner und Holzer gibt es keine Zeugen. Und auch keine Spuren. Er hat sogar die Kleidung entsorgt, die er bei der Sache mit Holzer getragen hat. Man weiß ja nie.

Was ihm wirklich Sorgen bereitet, ist seine Verlobte. Wie wird sie oder ihre Familie reagieren, wenn sie von alldem hier erfahren? Wird Silvia zu ihm halten und ihn noch heiraten wollen? Er wird auf alle Fälle um sie kämpfen. Denn … wenn er so nachdenkt … Sein Vater ist ins Mark getroffen, das kann er sehen. Wer weiß, wie es mit ihm weitergeht. Und die Tante wird wohl im Gefängnis landen. Das heißt, die Chancen stehen gut, dass er selbst das Ruder übernimmt. Wenn Silvia bei ihm bleibt, wird er sie zur Schlossherrin machen, wo sie schalten und walten kann, wie es ihr beliebt. Und wer weiß, wie sich die Beziehung zwischen Angelika und Silvia entwickelt hätte? Nach allem, was man jetzt von seiner Tante weiß …

Lautes Rufen und Poltern unterbricht seine Überlegungen.

Es kommt von oben. Er hört den Bass dieses Mannweibs von der Polizei.

»Frau Glück! Öffnen Sie die Tür! Frau Glück! Aufmachen!«

Der kleine Bulle springt auf und rennt nach oben, Kammerlander folgt ihm. Der Gedanke abzuhauen blitzt reflexartig durch Leos Kopf. Doch der jüngere LKA-Mann hat aufgehört zu tippen, sein ruhiger Blick lässt jeden Gedanken an Flucht ersterben.

»Da stimmt etwas nicht! Wir müssen rein.« Schlagenhaufen hämmert mit der Faust an die Badezimmertür.

Ratzinger nickt und nimmt die eineinhalb Meter Anlauf, die ihm zur Verfügung stehen. Er rammt seine Schulter an die Tür, aber die bewegt sich keinen Millimeter. Auch einem zweiten Versuch hält sie stand.

»Lassen Sie es mich probieren«, brummt Schlagenhaufen.

Sie atmet tief ein und lüpft den Rock ihres Kostüms bis über die Knie. Dann hebt sie ein beeindruckend kräftiges Bein und tritt gegen die Tür. Das Schloss zerbirst krachend, und die Tür schwingt nach innen.

Auf dem Badezimmerteppich liegend finden sie Glück, die verkrampft und mit aufgerissenen Augen nach Luft ringt. Als Schlagenhaufen sie in die stabile Seitenlage bringt, hat Ratzinger schon das Handy am Ohr. »... ja, es geht um Minuten. Vergiftung. Blauer Eisenhut wahrscheinlich.«

»Damit hätten wir rechnen müssen«, sagt Kammerlander ernst. »Diese Frau geht nicht ins Gefängnis.«

Als der Rettungswagen mit Blaulicht wegfährt, sinkt Hebenstein auf die Couch und starrt ins Leere. Es scheint, als wäre alles Leben aus ihm gewichen.

»Verlassen Sie jetzt bitte das Haus«, fordert Dr. Moser. »Herr von Hebenstein braucht einen Arzt.«

»Selbstverständlich.« Kammerlander schaut Leo an. »Allerdings muss ich Sie bitten, mit uns zu kommen.«

Ein alarmierter Blick trifft die Beamten. »Was? Wieso? Ich ... habe doch mit alldem nichts zu tun.«

»Wahrscheinlich nicht. Aber es gibt noch eine Menge anderer Themen, über die wir uns unterhalten müssen.«

»Ich werde nicht mitgehen. Mein Vater braucht mich jetzt. Sie sehen ja …« Er weist auf die zusammengesunkene Gestalt des alten Hebenstein.

»Dr. Moser wird sich um ihn kümmern.«

»Ich weigere mich. Sie können mich doch nicht einfach verhaften!«

Weißgerber dreht ihm seinen Laptop zu. Auf dem Bildschirm sieht er ein Schriftstück, auf dem ganz oben »Haftbefehl« steht.

»*Noch* bitten wir Sie zu einer Befragung. Wenn Sie sich weigern mitzukommen, tritt das hier in Kraft. Den Ausdruck erhalten Sie dann auf dem Revier.«


## 19

Kammerlander und Ratzinger betreten das Vernehmungszimmer und setzen sich dem jungen Mann gegenüber. Schlagenhaufen und Weißgerber arbeiten in einem anderen Raum, um den Fall Horvat und die Verschleppung der Flüchtlingskinder zu einem Abschluss zu bringen.

»Ich muss schon sagen, dass ich diese Befragung als Rücksichtslosigkeit empfinde. Ich bin vollkommen erschüttert von den Ereignissen. Sie hätten mir schon etwas Zeit geben können, um –«

»Sie wirken mental eigentlich recht stabil«, meint Ratzinger.

Eine Zeit lang sagt niemand ein Wort. Die Beamten schlagen eine Mappe auf und breiten Unterlagen vor sich aus.

»Was wollen Sie eigentlich von mir? Brauche ich einen Anwalt?« Der junge Mann versucht, gelangweilte Arroganz in seine Stimme zu legen.

»Das hängt ganz von Ihnen ab. Glauben Sie, dass Sie einen Anwalt brauchen?«, fragt Kammerlander freundlich.

Einen Moment wirkt er unsicher, dann schüttelt er den Kopf. »Ich denke, das wird nicht nötig sein. Ich habe ja nichts verbrochen.«

Ratzinger schaltet das Aufnahmegerät ein. »Der Beschuldigte verzichtet auf einen Anwalt«, endet der Beamte, nachdem Zeit, Ort und Anwesende genannt wurden.

»Beschuldigter? Was ...? Ich denke, ich bin zu einer freiwilligen Befragung hier! Wer beschuldigt mich? Und wessen überhaupt? Das ist doch –«

»Sie haben selbst gesagt, Sie haben nichts verbrochen. Also werden Sie das Ganze bestimmt rasch aufklären können«, beruhigt ihn Kammerlander. »Erste Frage: Kennen Sie einen Manfred Holzer?«

»Holzer ... Nicht dass ich wüsste.«

»Das ist merkwürdig. Denn dieser Mann beschuldigt Sie, Michael Hochlehner hinter dem Schloss in den Abgrund gestoßen zu haben.«

»Was? Holzer? Aber der ist doch ...« Rasch presst er die Lippen zusammen.

»Was ist er?«

»Der ... ist doch irre, nichts anderes.«

»Das bezweifle ich. Er hat Sie jedenfalls beschuldigt.«

»Ja und? Ich kenne den Mann nicht und bestreite, was immer er mir zur Last legt.«

»Sie sagten, dass Sie während Ihrer Verlobungsfeier nie das Schloss verlassen hätten.«

»Das ist richtig.«

»Brankowich hat Sie aber gesehen, als Sie etwa um elf Uhr von draußen kommend den Stiegenaufgang hochgeeilt sind.«

»Ach ja? Ich denke, der wurde vergiftet? Hat er eine Botschaft aus dem Jenseits geschickt?«

»Er hat es seiner Frau erzählt.«

»Mehr haben Sie nicht? Haltlose Beschuldigungen und Hörensagen? Da muss ich lachen.« Er lehnt sich entspannt zurück und schlägt ein Bein über das andere.

»Kommen wir wieder zu Holzer zurück. Das ist der Mann,

der Sie im Autohaus mit ›Leo‹ angesprochen hat. Sie erinnern sich?«

»Ja … ja. Der Name war mir entfallen.«

»Er bestand darauf, dass ›der andere‹ am Jagerweg verbrannt sei. Was hat er wohl damit gemeint?«

»Wie soll ich das wissen? Vielleicht meint er meinen Bruder, von dem ich erst heute erfahren habe. Der hat mir wahrscheinlich ähnlich gesehen.« Der junge Mann blickt sie lauernd an. »Das Beste wird sein, Sie bringen diesen Holzer her. Dann soll er mir ins Gesicht sagen, was ihn umtreibt.«

Kammerlander nickt. »Das wäre bestimmt das Beste. Leider ist Holzer verstorben. Er wurde mit Strom gefoltert, und ihm wurden drei Messerstiche zugefügt.«

»Meine Güte! Das ist ja schrecklich.«

»Ja, das ist es. Und wieder beschuldigt er Sie.«

»Mich? Was reden Sie da? Sie sagten doch gerade, er wurde gefoltert und erstochen. Wie kann er mich da beschuldigen?«

»Sie waren ein wenig nachlässig«, übernimmt Ratzinger. »Sie hätten sich auf dem Rastplatz, auf dem Sie Holzer abgelegt haben, vergewissern sollen, dass er auch wirklich tot ist. So hat er noch eine Zeit lang gelebt und mit der Polizei ein Schwätzchen gehalten.«

Der junge Mann verdreht in gespielter Verzweiflung die Augen. »Was habe ich dem Menschen nur getan, dass er solche Lügen über mich verbreitet?«

»Wo waren Sie am Donnerstag um etwa zwanzig Uhr fünfzehn?«

»Pfffff … Könnte sein, dass ich spazieren war. In der Stadt.«

»Wir glauben, Sie sind in Ihrem Wagen unterwegs gewesen.«

Er hebt unbestimmt die Hand. »Kann auch sein.«

»Oh, das war sicher so. Zur fraglichen Zeit haben Sie Holzer auf dem Autobahnrastplatz abgelegt und sind hurtig nach Hause gebrettert.«

»Wie kommen Sie auf so einen Schwachsinn?«

»Schön, dass Sie fragen. Sie haben es recht eilig gehabt, von dort wegzukommen. Das ist ja verständlich. Dummerweise gilt auf dieser Strecke eine Geschwindigkeitsbeschränkung von hundert Stundenkilometern. Eine Verkehrskamera hat aufgezeichnet, dass Sie mit hundertfünfunddreißig unterwegs waren. A 2, Richtung Klagenfurt. Die Kamera befindet sich etwa achthundert Meter von dem Rastplatz entfernt auf einer Autobahnbrücke.« Ratzinger schiebt ein vergrößertes Schwarz-Weiß-Foto über den Tisch. »Gut getroffen, würde ich sagen. Sie sind ausgesprochen fotogen.«

Eine tiefe Falte hat sich auf seiner Nasenwurzel gebildet. »Dann war ich eben auf der Autobahn unterwegs. Wie hundert andere Menschen auch. Was soll das beweisen?«

»Ich sollte Ihnen vielleicht sagen, dass Ihr Wagen gerade von der Spurensicherung untersucht wird. Ihre Fahrtroute wird ausgelesen, der Elektronik sei Dank. Und wenn Sie Holzer in Ihrem Wagen transportiert haben, selbst auf einer Plastikplane, finden unsere Leute etwas. Sie finden immer was.«

»Das … Das ist unglaublich.« Ein kleiner Schweißtropfen rinnt von Hebensteins Schläfe. Von seiner arroganten Haltung ist nicht viel übrig geblieben. »Sie wollen mir zwei Morde anhängen. Mir reicht es jetzt! Ohne Anwalt sage ich kein Wort mehr.«

»Das nehmen wir selbstverständlich zur Kenntnis«, sagt Kammerlander. »Wir stellen hiermit die Befragung zum Tod von Manfred Holzer und Michael Hochlehner vorübergehend ein. Damit Sie sich mit Ihrem Anwalt besprechen können, bevor wir weitermachen.« Er schiebt die Unterlagen auf dem Tisch zusammen. »Am besten, Sie rufen Dr. Moser an.«

Die Beamten warten geduldig, bis ihr Beschuldigter das Telefonat beendet hat. Die offensichtliche Panik in der Stimme des jungen Mannes nehmen sie mit Befriedigung wahr.

»Wir können uns inzwischen einem anderen Thema zuwenden«, schlägt Ratzinger vor. »Bis Ihr Anwalt hier ist. Einverstanden?«

Der junge Mann blickt ihn misstrauisch an, nickt aber unsicher.

»Sehr schön. Sprechen wir über etwas, das uns hier schon seit Tagen beschäftigt. Die Meinungen gehen auseinander, wissen Sie. Wie ist Ihr richtiger Name?«

»Äh, wie mein…? Aber Sie kennen mich doch.«

»Und um die Wahrheit zu sagen«, fährt Ratzinger munter fort, als hätte er sein Gegenüber nicht gehört, »wir haben schon Wetten laufen. Also: Wer sind Sie wirklich?«

Sein Gesicht verfinstert sich. »Ich verstehe Sie nicht.«

»Ach, kommen Sie. Spannen Sie uns doch nicht länger auf die Folter. Sind Sie Alexander Hebenstein?«

»Natürlich bin ich das.«

»Oder Leopold Kranzelmeier?«

»Das ist mein Zwillingsbruder, wie wir alle heute erfahren haben.«

»Zu schade, dass Sie ihn nicht mehr kennenlernen können, nicht wahr?«

»Ja. Er lebt nicht mehr, wenn ich das richtig verstanden habe.«

»Da sagen Sie was. Er ist in einem Kellerloch elendig verbrannt.«

»Furchtbar. Ich hatte von seiner Existenz ja keine Ahnung.«

»Ist das so? Tatsächlich sind sich einige von uns da nicht so sicher. Lassen Sie uns doch einmal ein anderes Szenario durchspielen. Einfach nur zum Spaß.«

In lockerem Plauderton fährt Ratzinger fort: »Stellen wir uns vor, Leopold Kranzelmeier trifft durch Zufall auf seinen Zwillingsbruder, von dem er tatsächlich nichts gewusst hat. Sein Name: Alexander Hebenstein. Die große Ähnlichkeit fällt Alexander nicht auf, da Leo einen Vollbart trägt. Leo aber erkennt seine Chance. Er selbst kommt aus armen Verhältnissen, und dieser Kerl scheint reich zu sein. Außerdem hat Leo schon so einiges auf dem Kerbholz und wird von der Polizei gesucht. Von der Bildfläche zu verschwinden wäre nicht das Schlechteste. Also spielt unser Leo ›Bäumchen verwechsel dich‹. Er bringt, wie auch immer, Alexander in einen Keller am Arsch der Welt und fackelt ihn ab. Dann schlüpft er in dessen Rolle und stellt sich dabei recht geschickt an. Er inszeniert einen Autounfall mit anschließender Amnesie. Chapeau! Das Dumme ist nur, dass Alexander schwul war. Ausgerechnet bei der Verlobungsfeier taucht dessen Geliebter Michael Hochlehner auf. Die schnelle Lösung ist die beste: Ein Stoß den Abhang hinunter, und das Problem ist Geschichte. Aber das ist ein Irrtum. Manfred Holzer, ein Freund aus Leos Vergangenheit, hat ihn erkannt und den Mord an Hochlehner beobachtet. Wahrscheinlich erpresst er Leo, und damit hat auch er sein Todesurteil unterschrieben. – Wie finden Sie diese Geschichte?«

Der junge Mann hat die Arme vor dem Bauch verschränkt und schüttelt den Kopf. Seine Stimme will ihm nicht mehr gehorchen, er muss sich räuspern. »Sehr phantasievoll. Aber wie Sie schon sagen: Es ist eine Geschichte.«

»Ach, Leo, wir werden jedes Wort beweisen.«

»Ich bin nicht Leo. Und duzen Sie mich nicht.«

»Vielleicht hätten Sie an Alexanders Homosexualität festhalten sollen.«

»Ich. Bin. Nicht. Schwul!«

»Dann sind Sie auch nicht Alexander Hebenstein.«

»Das bin ich sehr wohl.«

Ratzinger verdreht die Augen. »Kann man mich bitte beatmen? Jetzt?«

Kammerlander legt das Kinn in seine aufgestützten Arme. »Keine Amnesie der Welt verändert eine homosexuelle Neigung in eine heterosexuelle.«

»Das behaupten *Sie*.« Dann hellt sich der Blick des jungen Mannes auf, als wäre ihm die Lösung eingefallen. »Bei der Untersuchung der Brandleiche muss doch festgestellt worden sein, dass es sich um Leopold Kranzelmeier handelt. DNA und so.«

»Das ist richtig. Aber zu dem Zeitpunkt wusste niemand, dass man es mit einem Zwilling zu tun hat. Und eine oberflächliche Genanalyse beweist nicht, welchen Zwilling man vor sich hat.«

»Das heißt, Sie können nicht beweisen, dass ich nicht Alexander Hebenstein bin.«

Kammerlander lächelt mild. »Doch. Das können wir. Laut Daten des Handybetreibers hat sich das Handy von Leopold Tage nach dem Unfall plötzlich in der Hebenstein-Villa eingeloggt. Wenn auch nur für kurze Zeit. Danach wurde es vermutlich entsorgt. Und das Handy von Alexander wurde vor dem Brand in der Funkzelle geortet, die den Bereich dieses Kellers am Jagerweg abdeckt. Wie kann das sein?«

»Ich ... weiß es nicht. Ich kann mir das nicht erklären.«

»Wir schon. Ihr Zwillingsbruder ist bei dem Brand ums Leben gekommen.«

»Das ist unbestritten.«

Wieder lächelt Kammerlander. »Ich meine, Ihr Bruder *Alexander* ist ums Leben gekommen. Es gibt nämlich einen signifikanten Unterschied bei Zwillingen. Die Fingerabdrücke sind nicht völlig identisch. Die Papillarlinien entwickeln sich unterschiedlich. Hat etwas mit der Lage im Mutterbauch zu tun. Die Feststellung Ihrer Identität ist also eine Kleinigkeit. Wir müssen nur die Fingerabdrücke von Alexander Hebensteins Reisepass mit Ihren abgleichen, Herr Kranzelmeier.«

»Finita la commedia«, sagt Ratzinger.


## 20

Drei Tage später sind die Ermittlungsergebnisse bei der Staatsanwaltschaft. Leopold Kranzelmeier hat nach vierundzwanzig Stunden aufgegeben und auf Anraten seines Anwalts ein Geständnis abgelegt. Er hofft, dass der Richter diesen Umstand beim Urteil würdigen wird, muss er sich doch für alle Verbrechen seiner beiden Leben verantworten. Seine besten Jahre wird er jedenfalls im Gefängnis verbringen. Man hat ihm mitgeteilt, dass sein richtiger Vater einen leichten Schlaganfall erlitten habe und seine Tante in künstlichen Tiefschlaf versetzt worden sei. Man wisse nicht, ob sie überleben werde und, wenn ja, in welchem Zustand. Auf beide Nachrichten hat Leo nur mit einem Achselzucken reagiert.

Maria, die Haushälterin, hat gefragt, ob sie das Verlies noch einmal sehen könne, in dem ihr Petar gestorben ist. Kammerlander hat ihr zugesagt. Sie wollten ohnehin mit Kranzelmeier einen Lokalaugenschein durchführen, und bei dieser Gelegenheit kann sie ihnen vor Ort zeigen, wo und wie Franka Hebenstein gefangen gehalten wurde und entbunden hat.

Als sie an der hinteren Auffahrt zum Schloss parken, sehen sie Maria schon warten. Der Himmel spannt ein strahlendes Blau über Schloss und Park, das sonnige Wetter wirkt fehl am Platz.

Kammerlander und Ratzinger nehmen Kranzelmeier in ihre Mitte, an seinen Handgelenken klirren leise Handschellen. Der Anwalt und der Staatsanwalt folgen ihnen zur behördlichen Beweisaufnahme. Kammerlander stellt den Juristen die Haushälterin vor und erklärt ihre Anwesenheit. Dann weichen sie einer Kiste mit Werkzeug und Metallrohren aus, der Zugang zum schmalen Pfad hinter dem Schloss soll abgesperrt werden, damit niemand mehr zu Schaden kommt. Vorsichtig gehen sie ein paar Schritte, bis Leo sie anhalten lässt.

»Hier muss es gewesen sein.« Er beschreibt ihnen den Ablauf bis zum Absturz von Hochlehner. »Es ist alles so schnell gegangen … Er ist auf mich zugekommen und wollte mich anfassen. Ich war so wütend, ich weiß auch nicht. Und plötzlich … Ich hab ihn von mir weg… Aber ich hab das nicht gewollt …«

Der Staatsanwalt nickt und macht sich Notizen. »Da wir nun schon hier sind, würde ich auch gern sehen, wo Milan Brankowich zu Tode gekommen ist«, sagt er.

»Die Tür befindet sich zwei Meter weiter hinter dem Gebüsch.« Kammerlander geht vor und zieht einen Schlüssel aus der Tasche. Sekunden später schwingt die Tür auf. Der Staatsanwalt steigt als Erster die Treppe hinunter, dann folgt Kammerlander. Maria macht eine einladende Handbewegung.

»Nach Ihnen, Herr Kranzelmeier. Sie sollen schließlich

sehen, wo Sie zur Welt gekommen sind.« Ihre Stimme klirrt wie Eis.

Mit finsterem Blick klettert er die Stufen hinab, gefolgt von der Haushälterin und Ratzinger. Sein Anwalt bleibt draußen, in diesem Verlies hat sich sein Mandant ja nichts zuschulden kommen lassen. Taschenlampen werden angeknipst. Der Staatsanwalt schaut sich in dem leeren, feuchten Raum um und vergleicht ihn mit den Tatortfotos. Es liegen nur mehr eine alte Matratze, vertrocknete Blätter und Erbrochenes auf dem Boden. Maria weint lautlos.

»Da war früher ein Bett«, sagt sie leise. »Und ein kleiner Tisch mit einem Stuhl.«

Leo Kranzelmeier presst die Lippen zusammen. Dies ist also sein Geburtsort.

Plötzlich schüttelt die Haushälterin den Kopf und deutet auf eine Ziegelwand. »Da stimmt was nicht. Die Mauer hat es damals nicht gegeben. Da war eine Nische mit einem Waschbecken und einer Latrine. Ich bin mir sicher.«

Alle starren auf die Wand. Eine gute Maurerarbeit sieht anders aus.

»Ich schau mal in der Werkzeugkiste draußen nach ...«

Ratzinger nickt Kammerlander mit einem bedeutsamen Blick zu und geht nach oben. Als er wiederkommt, hat er einen schweren Hammer in der Hand. Alle Anwesenden machen einen Schritt zurück, damit er Schwung nehmen kann. Nach ein paar Hieben stürzen einige Ziegel nach innen, dann bricht ein größeres Stück Mauer zusammen. Kammerlander leuchtet mit seiner Taschenlampe hinein.

Sie weichen zurück, als der gebündelte Lichtstrahl auf ein Skelett fällt, das auf dem Boden sitzend an der Wand lehnt, zusammengehalten von morschen Kleidungsresten. Eine verrostete Kette reicht von den Handgelenken bis zur Verankerung an der Rückwand.

Der Schädel ist nach oben verdreht, der Mund aufgerissen, als wollten die Überreste von Franka Hebenstein den Himmel anklagen.

Leo Kranzelmeier hält die gefesselten Hände vor den Mund, seine Beine knicken ein. Am Ende ist er seiner Mutter doch noch begegnet.

»Das ist meine Runde«, bestimmt Schlagenhaufen und bestellt drei Becher Glühwein.

Der Adventsmarkt in der Innenstadt ist gut besucht. Die Schreibtischarbeit ist erledigt, jetzt ist es Zeit, die Geschehnisse sacken zu lassen.

»Die große Überraschung war für mich die Schwester vom alten Hebenstein. Intrigen und Raffinesse habe ich ihr zugetraut, aber einen Menschen einzumauern …«

Ratzinger nickt. »Jetzt ist auch klar, warum sie den hintersten Teil des Schlosses im Originalzustand belassen wollte. Renovierungsarbeiten wären hochriskant gewesen.«

»Soziopathen sind gerissen«, sagt Kammerlander. »Sie können ihr wahres Wesen über Jahre verbergen, indem sie sich angepasst und sozialadäquat verhalten. Wie die Glück. Dazu noch ihr vermeintliches Engagement für Flüchtlinge …«

»Ich kriege Ausschlag, wenn ich an unsere Hilflosigkeit bei der Migration denke«, ärgert sich Ratzinger. »Ihr wisst, wie ich darüber denke. Wir können nicht jeden aufnehmen, das ist klar. Aber dass die Kleinsten und Schutzlosesten auf der Strecke bleiben, macht mich ganz krank.«

Schlagenhaufen bläst in den dampfenden Becher und nimmt einen vorsichtigen Schluck Glühwein. »Wenigstens Adil konnten wir retten. Ein Etappensieg.«

Kammerlander hebt seinen Becher. »Darauf stoßen wir an. Prost! Wir freuen uns, dass Sie bei uns sind, Frau Kollegin.«

»Danke. Ich hätte es *auch* schlechter treffen können.«

Das ist wahrscheinlich das Äußerste, was bei ihr an Kompliment möglich ist, grinst Kammerlander in sich hinein. Und Ratzfatz hat wieder Sternchen in den Augen.

Er holt drei Tüten Kastanien und drückt seinen Kollegen je eine in die Hand.

»Ich muss grade an Leo Kranzelmeier denken«, sagt Ratzinger. »Ganz sauber kann der nicht ticken. Wie hat er glauben können, mit allem durchzukommen?«

»Ein gewisses Maß an Naivität, Verzweiflung, Rücksichtslosigkeit«, meint Kammerlander. »Außerdem ist er ein Narzisst, der sich ständig selbst überschätzt. Er hat getan, was er konnte, aber für ein perfektes Verbrechen hat es nie gereicht. Er hat sich vermutlich seine Welt zurechtgezimmert, wie er sie haben wollte.«

»Tja, wenn man den Kopf in den Sand steckt, bleibt doch der Hintern zu sehen«, rezitiert Ratzinger. »Das wussten schon die alten Japaner. Wieder ein Halbgarer weniger, der frei herumläuft.«

»Seien wir froh, dass die Narren nicht aussterben. Das macht uns die Sache leichter.«

»Ich sag's mal mit den Italienern«, brummt Schlagenhaufen. »La mamma dei cretini è sempre incinta. – Die Mutter der Idioten ist immer schwanger.«

Isabella Trummer
**TOD IM SCHILCHERLAND**
Broschur, 288 Seiten
ISBN 978-3-7408-0957-7

Das weststeirische Bergdorf St. Martin, das für Ruhe, Erholung und sanften Tourismus steht, wird von einer Serie von Morden heimgesucht. Inspektor Kammerlander und sein Team finden zwar mögliche Verdächtige, aber kein Motiv. Stattdessen stoßen sie auf eine Mauer aus Schweigen. Was treibt die Bewohner des Ortes dazu, den oder die Täter zu schützen? Nach und nach kommen unangenehme Wahrheiten ans Licht, die die ländliche Idylle zu zerstören drohen …

www.emons-verlag.de